LARS WINTER

DAS ZWISCHEN MÄNNERN UND FRAUEN

Sieben Kriminalerzählungen
und
drei dunkelgraue Geschichten

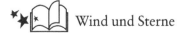 Wind und Sterne

Alle Figuren und Handlungen dieses Romans sind frei erfunden. Jegliche Ähnlichkeit mit realen Ereignissen und Personen wären reiner Zufall.

#daszwischenmännernundfrauen

Lars Winter
DAS ZWISCHEN MÄNNERN UND FRAUEN
Die dunkelgrauen Geschichten

Originalausgabe, 1. Auflage November 2017

ISBN 978-3-946-186-76-2

© Wind und Sterne Verlag. Alle Rechte vorbehalten.

Wind und Sterne Verlag – Fabienne Meyer
Hinterruthen 1 | 55571 Odernheim

windundsterneverlag@gmail.com
www.windundsterne-verlag.com

Lektorat & Korrektorat: Valerie Noack

Gestaltung und Satz: alles mit Medien, www.allesmitmedien.de

Umschlag-Vorderseite:
Verwendung einer Illustration von Andreas Noßmann
www.nossmann.com

Umschlag-Rückseite und Innenillustrationen:
Wolfgang Keller
art@w-keller-design.de

Printed in Germany

LARS WINTER

DAS ZWISCHEN MÄNNERN UND FRAUEN

INHALT

KRIMINALERZÄHLUNGEN:

Augen wie Paul Newman 7

Karmann-Ghia 21

Die durchs Feuer gehen 37

Ein Haus mit vielen Zimmern 61

Fünf Meter pro Sekunde 96

Fremde im ICE 107
   Lasagne Spezial 113
   Nacht-Taxi 126
   Schneefrau 137
   Café Latino 150
   Dunkle Sinne 162
   Schwarze Augen 183

Löschpapier 197
   (Eine Ulf Norden & Pfarrer Klinger Erzählung)

DUNKELGRAUE GESCHICHTEN:

Flirt in die Glut 257

... Und Cut 280

Tropenfieber 1928 318

Kriminalerzählungen:
AUGEN WIE PAUL NEWMAN

Sie stand vor dem Spiegel. So also sah eine glücklich verliebte, 29 Jahre alte Frau aus. Eigentlich war sie von ihrem Spiegelbild enttäuscht. Nur verliebt zu sein reichte also doch nicht, um aus einem langweiligen Gesicht und einem übergewichtigen Körper ein Model werden zu lassen. Es war schon erstaunlich, dass Markus sie liebte, wie sie war. Wenigstens sagte er das – und warum hätte sie ihm nicht glauben sollen? Sie wollte ihm glauben, wollte vergessen, dass mindestens die Hälfte der Kolleginnen im Büro attraktiver war als sie. Die andere Hälfte war entweder verheiratet, jenseits der 40 oder hatte sich mit ihrem Singledasein abgefunden – so wie sie sich mit ihrem Aussehen. Anfänglich hatte sie noch versucht, etwas aus sich zu machen, aber immer ohne Erfolg. Erst als ihre Haare durch zu häufiges Färben und Tönen (von Spiegelblond bis Strawberryrot) brüchig geworden waren und sie immer nur an den falschen Körperstellen abgenommen hatte, kapitulierte sie. Es würde vielleicht etwas länger dauern, bis auch sie einen Partner gefunden hätte, aber das war in Ordnung. One-Night-Stands (sie hatte noch nie einen gehabt) oder oberflächliche Beziehungen waren sowieso nicht ihre Sache. Dass sich dann doch alles so wunderbar entwickelt hatte, überraschte sie selbst am meisten.
Seit jenem Sonntag in der Eisdiele war nichts mehr so, wie es vorher war. Es war an einem dieser schwülheißen Augustwochenenden letzten Sommer gewesen. Sie hatte sich mit ihrer Freundin im *Via Veneto* verabredet. In der Eisdiele war der Teufel los gewesen und die Gäste hatten vor ihren Coppa Tuttifrutti- und Amarena-Bechern geschwitzt.

Wegen der stickigen Hitze im Raum hatte sie sich erst einmal ein Eis-Frappé bestellt. Irgendwie hatte der Mann am Nachbartisch dann beim Umblättern der Zeitung sein halbvolles Glas Latte macchiato umgestoßen – und weil die kleinen Bistrotische so dicht beieinanderstanden, hatte sie Spritzer davon abbekommen. Eigentlich nichts Dramatisches, aber so hatte alles begonnen – auch wenn es unromantisch war. Der gut aussehende junge Mann vom Nachbartisch hatte sich natürlich augenblicklich entschuldigt, und so waren sie ins Gespräch gekommen. Markus war damals noch Medizinstudent gewesen. Zwölftes Semester – ein überaus ehrgeiziger Student, der dem Abschluss auch gleich noch den Doktortitel folgen lassen wollte. Die ersten Wochen hatten sie sich fast täglich gesehen und aus einem harmlosen Flirt war eine feste Beziehung geworden. Dabei störte es sie nicht im Geringsten, dass es eigentlich sie gewesen war, die diese Chance ergriffen hatte. Sie hatte ihn nach seiner Handynummer gefragt. Überrascht war sie nur, dass Markus es anscheinend ernst meinte.

So stand sie – wie jeden Morgen – auch an diesem Samstag vor dem Spiegel. Mit einem kurzen Schulterzucken knipste sie das Licht in der Diele aus und setzte sich anschließend wieder an ihren Schreibtisch. In den vergangenen Monaten hatte sie oft nächtelang – und an den Wochenenden sowieso – hier gesessen, für Markus Fachliteratur gewälzt, Texte getippt, sie überarbeitet und abgabefertig formatiert. Als ausgebildete Bürokauffrau konnte sie so etwas natürlich viel besser als er. Auch wenn sie häufig seine Notizen und Stichworte kaum lesen konnte und sie anfänglich jeden zweiten Satz wegen der Fachbegriffe nachschlagen musste, war sie froh, ihm helfen zu können. Das Telefon klingelte und unterbrach ihre Gedanken. Am anderen Ende der Leitung meldete sich eine vertraute Stimme.

„Bist du schon wach oder habe ich dich aus dem Bett geklingelt?"
Ein Lächeln huschte über ihr Gesicht.
„Markus – es ist acht Uhr und ich sitze schon seit zwei Stunden am Schreibtisch", erwiderte sie mit gespielter Empörung. „Wenn nichts dazwischenkommt, bin ich wie versprochen morgen Abend mit deiner Dissertation fertig."
„Du bist die Beste – auf dich kann man sich eben verlassen."
„Wie war der Nachtdienst?"
Ein Gähnen begleitete Markus' Antwort. „Anstrengend, wie immer – aber das ist bald vorbei. Dann habe ich auch wieder mehr Zeit für dich. Wenn ich nur erst einmal diese blöde Promotion aus dem Kopf habe."
„Wann kommst du heute Abend vorbei?", fragte sie mit erwartungsfroher Stimme.
Ein Seufzen läutete die ernüchternde Antwort ein. „So wie es aussieht, klappt das wohl gar nicht. Der Schröder hat mich gefragt, ob ich nicht seinen Bereitschaftsdienst übernehmen kann. Seine Mutter ist zu Besuch. Was soll ich machen? Ich kann ihn nicht hängen lassen, das verstehst du doch?"
„Dann telefonieren wir aber wenigstens heute Abend."
„Na klar – du musst mir unbedingt die nächsten Abschnitte vorlesen. Immerhin bin ich der Mediziner", sagte er laut. Und dann, wieder leiser werdend: „Obwohl ich manchmal denke, dass du mittlerweile bestimmt genauso viel von dieser Dissertation verstehst wie ich selbst."
Jetzt strahlte sie. „Also dann – ich liebe dich", hauchte sie ins Telefon.
Sein „Ich dich auch" war schon von anderen Geräuschen überlagert. Geräuschen, wie man sie nur von Krankenhäusern, Kantinen und Bahnhöfen her kannte. Ich liebe dich wirklich, dachte sie, als sie das Mobiltelefon wieder beiseitelegte. Sonst würde ich mir das alles nicht antun

– nächtelang versuchen, endlose Statistiken auszuwerten, Inhalte zu verstehen und akademische Texte zu verfassen. Auch wenn sie in einem Analyselabor tagtäglich mit medizinischen Fachbegriffen und Untersuchungsergebnissen zu tun hatte und die dazugehörenden Nachrichten schrieb, war eine Dissertation doch ein ganz anderes Kaliber. Aber sie hatte sich durchgebissen, hatte mit Fleiß und mit Markus' kleinen Muntermacher-Pillen Absatz für Absatz erledigt. Ohne diese Tabletten wäre sie oft schon vor Mitternacht in ihrem Schreibtischstuhl sitzend eingeschlafen. Leider hielt die Wirkung der Pillen oft so lange an, dass sie irgendwann im Laufe des nächsten Tages in sich zusammensackte und einschlief. Natürlich passierte das häufig im Büro – unter den Augen der Kolleginnen. Wenn sie dann mit blassem Gesicht und dunklen Rändern unter den Augen hinter ihrem Computer saß, hörte sie, wie man über sie herzog.

„Da hat wohl jemand wieder zu lange Onkel Doktor gespielt!"

Das Tuscheln verfolgte sie an diesen Tagen vom Schreibtisch über die Kantine bis zum Parkplatz. Sollten sie ruhig ihre niveaulosen Bemerkungen machen – sie berichtete trotzdem jedem von ihrer Beziehung mit dem Herrn Doktor. Denn endlich hatte auch sie etwas zu erzählen. Sollten die anderen ruhig vor Neid platzen. Im Grunde genommen waren sie das nämlich alle – neidisch auf einen gut aussehenden, 30 Jahre alten Mediziner, der sich in eine unscheinbare, pummelige Frau verliebt hatte. Auch Anja, ihre beste Freundin, war eifersüchtig – aber vielleicht bildete sie sich das auch nur ein. Anja war im Herbst letzten Jahres nach Hamburg weggezogen und arbeitete jetzt in einer Filiale ihres Konzerns. Wahrscheinlich war ihre Freundschaft allein deshalb merklich abgekühlt. Sei's drum, dachte sie und machte sich wieder an die Arbeit.

Ihr Magen sagte ihr irgendwann, dass es schon Nachmittag sein musste. Sie ging in die Küche, schob sich rasch ein Fertiggericht in die Mikrowelle und schluckte zum Nachtisch zwei von den harmlos aussehenden Muntermacher-Pillen. Sie durfte sich jetzt keine Müdigkeit erlauben. Die Zusammenfassung der Dissertationsschrift war ganz besonders sperrig. Aber sie wollte morgen damit fertig sein – und sich endlich wieder auch als Frau spüren. Das war natürlich in letzter Zeit viel zu kurz gekommen. Eigentlich war es nur in den ersten Wochen so gewesen, wie sie sich das gewünscht hatte. Da hatte sie zum ersten Mal Spaß im Bett gehabt, zum ersten Mal so etwas wie einen Höhepunkt kennengelernt. Dann hatte Markus seinen Laptop mitgebracht und stundenlang daran gearbeitet, während sie nebenan vor lauter Leidenschaft nicht schlafen konnte. Sie hatte ihn gefragt, ob sie ihm helfen könnte, und nach anfänglicher Skepsis hatte er zugestimmt. Jetzt arbeitete sie am letzten Abschnitt seiner Dissertation. Dann würde alles wieder wie damals sein.

Markus meldete sich erst gegen halb neun Uhr abends. Seine Stimme klang müde, leise und heiser. „Na, Kleines – wie war dein Tag?"

Sie nahm das Telefon und legte sich auf die Couch. „Manchmal kann ich den Ausdruck *syphilitische Augenkrankheiten* nicht mehr schreiben, ohne dass es mich schüttelt", antwortete sie genervt. „Aber jetzt ist alles gut. Ich höre deine Stimme und freue mich auf morgen – und auf unsere gemeinsame Zukunft. Nur ob du wirklich deinen Facharzt in Augenheilkunde machst, solltest du dir noch einmal gut überlegen."

Er lachte. „Es bliebe ja auch noch die Neurologie. Du weißt, da bin ich hin- und hergerissen. Psychiatrie hat mich auch immer fasziniert. Lass uns morgen darüber reden."

Bildete sie sich das jetzt nur ein, oder hörte sie da im Hintergrund Lautsprecherstimmen, die über Zugverspätungen informierten?

„Wann ist dein Bereitschaftsdienst zu Ende?", fragte sie.

„Um fünf. Ich komme dann direkt zu dir. Ungeduscht. Das heißt: Nur, wenn es dich nicht zu sehr ablenkt. Wir müssen erst meine Dissertation abschließen, bevor der Herr Doktor sich um deine Lust kümmern kann. Ich erwarte ein cum laude."

Sie liebte seine sonore Stimme, aber mehr noch seine blassblauen Augen. „Ja, wir haben viel nachzuholen. Aber wir haben auch so viel Zeit", stimmte sie ihm sofort zu.

„Zum Glück bin ich schon bei der Zusammenfassung. Noch diese Nacht und morgen Vormittag, und der Alptraum hat ein Ende."

„Das ist gut. Dann lies mir jetzt rasch noch einmal die letzten beiden Abschnitte vor – ich habe eine halbe Stunde Zeit für dich ..."

Sie hatte die Nacht über durchgearbeitet, den Text fertig geschrieben, ihn Korrektur gelesen und machte sich in der Küche gerade einen besonders starken Kaffee. Jetzt musste sie alles nur noch ein letztes Mal lesen und formatieren, und dann war es endlich vorbei. Der Kaffee schmeckte ihr nicht besonders und Hunger hatte sie auch keinen. Nachdem sie noch zwei Tabletten mit dem viel zu heißen Kaffee hinuntergespült hatte, setzte sie sich wieder an den Schreibtisch.

Mittags war sie dann endlich fertig. Sie ging ins Badezimmer, stellte sich unter die Dusche und begann sich zu streicheln – auch zwischen den Beinen. Genauso rasch, wie sie damit begonnen hatte, hörte sie auch wieder damit auf. Das war Markus' Job. Sie war jetzt zu müde, um sich die Haare trocken zu föhnen, deshalb wickelte sie sich ein

Handtuch um den Kopf, ging ins Schlafzimmer, ließ sich aufs Bett fallen und schlief trotz der Muntermacher-Pillen augenblicklich ein.

Die Haustürglocke weckte sie.
Als sie endlich ihre Gedanken sortiert hatte, stand sie auf und öffnete die Wohnungstür.
Da stand er – groß, dunkelhaarig, mit Augen wie Paul Newman.
„Hallo Melanie, du wolltest mich wohl zappeln lassen?", fragte er lächelnd und drückte ihr im Vorbeigehen einen flüchtigen Kuss auf die Wange. „Oder hast du etwa unter der Dusche gestanden?"
Erst jetzt schien sie Bademantel und Turban zu bemerken, die sie trug.
„Ich muss eingeschlafen sein. Wie spät ist es?"
„Halb sieben. Leider ist es doch später geworden als geplant", sagte er achselzuckend. „Dafür bleibe ich heute über Nacht. Ich habe uns zwei Portionen Sushi und eine Flasche Wein mitgebracht." Er stellte eine braune Papiertüte auf den Küchentisch. „Aber zuerst kommt die Arbeit. Komm, zieh dich rasch an und dann zeig mir unser gemeinsames ‚Baby'. Hoffentlich hast du es schon ausgedruckt", rief er ungeduldig und schob sie Richtung Wohnzimmer.
„… und auf USB-Stick gezogen und sicherheitshalber auch noch auf CD gebrannt", flüsterte sie, während sie den Bademantel gegen Jeans und Sweatshirt tauschte.
Markus war so in seine Dissertation vertieft, dass er alles um sich herum auszublenden schien. Mit in Falten gelegter Stirn las er Seite für Seite das komplette Manuskript. Nicht einmal Melanies klingelndes Telefon konnte ihn ablenken. Sie hatte eilig den Raum verlassen und das Gespräch erst im Schlafzimmer angenommen. Am Ende

der Leitung meldete sich überraschenderweise Anja. Ihre beste Freundin hatte seit über einem Monat nicht mehr angerufen. Jetzt schien sie mit einem einzigen Telefonat alles nachholen zu wollen. Melanie kam kaum zu Wort, außerdem war die Verbindung schlecht. Ein leises Knistern begleitete jedes Wort, und zu allem Überfluss waren da noch dauernd diese Lautsprecheransagen. „Ich sitze im Zug und gleich kommt ein Tunnel", hörte sie Anja noch sagen, bevor die Verbindung unterbrochen wurde. Melanie stellte den Alarm auf lautlos und starrte an die Decke. Etwas hatte sie nachdenklich werden lassen, aber ihr Kopf war noch viel zu verkleistert, als dass sie wusste, was es war. Im Wohnzimmer hatte Markus endlich das Manuskript beiseitegelegt.

Er strahlte sie an, als sie jetzt neben ihm stand. Unwiderstehlich lächelnd legte er ihr seine Hände um ihre Hüfte und zog sie zu sich. Sie liebte dieses Lächeln, diese Augen, diesen Mann. Da standen sie, eng umschlungen, küssten sich – und eigentlich hätte sie jetzt glücklich sein sollen.

„Lass uns ins Schlafzimmer gehen", flüsterte er ihr ins Ohr, während sie sich aus seiner Umarmung befreite. Mit ein paar schnellen Schritten war sie zum Küchenschrank gegangen und hatte zwei Gläser herausgenommen.

„Lieber Orangensaft oder Mineralwasser?"

Er war ihr gefolgt und stand mit fragendem Blick neben dem Kühlschrank.

„Was ist los?"

„Nichts. Ich bin einfach erschöpft und müde. Was möchtest du trinken?"

„Lieber ein kaltes Bier", rief er gut gelaunt, während sie den Kühlschrank öffnete und die Flaschen herausnahm.

„Du machst einen erstaunlich fitten Eindruck – nach einem doppelten Bereitschaftsdienst", stellte sie nüchtern fest. „War so wenig los auf der Station?"

„Das macht nur das Adrenalin in meinem Blut. Und natürlich du", ergänzte er lächelnd.

Wie unfair, dass ein so gut aussehender Mann auch noch so ein unwiderstehliches Lächeln haben muss, dachte sie nicht zum ersten Mal.

„Du hattest in den letzten Monaten oft Bereitschaftsdienst. Ich dachte schon, es gäbe da eine andere Frau in deinem Leben."

Anstelle einer Antwort stellte er sein Glas ab und zog sie zu sich heran.

„Du dumme kleine Hummel", flüsterte er ihr ins Ohr. „Jetzt gehen wir erst einmal gemeinsam duschen – und dann wird dich der Herr Doktor gründlich untersuchen."

Es war noch stockfinster, als sie aufstand. Während Markus tief und fest zu schlafen schien, hatte sie die halbe Nacht kein Auge zugemacht. Kein Wunder, bei dieser Dosis Muntermacher-Pillen. Gleich morgen früh würde sie den Rest der Packung in die Toilette schütten. Sie schloss leise die Schlafzimmertür hinter sich und schaltete aus Gewohnheit den Computer an. Aber es gab nichts mehr zu tun. Die neunzig ausgedruckten Seiten von Markus' Dissertation waren der Beweis dafür. Jetzt war sie glücklich. Markus würde seinen Facharzt machen oder doch noch auf sie hören und sich irgendwo als Allgemeinmediziner niederlassen. Und sie wäre die Frau an seiner Seite.

Während sie sich auf dem Sofa ausstreckte, sah sie die Bilder ihres zukünftigen Lebens vor sich ablaufen. Sie würden heiraten, zwei Kinder bekommen und Markus würde sie lieben – genau so, wie sie war.

Ein leiser Klingelton unterbrach ihre Bilder. Markus' Handy steckte wohl in seiner Hose, die er achtlos auf einem der Sessel neben dem Sofa abgelegt hatte. Vielleicht ein Notruf aus dem Krankenhaus, überlegte sie, während sie sich im gleichen Augenblick aufsetzte, nach der Hose griff und das Handy zu suchen begann. Als sie es gefunden hatte, leuchtete im Display noch die Nummer des Anrufers und die Mailbox zeigte an, dass eine neue Nachricht eingegangen war. Melanie kannte die Nummer. Sie wählte die Mailbox an. Die Stimme, die sie anschließend hörte, war ihr ebenfalls vertraut. „Hallo, Schatz. Ich bin jetzt in Hamburg angekommen. Liege schon im Bett und träume mit offenen Augen von dir. Ich hoffe, dass das mit Melanie nicht zu schmutzig gewesen ist. Jede Trennung ist erst einmal wie ein Keulenschlag. Aber sie erholt sich davon – glaub mir, ich kenne sie. Eigentlich erwartet sie gar nichts vom Leben. Wenigstens nicht das, was wir uns davon wünschen. Spring unter die Dusche, wasch' sie dir ab und kümmere dich um deine Dissertation. Ich bin jetzt müde, auch wenn du und dein kleiner Doktor mich ganz schnell wieder munter bekämen. Wir telefonieren morgen, und ich freue mich aufs Wochenende."

Das Klicken in der Leitung klang, als würde der Hahn eines Revolvers an ihrem Kopf gespannt werden. Übelkeit ließ sie würgen und schlucken. Unfähig aufzustehen und sich zu bewegen, hielt sie das Handy in ihrer Hand und betrachtete die angezeigte Nummer. Sie spürte, wie ihr Tränen über die Wangen liefen. Irgendwann begann sie alle gespeicherten SMS-Nachrichten zu lesen. Erst als Markus schlaftrunken in der Tür stand, hörte sie damit auf. Aber da war sie schon wieder ganz ruhig. Markus war schlagartig hellwach, als er sah, womit Melanie sich beschäftigte. Nur seine Stimme klang noch heiser. „Das ist jetzt nicht so, wie es aussieht!", rief er, während er Melanie das Telefon aus der Hand nahm. „Ich habe Anja schon lange vor dir gekannt und sie meinte, wenn mir jemand bei der Dissertation helfen kann, dann du. So fleißig und intelligent, wie du bist. Dass ich mich dann wirklich in dich verliebt habe, konnte ja keiner wissen. Es tut mir leid, das musst du mir einfach glauben." Seine Stimme klang jetzt gequält. „Wir können doch Freunde bleiben. – Bei allem, was du für mich getan hast, müssen wir das sogar." Seine blassblauen Augen hatten schlagartig ihre Magie verloren. Trotzdem würde sie diesen Teil von ihm am meisten vermissen.

„Es ist jetzt wohl das Beste, wenn ich gehe."

Hastig begann er, seine Sachen zusammenzusuchen – peinlich darauf bedacht, ihr bloß nicht zu nahe zu kommen. Während er sich anzog, war Melanie aufgestanden und Richtung Badezimmer gegangen. Vor dem großen Spiegel im Flur war sie stehen geblieben.

So also sah eine glücklich verliebte, 29 Jahre alte Frau aus. „Alles Lüge", sagte sie kopfschüttelnd.

Markus war gerade dabei, die Kopie der Dissertation und den USB-Stick einzupacken, als der Stich ihn in den Nacken traf. Mehr als ein überraschtes, leises, gurgelähnliches Geräusch kam nicht über seine Lippen. Der zweite Stich hatte die Nervenkanäle zwischen den Halswirbeln wohl endgültig zerstört, sodass er jetzt wie eine schlaffe Puppe auf den Boden glitt.

Melanie betrachtete sorgfältig die lange Metallspitze ihres Stielkamms, den sie eben von der Spiegelablage mitgenommen hatte. Es war kaum Blut daran zu sehen. Auch der Fleck auf Markus' Hemd war nicht viel größer als eine Zweieuromünze. Sie würde ihn so vermissen. Aber sie hatte ihn ja ohnehin verloren. Sie würde angeklagt und verurteilt werden. Aber das war es ihr wert. Totschlag im Affekt – fünf Jahre.

Andererseits – wer sagte denn, dass man sie überhaupt anklagen musste? Ohne Leiche gab es keine Tötung. Sie musste Markus nur irgendwie aus der Wohnung schaffen, ihn in den Kofferraum verfrachten und zum Waldsee fahren. Zum ersten Mal schaute Melanie auf die Wohnzimmeruhr. Es war erst drei Uhr, mitten in der Nacht – die Tiefschlafphase –, und sie war hellwach. Wäre sie auch so ein dünnes Huhn wie Anja gewesen, hätte sie natürlich keine Chance gehabt, Markus' Körper auch nur bis zum Treppenhaus zu schleppen. Aber sie war kräftig, kompakt – eine Hummel hatte er sie genannt. Wie um es sich selbst zu beweisen, versuchte sie, Markus' Körper aufzurichten. Es klappte erstaunlich gut. Sein Körper war noch warm, roch nach Schweiß, Duschgel, nach Schlaf und Sex. Wie sehr hatte sie diesen Mann geliebt. Mit ihrem Handy fotografierte sie sein Gesicht. Es sah aus, als würde er schlafen. Sie versuchte, seine halb geöffneten Augen zu fotografieren, diese Paul Newman-Augen, aber es funktionierte nicht. Dafür klappte es umso besser, den Leichnam zu bewegen. Sie schob sich halb unter ihn, legte Markus' leblose Arme über ihre Schultern, klammerte sich mit ihren eigenen Armen daran fest und schaffte es so, sich aufzurichten und ihn zu bewegen. Um halb vier öffnete sie, die Leiche auf ihrem Rücken hinter sich herziehend, die Wohnungstür und schleppte sich und ihn so geräuschlos wie möglich durch das Treppenhaus in die Tiefgarage. Um halb sechs war sie wieder zu Hause. Sie machte sich einen Kaffee, ging duschen und saß pünktlich um kurz vor neun in ihrem Großraumbüro.

In den nächsten Wochen hatte sie aufmerksamer als sonst die Zeitung gelesen. Aber die Leiche tauchte nicht auf. Vielleicht tat sie das niemals oder würde es erst in einigen Jahren tun. Der Baggersee war tief und abgelegen, und sie hatte den Leichnam mit Steinen beschwert und vorsichtshalber mit einem großen Messer einige Male tief in seinen Bauch gestochen. So konnten die Gase, die sich nach und nach in seinem Magen bilden würden, austre-

ten, ohne dass die Leiche an die Oberfläche getrieben würde. Zwar hatte sich die Polizei bei ihr gemeldet – aber nur ein Hauptkommissar von der Vermisstenstelle. Wahrscheinlich hatte Anja die Polizei auf sie gehetzt. Manchmal bekam sie Anrufe von ihrer Freundin, aber sie blieb immer brav bei ihrer Geschichte: Markus war abends bei ihr aufgetaucht, hatte seine Unterlagen abgeholt und wollte sich am nächsten Tag wieder melden.

Das war jetzt sechs Monate her. Seitdem hatte sie zwei Kilo zugenommen, spielte in ihrer Freizeit Theater, lernte Italienisch und hatte sich die Männer endgültig abgewöhnt.

So einen Mann wie Markus würde sie ohnehin nicht noch einmal treffen. Dieses Lächeln, diese Augen.

Kein Mann und keine Tabletten brachten sie heute mehr um den Schlaf. Endlich wurde sie müde, wenn sie erschöpft war. Sie legte sich ins Bett, öffnete den Nachttischschrank und stellte das Marmeladenglas neben sich.

Die Flüssigkeit im Glas war transparent wie Wasser, die Augen, die darin herumschwammen, blassblau und einzigartig – wie die Augen von Paul Newman.

„Gute Nacht, mein Schatz", sagte sie und knipste das Licht aus.

KARMANN-GHIA

Irgendwann in der letzten Nacht hatte sein Wecker aufgehört zu funktionieren. In diesem Zimmer vergingen die Stunden wie Tage, bewegten sich die Staubpartikel wie in Trance und die Luft klebte so träge im Raum, als gäbe es keine Fenster und Türen. Selbst im Fernsehen bewegten sie sich nur noch in Zeitlupe und die Musik aus dem Radio klang wie Schallplatten, die in der falschen Geschwindigkeit abgespielt wurden.
Eine laut zuschlagende Eingangstür riss Jochen Weidner aus seinen Tagträumen. Irgendwer auf seiner Etage hatte es mal wieder eilig. Er hörte im Treppenhaus eine Stimme leise fluchen und das Geräusch und das Echo sich überschlagender Schritte. Es war noch gar nicht lange her, da hatte er auf einer Parkbank sitzend Ameisen beobachtet. Immer etwas transportierend oder hinter sich herziehend, waren sie in endlosen Kolonnen unterwegs gewesen. Wenn man sich umschaute und darüber nachdachte, gab es eigentlich keinen großen Unterschied zwischen Menschen und diesen Insekten. Alle waren ständig hinter- und nebeneinander, aber selten miteinander unterwegs. Das war bei Fremden so – bei Freundschaften und Beziehungen funktionierte es ähnlich. Viele der Namen in Weidners Telefonregister waren bloß flüchtige Erinnerungen an ebensolche Begegnungen. Selbst die Frau, neben der er jeden Morgen aufwachte, war ihm sonderbar fremd geblieben. Was wusste er schon von Andrea? Sie versteckte ihre Haut hinter dick aufgetragenem Make-up, arbeitete in irgendeinem Büro, fuhr gern in Urlaub und wechselte zweimal im Jahr ihren Friseur. Vor ein paar Monaten hatte sie dann davon gesprochen, dass sie beide doch eigentlich auch heiraten könnten. An einem

Sonntag war das gewesen, während sie sich gemeinsam einen Krimi angeschaut hatten. Vor der darauffolgenden Talkshow war sie aufgestanden und ins Bett gegangen, ohne weiter auf seine Antwort zu warten. Er war noch sitzen geblieben und hatte den Fernseher erst weit nach Mitternacht ausgeschaltet.

Tags darauf hatte er seinen Koffer gepackt und war aus ihrer gemeinsamen Wohnung ausgezogen. Auch seinen Job als Bankkaufmann hatte er wenig später aufgegeben. Sollten sich doch seine Kolleginnen und Kollegen um das Geld anderer Leute kümmern! – Er hatte das lange genug getan, solange bis Gesichter für ihn nur noch Kontostände gewesen waren. Er wollte noch einmal von vorn beginnen, aber irgendwie hatte das von Anfang an nicht funktioniert. Endlich hatte er Zeit gehabt, alles umzukrempeln: neuer Job, vielleicht studieren, andere Stadt, frische Liebe, Australien – alles möglich. Wenigstens in Gedanken.

Fakt war, dass er dieses Zimmer kurioserweise seither immer seltener verließ. Anstatt etwas zu planen oder auch nur unter Menschen zu gehen, wusste er immer weniger mit sich und der geschenkten Zeit anzufangen. Und dann war es passiert. Er konnte heute nicht einmal mehr sagen, welcher Wochentag es gewesen war. Er hatte zu Hause etwas getrunken: Gin oder Wodka – und anschließend ein paar von diesen Tabletten genommen, nur um besser schlafen zu können. Wie ein drittklassiger Schauspieler, der einen Betrunkenen mimen sollte, hatte er sich auf dem Weg zur Toilette am Esszimmertisch abstützen wollen. Der war dann mit lautem Getöse unter seinem Gewicht zusammengebrochen. Und dann: Blackout. Dieser Krach hatte ihm höchstwahrscheinlich das Leben gerettet. Er wohnte im fünften Stock eines Hochhauses und die Frau in der Nachbarwohnung, die den Lärm gehört hatte, hatte den Hausmeister alarmiert. Erst im Krankenhaus war

Weidner wieder zu sich gekommen. Der Mann mit den zwei Köpfen, den er als Erstes wahrnahm, diktierte einer gesichtslosen Krankenschwester mit vier Armen etwas für den Unfallbericht. Wie durch Watte hörte er Worte wie Suizidversuch, Meldepflicht und Wiederholungsgefahr. Nach vierzehn Tagen in einem Krankenzimmer mit vergitterten Fenstern und kleingeschnittenem Fleisch hatten sie ihn wieder entlassen.

Der Psychotherapeut, den er seither regelmäßig besuchte, meinte, dass seine Therapie mindestens noch ein halbes Jahr fortgesetzt werden sollte. Jochen Weidner wusste es aber besser. Der einzige Grund, warum er sich einsichtig gezeigt und den Therapieplan augenblicklich akzeptiert hatte, war, dass er damals dieses Krankenhaus so bald wie möglich wieder verlassen wollte. Er musste nach Hause, zurück in diesen hässlichen Betonklotz und zu seinen muffigen 35 Quadratmetern. In der Nachbarwohnung wartete Sophia auf ihn. Die Frau hatte seit einigen Tagen einen Namen, eine Stimme, ein Gesicht und einen Körper. Früher waren das nur Geräusche gewesen: die von Pfennigabsätzen, von zuschlagenden Kühlschranktüren und von Duschwasser, das den Abfluss herunterlief. Gleich als sie ihn das erste Mal im Krankenhaus besucht hatte, war er vernarrt in sie gewesen. Wie ein Teenager hatte er sich Hals über Kopf verknallt. Mit ihren neugierigen Augen, der bluesigen Stimme und diesem Gang, der ihn an tanzen erinnerte, war sie in seinem Leben aufgetaucht wie eine Fahrkartenkontrolleurin in der U-Bahn. Von da an war sie fast jeden Tag vorbeigekommen – kurz nach der Arbeit – nur um „Hallo zu sagen", wie sie meinte. Sie hatte ihm nie etwas mitgebracht, nur sich selbst. Schon seit ihrem ersten Besuch hatte sich alles für ihn verändert. Das war jetzt über drei Monate her.

Auch wenn sie noch nicht zusammenwohnten und ihm diese Beziehung sicher mehr bedeutete als ihr, war er zufrieden.
Als er an diesem Morgen sein Gesicht im Badezimmerspiegel betrachtete, wirkte es älter als sonst. Nicht einmal das bronzierte Glas reichte aus, um seine Haut gesund aussehen zu lassen. Zwischen zwei Werbespots brachten sie im Radio für alle Spätaufsteher die genaue Uhrzeit. Wenn er es noch schaffen wollte, kurz vor neun beim Jobcenter zu sein, war es allerhöchste Zeit. Er durfte nicht schon wieder zu spät kommen. Aus taktischen Gründen ließ er seinen wundervollen Sportwagen in der Tiefgarage stehen und wollte ein öffentliches Verkehrsmittel nehmen. Mit ein bisschen Glück, wenn der Bus etwas Verspätung hätte, würde er gerade noch rechtzeitig an der Haltestelle ankommen, um ihn nicht zu verpassen. Er nahm seine Jacke vom Garderobenhaken und steckte noch den Haustürschlüssel ein.
Unten quietschte die Eingangstür. Wie explodierende Zündplättchen hallte das ihm inzwischen so vertraute Geräusch von Pfennigabsätzen durchs Treppenhaus.
Sie begegneten sich erst zwei Stockwerke tiefer. Sophia sah abgekämpft und müde aus. Der Regen hatte ihre rabenschwarzen Haare auf der Stirn und am Hals festkleben lassen. Er wollte sie an sich ziehen, aber sie ließ das nicht zu, küsste ihn nur flüchtig, bevor sie sich auf die Treppe setzte.
„Ich dachte, dass du längst auf der Arbeit wärst", sagte er.
„Und ich, dass du heute Morgen zur Berufsberatung müsstest?" Selbst ihre Stimme klang matt.
Er hatte sich neben sie gesetzt und einen Arm um ihre Schulter gelegt.
„Dachte ich auch", antwortete er, während seine Finger ihr die nassen Haare aus dem Gesicht strichen. Wie unverschämt gut diese Frau roch. Als hätte der Regen ihre

Hautporen geöffnet und ihr eigenes Parfüm herausgeschwemmt, dachte er.

„Wir könnten doch zusammen frühstücken und vorher kurz heiß duschen gehen", versuchte er sie aufzumuntern. Für einen Moment lächelte sie ihn an und bewegte kurz die Lippen, als wüsste sie noch nicht, was sie auf den Vorschlag antworten sollte.

„Während du dir die nassen Sachen auszieshst, koche ich Kaffee und streue dir Post-its mit selbstgemalten Herzen drauf bis zum Badezimmer." Doch noch während er sprach merkte er, dass seine Worte ins Leere gingen.

Sie schüttelte den Kopf. „Ich fühle mich hundsmiserabel. Habe den Bus verpasst. Heute mache ich blau. Zu blöd, dass ich eben auch noch den Regenschirm vergessen habe."

Sie hatte sich am Treppengeländer hochgezogen und die nasse Jeansjacke wie das Handtuch eines Oberkellners über den Arm gelegt. Er sah die Gänsehaut an ihren Armen und wie sie zu zittern begann.

„Wenn du noch lange hier rumstehst, hilft auch kein heißes Wasser mehr. Vielleicht sehen wir uns ja heute Abend. Wenn ich zurück bin, melde ich mich." Er wollte sie zum Abschied rasch küssen, doch dieses Mal drehte sie sich zur Seite.

„Nein. Ich will nicht, dass du dich meldest – weder nachher noch sonst wann." Ihre Stimme klang hart und kalt wie die seiner Sachbearbeiterin im Jobcenter. „Mir ging das von Anfang an viel zu schnell mit uns, aber darüber kann man mit dir ja nicht vernünftig reden. Du bist dann immer gleich eifersüchtig, nur weil ich auch mal zwei Abende hintereinander für mich haben möchte. Ich will eben keine feste Beziehung und das ganze Drum und Dran." Sie schaute ihn an und Mitleid lag jetzt in ihrem Blick. In versöhnlichem Tonfall fuhr sie fort: „Findest du es nicht auch fairer, offen darüber zu reden?" Sie hatte sich jetzt vor ihn gestellt, ihre Hände um seinen Nacken gelegt und ihn auf die Stirn geküsst. Genauso hatte das seine Mutter gemacht, wenn er zum Spielen nach draußen gehen sollte, weil Freunde sie besuchten oder wenn sie ihm sagte, dass aus dem Wochenendausflug mit seinem Vater nichts werden würde.

„Also gut. Versuchen wir fair zu sein – auch wenn ich das alles nicht kapiere", flüsterte er.

Sie schien erleichtert, das hinter sich gebracht zu haben und dass er so ruhig reagierte. Aber da war noch etwas anderes in diesem hübschen Gesicht. War es Sorge? Vielleicht fragte sie sich ja, ob sie sensibel genug gewesen war. Schließlich hatte er ja schon einmal versucht, sich das Leben zu nehmen.

Er lächelte ihr zu, drehte sich um und ging die Treppe hinunter.

Das Geräusch ihrer Absätze verfolgte ihn bis zur Haustür. Draußen auf der Straße rannte alles bloß wieder durcheinander wie die Gedanken in seinem Kopf.

Aus einer aufgeplatzten Plastiktüte rollten Tomaten und Äpfel über den Asphalt, verschwanden im Rinnstein oder unter Autoreifen. Als er um die Ecke bog, sah er schon von Weitem an der leeren Haltestelle, dass der Bus heute pünktlich gewesen war. Der Nächste fuhr erst in einer Stunde. Er würde zu der Tiefgarage gehen und mit seinem ferrariroten Karmann Ghia, Typ 14, zum Jobcenter fahren. Er liebte seinen Oldtimer, genauso wie er seine Großmutter geliebt hatte. Vielleicht pflegte er dieses Auto deshalb so viel besser, als er sich um sich selbst kümmerte. Immerhin war es ihr Auto gewesen und er hatte es von ihr geerbt – nicht seine Mutter. Ihm, dem kleinen Jochen, hatte sie ihren ganzen Stolz vermacht. Solange er zurückdenken konnte, hatte er dieses Bild vor Augen gehabt. Oma Sonja, ein Kopftuch, der rote Sportwagen und diese Weißwandreifen. „Sekretärinnen-Ferrari", hatte seine Mutter immer abfällig gesagt, wenn sie beide Oma Sonja hinterherschauten. Jetzt war der Wagen ein anerkanntes historisches Kulturgut mit einem H im Kennzeichen – und seine Mutter nur noch ein Name auf einem Grabstein.

Nachdem Jochen Weidner über eine Stunde von seiner Beraterin im Jobcenter interviewt worden war, stand anschließend noch der wöchentliche Termin beim Therapeuten auf dem Programm.

Es war später Nachmittag, als er endlich wieder seine Wohnungstür aufschloss. Noch ehe er seine Jacke ausgezogen hatte, hörte er Musik aus Sophias Wohnung. Er mochte ihren Musikgeschmack, liebte es, wenn sie ihre Playlists die ganze Nacht laufen ließ. Oft genug hatte er wach auf seiner Couch gelegen und die Wand zur Nachbarwohnung angestarrt. Mit der Zeit schien es ihm, als könnten seine Augen und Ohren die Wand gänzlich ignorieren. Lang bevor Sophia an seinem Krankenbett aufgetaucht war, hatte er gewusst, dass sie unruhig schlief und sich auf ihrem Bett liegend die halbe Nacht hin und her wälzte, denn dann knarrte ihr Bett. Aber dafür war es heute noch zu früh. Vielleicht stand sie jetzt vor dem Spiegel oder machte eine ihrer Yogaübungen.

Draußen war es längst dunkel, als er aufstand, um sich einen Kaffee zu kochen. Während das Wasser in der Maschine brodelte, hörte er die Klingel an Sophias Wohnungstür. Später Besuch. Er brauchte nicht sein Ohr an die Wand zu legen, um ihre dunkle Stimme zu erkennen. Auch wenn er keines der Worte richtig verstehen konnte, zeigte ihm ihr Lachen und ihre Ausgelassenheit, in welcher Stimmung sie war. Es dauerte einen Moment, bis er aus dem Geräuschewirrwarr die andere Stimme herausgehört hatte. Sie klang noch dunkler, männlicher. Nach einer Weile war die Musik nebenan immer leiser gewor-

den. Jetzt schienen auch die Stimmen nur noch miteinander zu flüstern. Dafür war ein anderes Geräusch dazugekommen. Nur lag Sophia dieses Mal ganz sicher nicht allein in ihrem Bett und das Knarren und Ächzen des Holzrahmens klang nur obszön. Weder die Musik aus seinem Radio noch Claus Kleber und Gundula Gause im Fernsehen sprachen laut genug, um dieses Geräusch zu übertönen. Aber irgendetwas musste es geben, das ihn ablenken könnte. Vielleicht sollte er etwas trinken und ein oder zwei Tabletten nehmen – das würde dann schon helfen. Im letzten Moment spuckte er die wie weiße Pfefferminzdragees aussehenden Tabletten ins Waschbecken. Das Gesicht im Badezimmerspiegel, das ihm anschließend entgegengrinste, sah dabei fremdartig und irgendwie verändert aus.

Das alles lag nun schon Wochen zurück. Die Stimmen, das Lachen, die Musik und die anderen Geräusche aus der Nachbarwohnung hatte er seitdem häufiger gehört.
Aber heute Vormittag war Sophia allein zu Hause. Das wusste er. Dienstags fuhr sie erst mit dem Bus um Viertel vor zwölf zur Uni. Sie arbeitete in einem Buchladen auf dem Campus und er kannte ihre Arbeitszeiten.
Er durfte den Autoschlüssel nicht vergessen, wenn er gleich zu ihr ging.
Im Treppenhaus roch es nach Schuhen (viele Mieter stellten ihre Schuhregale vor der Wohnungstür auf) und nach Kohlsuppe.
Erst nach dem dritten Klingeln hatte sie die Tür geöffnet. Außer den hochgesteckten Haaren und diesem kleinen Tattoo auf ihrem linken Unterarm hatte sich ihr Aussehen absolut nicht verändert. Wenn sie überrascht war, ihn zu sehen, ließ sie sich das nicht anmerken. Für einen winzigen Moment war da sogar ein Lächeln gewesen. Er hatte

sich diese erste Begegnung seit ihrer Trennung viel komplizierter vorgestellt. Wahrscheinlich war es genau das, was sie mit „fair sein" gemeint hatte.
Dann sei fair und bleibe es und lass dich damit begraben, dachte er. Wie mit einer glühenden Zange hatte sie ihm, ohne jede Vorankündigung, sein Herz und damit jeden schönen Gedanken aus ihm herausgerissen, was war daran fair? Sie hatte ihn abgeliebt, weggeworfen, kastriert, im Kopf und sonst wo – und dafür würde sie jetzt bezahlen. Natürlich war kein Fünkchen Wahrheit an der Geschichte, die er ihr gerade auftischte. Er würde heute auch zur Uni fahren, sich eine Veranstaltung des Publizistik-Studiengangs anhören und er hätte anschließend noch einen Termin bei der Studienberatung. Schließlich brauchte es ja einen plausiblen Grund, warum er jetzt vor ihrer Tür auftauchte, um ihr vorzuschlagen, dass er sie mitnehmen könnte. Sophia war nicht eine Sekunde misstrauisch geworden. Wahrscheinlich hatte ihr die Erleichterung zu sehen, dass es ihm gut ging, die Antennen verkleistert. Es ging ihm ja auch gut – und bald würde es ihm noch besser gehen.

Sie wartete neben dem Eingang des alten Hochhauses, während er seinen Karmann Ghia aus der Tiefgarage holte. Der Tag war grau und Wolken hingen wie ein Versprechen auf Regen am Himmel. Sophia war der einzige Farbtupfer in der Straße. Mit ihrer roten Jacke, den brombeerfarbenen Sneakers und der knallgelben Umhängetasche sah sie wohltuend anders aus als ihre triste Umgebung.
Bis zuletzt hatte er befürchtet, dass sie es sich doch noch anders überlegen könnte. Erst als sie eingestiegen war, ihre Tasche auf den Rücksitz gestellt und den kleinen Regenschirm auf die Hutablage geworfen hatte, wusste er, dass alles wie geplant ablaufen würde. Jetzt hatte er sie endlich

dort, wo er sie haben wollte. Sie würde ihm keinen Laufpass mehr geben.
Da riss ihre Stimme ihn aus seinen Gedanken:
„Ich kann verstehen, warum du so an diesem Wagen hängst." Sie streichelte mit den Fingern über das Armaturenbrett. „Ist wirklich ein schönes Auto. Hat irgendetwas Weibliches an sich." Sie griff mit der linken Hand hinter sich – wollte wohl den Sicherheitsgurt anlegen. Er startete den Wagen und fuhr los.
„Du weißt doch – der Karmann ist ein Oldtimer, ein Kulturdenkmal. Vor 50 Jahren hatten die wenigsten Autos Sicherheitsgurte oder Kopfstützen."
Sie lachte. „Hatte ich vergessen. Hast du mir alles schon einmal erklärt. Wir sind ja nicht das erste Mal gemeinsam in deinem Wagen unterwegs."
Aber das letzte Mal, dachte er und musste ein Grinsen unterdrücken.
Das Universitätsgelände lag außerhalb der Stadt und um diese Zeit war in der Gegend wenig Verkehr. Schnell hatte Weidner 70, dann 80 Stundenkilometer auf dem Tacho.
„Man könnte meinen, dass du mich rasch wieder los sein willst. Vielleicht war es doch keine so gute Idee von dir, mich mitzunehmen."
„Die Beste und die Einzige."
Sie drehte sich um und Weidner spürte, wie sie ihn musterte.
„So habe ich mir das gewünscht. Ich bin wirklich froh, dass du drüber weg bist. Mit uns hätte das nicht funktioniert. Ich will keine feste Beziehung, will Spaß haben. Vielleicht liegt das auch an unserem Altersunterschied. Zehn Jahre sind eine verdammt lange Zeit. Wie alt war eigentlich die Frau, der du damals den Laufpass gegeben hast?"
Er hatte keine Lust, über Andrea zu reden. Sie war nicht schuld an der Leere in seinem Leben. Deshalb saß auch

nicht sie auf der Anklagebank. Wenn jemand schuld war, dann seine Mutter und Sophia: Die eine hätte ihn nie zur Welt bringen sollen und die andere ihn nicht davon abhalten, sie wieder zu verlassen.

Gab es so etwas wie Schicksal? Gab es Gerechtigkeit? Er würde es bald wissen. In ungefähr fünf Kilometern waren sie an ihrem Ziel. Dort war eine Kreuzung, bog die gut ausgebaute Straße Richtung Unigelände rechts ab. Geradeaus führte sie ins Gewerbegebiet und später zur Autobahn. Aber heute Morgen war ihr gemeinsames Ziel diese Weggabelung an sich. Dort gab es keine Ampel, nur eine breite Straße, eine Kurve und ein Haus mit einer Mauer davor. Früher war das einmal ein Ausflugslokal gewesen – ein Wochenendziel für Autofahrer und Spaziergänger. Oma Sonja hatte ihn ein paarmal dorthin mitgenommen. Er wusste noch genau, wie großartig er sich gefühlt hatte, als er zu ihr in den Karmann gestiegen war. Dieses Auto war eine der wenigen glücklichen Erinnerungen an seine Kindheit, die ihm geblieben war. Und bald würde auch diese Erinnerung Geschichte sein, dann würde ihm der Wagen unter den Füßen wegrosten. Er hatte von Autos viel zu wenig Ahnung, als dass er das selbst hätte reparieren können – und für alles andere hatte er kein Geld. Also würde er seinen Karmann beerdigen – zusammen mit dem Menschen, der ihn als Letztes enttäuscht hatte.

„Du brauchst nicht so schnell zu fahren", sagte Sophia, während sie ihr Handy aus der Tasche zog und ihre Nachrichten las.

Er sah, wie sie lächelte, konnte das plötzlich nicht mehr ertragen.

„Du brauchst ihm nicht zu antworten", sagte er zischend.

Sie schaute ihn an.

„Was meinst du?"

Er spürte ihren Blick, ohne darauf zu reagieren. Seine Augen, diese fremden, veränderten Augen, starrten teilnahmslos durch die Windschutzscheibe. In der Ferne tauchte jetzt etwas Rotes auf.
„Das wirst du noch früh genug merken", sagte er. „Es war ein Fehler von dir, in diesen Wagen zu steigen. Du weißt doch, dass mich alle Welt für verrückt hält. Manisch-depressiv, so steht es wenigstens in dem Arztbericht. Und da ich ja schon einmal versucht habe, mir das Leben zu nehmen, wird niemand überrascht sein."
„Du bist wirklich übergeschnappt", rief Sophia und rutschte unruhig auf ihrem Beifahrersessel hin und her. „Ich will sofort aussteigen. Halt an, halt endlich an!"
Er ignorierte sie – überholte stattdessen ein vor ihnen fahrendes Auto.
„Das ist nicht lustig, Jochen", rief sie und begann ihn mit der Hand anzustoßen. Dann sah sie die Handbremse und griff danach. Als sie daran zog, kam der Wagen kurz ins Schlingern. Er schlug mit seiner Faust derb auf ihre Arme und stieß sie beiseite.
„Lass das sein", sagte er im Befehlston. „Wir wollen doch nicht, dass sich der Wagen überschlägt. Dann würden wir dem Schicksal ja gar keine Chance geben. Nein, eine solide Mauer muss es sein. Du kannst dir bestimmt vorstellen, was passiert, wenn man mit 80 Stundenkilometern und ohne Gurt bei einem Unfall gegen die Windschutzscheibe prallt. Diese Straße ist wie eine Startbahn, die unmittelbar vor der Backsteinmauer endet."
Jetzt begann Sophia zu schluchzen, während ihre weit aufgerissenen Augen nach vorne auf die Straße starrten.
Fünfhundert Meter, schätzte er, während er wieder auf die linke Spur wechselte. Bald würde es vorbei sein.
„Hör bitte auf. Ich mache alles, was du willst", schrie sie, während ihre Blicke und ihre Hände nach einem Aus-

weg suchten. Sie begann den Mann auf dem Fahrersitz zu schlagen. Der stieß sie von Neuem zurück. Von einem Moment zum anderen sackte die Frau in sich zusammen. Da war die Mauer nur noch zweihundert Meter entfernt. Jetzt streckte sie ihre Arme aus und stützte ihre Hände gegen das Armaturenbrett, als könnte sie so diesen bevorstehenden Aufprall abfedern. Weidner lachte, während auch er nun wie von Sinnen auf das steinerne Ende der Straße starrte. Wenn überhaupt irgendetwas einen Körper bei einem Aufprall im Auto halten konnte, dann war das ein Sicherheitsgurt. Am besten ein diagonal vor der Brust Verlaufender. So etwas gab es in diesem Karmann Ghia, Baujahr 1961, nicht – wohl aber einen Beckengurt. Er hatte sich gleich unten in der Tiefgarage angeschnallt und sich anschließend seine Jacke auf den Schoß gelegt. Den auf der Beifahrerseite hatte er letztes Wochenende mit einem Teppichmesser abgeschnitten, falls sich Sophia vorhin doch gleich an ihre gemeinsamen Fahrten in diesem Wagen erinnert hätte. Nun würde das Schicksal darüber entscheiden, was passieren würde. Er hatte sich gut auf den heutigen Tag vorbereitet und die letzten Wochen viel über Crashtests gelesen. Eine Kopfstütze war sicher genauso wichtig wie ein guter Dreipunktgurt. Aber der Fahrer hatte immer bessere Chancen zu überleben als der Beifahrer. Er durfte nur nicht ungebremst vor die Windschutzscheibe krachen – oder noch schlimmer, durch sie herausgeschleudert werden. Er musste dem Schicksal eine Chance geben zu entscheiden, wer leben soll und wer nicht. Wie ein Monster aus Backsteinen baute sich die Mauer jetzt vor ihnen auf. Eben war der letzte Moment gewesen, an dem er noch hätte bremsen können. Mit viel Glück wäre der Wagen wahrscheinlich noch vor der Mauer zum Stehen gekommen. Während die Frau neben ihm wimmerte, blieb er mit dem Fuß weiter auf dem Gaspedal, riss die Hände vom Lenkrad, hielt sie sich vors Gesicht und zog gleichzeitig den Kopf zwischen die Schultern. *Igelhaltung*, hatten das die Experten genannt. Die letzten Sekunden bis zum Aufprall hatte er nur noch Augen für die Mauer. Als der Karmann auf den abgesenkten Bordstein traf, hob es ihn etwas vom Boden ab. Für einen Moment drehten die Weißwandreifen in der Luft durch. Kurz darauf krachte der Oldtimer ungebremst in die massive Mauer.

Die Experten hätten vielleicht recht behalten. Angeschnallt, wenn auch nur mit einem Beckengurt, hätte man einen solchen Crash überleben können, wenigstens, wenn man auf der Fahrerseite saß.
Aber ein keulenartiger Regenschirm, der beim Aufprall von der Hutablage nach vorn geschleudert wurde und der wie ein Handkantenschlag ein Genick zertrümmerte, war ebenfalls tödlich.

DIE DURCHS FEUER GEHEN
ODER
HALL OF FLAME

Gabriele
Sie würde sich einen neuen Wagen kaufen müssen. Dieser verfluchte Innenspiegel war eindeutig zu klein, als dass Frau beurteilen könnte, ob Make-up, Lidstrich und Lippenstift perfekt aussahen. Und gerade darauf kam es nun einmal an! Wichtig war es, mindestens zehn Jahre jünger zu wirken, als dieses amtliche Handicap von Personalausweis es ausplauderte. Eine tägliche Herausforderung, der sich Gabriele nur zu gerne stellte.
Der Autofahrer hinter ihr allerdings hatte offenbar wenig Verständnis für ihre Lebensphilosophie. Die Ampel stand längst auf grün, als seine Hupe sie unsanft wachrüttelte. Du verdammter Mistkerl, dachte sie, sein Gesicht im Rückspiegel musternd, bevor sie den Gang einlegte und betont langsam losfuhr. Sie hatte alle Zeit dieser Welt. Für Wolfgang machte es keinen Unterschied mehr, ob sie nun pünktlich oder verspätet zu seiner Einäscherung erscheinen würde. Wolfgang war tot. Er war jetzt kalt und bevor er zu riechen begann, würde er heute verbrannt werden. Sie war auf dem Weg zum Krematorium am Stadtpark. Das war sie ihm schuldig. Wenigstens meinte sie das. Schließlich waren sie sechs Jahre miteinander verheiratet gewesen. Alles in allem manierliche Jahre. Jetzt war sie 52. Und auch wenn das mit ihrem Eheende nun schon fast zehn Jahre zurücklag, erinnerte sie sich doch noch intensiv an ihre gemeinsame Zeit. Die Partys, die Urlaube, das Haus am Starnberger See und den Freundeskreis, den sie sich aufgebaut hatten. Wolfgang war ein cleverer IT-Manager gewesen. Genial im Beruf, aber aufbrausend und völlig

weltfremd im restlichen Leben. Ohne sein Geld hätte er wahrscheinlich irgendein Mauerblümchen abbekommen, zwei Kinder gehabt und in einer Vorstadtsiedlung gelebt. Sie war unter anderem seine Karriere-Managerin gewesen, hatte ihm geholfen, die richtigen Leute kennenzulernen und ihm eine Abtreibung geschenkt. Davon hatte er natürlich nichts gewusst. Nach der Scheidung waren sie immer irgendwie in Kontakt geblieben, und er hatte pünktlich seine Unterhaltszahlungen geschickt. Nun war er tot und um elf Uhr würde nur etwas warme, flimmernde Luft aus einem Schornstein von ihm übrig bleiben.

Wie konnte man sich nur an einem Montag einäschern lassen? Alle hatten das Wochenende noch in den Knochen, die Straßen waren übervoll und nirgendwo fand man einen Parkplatz. Selbst am Stadtpark, gegenüber vom Industriegebiet, war heute kaum eine freie Nische zu finden. Das lag sicher nicht an Wolfgangs Einäscherung. Das Schreiben und die Traueranzeige des Bestattungsinstitutes waren erst am Samstag zugestellt worden und in diesem Punkt eindeutig gewesen. Herr Wolfgang Brosius würde am 21. Oktober 2016 um elf Uhr im *Cimitero*-Krematorium am Industriegebiet eingeäschert werden. Auf eine Trauerfeier habe der Verblichene ausdrücklich verzichtet. Nur seine Exfrauen seien zu der Zeremonie geladen, und nachmittags, um 16 Uhr, sollte in den Räumen der Kanzlei *Murnau* das Testament des Erblassers eröffnet werden. Als Anlage waren die Adressen des Krematoriums und der Kanzlei aufgelistet und ein kurzer Nachsatz empfahl – wohl wegen der Parkplatzsituation – die Anreise mit öffentlichen Verkehrsmitteln.

Gabriele war aus allen Wolken gefallen. Wolfgangs Tod kam völlig überraschend. Sie hatte natürlich gleich versucht Alex Murnau, Wolfgangs Anwalt und ihr gemeinsamer Freund, telefonisch zu erreichen, aber der war bis Montagmittag im Kurzurlaub.

Nachdem Gabriele endlich einen Parkplatz gefunden und noch rasch ihren Lippenstift nachgezogen hatte, ging sie los. Es war zehn Minuten vor elf, und das kleine Krematorium lag zwischen dem nördlichen Teil des Stadtparks und der viel befahrenen Umgehungsstraße. Die Luft war klar und kalt, und es war kaum etwas zu spüren von dem in den Wetterberichten versprochenen goldenen Oktober. Der Weg zwischen den Grasflächen war mit weißen Kieselsteinen belegt und wand sich in Schlangenlinien bis zu einem schmiedeeisernen Tor, das den Park und das Krematorium voneinander trennte.

Gabriele war noch gut hundert Schritte weit entfernt, als die Frau mit den blonden Haaren und dem kurzen schwarzen Mantel das Tor zum Gebäude passierte.

Sandra
Auch ohne Brille hatte Sandra die Frau im schwarzen Kostüm sofort registriert. Ein kurzer Blick aus den Augenwinkeln hatte gereicht, um zu erkennen, wer da auf dem Weg zum Krematorium unterwegs war. Ein die Figur betonendes, sicher sündhaft teures Kostüm, die schwarzen Haare und diese makellose Frisur ermöglichten selbst kurzsichtigen Augen eine eindeutige Identifizierung. Sandra hatte keine Lust, Wolfgangs erster Frau zu begegnen. Das würde sich zwar heute nicht verhindern lassen, aber wenn sie sich beeilte, würde sie schon auf ihrem Platz in der Trauerhalle sitzen, während Madame noch auf dem Anmarsch war. Sandra mochte Gabriele nicht sonderlich. Dafür waren ihre Ansichten einfach zu unterschiedlich. Auch wenn sie im Laufe der Zeit nicht übermäßig viel miteinander zu tun gehabt hatten, war Wolfgangs erste Frau trotzdem irgendwie immer präsent gewesen.

Sandra hatte Wolfgang erst nach seiner Scheidung kennengelernt, im *English Refresher Course* an der Volkshochschule. Sie waren sich auf Anhieb sympathisch gewesen. Wolfgangs *th*-Probleme hatten sie zum Schmunzeln gebracht, und er hatte sich in ihre Figur verliebt. Wenigstens war er ehrlich genug gewesen, das genau so zu sagen. Er liebte ihre üppigen Rundungen und die Tatsache, dass sie nach dem Sex nicht sofort aus dem Bett unter die Dusche sprang, um sich ihn abzuwaschen. Anfänglich war der Sex sowieso ihre gemeinsame Sprache gewesen. Sie hatte ihn und er hatte sie verwöhnt – wenigstens die erste Zeit.
Sie war Lehrerin. Tagsüber unterrichtete sie ihre Realschulklassen und zweimal die Woche ihre Volkshochschulkurse. Auch wenn Wolfgang sicher ein begnadeter Computerfachmann gewesen war, der mit Zahlen jonglierte, als wäre das nichts Besonderes, hatte sie sich ihm intellektuell überlegen gefühlt. Nur im Bett waren sie gleichberechtigt gewesen, hatte ihre Lust absolut zueinander gepasst. Wenigstens so lange, bis Wolfgang ein Kind haben wollte und festgestellt wurde, dass ihre Eileiter verklebt waren. Der Sex war danach anfänglich noch gieriger und hemmungsloser, aber auch schmerzhafter geworden, bis er irgendwann aus ihren Köpfen verschwand. Danach hatten sie noch einige Jahre nebeneinanderher gelebt, hatten jeweils diverse Affären gehabt, bis Wolfgang irgendwann zu seinem Anwalt gegangen und ausgezogen war. Was von ihm geblieben war, waren seine gelegentlichen Anrufe und die monatlichen Überweisungen.
Die Scheidung lag nun schon etliche Jahre zurück, als sie die schmucklose Eisentür zum Trauerraum öffnete. Das quietschende Geräusch erinnerte an das Kreischen von Katzen und der Duft von Räucherstäbchen an einen Bali-Urlaub mit Wolfgang. Es dauerte einen Moment, bis sich Sandras Augen an das matte Licht des Trauerraums

gewöhnt hatten. Auch wenn der Raum auf den ersten Blick hell und freundlich wirkte, war das Licht doch deutlich blasser als draußen vor der Tür. Der Raum war sechseckig, kapellenartig gebaut, nicht sonderlich hoch und bis zur Decke mit Fliesen versehen. In der einen Wand war eine kleine, gusseiserne Tür eingelassen. Davor stand, auf einem schmucklosen Metallgestell, ein schlichter Sarg.

Typisch, dachte Sandra und erinnerte sich daran, wie wenig Wert Wolfgang auf „Schnickschnack", wie er das nannte, gelegt hatte. Möbel hatten zweckmäßig zu sein, eine Gleichung musste aufgehen, und eine Frau musste Kinder bekommen können. Sie war fünfzehn Jahre jünger als Wolfgang, war jetzt 38. Vielleicht hätten sie das damals mit dem Kinderwunsch doch noch irgendwie hinbekommen. Es gab da gute Spezialkliniken in Bonn und in Köln. Das Geld dafür hätten sie gehabt, aber Wolfgang hatte partout nichts davon hören wollen. Es war, als ob ihre Brüste damals plötzlich aus Silikon gewesen wären, ihr Schoß zu weit und ihre Lippen zu trocken.

„Was warst du nur für ein Arsch", zischte sie, als sie jetzt vor dem Sarg stehen blieb und wie zum Gebet die Hände faltete. Ohne dass sie es hätte verhindern können, griffen ihre Finger immer fester ineinander, waren irgendwann so schmerzhaft ineinandergekrallt, als wären sie eine geballte Faust. „Was für ein selbstgerechter, rücksichtsloser Schweinehund". Erst jetzt bemerkte sie die schmächtige Gestalt, die regungslos auf einer der Steinbänke seitlich versetzt hinter ihr saß. Trotz des dunkelgrauen Mantels hatte sich die Frau so tief zwischen Seitenteil und Rückwand der weißen Bank geschmiegt, dass man sie glatt hätte übersehen können.

Stefanie

Ein flüchtiges Schmunzeln huschte über den Mund der Frau, die, seit die Trauerhalle um zehn Uhr geöffnet worden war, auf der ungepolsterten Steinbank saß und wartete. Sie hatte heute Morgen früh genug da sein wollen, wollte meditieren und sich fragen, warum sie keine Trauer spürte. Immerhin war erst vor einigen Tagen ihr Ehemann gestorben, der Mann, der jetzt in diesem Sarg lag, mit dem sie seit vier Jahren verheiratet gewesen war, den sie einmal geliebt hatte und der sich demnächst von ihr hatte scheiden lassen wollen. Schweinehund, wiederholte Stefanie in Gedanken, und ihr Schmunzeln wurde noch etwas breiter dabei. Die Frau, die keine drei Meter entfernt von ihr vor dem Sarg stand und ihr den Rücken zuwandte, hatte es auf den Punkt gebracht. Wolfgang war ein selbstgerechtes Arschloch gewesen, deshalb konnte sie auch nicht um ihn trauern. Die Frau am Sarg musste Sandra sein, kombinierte Stefanie. Eine von Wolfgangs Exfrauen. Blond, üppig und noch keine vierzig, soweit sie das von ihrem Platz aus beurteilen konnte. Sie war ihr zwar nie begegnet, aber sie hatte mit Namen beschriftete Nacktfotos von ihr in Wolfgangs Schreibtischschublade gefunden. Die Frau, mit der er davor verheiratet gewesen war, musste deutlich älter sein – und nicht blond. Wolfgang hatte einmal erwähnt, dass die Haare seiner ersten Gattin genauso schwarz wie seine Seele seien. Stefanie kaute nervös auf ihrer Unterlippe herum. Sicher würde auch diese Frau noch erscheinen, und sie würde beide wohl oder übel kennenlernen. Stefanie hatte viele Stärken, aber auf Menschen zuzugehen und sich für andere zu interessieren gehörte sicher nicht dazu. Steffi – die meisten benutzten nur die Kurzform ihres Namens – war ein Zahlenmensch, ein Mathe-Genie. Wegen ihrer zierlichen Körpergröße, der leisen Stimme und ihrer schüchternen Art wurde sie

meistens übersehen. Aber Wolfgang hatte sie gefunden. Sie hatte ein duales Studium in seiner Softwarefirma absolviert, endlos Überstunden gemacht und irgendwann war sie dabei ihrem Chef über die Füße gelaufen. Der hatte sie eines Abends zu sich ins Büro bestellt und genau genommen auf dem Schreibtisch vergewaltigt. Zumindest war es kein einvernehmlicher Sex gewesen, aber sie hatte sich nicht gewehrt und auch nichts gesagt. Sie hatte es geschehen lassen, so wie sie es die nächsten Monate immer wieder geschehen ließ. Wolfgang hatte sich rasch in sie verliebt – sie sich erst viel später in ihn. Er war immerhin 24 Jahre älter als sie gewesen. Es hatte ihr geschmeichelt, dass ein so erfahrener Mann, noch dazu ihr Chef, sich in sie verlieben konnte. Doch an eine Heirat hatte sie nicht im Traum gedacht. Als sie schwanger wurde, nahm sie eine Woche Urlaub und ging in die Klinik. Vier Wochen später machte ihr Wolfgang einen Antrag. Natürlich wusste er nichts von der Abtreibung, und sie hütete sich davor, etwas zu sagen. Sie hatte zu arbeiten aufgehört, managte den Haushalt, gewöhnte sich schnell an den Wohlstand und an Wolfgangs Geld. Dafür ertrug sie seine Launen und seine bizarren Fantasien. Aber da sie sich beim Sex nicht besonders engagierte, verlor er rasch die Lust und suchte seine Befriedigung bei anderen Frauen. Vor zwei Wochen war er dann aus ihrem gemeinsamen Haus ausgezogen.
Und dann starb er letzten Dienstag. Im Fitnessstudio, unter der Dusche. Einfach so. Dieser Trainingsquatsch war auch so eine von Wolfgangs Marotten gewesen. Fit sein um jeden Preis. Dabei hatte er gewusst, dass er wegen seiner Herzrhythmusstörungen eigentlich kürzer treten sollte. Sie hatten Wolfgang wohl noch ins Krankenhaus gebracht. Wenigstens hatte das die Mitarbeiterin des Bestattungsinstitutes am Telefon gesagt. Als Steffi dort

eingetroffen war, war er schon im Abschiedsraum des Bestatters aufgebahrt worden. Und jetzt lag er hier, ein paar Meter entfernt, in diesem billigen Fichtensarg ohne Metallbeschläge. Und gleich würde sich die Klappe in der Wand öffnen und Wolfgang war Geschichte.

Der Abschied

„Den hat er sich selbst ausgesucht", sagte Stefanie flüsternd. „Den Sarg, meine ich", ergänzte sie rasch, als müsste sie eine Frage beantworten, die niemand gestellt hatte.

Die Frau in Schwarz und Blond drehte sich kurz um und musterte die nun hinter ihr stehende Frau jetzt genauer.

„Habe ich mir schon gedacht", erwiderte sie. „Das passt zu unserem geizigen Doppel-Ex. – Sandra, Sandra Köhler. Ich war die zweite Frau unseres Casanovas. Habe aber meinen Mädchennamen wieder angenommen", merkte sie an, bevor sie der Frau eine blasse Hand entgegenstreckte.

„Ich habe meinen Namen gleich behalten. Stefanie, Steffi Gutenberg", antwortete die knabenhaft wirkende Frau mit dünner Stimme.

„Schön, Sie kennenzulernen – auch wenn der Ort sicher nicht unbedingt unter den Top Ten der beliebtesten Kennenlern-Orte zu finden sein dürfte."

Ein Lächeln huschte dabei über das Gesicht der üppigen Blondine. Ein Lächeln, das augenblicklich anstecken konnte und Stefanie etwas von ihrer Schüchternheit nahm.

„Wolfgang hat sein Geld halt lieber für sinnvollere Sachen ausgegeben."

„Ja." Ein Pusten begleitete Sandras Erwiderung. „Für Autos, Urlaube und die Damen vom Escort-Service."

In diesem Moment öffnete sich die Tür des Krematoriums erneut und die dunkelhaarige Frau im Dior-Kostüm betrat den Trauerraum.

„Wenn man vom Teufel spricht", sagte die Blondine, die Augen verdrehend, und wandte sich dem neu ankommenden Trauergast zu. „Meine liebe Gabriele. Ohne dich wäre diese Feier niemals komplett gewesen."

Die beiden schüttelten sich die Hände, und für einen Moment sah es aus, als kontrolliere die Dunkelhaarige dabei den Nagellack der anderen.

„Liebste Sandra, fast hätte ich vergessen, wo wir sind, und hätte gesagt, was für eine Freude, dich zu sehen. Aber so", sie schüttelte den Kopf, „werde ich mir das natürlich verkneifen. Und Sie müssen Wolfgangs Letzte sein", begrüßte die Ältere jetzt Stefanie Gutenberg und wiederholte den Maniküretest.

Auch ohne diese Begrüßung hätte Steffi gewusst, wer die dunkelhaarige Frau im Edel-Kostüm war. Auch von ihr waren Nacktfotos im Schreibtisch gewesen. Schwarz-Weiß-Fotografien und Polaroid-Bilder, die sie in verschiedenen Posen zeigte: liegend, kniend und von der Seite fotografierte Blowjob-Schnappschüsse – auch diese rückseitig mit Namen versehen.

„Ja, Steffi Gutenberg – aber wir können uns ruhig duzen."

„Hmmmh, nein, ich glaube, das können wir nicht", widersprach die ältere Frau, den Mund verziehend. „Wir haben noch keine Flasche Sekt miteinander getrunken und nur weil wir mal mit demselben Mann verheiratet waren, sind wir doch Fremde."

„Wie erfrischend direkt du doch bist", mischte sich Sandra ein und fuhr an Steffi gerichtet fort: „Also mich darfst du gerne duzen. Immerhin haben wir denselben Mann ertragen. Glaub mir, ich weiß, von wem ich rede, und bestimmt ist Wolfgang nicht wie ein guter Wein gewesen, der mit den Jahren besser wird. Nur weil er tot ist, werde ich ihn nicht heilig sprechen."

„Das hätte er auch gar nicht gewollt", sagte Gabriele Brosius und begann sich umzusehen. „Hübsch hässlich hier. Da helfen auch diese weißen Wände und die gewölbte Decke nichts. Außerdem ist es hier unerträglich warm", meinte sie und begann die obersten Jackenknöpfe zu öffnen.
„Das sind die Wechseljahre, meine Liebe", bemerkte die Blondine rasch, nur um einen Augenblick später nachdenklich zu ergänzen: „Aber die müsstest du doch schon längst hinter dir haben."
„Davon bin ich noch meilenweit entfernt", antwortete die Dunkelhaarige gereizt.
„Das ist halt ein Krematorium", versuchte Steffi Gutenberg die Stimmung zu entspannen. „Bestimmt wird nebenan der Bestattungsofen hochgefahren oder so etwas."
„Das ist wieder eine von Wolfgangs Schnapsideen gewesen", sagte die dunkelhaarige Frau kopfschüttelnd. „Will sich unbedingt einäschern lassen und sucht sich dann auch noch dieses winzige Krematorium aus, als wenn es da einen Unterschied zum Öffentlichen am Hauptfriedhof gäbe. Die Frau vom Bestattungsinstitut sagte, dass er das alles haarklein festgelegt hat."
„Stimmt – das hat man mir auch gesagt, als ich dort angerufen habe", bestätigte Sandra Köhler. „Selbst den Sarg hat er ausgesucht. Sieht wie die billigste Version aus, die man kriegen kann."
„Pappsärge sind noch billiger", flüsterte Stefanie Gutenberg.
„Was?" Die Frau im Dior-Kostüm sprach aus, was die blonde Frau dachte.
„Ich habe das übers Wochenende im Internet recherchiert", versuchte Steffi den Sachverhalt zu erklären. „Es gibt bei Einäscherungen auch Särge aus dicker Pappe. Die kosten nur einen Bruchteil."

„Jetzt veräppeln Sie uns aber?", meinte die dunkelhaarige Frau skeptisch, während sie sich umdrehte, um den Sarg argwöhnisch mit den Augen zu untersuchen.

„Vielleicht ist das ja auch nur eine bedruckte Papp-Imitation", sagte Sandra Köhler. Als wollte sie sich endlich Gewissheit verschaffen, trat sie an den schmucklosen Sarg heran und trommelte mit den Fingern am Rand entlang.

„Eindeutig Holz", bemerkte sie und sah dabei in zwei entgeisterte Gesichter. „Ja, was denn? – Tot ist tot, und so ein bisschen Klopfen wird Wolfgang sicher nicht stören", sagte sie.

„Aber mich stört diese Respektlosigkeit", rief die Frau im Kostüm, und selbst das teure Make-up konnte ihre Empörung nicht überdecken. „Wolfgang war immerhin mein Mann. Wir haben zusammen das Unternehmen aufgebaut und wir haben uns geliebt", platzte es aus ihr heraus.

„Jedenfalls am Anfang."

„Lass gut sein, Gabriele. Dafür erbst du keinen Cent mehr als vor deinem Auftritt", bemerkte die blonde Frau amüsiert.

„Hat das nicht Zeit bis nach der Einäscherung?", meldete sich Stefanie mit erstaunlich fester Stimme zu Wort. „Die Testamentseröffnung ist doch schon heute Nachmittag. Bis dahin können wir wenigstens so tun, als ob Wolfgang uns fehlen würde."

„Sie haben leicht reden. Sie erben doch sowieso am meisten von uns. Immerhin sind Sie noch mit Wolfgang verheiratet", brachte die älteste der drei ihre Gedanken auf den Punkt. „Es sei denn, es gäbe einen Ehevertrag, der alles regelt."

„Gibt es nicht." Stefanie Gutenbergs Antwort klang fast trotzig. „Oder hatten Sie etwa einen?"

„Den hätte ich nie unterschrieben", bemerkte die Blondine, und Gabriele Brosius schnaufte verächtlich: „Damals gab

es auch noch nichts zu vererben. Wofür hätten wir so etwas brauchen sollen?"
„Dann warten wir darauf, welche Überraschungen uns der Rechtsanwalt nachher präsentieren wird. Wir werden schon nicht zu kurz kommen – es sei denn, es tauchen doch noch leibliche Kinder oder andere Ehefrauen auf", schlussfolgerte Sandra Köhler mit gedämpfter Stimme. „Aber das ist meiner Ansicht nach genauso unwahrscheinlich, wie dass wir leer ausgehen."
„Es sei denn, eine von uns verunglückt auf dem Weg zur Testamentseröffnung."

Mit dieser Äußerung hatte Stefanie Gutenberg wohl einen Nerv getroffen. Das nachfolgende Schweigen stand wie eine Überschrift für Nachdenklichkeit im Raum.

In der kleinen Halle waren drei Steinbänke nebeneinander im Boden eingelassen. Auf jede hatte sich jetzt eine der drei Frauen gesetzt, als würden die Bänke die exakt richtige Distanz zueinander vorgeben.

Die blonde Frau fand als Erste ihre Stimme wieder: „Wann soll die Trauerfeier denn nun genau beginnen?"

Gabriele verzog die Mundwinkel, als Steffi Gutenberg antwortete: „Im Schreiben vom Bestattungsinstitut stand Montag, 21. Oktober 2016, elf Uhr."

„Keine Trauerfeier", ergänzte die Frau mit den rabenschwarzen Haaren rasch. „Wolfgang war Atheist. Kopfmenschen glauben nicht an ein Leben nach dem Tod. Also gibt es auch keinen Pfarrer und keine Ansprache und kein Glockengeläut. Wir sind hier nur als Zeugen geladen."
„Kopfmenschen glauben halt nur an das, was mit einer physikalischen Versuchsreihe nachgewiesen werden kann", sagte Steffi achselzuckend.
„Manchmal hat mich Wolfgangs Ratio rasend gemacht."
„Aber sein Geld haben Sie bestimmt gern genommen?" Die erste Ehefrau versuchte gar nicht erst, ihren spöttischen Unterton zu unterdrücken.
„Das haben wir doch wohl alle getan", stellte Sandra Köhler nüchtern fest. „Wolfgang war, sagen wir, sehr speziell. Und dafür, dass wir ihn und seine Marotten ertragen haben, hat er sich bei den Scheidungen mehr als großzügig verhalten. – Oder habe nur ich jeden Monat diesen fünfstelligen Betrag zur Verfügung gehabt?"
Als niemand widersprach und jede dem Blick der anderen auswich, fuhr sie fort. „Wolfgang hat mit diesem Geld sein schlechtes Gewissen beruhigt, und ich finde, dass wir jeden Euro davon auch verdient haben."
„Wir sind zwar selten einer Meinung, liebste Sandra, aber in diesem Punkt gebe ich dir hundertprozentig recht", sagte die erste Gattin von Wolfgang Brosius emotionslos. „Und die Erbschaft haben wir auch verdient. Zum Glück gibt es keine Kinder oder andere Blutsverwandte mehr, mit denen wir teilen müssten. Ich bin gespannt, wie Wolfgang sein Erbe vergeben hat. Der gute Alex Murnau ist zwar ein Freund aus alten Tagen, aber Rechtsanwälte erinnern sich immer im falschen Moment daran, wann sie seriös zu sein haben. Konnte ihn telefonisch leider nicht erreichen. War wohl bis gestern Abend auf einem Golfturnier und landet erst heute Mittag wieder. Aber glücklicherweise gibt es

wenigstens überhaupt noch etwas zu vererben – und nicht gerade wenig."

„Glücklicherweise?", fragte Sandra, die Stirn in Falten legend. „Was soll das denn heißen?"

„Na, das stand doch alles in der Zeitung. Der Trouble in Wolfgangs Firma. Die Prozesse wegen Lizenzverletzungen und dem Diebstahl geistigen Eigentums. Zum Glück waren das nur Gerüchte", antwortete Gabriele. „Ich habe da so meine Quellen", ergänzte sie und begann in ihrer Louis-Vuitton-Handtasche herumzukramen. „Ich rauche jetzt erst einmal eine Zigarette."

„Hier ist Rauchen verboten." Wie aus dem Nichts war die Frau im schwarzen Hosenanzug plötzlich neben dem Trio aufgetaucht. Jetzt stand sie vor ihnen, und das durch zwei kleine, runde Glasbausteine im Dach einfallende Licht ließ sie augenblicklich wie einen Engel erscheinen. Die dunkle Version davon, flügellos und mit rasiermesserscharf gebügelten Hosenfalten. Sie musste irgendwo zwischen dreißig und vierzig Jahre alt sein, war halbgroß, hatte mittelbraunes Haar, eine schmale Taille und prachtvolle Brüste. Wenigstens wirkte das so. Der schwarze Anzug schien eine Maßanfertigung zu sein – der faltenlose Sitz der Jacke, die perfekte Länge der Ärmel und der Hosenbeine sprachen eindeutig dafür.

„Ich hoffe, dass Sie sich nicht erschrocken haben. Aber Vorschrift ist Vorschrift", sagte die Frau mit sonorer Stimme. „Mein Name ist Wilde, und ich begleite Sie bei Ihrer Abschiednahme."

Nachdem die Frau im Maßanzug jeden Trauergast noch einmal mit pietätvollem Händedruck begrüßt hatte, stand sie nun am Fußende des Sarges. „Sie dürfen sich gern wieder setzen", sagte sie mit dieser angenehmen, aber resoluten Stimme. „Ich erkläre Ihnen, was gleich passieren wird und wie der genaue Ablauf dieser Zeremonie ist. Es war der Wunsch unseres lieben Verstorbenen, hier in diesem kleinen Krematorium eingeäschert zu werden, genauso wie es sein Wunsch war, dass nur Sie, die Frauen, die Wolfgang Brosius so viel bedeuteten, als Trauergäste anwesend sein sollen." Frau Wilde schien den fragenden Blick im Gesicht von Gabriele gesehen zu haben, denn sie fuhr fort: „Ich hatte das Glück, Herrn Brosius noch zu Lebzeiten kennenzulernen. Er kam vor etwa einem Jahr in mein Bestattungsinstitut und besprach mit mir, wie er sich im Falle seines Todes die Beerdigung vorstellte. Es kommt leider viel zu selten vor, dass ein Lebender Vorkehrungen für die eigene Trauerfeier trifft, aber dem Verstorbenen war es wichtig, diese Dinge geordnet zu haben."

Gabriele Brosius hüstelte, Sandra Köhler murmelte etwas, das nach „Puppenspieler" klang, und Steffi Gutenberg verzog keine Miene.

Die Frau vom Bestattungsinstitut machte eine kurze Pause und schaute alle Anwesenden der Reihe nach an, bevor sie fortfuhr. „Herr Brosius bat mich, einen kurzen Brief vorzulesen. Danach wird der Sarg hinter dieser Metallplatte verschwinden – und in ungefähr eineinhalb Stunden werde ich Ihnen die Urne mit seiner Asche überreichen."

„Und was sollen wir damit tun?", fragte Gabriele sicher etwas lauter, als sie das beabsichtigt hatte.

„Auch das ist natürlich geregelt", verkündete die Bestatterin ohne jede Gefühlsregung. „Das Aushändigen war natürlich nur sinnbildlich gemeint. Herr Brosius hat sich für einen Urnenplatz auf dem Waldfriedhof entschieden. Sie dürfen gern bei der Urnenlegung dabei sein. Der Termin ist heute Nachmittag um 17 Uhr."

„Da sind wir leider verhindert", erwiderte Gabriele, nun mit deutlich reduzierter Lautstärke.

„Ah. Dann werde ich mich allein darum kümmern. Kommen wir jetzt also zur Verlesung des Briefes. Anschlie-

ßend öffne ich die Tür in der Wand, und der Sarg wird automatisch in den nächsten Raum mit dem Feuerbestattungsofen transportiert."
Frau Wilde wechselte ihre Position und stand jetzt am Kopfende des Sarges, direkt neben einer Stele mit Keramikschale, auf der ein rotes Kuvert lag. Keine der Frauen hatte vorher Notiz davon genommen, was merkwürdig war, da es außer den drei Bänken keinerlei anderes Mobiliar, keine Blumen oder Kerzenständer im Trauerraum gab. Die Bestatterin öffnete den Brief und begann zu lesen: „Jetzt ist es also passiert. Mein Herz ist vor Wut geplatzt. Der Arzt hat mich davor gewarnt, hat mir geraten, etwas kürzer zu treten und mich um ein Spenderherz zu bemühen, aber das ist nicht mein Ding. Wer wüsste das besser als ihr, meine drei Frauen, die Menschen, mit denen ich am intensivsten meine Lust und Leidenschaft ausgelebt habe. Ich habe es euch nicht immer leicht gemacht, habe euch erniedrigt, gedemütigt und euch auf das reduziert, was ihr seid: gekaufte Weiber. Ich habe euch gut dafür bezahlt, auch als wir nicht mehr verheiratet waren. Jetzt ist Schluss damit – irgendwann geht alles einmal zu Ende. Ich habe keine Angst vor dem, was da kommt. Im Gegenteil. Jedes Ende ist ein neuer Anfang. In Dankbarkeit, Euer Wolf."
Frau Wilde faltete den Brief wieder zusammen und legte ihn samt Kuvert auf die Schale zurück. Drei regungslose Gesichter begleiteten jede ihrer Bewegungen.
„Der Verblichene hatte noch einen Wunsch bezüglich der Trauermusik", ergänzte die Frau im schwarzen Hosenanzug, während sie die schwere, in die Wand eingelassene Eisenplatte öffnete. „Herr Brosius hat sich einen Popsong ausgesucht. Er sagte mir damals, wenn er bei *Dancing in the Dark* nicht mittanzen würde, sei er wirklich tot und seine sterbliche Hülle könne den Flammen übergeben wer-

den." Wie auf Knopfdruck hörte man in diesem Moment von irgendwoher die ersten Töne von Bruce Springsteens Song. Während sich die drei Trauergäste erhoben, verschwand der Sarg auf einem Transportband liegend Stück für Stück in der Wand.

Mister Springsteen hatte eben erst zu singen begonnen, als die Eisentür auch schon wieder verriegelt wurde. Frau Wilde schüttelte noch einmal jeder der drei Frauen die Hand, nur um Augenblicke später in der gleichen Ecke zu verschwinden, aus der sie aufgetaucht war.

„Was für ein makabrer Quatsch." Sandra Köhler fand als Erste ihre Stimme wieder. „Irgendwie typisch für unseren Marionettenspieler", sagte sie kopfschüttelnd.

„Alles in allem aber doch ganz okay", stellte Gabriele erleichtert fest. „Hätte alles viel schlimmer kommen können – mit halbstündiger Ansprache und Orgelmusik. So hat alles gepasst. Wenn ich es hier auch unerträglich warm finde." Mittlerweile hatten sich erste Schweißtropfen auf ihrer Stirn gebildet und Gabriele hatte Angst, dass ihr Make-up verlaufen würde.

„So ein verrückter Hund", sagte Sandra schulterzuckend. „Unser Wolf."

„Und wer kümmert sich nachher nun um die Urne?" Stefanie Gutenbergs Stimme klang, als ob sie nur mühsam ein Schluchzen unterdrücken könnte.

„Na, ich glaube es nicht", platzte es aus Gabriele heraus. „Unsere Witwe scheint ja wirklich an ihrem Gatten gehangen zu haben. Sie sehnen sich wohl danach, verprügelt zu werden und Blutergüsse an den unmöglichsten Stellen zu haben. Na ja – jedem das Seine. Das nennt man wohl Stockholm-Syndrom", ergänzte die Dunkelhaarige schnaubend. „Ich habe jedenfalls um 16 Uhr einen Termin. Das mit der Urne wird unsere tüchtige Frau Wilde regeln. Wir sollten jetzt aufbrechen, sonst muss ich vor der Testamentseröffnung noch einmal duschen. Hier ist es ja warm wie in einer Sauna."

Auch Sandra wischte sich mit dem Handrücken die ersten Schweißtropfen von der Stirn. „Das ist bestimmt der Nachteil bei so einem kleinen Krematorium", sagte sie, sich den kurzen Mantel aufknöpfend. „Direkt hinter dieser Wand ist sicher der Einäscherungsofen. Da herrschen noch ganz andere Temperaturen."

„Fast 900 Grad", schluchzte Steffi in ihr Taschentuch. „Stand auch im Internet", ergänzte sie überflüssigerweise.

„Wie gut, dass Sie nur das Wochenende hatten, um sich mit diesem Blödsinn zu beschäftigen. Ich jedenfalls hatte Besseres zu tun. Ich habe auch mit niemanden über Wolfgangs Tod gesprochen – ich möchte erst wissen, was es zu erben gibt", sagte Frau Brosius achselzuckend.

„Also, meine Damen, worauf warten wir. Gehen wir ein Trauer-Eis essen und anschließend zur Testamentseröffnung", schlug Sandra Köhler vor und marschierte in Richtung Ausgang.

Die letzten Töne von *Dancing in the Dark* waren gerade verklungen, als sie die Klinke der schweren Eisentür niederdrücken wollte.

Aber nichts passierte – sie bewegte sich keinen Millimeter.

„Nanu. Jetzt klemmt dieses Ding auch noch", rief die Frau in Blond und Schwarz, während sie erst mit einer, dann mit beiden Händen versuchte, den Eisengriff herunterzudrücken.

„Komm, lass mich mal probieren", meldete sich Gabriele mit forscher Stimme zu Wort. Aber auch sie und anschließend Steffi Gutenberg und kurz darauf alle drei, mit vereinten Kräften, konnten die Tür nicht aufbekommen. Dafür wurde es immer wärmer im Raum und anstelle der bleiernen Stille hatte es leise zu zischen begonnen. Erst war da nur ein einzelner langgezogener Ton, wie Luft, die aus einem Ballon entweicht, dann unzählige zischende Töne, die miteinander zu konkurrieren schienen.

„Was ist das denn für ein Blödsinn", rief Gabriele und begann mit der Hand gegen die Tür zu schlagen. „Hallo? Könnte uns bitte mal sofort jemand helfen und diese Tür aufmachen?" Der Schweiß lief ihr jetzt über den Rücken und ihr Mund begann langsam trocken zu werden.

„Riecht ihr das auch?", fragte Steffi Gutenberg die beiden anderen Frauen. „Das riecht nach Gas, wie wenn man ein Feuerzeug füllt."

Jetzt begann Sandra Köhler zu röcheln. Aus ihrem ohnehin blassen Gesicht war auch noch die letzte Farbe gewichen. Ihre Stimme passte dazu. „Bitte aufmachen, bitte! Ich bekomme keine Luft mehr! Ich habe Platzangst."

Aber niemand schien die drei Frauen zu hören – oder hören zu wollen.

Während Gabriele den Raum nach einer weiteren Tür, durch die die Bestatterin vorhin gegangen war, oder einem Fenster absuchte, begann Steffi um Hilfe zu rufen. Doch nichts geschah. Kein Ton schien durch diese weißen Keramikwände und die gusseiserne Tür zu dringen. Mittlerweile war die Luft im Raum so voller Gas, dass alle husten mussten. Alle – außer Sandra. Sie lag regungslos mit angezogenen Beinen auf dem Fliesenboden und röchelte leise wie eine Erstickende. Das Zischen überlagerte jedes andere Geräusch, fraß die Stimmen und verschluckte die Hilferufe.

Wenn Gott es gut mit den drei Frauen gemeint hatte, dann waren sie alle ohnmächtig, als der Funke aus der Keramikstele das Gas-Luft-Gemisch entzündete und den Raum im Bruchteil einer Sekunde in ein Inferno aus Flammen verwandelte.

Erst eineinhalb Stunden später verebbte dieses Zischen aus unzähligen Gasdüsen – und mit dem Geräusch verschwanden die Flammen. Was blieb, war ein weißer Raum, drei weiße Bänke, zwei Eisentüren und drei dunkle Aschehaufen am Boden. Genug sterbliche Überreste, um mehrere Urnen zu füllen, aber zu viele für die eine Urne, die nachmittags auf dem Waldfriedhof ihrer ewigen Ruhe übergeben wurde.

Epilog

Kaum hatte die Musik zu spielen begonnen, da war Wolfgang Brosius seinem Sarg entstiegen und tanzte im Nachbarraum – direkt neben dem Einäscherungsofen – wild und hemmungslos zu *Dancing in the Dark*. Als Angela Wilde den Raum betrat, blieb sie wie angewurzelt stehen. Zwei Atemzüge lang dauerte diese Lähmung, dann ging sie schnurstracks auf ihn zu und schlug Wolfgang Brosius fest mit der flachen Hand ins Gesicht. Ein zweiter Schlag traf seinen Mund. Seine Lippe riss dabei auf und seine Spucke schmeckte augenblicklich nach rostigen Nägeln. Gleichzeitig spürte er, wie sein Herz das restliche Blut Richtung Unterleib pumpte. Er wollte die Frau im schwarzen Anzug zu sich ziehen, diesen wundervollen Körper auspacken und gleich hier und jetzt Sex mit ihr haben. Aber so einfach war das nicht. Angela wollte sich nicht nehmen lassen. Rasch hatte sie aus einer der im Regal stehenden Urnen eine Reitgerte geholt und schlug Wolfgang diese jetzt mit voller Wucht auf den Bauch. Er jaulte auf, spürte mit dem Schmerz aber nur noch mehr Lust in sich hochkochen. Während nebenan seine Exfrauen zu schreien anfingen, begann er in diesem Raum ebenfalls zu schreien – vor Lust. Endlich hatte er die richtige Partnerin gefunden: seine Meisterin. Wieder und wieder ließ die Frau jetzt ihre Peitsche auf seinen Körper herabsausen. Er sehnte sich nach jedem Schlag, nach jeder Erniedrigung. Wolfgang Brosius hatte Angela über das Internet kennengelernt; über ein Flirtportal, eine Partnerbörse der bizarreren Art. Schon ihr Pseudonym *I'm-on-Fire* hatte ihn neugierig gemacht; ihre Fantasien und ihr Körper hatten ihn dann süchtig werden lassen. Angela war anspruchsvoll gewesen, in jederlei Hinsicht. Er war zwar reich – aber wie lange noch? Die Prozesse konnten ihm und seiner Firma das Genick brechen. Als Angela mitbekommen hatte, welche Summen er monatlich an seine verwelkten Exfrauen zahlen musste, hatte sie ihm gesagt, was zu tun war. Sie hatten sich diesen Plan ausgedacht. Die Köder waren natürlich Wolfgangs Tod und die Testamentseröffnung gewesen. Angelas Bestattungsinstitut hatte seine geldgierigen Verflossenen erst zum Wochenende über die bevorstehende Einäscherung des Exgatten am darauffolgenden Montag informiert. So hatte keine der Damen viel Zeit gehabt, um herumzutelefonieren und komische Fragen zu stellen. Aber wen hätten sie auch anrufen sollen? Wolfgang Brosius hatte keine Angehörigen mehr, und seinem Rechtsanwalt und Freund Alex Murnau hatten sie vorsichtshalber einen Kurzurlaub in einem toskanischen Golfresort spendiert. Bestimmt hatte Gabriele versucht, ihn in seiner Kanzlei zu erreichen. Sie kannte Alex von früher. Zum Glück mochte sie ihn nicht sonderlich. Aber sicher war sicher. Blieb nur noch die Sache mit den Einladungen und den Autos. Erstere hatten die Damen sicher dabei gehabt, also waren diese verbrannt. Und wenn wirklich eine der Frauen mit dem eigenen Wagen hergefahren war, würde sich Wolfgang später darum kümmern. Ansonsten gab es keinerlei Verbindung zwischen den Damen und dem Krematorium. Als Bestattungsunternehmerin war es Angela Wildes Aufgabe, Menschen verschwinden zu lassen. Ihr Ex hätte seine eigene Geschichte zu erzählen gehabt.

Zusammen mit ihm hatte sie vor Jahren dieses Krematorium entworfen und gebaut. Gemeinsam hatten sie damals die Idee gehabt, neben dem eigentlichen Flachbettofen in diesem Zimmer die Befeuerung des Trauerraums als Alternativlösung zu installieren. Es war zwar mühsam und zeitaufwendig gewesen, die Wände, die Decke und den Boden mit Schamottsteinen und brennfesten Ofenkacheln zu verkleiden und Hunderte von Gasventilen dazwischen zu verlegen. Aber es hatte auf Anhieb funktioniert. Neben ordentlichen Bestattungen hatte das Institut *Testimonium* auch den Tod davor und das *ordentliche* Verschwinden der Leichen im Programm. Ihre Kundschaft war von Anfang an sehr gemischt gewesen. Da waren Neffen, die auf den Tod der bettlägerigen Erbtante nicht mehr warten konnten, Frauen, die endlich nicht mehr neben einem sabbernden Greis aufwachen wollten, und Männer, die es unerträglich fanden, mit einer untreuen Frau verheiratet zu sein. Oft musste man den Tod nur etwas beschleunigen. Ihr Bestattungsinstitut florierte – und das alles ohne großes Marketing. ‚Auf Empfehlung', waren die magischen Worte. Alles hätte wunderbar weiter funktionieren können. Leider war ihr Ex dann zu gierig geworden. Er wollte expandieren, sich offensiv um neue Kundenkreise kümmern. Das organisierte Verbrechen, Politiker und die Top-Manager der Wirtschaft. Sie würden sich alle die Finger nach einer solchen Dienstleistung lecken. Asche zu Asche – aber leider alles zwei Nummern zu groß für ihr kleines Unternehmen. Also hatte sie ihn durchs Feuer gejagt. Wechselnde Partnerschaften entsprachen sowieso mehr ihren Neigungen. In einem hatte ihr Ex allerdings recht: Wer viel hat, will immer mehr – das lag nun einmal in der menschlichen Natur. Und Angela wollte alles, jeden Funken Lust und jeden Euro ihrer Partner. Da war so viel Platz in ihrem Herzen, da waren so viele ungeöffnete Türen. Und wenn

Angela einen Mann satt hatte, war da noch mehr Platz auf dem Waldfriedhof. Aber vorher wollte sie jeden angstvollen Gedanken in seinem Gesicht gesehen, jeden Tropfen Schweiß und Blut genossen haben. Angela war gütig. Eigentlich half sie nur diesen armen Kopf-Kreaturen wie Wolfgang, endlich dauerhaft das Leben zu spüren und aus ihren Köpfen herauszukommen. Mit Wolfgang war sie noch lange nicht fertig. Da war viel zu entdecken, so viel zu ernten, viel Geld zu holen, bis zum letzten endgültigen Schmerz und seiner Erlösung.

EIN HAUS MIT VIELEN ZIMMERN

Lorenzo König saß auf der Terrasse seiner Büroetage, nippte an einem Ingwertee und ließ seine Gedanken mit den Wolken ziehen. Es war noch keine fünf Minuten her, da hatte er dem Unterhaltungschef des größten privaten Fernsehsenders der Republik einen Korb gegeben. Ohne ihn würde das ganze Programmformat nicht funktionieren – Arbeitsplätze stünden auf dem Spiel, hatte der Mann noch seine letzte Trumpfkarte gezogen. Natürlich erst, nachdem das mit der höheren Gage und der Beteiligung an den Werbeeinnahmen nicht funktioniert hatte. Aber Lorenzo war konsequent geblieben. *Maklermonarch* war Geschichte. Was für eine bescheuerte Idee. Glaubte dieser studierte Schnösel tatsächlich, dass er, der König, sich vor eine Kamera stellen und dort Tipps und Tricks zum Thema Häuserkauf herausposaunen würde wie ein übergeschnappter Sternekoch, der seine Rezepte verriet? Was interessierten ihn ein paar hunderttausend Euro mehr oder weniger auf dem Konto. Er hatte genug Geld, konnte sich auch so die Häuser und Eigentumswohnungen kaufen, die er wollte und die es wert waren. Schließlich war er der beste Makler der Stadt. Mit dem Slogan *Ich verkaufe wirklich jedes Haus* über dem Bild eines bis auf die Grundmauern abgebrannten Bauernhofes war er vor zwanzig Jahren angetreten. Sein letztes Geld hatte er damals ausgegeben, um mehr als 200 Litfaßsäulen und Werbetafeln in seiner Stadt auf einen Schlag zu plakatieren. Dabei hatte ihn nicht der Übermut dazu getrieben, alles auf eine Karte zu setzen. Gleich nach dem Abitur hatte er seinen Koffer gepackt, war zum Flughafen gefahren und hatte sich ein One-Way-Ticket in die USA gekauft. Während der Rest seiner Abiturklasse sich um einen Studienplatz bemühte

oder in den väterlichen Betrieb eintrat, hatte er von den wirklich Erfolgreichen lernen wollen – und wo gab es mehr davon als bei den Erfindern des Kapitalismus? Sein Motto war *Der Mensch hat zwei Ohren und einen Mund, damit er doppelt so viel hören kann wie reden.*
Noch auf dem Flughafen in Los Angeles hatte er damit begonnen. Wie eine Zecke hatte er sich an die Leute mit Geld drangehängt. Lorenzo hatte Charme und er sah manierlich aus. Das, zusammen mit forschem Auftreten und einer großen Klappe, reichte aus, um weiterzukommen. Dass er nach zwei Jahren nur mit einem recht überschaubaren Dollarkonto zurückgeflogen war, lag an der wetterbedingten Zwischenlandung in Las Vegas. Zu dumm aber auch, dass die Frauen an den Blackjack-Tischen so völlig charmeresistent waren. Am Ende dieser Nacht hatte er nicht einmal genügend Geld, um sich von einer anderen Frau trösten zu lassen. Damals hatte er sich geschworen, dass ihm das nie wieder passieren würde. Das Wenige, das Lorenzo bei seiner Heimkehr mitbrachte, musste er nicht einmal am Zoll anmelden. Der American Way of Life hatte ihn durchdrungen, ihn infiziert und imprägniert – seinen Körper, seine Seele und seinen Verstand. Als hätte er in LA und Santa Monica mit jedem Atemzug Pazifikluft auch irgendeine Stimulanz eingeatmet, strotzte er seither vor Selbstbewusstsein. Rasch hatte er gemerkt, worauf es ankam. Die Leute wollten betrogen werden. Mach ihnen etwas vor: Verkaufe ihnen keine Ware, sondern wecke ihre Gier und Begierde. Anfänglich hatte er noch Autos verhökert. Aber warum sich mit Peanuts beschäftigen, wenn man Kokosnüsse haben konnte – am liebsten die aufgeschnittenen mit Schirmchen und Piña colada drin? Immobilien machten die gleiche Mühe wie Autos, brachten aber erheblich mehr Provision. Außerdem ließen sich die Hausinteressenten noch leichter um

den Finger wickeln. Ein paar magische Sätze wie „Stellen Sie sich nur einmal vor...", und die Sache war geritzt. Der Rest war austauschbar: „...wie Ihre Kinder hier im Grünen aufwachsen." „...wie leicht es sich in der Stadt lebt." – „... dass alles in fünf Minuten erreichbar ist." Paare waren die leichtesten Opfer. Es war erschreckend, was Liebeshormone mit einem anstellen konnten. Zu Verliebten musste man nicht einmal mehr in halben Sätzen sprechen. Oft reichte es aus, wenn man die richtigen Worte fallen ließ wie Maiskörner in eine Pfanne mit siedendem Fett. In Nullkommanichts poppten ganze Geschichten daraus hervor. Schwierig war es oftmals nur, den Deckel wieder drauf zu kriegen und nicht laut loszulachen. Alles war eine Frage der Routine. Er hatte sich ein Pokerface antrainiert, hatte mittlerweile sein richtiges Gesicht vergessen. Aber sein Charme war es nicht allein gewesen, der ihm den Erfolg gebracht hatte. Er hatte auch immer die richtigen Ideen parat, wusste, *was* und vor allem *wann* was zu tun war, um ein Haus nicht nur anzubieten, sondern auch zu verkaufen. Das Ganze war ein Spiel für ihn und er spielte gern und gut. Mit Frauen klappte das am besten. Aber das waren andere Geschichten. Er hatte immer darauf geachtet, dass Job und Lust nicht zusammenstießen wie zwei Autos im Nebel. Sich bloß nicht verlieben, war zur wichtigsten Überschrift seines Lebens geworden. Mittlerweile war er auch darin perfekt. Beziehungen machten Probleme und Frauen waren wie Batterien beliebig austauschbar. In punkto Problemen galt das Gleiche übrigens auch für Kinder. Zum Glück war ein Lorenzo König für diese Welt genug. Am liebsten hätte er nur Sex mit sich selbst gehabt – aber er war nun einmal ein Mann und da das mit dem Klonen immer noch nicht funktionierte oder verboten war (so genau wusste er das nicht), würde er wohl niemals Kinder in die Welt setzen. Diesem Stress ging er aus dem Weg. Eine Maßnahme war, dass er in den letzten zehn Jahren nur unattraktive weibliche Bürokräfte eingestellt hatte. Er konnte und wollte nicht abgelenkt werden. Für seine körperlichen Bedürfnisse ging er am liebsten zu „Maklerinnen", die anstelle von Wohnungen ihre Körper vermieteten. Das Leben von Lorenzo König war also perfekt. Er verdiente mehr Geld, als er ausgeben konnte, hatte eine hundertprozentige Verkaufsquote und konnte sich seine Kunden aussuchen. Seine Penthouse-Wohnung im angesagtesten Viertel der Stadt wäre allein einen Mord wert gewesen. Dorthin würde er nach Feierabend gleich fahren, eine 90 Euro-Flasche Rioja öffnen und sich selbst genug sein.

Er wollte gerade aufstehen, als Frau Löffler, seine Assistentin, an seinem Zweit-Schreibtisch auf der Terrasse erschien. „Ich habe versucht, Sie zu erreichen, aber Sie haben sicher Ihr Telefon auf lautlos gestellt", sagte sie und es klang wie eine einzige Entschuldigung. „Der Mann hat schon ein paar Mal angerufen und weil er sagte, dass er ein früherer Schulfreund von Ihnen sei, habe ich ihn dieses Mal nicht abgewimmelt. Möchten Sie Herrn Fritsche jetzt sprechen?" Die Stimme seiner Sekretärin war nur noch ein Flüstern. Diese Frau trug nicht nur die langweiligste Garderobe der Welt, sie hatte auch null Selbstbewusstsein. Wie schrecklich, dachte er.

„Fritsche? Also gut – geben Sie mir das Gespräch. Aber dann will ich nicht mehr belästigt werden." Die Augen verdrehend wandte er sich ab und lehnte sich in seinen Eames-Sessel zurück.

„Kaiser", meldete er sich mit forscher Stimme,

„Ich hätte gern Herrn König gesprochen."

„Um 15:00 dankt der König ab und krönt sich zum Kaiser."

„Lorenzo, bist du das?" Die Stimme am Telefon schien erheitert und unsicher zugleich zu sein.

„Wer sollte ich sonst sein? – Also, dann noch einmal offiziell: Immobilienkönig – der Monarch höchstpersönlich am Apparat."
Jetzt lachte der Mann am anderen Ende der Leitung.
„Mensch, Lorenzo, schön, deine Stimme zu hören. Hier spricht dein alter Freund Fritsche, der Thorsten. Habe es letzte Woche schon einmal probiert, aber da war dein Abfangjäger unerbittlich. Habe ich es halt heute etwas früher versucht, bisschen mehr erzählt und Glück gehabt."
„Entschuldige, es hat einen Moment gedauert, bis ich das passende Gesicht zu Namen und Stimme gefunden habe", antwortete der Makler emotionslos. „Thorsten Fritsche – na klar, unser Klassensprecher. Was kann ich für dich tun?"
„Erstmal könntest du dich genauso freuen, dass wir miteinander telefonieren, wie ich das tue, und dann kannst du deinen Job machen."
„Job machen klingt immer gut. – Und wenn es dich beruhigt, mein Lieber: Ich freue mich absolut, deine Stimme zu hören. Wie geht es dir? Was machst du Schönes? Bist du immer noch Klassensprecher?"
„Das ist der alte Lorenzo, den ich kenne. Alles gut, mein Freund. Ich bin Studienrat – Konrektor an unserem alten Gymnasium, um genau zu sein. Habe Englisch und Mathe auf Lehramt studiert *und so weiter*."
„Und so weiter?"
„Ja. Heirat, Haus, Scheidung – diese Geschichte eben. Gelebte Banalität. Da reicht die Abkürzung."
„Ah ja – und was kann ich da für dich tun?"
„Unser Haus für mich verkaufen. Du weißt schon, die alte Villa meiner Großeltern am Weiherstrauch. Das Haus steht seit zwei Jahren leer."
„Du bist dort ausgezogen?"
„Vor einer halben Ewigkeit schon. Der Kasten war seither vermietet. Nach dem Tod des letzten Bewohners hatte ich

keine Lust mehr, etwas zu renovieren. Wir haben auf der anderen Seite der Stadt gebaut, unserer Tochter wegen."
„Okay, okay. Das müssen wir jetzt nicht alles am Telefon besprechen. Am besten treffen wir uns irgendwann einmal am Objekt. Dann sehen wir weiter. Das wird diesen Monat aber nichts mehr werden. Mein Terminkalender ist randvoll. Wenn du dein Haus schnell auf den Markt bringen willst, solltest du dir einen anderen Makler suchen."
„Aber ich will den Besten – will Lorenzo König, meinen alten Schulkameraden. Den Mann, der bisher noch jedes Haus verkauft hat."
„Dann musst du Geduld mitbringen."
„Aber es eilt, Lorenzo. Die Scheidung hat eine Stange Geld gekostet. Vonne kennt nur noch sich und unsere Tochter."
„Vonne? Du meinst doch nicht Yvonne Hensler?", fragte Lorenzo König mit gekräuselter Stirn.
„Genau die. Die hübsche Yvonne, die kleine Streberin mit den kurzen platinblonden Haaren."
„Wow."
„Was wow? Was meinst du?"
„Ich dachte nur, dass damals jeder hinter ihr her war. – Und dass du sie bekommen hast, das ist ein Wow wert."
„Wenn du das sagst." Die Stimme am anderen Ende der Leitung klang genervt. „Glaub mir, wenn ich gewusst hätte, was für ein Mensch in dieser hübschen Verpackung steckt, hätte ich gern anderen den Vortritt gelassen. Dir zum Beispiel. Wenn ich mich recht erinnere, hast du auch für unser Blondchen geschwärmt, oder?"
„Ist alles lang her. Wir waren jung und ..."
„... blöd. Sprich es ruhig aus. Und in Sachen Vonne ganz besonders. Eigentlich müsstet ihr mir dankbar sein, dass ich damals das Rennen gemacht habe. Hat euch jede Menge Ärger erspart. So ist das halt mit den Damen. – Aber lass uns lieber übers Geschäftliche reden. Ich brau-

che deine Hilfe und nicht erst übermorgen. Ich lade dich auch zum Essen ein, dann können wir über Vergangenes reden. Du wirst doch deinen alten Mitschüler nicht hängen lassen. Nicht der kleine Lorenzo, unser Daniel Düsentrieb in Sachen *Wie schaffe ich es bloß, mich bis zum Abitur durchzumogeln.*"
„Also gut", ließ sich der König der Makler erweichen. „Treffen wir uns halt am Haus deiner Großeltern."
„Und das Essen?"
„Können wir dann kurzfristig entscheiden. Freitag hätte ich Zeit – Viertel vor fünf."
„Schon notiert. Ich werde pünktlich sein."
Warst du früher nie, dachte Lorenzo König, als er das Gespräch beendet hatte. Du warst ein arroganter Was-kostet-die-Welt-Arsch – und zwar einer der übelsten Sorte. Reiche Eltern und Bodybuilderfigur. Warum du Lehrer geworden bist, wirst nur du selber wissen.
Als Lorenzo in seinen Wagen stieg, war er alles andere als entspannt. Er würde eine Stellenanzeige aufgeben. Vielleicht sollte er die Vorzimmerdamen doch nicht nur nach ihrem Aussehen einstellen.

Natürlich war der König unpünktlich.
Er war am nächsten Freitag erst kurz vor seinem Termin mit dem alten Schulkameraden losgefahren. Bevor er die Klingel drücken konnte, wurde schon die Haustür aufgerissen. Der Mann, der vor ihm stand, hatte nur ganz entfernt etwas mit dem Menschen zu tun, den er in Erinnerung hatte. Ob dafür die Jahre, seine Ehe oder sein Job verantwortlich waren, war unwichtig. Der Mann im Türrahmen hatte kaum noch ein Haar auf dem Kopf, dafür waren unzählige Kilos dazugekommen. Nur sein Händedruck war noch genauso derb wie damals. Dabei hatte ihm Thorsten Fritsche früher nicht oft die Hand geschüt-

telt, sondern eher die Faust in die Magengrube gerammt. Immer aus Spaß versteht sich, aber immer verdammt schmerzhaft.

„Hatte schon Angst, du würdest mich versetzen", begrüßte ihn eine gleichfalls fett gewordene Stimme.

Lorenzo König genoss diesen Augenblick. Ohne Erklärung für sein Zuspätkommen oder eine Entschuldigung, betrat er den Flur des Hauses. Mit Maklermiene erfassten seine Augen die Ware und taxierten ihren Wert.

„Seit wann, sagtest du, steht das Haus leer?", fragte er, sich weiter umschauend.

Thorsten Fritsche verzog den Mund. „Vielleicht drei, vier Monate – vielleicht ein halbes Jahr. Spielt das etwa eine Rolle?"

„200 Rollen oder Euro, nenne es, wie du willst. So viel verlierst du nämlich jeden Tag, an dem dieses Haus unbewohnt vor sich hin stirbt. Man kann die Verwesung schon riechen", sagte Lorenzo, während er drauflos schnüffelte. „Weil nicht geheizt wird, macht sich Schimmel breit – und mit dem Schimmel kriechen andere ungebetene Gäste ins Haus. Ungeziefer beispielsweise. Dieses Haus ist bald ein Pflegefall, wenigstens wenn es nicht rasch einen neuen Bewohner findet."

„Jetzt übertreibst du aber", versuchte Thorsten seine Unsicherheit zu überspielen.

„Okay. Dann stelle mir dein Haus doch einfach mal vor. Lass uns im Keller beginnen und denke dir, ich wäre ein Interessent, der dir diese Bruchbude abkaufen wollte."

„Von einem Freund erwarte ich ein bisschen mehr Fingerspitzengefühl. Du bist immerhin auch etliche Male hier gewesen. Wir haben Subbuteo gespielt und Partys gefeiert – erinnerst du dich nicht mehr?"

Der Immobilienkönig verzog den Mund. „Ich war genau zwei Mal hier. Einmal habe ich dir deine Hausaufgaben

gebracht, weil du krank warst – und das zweite Mal, weil du einen CD-Player brauchtest, weil deiner den Geist aufgegeben hatte und du dir eine Party ohne Musik genauso wenig vorstellen konntest wie alle anderen Gäste."
Ihre Augen begegneten sich. Halbherzig versuchte Thorsten Fritsche zu widersprechen: „Das kann gar nicht sein. Du warst öfter hier, kannst dich bloß nicht daran erinnern. Aber so ist das wohl mit unserem Gedächtnis. Wir erinnern uns nur an jene Dinge, an die wir uns erinnern wollen. Die Partys waren doch der Knaller, oder?"
„Zeige mir den Rest des Hauses. Wir lügen uns anschließend die Hucke voll", erwiderte Lorenzo König trocken und deutete auf das Zifferblatt seiner Daytona-Rolex.

Sie hatten sich anschließend jedes Zimmer angesehen – vom Keller bis zum Dachboden. Während der kahlköpfige Mann in einer Tour von sich und seinem Leben erzählte, war Lorenzo einsilbig geblieben. Mehr als ein gelegentliches „Hmh." war ihm nicht über die Lippen gekommen. Jetzt standen sie sich wieder im Flur des Hauses gegenüber und Lorenzo spielte mit dem Autoschlüssel in der Hosentasche.
„Also, was denkst du?"
„Was willst du hören?"
„Na, was wohl: eine Summe, einen möglichen Kaufpreis, eine Strategie. Such es dir aus. Und komm' mir nur nicht mit *unverkäuflich* oder so 'nem Quatsch. Du bist der König, verkaufst jedes Haus, wirst auch für diesen Schuppen hier den richtigen Käufer finden – schon der alten Zeiten wegen."
Lorenzo ignorierte die Gräte in seinem Rachen. Als er antwortete, hatte er wieder ganz und gar das Pokergesicht aufgesetzt, das inzwischen sein Eigenes geworden war.
„Seien wir ehrlich – dieser Schuppen gehört abgerissen. Ein 30er Jahre Zweckbau mit feuchtem Luftschutzkeller,

viel zu hohen Räumen und mehr Rohren und Leitungen auf dem Putz als in einer Fabrikhalle."

„Meinem Großvater, dem Herrn Kirchenrat, hättest du jetzt das Herz gebrochen. Seinem Sohn wäre das schon egal gewesen und mir, seinem Enkel, erst recht. Nennen wir es doch einfach: Shabby Look und voll im Trend", versuchte Thorsten sich in positivem Denken.

„Ach ja? Für Umsiedler aus dem Osten vielleicht. Sehr weit im Osten, wohlgemerkt – Sibirien oder so. Die sind kaputte Heizungen gewöhnt, wenigstens wenn das stimmt, was man so hört und liest."

„Aber die Heizung funktioniert bestens."

„Im Sommer vielleicht", widersprach der Makler. „Nein, mein Lieber, erzähle mir keine Geschichten. Der Kessel ist undicht genauso wie der Tank. Im ganzen Haus riecht es nach Heizöl und die Leitungen werden bloß vom Rost zusammengehalten. Der neue Besitzer muss blind und taub sein, vom Koksen eine kaputte Nase haben und es muss zu viel Geld auf seinem Konto herumliegen."

„Und es ist dein Job, solch ein Exemplar ausfindig zu machen."

„Wer sagt das?"

„Dein Image." Thorsten Fritsche zog eine zusammengerollte Illustrierte aus seiner Manteltasche und schlug die ganzseitige Werbung des Immobilienkönigs auf.

„Da steht es rot auf weiß: *Ich verkaufe jedes Haus.* Also bitte, erlöse mich von diesem Alptraum. Mach deinen Job und mach ihn gut – und vor allem bald. Sonst ..."

„Was sonst?"

„Bleibt nicht viel übrig von deinem Getue. Ich mag zwar nur Konrektor am Gymnasium unserer schönen Heimatstadt sein, aber vergiss nicht: Meine Familie ist der größte Arbeitgeber in der Region. Mein Bruder ist ein Arschloch, deshalb tun die Leute in der Fabrik, was er ihnen

sagt. Etliche aus der Belegschaft hatten in der Vergangenheit sicher schon einmal mit dem Immobilienkönig zu tun. Natürlich nicht mit dir persönlich, aber mit einem deiner Provisionshaie. Du brauchst gar nicht so arrogant zu gucken, du weißt, dass ich recht habe. Auch wenn wir in einer Stadt leben, riecht hier alles nach Provinz. Wenn du also weiter den Alleinherrscher in Sachen Immobilien mimen willst, strengst du dich besser an."
Lorenzo König hörte durch die geschlossene Haustür das Klacken seines Porsches, als dessen Türen entriegelt wurden. Wahrscheinlich hatte er den Autoschlüssel in seiner Faust zu fest gedrückt.
„Und was hast du für eine Preisvorstellung?"
„Das klingt schon viel besser, mehr nach meinem alten Kumpel Lorenzo. Bei 750.000 Euro wären alle Scheidungskosten und die Auflagen, die mir die Richterin untergejubelt hat, vom Tisch. Soll auch für mich etwas übrig bleiben, müsste es mehr sein. Mit einer Million wäre ich absolut einverstanden."
„Das ist eine stolze Summe für solch eine Bauschande. Was hast du Vonne bloß angetan, dass sie dich so ausnimmt?"
„Wahrscheinlich hat sie ein Verhältnis mit der Richterin. Du weißt bestimmt noch, wie körperbetont Yvonne war. – Ach nein!" Thorsten schnippte mit den Fingern. „Dich hat sie ja nicht rangelassen. Aber du hast nichts versäumt. Alles Show, sage ich dir. Und die Richterin hat sie mit der Mitleidstour um den Finger gewickelt. Sie hätte das Studium für mich abgebrochen und auf eine eigene Karriere verzichtet. Laberrhabarber! Du siehst, alter Knabe: Mir steht das Wasser bis zu den Brustwarzen – ich stecke fest."
„Kann dir deine Familie nicht helfen?"
„Und was tun? Den Bruchschuppen kaufen, platt walzen und Parkplätze für die Fabrikarbeiter daraus machen? – Nein, mein Lieber. Klar würde mir mein Bruder Geld lei-

hen, aber das müsste ich bis auf den letzten Cent zurückzahlen. Seit dem Tod meiner Eltern hat sich einiges geändert. Das ist keine Option – du bist eine."
„Gibt es hier irgendetwas, das man ausschlachten könnte – werbewirksam, meine ich. Hattet ihr nicht früher einen eigenen Brunnen im Keller? Vielleicht sollten wir eine Wasserprobe nehmen und analysieren lassen. Nach dem Motto: *Aus dieser Quelle würde die Welt gerne trinken – kaufen Sie dieses Haus und sie gehört Ihnen ganz allein.*"
Thorsten schüttelte den Kopf. „Habe ich seinerzeit selbst abchecken lassen. Ging weniger um den Mineralgehalt als vielmehr um den schimmernden Film, der auf dem hochgepumpten Wasser in Regenbogenfarben leuchtete. Rückstände von Heizöl waren das. Die Tanks neben dem Heizungskeller scheinen wirklich undicht zu sein. Habe 20 Schubkarren Beton in den Brunnen reingeschüttet und das Gartenwasser anschließend nur noch aus dem Badezimmer geholt."
„Was ist mit dem Architekten? Ist er der Schwager von Albert Speer oder war der mit Le Corbusier bekannt – oder hat hier wenigstens mal jemand Berühmtes gewohnt? Ein paar Nächte würden schon genügen."
„Alles Fehlanzeige. Wie du richtig gesagt hast: ein echter Bruchschuppen. Aber es ist mein Bruchschuppen. 14 Zimmer ohne jeden Charme und Image. Ein richtiges Haus zum Sterben. Kein Wunder, dass hier in fast jedem Zimmer schon mal jemand gestorben ist."
Auf diesen beiläufigen Satz stürzte sich Lorenzo König wie der Löwe auf sein Fleisch.
„Mach das mit den Todesfällen mal ein bisschen konkreter."
„Was willst du hören? Da ist nichts Geheimnisvolles dran, falls du das meinen solltest. Alles natürliche Sterbefälle. Als Letztes ist der Mieter in der Küche gestorben. Jahre

davor meine Mutter im Lesezimmer. Unsere Köchin hat sie damals tot im Sessel sitzend gefunden. Die Gute war es auch, die diese Bemerkung gemacht hat."
„Was hat sie genau gesagt?"
Thorsten Fritsche versuchte sich zu erinnern. „Na ja, dass halt außer im Wohnzimmer und in der Küche in jedem anderen Raum jemand das Zeitliche gesegnet hätte. Und dann hat sie begonnen die einzelnen Fälle aufzuzählen. Frau Berger arbeitet inzwischen seit 50 Jahren für meine Familie. Was meinst du, woher ich mein Übergewicht habe. Yvonne ist in der Küche genauso schlecht wie im Schlafzimmer. Bin bis vor Kurzem jeden Tag zu *Santa* Berger essen gegangen – Kantinenfraß war nicht so meines."
„Schon gut", schnitt ihm der Makler das Wort ab. „Eure Köchin behauptet also, dass in diesem ehrwürdigen und geschichtsträchtigen Haus sich in jedem Zimmer eine Tragödie abgespielt hat. Lass mich ausreden", ignorierte Lorenzo den Versuch seines Klassenkameraden, etwas einzuwerfen. „Dieses Haus atmet Geschichte, ist zum Sterben schön. Hier wird intensiver gelebt als sonstwo. Wie Schwämme haben die Wände das Lachen und Weinen der Bewohner in sich aufgesogen und wenn es soweit ist, wenn die Menschen spüren, dass es zu Ende geht, wollen sie nirgendwo anders sterben als in diesem wundervollen Haus. Dieses Refugium ist der Fahrstuhl zum Himmel – wenigstens machen wir einen daraus. Du wärst überrascht, wenn du wüsstest, wie viele Menschen mit Esoterikfimmel unterwegs sind und wie viele von denen solche Häuser mit besonderer Aura suchen. Das ist unser Ding. Sind es wirklich 14 Zimmer?"
Der Konrektor nickte. „Wenn man die Vorratskammer und den begehbaren Kleiderschrank mitzählt."
„Aber in der Vorratskammer hat doch noch keiner den Löffel abgegeben?"

„Irrtum, und das sogar im doppelten Sinn." Das Grinsen von Thorsten Fritsche sprach Bände. „Tante Hedwig ist dort beim Naschen zusammengebrochen und an einem Löffel Nuss-Nougat-Creme erstickt. Sie war Diabetikerin, wurde ohnmächtig und muss sich beim Fallen den Löffel in den Hals gerammt haben. Ich erinnere mich nur deshalb noch so gut daran, weil ich sie gefunden habe. Bin vom Frühstückstisch aufgestanden. Wollte Milch holen – und da lag sie."
„Und der Kleiderschrank?"
„Auch dort ist jemand verschieden. Eigentlich ist es das Ankleidezimmer gewesen. Später hat ein Schreiner einen riesigen Schrank eingebaut. Jedenfalls ist da eine Cousine meines Vaters gestorben. Stauballergie, die Gute hatte Asthma. Bei den anderen Todesfällen muss ich unserer Köchin glauben. War halt nicht jedes Mal dabei. Nur hier, im Wohnzimmer, sei noch niemand ums Leben gekommen."
„Das ist Mist."
„Das ist was?" Thorsten Fritsche meinte sich verhört zu haben.
„Na, blöd ist das. Halt nicht perfekt. Die Schlagzeile *Ein Haus mit Geschichte – Für jedes Zimmer ein Leben* – das ist griffig, das ist eine Botschaft. Das Haus ist ein Refugium, ist sanft, ein Platz zum Verweilen, zum Ruhetanken. Ein gutmütiges Haus eben. Keines, wo man Angst haben müsste. Ein Ort, der geduldig auf einen Menschen wartet, der im Einklang mit einer höheren Macht leben will. Und wenn sein irdisches Dasein zu Ende geht, wird seine Seele hier direkt ins Nirwana geführt – verstehst du?"
„Weitestgehend wenigstens. Du hast sicher Marketing studiert, das merkt man. – Ich könnte dich jetzt höchstens dafür benoten."

„Danke, ich verzichte. Jedenfalls haben wir jetzt eine Richtung. Ich lasse das Ganze ein paar Tage sacken und melde mich dann wieder bei dir."
Bevor Thorsten Fritsche etwas erwidern konnte, hatte der Immobilienkönig schon die Haustür geöffnet.
Als er die Treppe zur Hofeinfahrt hinunterging, hörte er hinter sich eine Stimme zur Verabschiedung sagen: „Dass du mich ja nicht hängen lässt."
„Nächsten Freitag, gleiche Zeit", erwiderte Lorenzo König, stieg in seinen Wagen und fuhr los.
Auf dem Weg zu seiner Wohnung wählte er über seinen MP3-Player das Led Zeppelin Album, das er jetzt hören wollte. Mit den letzten Klängen von *Stairway to Heaven* bog er in die Einfahrt, die zu seinem luxuriösen Anwesen am Rande der Stadt führte, ein.

Das Wochenende über hatte Lorenzo König keinen Gedanken an seinen Schulkameraden oder dessen Haus verschwendet. Erst als er Montagvormittag in seinem Bürosessel saß, war ihm die Sache wieder durch den Kopf gegangen. Als wenig später das Telefon klingelte und Frau Löffler mit ihrer Dauerwellenstimme fragte, ob sie eine Frau Fritsche durchstellen könne, hatte es bei ihm doppelt klick gemacht. Er würde den Anruf annehmen und Frau Löffler noch heute Nachmittag entlassen. Jetzt schaltete sich also auch noch Yvonne in diese Geschichte ein. Wahrscheinlich hatte sein alter Schulfreund seine Ex beauftragt, am Montag mal nachzuhören, wie der Stand der Dinge sei.
„König."
„Hallo, Lorenzo – ich bin es: Yvonne Fritsche, geborene Hensler. Deine Schulfreundin. Hast du gemerkt, ich habe extra vermieden, das Wort ‚alte' zu benutzen", sagte sie und unterdrückte ein Kichern. „Thorsten hat mir von

seinem Besuch bei dir erzählt und dass du uns dabei helfen wirst, dieses schreckliche Haus zu verkaufen. Eigentlich ist es mir völlig schnuppe, ob er den Kasten loswird oder nicht – aber nur so kriege ich das Geld, das mir zusteht."

Lorenzo war überrascht, wie jung Yvonnes Stimme am Telefon klang.

„Und da wolltest du dich gleich mal erkundigen, ob die Tinte unter dem Kaufvertrag schon trocken ist und ob ich dir deinen Anteil nicht direkt auszahlen kann?", fragte Lorenzo König.

„Du hast dich kein bisschen geändert, bist immer noch der misstrauische Typ. Wahrscheinlich ist das der Grund, warum du so erfolgreich bist. Thorsten war die ganzen Jahre so was von neidisch auf dich. Zu neidisch, um sich bei dir zu melden. Hat mehr als einmal gesagt, dass er diesem pickligen, kleinen Loser niemals zugetraut hätte, mal auf eigenen Füßen zu stehen." Sie kicherte wieder, nur diesmal lauter. „Na ja – was man halt so sagt, wenn man jung ist."

Lorenzo König fühlte ungesunde Wärme in sich aufsteigen. „Unser Leichtathletikass muss es ja wissen. Wer es mit so einem Abizeugnis bis zum Konrektor unseres ehrwürdigen Gymnasiums schafft, muss unterwegs sehr ehrgeizig geworden sein."

„Oder die richtigen Leute kennen. Das ist auch der Grund, warum ich anrufe. Thorsten ist ein Schwein. Es ist gut, dass du auf seine Wünsche eingegangen bist. Du weißt, welchen Einfluss seine Familie in der Gegend hat. Er könnte dir das Leben wirklich schwer machen. Je eher du einen Käufer gefunden hast, desto schneller bist du ihn wieder los. Hast du schon eine Idee, wie du es anstellen wirst?"

„Hat er dir nichts erzählt?"

„Unsere Telefongespräche ähneln Verhören – wenigstens was die Länge der Fragen und Antworten anbelangt", antwortete sie.

„Okay, dann sage ich es dir jetzt: Ja, der Immobilienkönig hat schon ein Konzept und ja, es wird trotzdem nicht einfach. Wir treffen uns am kommenden Freitag wieder in Thorstens Elternhaus. Vielleicht rufe ich ihn aber auch vorher noch einmal an und besorge mir den Haustürschlüssel. Würde gern noch ein bisschen Zeit in den alten Mauern verbringen. Es geht doch nichts über Eindrücke aus erster Hand."

„Wann hättest du Zeit? Ich habe meinen Schlüssel nie zurückgegeben. Wenn du willst, können wir uns dort treffen. Dann würdest du mich wenigstens auch erkennen, wenn wir uns offiziell wiedersehen. – Ich trage mein Haar jetzt nämlich länger und ein paar Kilo sind auch dazugekommen. In der Fußgängerzone wärst du bestimmt, ohne mich zu erkennen, an mir vorbeigelaufen."

„Dolce Vita oder Kummerspeck?"

„Sagen wir, die Männer mögen es lieber etwas rundlich – und weil ich die Männer mag, genieße ich jetzt mein Essen und hin und wieder eine gute Flasche Wein."

„Du wusstest schon immer, was gut für dich ist", stellte Lorenzo nüchtern fest. „Na schön. Was hältst du von morgen Nachmittag? Ich habe um zwei noch die Leute von *Bengel und W*ölkers zu Besuch. Wenn ich die restlichen Termine streiche, könnte ich um halb fünf am Weiherstrauch sein."

„Abgemacht. Soll ich irgendwas mitbringen? Alte Fotos oder sonstigen Kram, der dir helfen könnte?"

„Nur dich und dieses Grübchenlächeln, das vor einer halben Ewigkeit die Hälfte der 13a zum Schwitzen brachte."

„Das lässt sich machen. Alles noch da. So dick bin ich nun auch wieder nicht", sagte Yvonne und beendete lachend das Gespräch.

Lorenzo König wählte die Nummer seiner Assistentin.

„Frau Löffler, setzen Sie bitte unser Rechercheteam auf die Villa Fritsche an. Ich brauche bis morgen Mittag alle Informationen zu dem Anwesen am Weiherstrauch. Sie wissen schon, das volle Programm: zur Geschichte des Hauses von der Flurkarte bis zu den Bauplänen. Denken Sie bitte besonders an unsere Lokalpresse. Ich will jeden Satz kopiert haben, der jemals über dieses Haus geschrieben worden ist. Ach ja, und besorgen Sie mir die Adresse unserer Esoterikfreunde in Mainz. Wenn ich mich richtig erinnere, haben die sogar einen wöchentlichen Stammtisch. Ich will wissen, wer da hingeht und wann und wo das stattfindet."

In der folgenden Nacht hatte Lorenzo König unruhig geschlafen. Selbst die Telefonnummer für solche Fälle hatte dieses Mal nicht funktioniert. Das heißt, funktioniert hatte Loretta schon. Er hatte sich auf sein Bett gelegt, sie angerufen, die Augen geschlossen und sie hatte ihm anschließend erzählt, was sie nun mit sich und ihm gern machen würde. Loretta war Lorenzos Telefonsex-Partnerin seit Gott weiß wie vielen Jahren. Sie waren sich nie begegnet, er hatte nie ein Bild von ihr gesehen und trotzdem gab es wahrscheinlich keinen Menschen auf dieser Welt, der ihn besser kannte und der ihm näher stand – abgesehen von ihm selbst natürlich. Aber als er kurz vor Mitternacht das Gespräch beendete, war er erschöpft – körperlich wie emotional – und trotzdem konnte er keine Ruhe finden. Also nutzte er die Zeit, um die komplette *Madama Butterfly* zu hören und sich mehr als nur ein paar Gedanken über das Elternhaus seines Schulkameraden zu

machen. In den Morgenstunden war er eingeschlafen und um sieben von seinem Handy geweckt worden.
Nach einem Kaffee im Stehen saß er kurz darauf in seinem Porsche. Vier Ampeln später fuhr er in die Tiefgarage seines Bürohauses.
Im Laufe des Vormittags hatte er ein Haus verkauft, einen seiner Makler entlassen und mehrmals mit ihrem Hausanwalt telefoniert. Als Frau Löffler das Exposé der Recherche-Abteilung vorbeibrachte, hatte er sich gerade Milch in eine frische Tasse Kaffee gegossen. Der beim Umrühren entstehende Wirbel mit dem Loch in der Mitte erinnerte ihn kurz an Yvonnes Grübchen. Dann begann das Meeting mit der anderen Maklerfirma. Er spürte, wie unkonzentriert er arbeitete und war froh, als der letzte Satz gesagt war.
Anschließend hatte er sich wieder in sein Büro gesetzt, gelesen und sich Notizen gemacht. Er war so in die Unterlagen vertieft, dass er zu spät losfuhr.
Als er auf den Hof des Hauses einbog, sah er ein rotes Mercedes-Cabriolet vor dem Eingang stehen. Draußen begann es bereits dunkel zu werden. Auf dieser Seite des Hauses brannte nirgendwo Licht. Lorenzo König klingelte an dem namenlosen Knopf neben der Haustür. Als diese sich öffnete, fiel ein schmaler Lichtstreifen auf den Hof und die nebeneinanderstehenden Autos.
Die Frau im Türrahmen balancierte das Licht auf ihrer Schulter. Während Lorenzo sich hinter seinem Verkäufergesicht versteckte, strahlte ihn die Frau geradezu an.
„Komm rein", sagte sie, trat beiseite und schloss augenblicklich wieder die Tür hinter ihm. Im Flur war es dunkel. Das Licht kam von der Deckenlampe im Wohnzimmer.
„Das ist der einzige Raum, der noch einigermaßen möbliert ist", sagte die Frau und ließ sich in einen der Sessel vor

den heruntergezogenen Jalousien fallen. „Setz dich doch – oder bist du noch genauso schüchtern wie damals?"
Ihr Grübchenlächeln schlug sein eigenes um Längen.
„Dann wäre ich nicht der beste Makler der Stadt und die Leute würden mir nicht ihre Wohnlöcher hinterhertragen – ganz abgesehen von den Medien-Pappnasen, die mir die Tür einrennen. Nein, meine Liebe. Ich war auch damals nicht schüchtern – es gab nur jede Menge Leute, die lauter und forscher waren."
„Und schneller", ergänzte Yvonne. „Vor allem, was Mädchen anbelangte. Wer konnte denn damals schon ahnen, dass die Typen bei allem schnell sein würden – auch bei Sachen, für die man sich wirklich Zeit nehmen sollte."
Lorenzo musterte die Frau, als säße sie auf einer Bühne.
„Die Jahre haben es gut mit dir gemeint", sagte er nach einer Weile.
„Dann sind die Pfunde also gut verteilt?"
„Ich denke schon." Er klappte die Mappe auf, die er sich unter den Arm geklemmt hatte. „Aber ich bin nicht zum Flirten hier. Ich will ein Haus verkaufen – und ich glaube, dass ich einen Köder gefunden habe, nach dem ein paar Fische schnappen würden."
„Dann lass mal hören."
„Wieso? Willst du etwa das Haus kaufen?" Ein Grinsen huschte über sein Gesicht, bevor er fortfuhr. „Jedes Haus braucht ein Image." Er machte wieder eine Pause. „Was weißt du eigentlich über die Villa am Weiherstrauch?"
Selbst mit in Falten gelegter Stirn und schiefem Mund war das Gesicht der Frau noch immer attraktiv.
„Ich habe hier gewohnt und das nicht gern. Die Räume waren feucht und kalt und Karla, unsere Tochter, hat irgendwann allergisch auf die schimmelige Luft reagiert. Thorsten wollte davon natürlich nichts wissen. Er kannte nur seine Arbeit." Die Frau lachte auf. „Und seine Eltern

natürlich. Irgendwann hatte ich ihn endlich trotzdem so weit und wir sind ausgezogen – kurz nachdem sein Vater gestorben ist."

„In welchem Zimmer hat der Herr Direktor das Zeitliche gesegnet?"

„Hmh – im Schlafzimmer, glaube ich – aber sicher bin ich mir nicht."

„Und was weißt du von den anderen Todesfällen?"

Die Frau zog die Augenbrauen zusammen.

„Was meinst du? Warum fragst du mich so einen Blödsinn?"

„Das ist kein Blödsinn. Das ist die Formel vom Erfolg: die richtige Idee, abgeschmeckt mit Leidenschaft und einer Prise Glück."

Die Frau schien amüsiert. „Und ich dachte, alles wäre nur eine Frage des Aussehens. Na ja – du wirst es wissen." Sie strich den Rock über ihren Beinen glatt. „Was ist denn nun dein Köder, um dieses Haus zu verhökern?"

Während Lorenzo Königs Augen den Raum absuchten, stellte er eine Gegenfrage: „Seit wann seid ihr geschieden?"

„Amtlich ist es seit drei Monaten – ausgezogen bin ich aber schon vor über einem Jahr. Es ging einfach nicht mehr. Thorsten hat immer mehr den Fritsche rausgekehrt. Zum Schluss war ich nur froh, mit meiner Tochter heil aus dem Haus gekommen zu sein. Du brauchst gar nicht so zu gucken – Eifersucht ist Thorstens dunkle Seite. Es hätte nicht viel gefehlt und er hätte mich erwürgt, nur weil ich einem Nachbarn an Silvester einen Kuss gegeben habe – einen zugegebenermaßen recht Intensiven."

„Und jetzt bist du mit dem Typ zusammen?"

„Doch nicht mit diesem Familienvater samt Jägerzaun und Bauchansatz." Sie warf den Kopf in den Nacken. „Nein, da müsste schon jemand anderes kommen. Jemand, der genauso tickt wie ich. Und erfolgreich müsste er sein. Wir haben nur dieses eine Leben und für Experimente bin ich vielleicht doch nicht mehr zappelig genug. Wenn mir mein Spiegelbild jeden Morgen auch etwas anderes sagt. Wäre ich ein Mann, würde mich das ganz schön anmachen, was ich da sehe", sagte sie, während sie ihre Hüfte vorschob und ihre Schenkel etwas öffnete. Der Blick auf Haut und einen schwarzen Slip ist besser als Viagra, dachte Lorenzo und schlug die Beine übereinander. Er sollte dringend das Thema wechseln. „Und es müssen wirklich 750.000 Euro sein?", fragte er betont unterkühlt.

„Wenn Thorsten das sagt, wird es so sein." Die Frau griff nach ihrer Handtasche und kramte ein Päckchen *Pall Mall* hervor. „Da ich heute sowieso niemanden mehr küssen werde, kann ich auch eine Zigarette rauchen", sagte sie. Im nächsten Moment flammte ihr Feuerzeug auf und Tabakgeruch machte sich breit. „Ich werde wegziehen – zusammen mit meiner Tochter", flüsterte sie, den Rauch aus Mund und Nase blasend. „Richtung Süden. Wie weit hängt auch von dir ab. Was kann ich tun, um dich bei deinen Aktivitäten zu unterstützen? Verstehe mich bitte nicht falsch, ich meine das rein geschäftlich", sagte sie und öffnete dabei wieder wie zufällig ihre Beine.

Der König der Makler vermied es den Blick der Frau zu erwidern. Statt ihr in die Augen zu schauen, verfolgte er das Verglühen der Zigarettenasche. Als diese zu lang geworden war, fiel sie auf den Teppichboden, ohne das Yvonne Notiz davon genommen hätte. „Magst du mir jetzt sagen, was ich tun kann und ob du schon einen Interessenten hast, oder spielst du dasselbe Spiel mit mir wie damals vor der Chemieklausur: den Spickzettel in der Tasche halten und niemanden abschreiben lassen. Glaub mir, Lorenzo, das war der Grund, warum ich dir seinerzeit einen Korb gegeben habe. Lässt du mich zappeln, zahle ich es dir mit gleicher Münze zurück."

Der König schaute kurz auf seine Uhr. „Ich habe leider nicht so viel Zeit, wie ich gerne hätte. Wenn du mir sonst nichts Neues zu dem Haus sagen kannst, werde ich mich jetzt aufmachen. Muss noch einige Sachen zu Papier bringen und später kurz mit dem Bürgermeister telefonieren. Nicht wegen eures Hauses", beantwortete er ihren fragenden Blick. So wichtig seid ihr nun auch wieder nicht, sagten seine Augen und seine Mimik. Außerdem war sein Plan fertig und abgehakt. Er stand auf, sah mit Befriedigung ihren überraschten Blick. Als er sie küsste, so wie sie damals den Nachbarn geküsst haben musste, wusste sie wohl gar nicht mehr, was sie von ihm halten sollte. Noch aus dem Auto hatte er Thorsten Fritsche angerufen. Die Ansage der Mailbox betete nur die Telefonnummer herunter. Er bat um Rückruf. Ab 9:30 Uhr würde er ihn morgen in seinem Büro erreichen können. Auf dem Weg ins Fitnessstudio trommelte Lorenzo König mit seinen Fingern auf dem Lenkrad herum. Und ob er dieses Haus verkaufen würde! Sein Konzept stand – und das war nicht das Einzige, was ihn erregte. Der Abend und die Nacht würden lang werden und ein Telefongespräch würde heute wahrscheinlich nicht genügen.

Punkt halb zehn klingelte des Königs Bürotelefon.
Die Stimme am anderen Ende der Leitung klang erwartungsfroh und neugierig.
„Habe es gestern Abend noch versucht, nachdem ich meine Mailbox abgehört habe, aber du warst nicht mehr zu erreichen. Was gibt es Neues, Lorenzo? Hast du gute Nachrichten?"
„Ich bin ein Stück weiter", erwiderte der Maklerkönig und lehnte sich in seinem Sessel zurück. „Habe jetzt eine Strategie. Zum Glück war mir deine Frau dabei behilflich. Wirklich gut, dass wir uns gestern im Haus deiner

Eltern treffen konnten. Es war eine einzige Freude, Vonne nach all den Jahren wiederzusehen. Ist immer noch eine interessante Frau. Jedenfalls hat sie mir sehr geholfen und mich noch einmal richtig motiviert. Jetzt können wir ab Montag das volle Programm starten. Ich lasse einen kurzen Film drehen und zwei Versionen schneiden: eine fürs Fernsehen und eine fürs Internet. Treffe mich dazu morgen Nachmittag noch einmal mit Yvonne in deinem Haus. Die Frau ist ein Vulkan. Wenn sie verfügbar wäre, würde ich sie vom Fleck weg für meine Firma engagieren. Bei dem Einsatz, den sie zeigt."
Lorenzo König streckte sich in seinem Sessel aus und legte die Beine auf den Schreibtisch. „Hallo? Thorsten? Bist du noch dran? Ich hasse es zu reden, wenn das Gespräch längst unterbrochen ist."
„Ich bin noch da – war nur in Gedanken", erwiderte der Mann stockend. „Das sind gute Neuigkeiten, Lorenzo. Aber letztendlich zählt nur das Ergebnis – quasi die letzte Zeugnisnote." Das Lachen klang kratzig. „Wenn du mir sagst, dass du einen Plan hast, dann vertraue ich dir. Was sagtest du gleich, was ihr morgen noch zu besprechen hättet?"
Lorenzo König schnaufte. „Im Prinzip nichts Wichtiges. Mir fehlen nur noch ein paar Fotos von den Schlafzimmern im ersten Stock. Bis dahin haben wir es gestern nicht geschafft. Yvonne ist schon eine außergewöhnliche Frau, mein Lieber. Ich habe unser Treffen jedenfalls genossen. Schade, dass das mit euch endgültig vorbei zu sein scheint."
„Und wann wollt ihr euch morgen treffen?"
„Halb sechs. Du hast doch sicher nichts dagegen. Ihr seid ja nicht einmal mehr verheiratet und außerdem ging das alles auch nicht von mir aus. Ich hatte nur das Haus im Kopf. War gerade dabei, mir einen Plan zurechtzubasteln, als...", Lorenzo führte seinen Gedanken nicht zu Ende.

„Als was?", forderte die Stimme am anderen Ende der Leitung ihn auf fortzufahren.
„Alles gut, Herr Konrektor. Bloß Kinderkram. Wir haben ein größeres Ziel. Wenn alles gut läuft, hat der Bruchschuppen in vierzehn Tagen einen neuen Eigentümer."
„Dann sehen wir beide uns also am Freitag um fünf."
„Freue mich drauf", antwortete der Immobilienkönig und wählte, nachdem das Gespräch beendet war, Yvonnes Nummer.
„Ich hoffe, dass du gestern gut nach Hause gekommen bist und ebenso geschlafen hast? Ich habe die halbe Nacht wach gelegen und an dich gedacht. Dieses Haus und deine Lippen sind mir einfach nicht mehr aus dem Kopf gegangen. Das ist auch der Grund, warum ich dich anrufe. Können wir uns morgen noch einmal sehen? Ich brauche noch einige Schnappschüsse von den Zimmern im ersten Stock – vom Schlafzimmer und den Kinderzimmern. Wann?" Lorenzo König blätterte in seinem Terminkalender. „Wäre halb sechs okay? – Gut, dann machen wir das so. Wünsche dir einen schönen Tag. Wir sehen uns morgen."

Wie jeden Mittwoch brachte Feinkost Schäfer ihm sein Mittagessen um Punkt zwölf ins Büro. Etwas Luxus musste schließlich sein. Seine Kreativität wollte genauso gefüttert werden wie sein Magen. Heute wurde sein Gaumen vom Kalbsfilet mit schwarzen Trüffeln verwöhnt und sein Körper von Irina, der neuen Aushilfsfahrerin des Unternehmens. Komisch, dass nicht schon längst jemand auf die Idee gekommen war, Genuss und Genuss miteinander zu verbinden. Feinkost Schäfer hatte diese Geschäftsidee entwickelt und Lorenzo König war einer der ersten Abonnenten gewesen.

Seit dem Frühjahr bekam er jeden Mittwoch die erlesensten Speisen in seinem Büro serviert und die Auslieferungsfahrerinnen hatten unter ihren adretten weißen Kitteln nie mehr angehabt als ihre Haut. So gestärkt war der Rest der Woche kein Problem mehr. Als Lorenzo seine Assistentin kurz nach drei zum Diktat bat, war alles Wichtige längst erledigt. Sie hatten diese Woche den Provisionsrekord vom letzten Monat schon wieder getoppt. So durfte es weitergehen. Er würde auch die Bude vom seeligen Herrn Kirchenrat verkaufen und das zu einem Preis, den keiner für möglich halten würde.

„Sonst noch etwas, Herr König?" Die devote Stimme seiner Assistentin nervte ihn. „Nur noch ein neuer Termin. Habe morgen um 18:30 Uhr ein Treffen am Weiherstrauch. – Sie wissen schon – das Fritschehaus. Ich weiß, dass ich um 16:30 Uhr im Fitnessstudio angemeldet bin", beschwichtigte er den besorgten Blick der Vorzimmerdame. „Werde beides schaffen. Sie können jetzt wieder nach vorne gehen und fleißig sein."

Während er mit den Füßen wippte, trug er selbst den Termin für den kommenden Tag im Computer ein. *Ein Haus mit vielen Zimmern*, stand neben der Uhrzeit. Dieser Spruch hing gestickt und gerahmt über der Tür des Wohnzimmers im Haus der Fritsches. Eigentlich war der Satz länger, aber der erste Teil passte nicht zu seinen Gedanken. Wen interessierte heutzutage ein Zitat, bei dem der Glaube im Mittelpunkt stand? Ihn sicher nicht. Wenn er schon an etwas glauben sollte, dann hieße sein Gott Benjamin Franklin und dessen Insignien waren eine Eins mit zwei Nullen und ein Dollarzeichen, das ihn immer an eine aufgespießte Schlange erinnert hatte. Das war eine der Folgen seines Amerika-Abenteuers gewesen. Eine von denen, die bis heute nachwirkten. Nur Erfolg machte unwiderstehlich – also würde er alles dafür tun, dass das auch so bliebe.

„Ich werde pünktlich sein, Yvonne", flüsterte er und seine Selbstzufriedenheit kannte keine Grenzen.

Punkt 16:15 Uhr hatte er am darauffolgenden Tag sein Büro verlassen. Viertel vor fünf war er auf den Hof des Fitnesscenters eingebogen und wenig später saß er in der Sauna des Sportclubs. Wenigstens hätten das ein paar der Anwesenden, allen vorweg sein Fitnesscoach, so jederzeit bestätigt. Natürlich nur, wenn wirklich jemand nachgefragt hätte. In seinem Jogginganzug hatte Lorenzo König unmittelbar nach seinem Erscheinen im Studio dasselbe auch wieder verlassen. Niemand hätte mit Sicherheit sagen können, wer unter dem Stoff gesteckt hatte. Graue Joggingjacken und Hosen waren wie moderne Tarnanzüge. Machte man nicht den Fehler, damit in Nobelrestaurants aufzutauchen, verhalfen einem die Grautöne und die Kapuzen beinahe augenblicklich zur Unsichtbarkeit. Auf seinem Weg zum Weiherstrauch war Lorenzo unterwegs niemandem begegnet. Umso besser, dachte er und lief den kurzen Weg durch die Grünanlage im moderaten Sprint. Schon vom Park aus sah er die beiden Wagen nebeneinander im Hof stehen. Ein kurzer Blick auf die Uhr ließ ihn schmunzeln. Es war zwanzig nach fünf. Mit respektvollem Abstand parkten die Autos nebeneinander. Lorenzo blieb stehen und schaute sich kurz um. Außer einem Taschentuch hatte er nur noch zwei weitere Utensilien in seiner Hosentasche. Ohne jede Hast ging er zur Eingangstür. Bildete er sich das nur ein oder schrien sich da gerade zwei Stimmen im Erdgeschoss an? Leichtfüßig schlich Lorenzo ums Haus herum. Auf der Rückseite angekommen, spähte er durch einen Gardinenschlitz ins Innere. Zwei Gestalten standen sich gegenüber und schienen miteinander zu streiten. Lorenzo spürte, wie ihm Gänsehaut über den Rücken lief. Yvonne und Thorsten, eine

Frau und ein Mann – eine Femme fatale und ein Eifersüchtiger. Auch wenn er wegen der verschlossenen Fenster nicht ein Wort verstehen konnte, zeigten Gestik und Mimik der Beteiligten, wie sehr es zur Sache ging. Waren es anfänglich wohl nur Beschimpfungen gewesen, hatte Yvonne jetzt ihrem Ex eine kräftige Ohrfeige verpasst. Lorenzo sah, wie Thorstens Kopf herumgewirbelt wurde und wie er einen Schritt zurückwich. Bevor Yvonne ihn erneut schlagen konnte, hatte er sich weggedreht und zum Gegenschlag ausgeholt. Nicht mit der offenen Hand, eher wie damals auf dem Schulhof: mit der Faust in die Magengrube. Während Yvonne auf die Knie fiel und in sich zusammensackte, wischte Thorstens Hand über ihren Nacken. Als der Mann jetzt neben der Frau niederkniete, wurde das Grinsen in Lorenzos Gesicht breiter. Wenn er Glück hatte, würde er nicht einen Finger krümmen müssen. Dann würde Thorsten seine Hände um den Hals seiner Ex legen und zudrücken – oder mit dem erstbesten Gegenstand, den er finden konnte, auf sie einschlagen, unbeherrscht, wie er war. Ganz wie damals. Menschen änderten sich nicht. Waren es in der 13a bloß Machtspielchen gewesen, kam jetzt Eifersucht dazu. Alles verlief bisher nach Plan. Mit dem finalen Atemzug der Madame Blond wäre auch noch das letzte fehlende Teil seines Puzzles gefunden. Endlich hätte auch im Wohnzimmer des Hauses ein Mensch das Zeitliche gesegnet. 14 Zimmer – 14 Tote. Lorenzo hätte sich am liebsten selbst umarmt. So war alles rund und richtig. Nun drück schon zu und bring die Frau endlich um! Aber anstatt seiner Dramaturgie zu folgen, hatte sich die Frau plötzlich wieder aufgerichtet und den Mann erneut geohrfeigt. Kniend sahen sich die beiden jetzt in die Augen. „Nun mach schon", hörte sich Lorenzo flüstern. Aber anstatt sich gegenseitig den Rest zu geben, rissen sich die beiden im Wohnzimmer jetzt

die Kleider vom Leib, nur um anschließend übereinander herzufallen. Lorenzo seufzte, als er wieder ums Haus herum zur Eingangstür schlich.

Der Schlüssel, von dem er vorgestern einen Abdruck gemacht und den er hatte nachmachen lassen, passte perfekt ins Schloss. Geräuschlos trat er ins Haus. Wieder fiel ein schmaler Lichtstreifen durch die angelehnte Wohnzimmertür. Dahinter stöhnten Stimmen durcheinander. Lorenzo schüttelte den Kopf. Auch wenn er gehofft hatte, dass alles reibungslos ablaufen würde, war er doch vorbereitet, falls nicht. Aus seiner Hosentasche zog er zwei Latexhandschuhe, wickelte das darin eingepackte rote Teppichmesser aus und schob die Klinge ein gutes Stück vor. Ohne zu zögern riss er anschließend die Tür auf. Rasch durchquerte er den Raum, verpasste dem knienden, halbnackten Mann einen Schlag an die Schläfe und schnitt im nächsten Moment der vor ihm sitzenden Frau die Kehle durch. Das alles war so schnell passiert, dass keines seiner Opfer allzu viel mitbekommen haben durfte. Außerdem waren sie beide zu abgelenkt gewesen. Während die Frau starb, hatte Lorenzo bereits das Teppichmesser in die Hand seines bewusstlosen Klassenkameraden gelegt und dessen Fingerabdrücke darauf platziert. Sein Schlag gegen die Schläfe hatte den Mann ziemlich hart erwischt. Lorenzo hoffte, dass er ihn nicht ernsthaft verletzt hatte. Schließlich brauchte man nur eine Tote und einen Sündenbock – jemanden, der bewusstlos neben der Leiche gefunden wurde. Ein zweiter Toter war ebenso schlecht wie gar keine Leiche. Lorenzos Plan würde aufgehen. Er würde wieder joggend durch den Park laufen, sich zurück in seine Sauna im Fitnesscenter schleichen. In einer knappen Stunde würde er wieder hier auftauchen – dieses Mal als Immobilienkönig, der pünktlich zu seinem Termin erschien. Ganz egal ob Thorsten Fritsche zwischenzeitlich

gestorben, wieder bei Bewusstsein oder zufälligerweise von wem auch immer gefunden worden war, es änderte nichts an den Fakten: die DNA vom Herrn Klassensprecher war überall im Zimmer und an der Frau. Thorsten würde ins Gefängnis kommen. Die Beweislast war erdrückend. Fingerabdrücke, Eifersucht, finanzielle Probleme und mehr DNA-Spuren, als erforderlich waren. 15 Jahre bis lebenslänglich, schätzte Lorenzo. Thorsten würde Geld brauchen und ihn auf Knien bitten, ihm weiterhin zu helfen und dieses furchtbare Haus zu verkaufen – zu jedem Preis, den ein Käufer dafür zu zahlen bereit war.
Ein Grinsen ließ Lorenzos Gesicht zur Maske werden. Und wie er das Haus verkaufen würde – die Kaufinteressenten würden ihm das Büro einrennen. Wenn die Zeitungen ihre Schlagzeilen erst einmal gedruckt und die Fernsehteams ihre Kameras wieder verstaut hatten, käme sein großer Auftritt. Ein Haus mit vielen Zimmern, ein Haus, dessen Räume Fahrstühle zum Himmel waren, in dessen Mauern die Unendlichkeit auf einen wartete, suchte einen neuen Besitzer.
Lorenzo König saß längst wieder auf seiner Holzbank in der Sauna. Er würde noch etwas warten, dann duschen, sich anziehen und an der Saftbar des Fitnesscenters noch einen Smoothie trinken.
Punkt halb sieben würde er die Auffahrt zum Haus am Weiherstrauch hochfahren und seinen Wagen zwischen die geparkten Autos seiner Klassenkameraden stellen. Dann blieben nur noch die Formalitäten: Weil niemand auf sein Klopfen reagierte, ein Anruf an die Mobilnummer von Yvonne, ein Gang ums Haus, ein Blick durchs Wohnzimmerfenster und zu guter Letzt ein aufgeregter Notruf bei der Polizei. Selbst wenn der Herr Konrektor zwischenzeitlich wieder zu sich gekommen wäre, würde das den restlichen Ablauf nicht stören. Der Mann war viel

zu beschäftigt gewesen, hatte nicht sehen können, wer ihn k.o. geschlagen hatte. Niemand würde den Makler-König mit diesem Mord in Zusammenhang bringen. Schließlich deutete alles auf ein Beziehungsdrama hin: Spuren, Tatort und Vorgeschichte.

Für den Bruchteil einer Sekunde schoss ihm Yvonnes Grübchenlächeln durch den Kopf. Im nächsten Moment war sein eigenes Grinsen zurück. Er würde sich niemals Gefühle leisten – und daran war auch Yvonne Schuld gewesen und dieser eine Korb zu viel, den sie ihm damals, kurz vor dem Abitur, gegeben hatte.

Schon von Weitem sah Lorenzo König das Blaulicht und die Autos vor der Villa am Weiherstrauch. Polizei- neben Rotkreuzwagen, Uniformierte in Blau neben Uniformierten in Weiß. Als er aus seinem Porsche stieg, schoben gerade zwei Sanitäter ihre Trage in einen Rettungswagen. Der Mann darauf bewegte sich nicht. Lorenzo ging auf einen der Polizisten zu und sprach ihn an.

Bevor dieser antworten konnte, erschien ein anderer Mann hinter ihm und streckte Lorenzo die Hand entgegen.

„Faust, Hauptkommissar Faust", stellte er sich vor. „Sie müssen Lorenzo König sein. Der Termin steht im Notizkalender von Herrn Fritsche, dem seines Handys", beeilte sich der Kommissar zu ergänzen. „Sie sind pünktlich, auf die Minute."

Der Maklerkönig folgte dem grauhaarigen Mann in Zivil in den Hausflur.

„Was ist passiert?", fragte er mit perfekt inszenierter Stimme und dem dazu passenden Blick.

„Das wissen wir selbst noch nicht. – Momentan sieht es nach einem Tötungsdelikt aus. Mehr darf ich Ihnen nicht sagen." Der Kommissar seufzte. „Sie wollten Herrn Fritsche treffen?"

Der Maklerkönig schüttelte den Kopf. „Genaugenommen seine Exfrau. Es ging um den Verkauf dieses Hauses."
„Da es keine Tatzeugen gibt, werden wohl die Indizien diesen Part übernehmen müssen. Zum Glück gibt es genug davon. Außerdem wurden wir rasch alarmiert. Herr Fritsche selbst hat uns angerufen." Der Kommissar machte eine Pause. „Nur ein paar gestammelte Worte, bevor er wieder das Bewusstsein verlor – den Rest haben dann die Kollegen von der Zentrale und die Handyortung übernommen."
„Und wo ist Frau Fritsche?"
Die Lippen des Kommissars wurden schmal. „Sie ist das Opfer. Sie kannten die Dame?"
„Wie man jemanden kennt, mit dem man in die gleiche Schulklasse gegangen ist und von dem man zwanzig Jahre nichts mehr gehört hat. Gleiches gilt übrigens für Herrn Fritsche."
„Verstehe."
In diesem Moment betraten einige Männer in weißen Overalls den Flur.
„Die Kollegen von der Spurensicherung", erklärte der Kommissar, während er Lorenzo König beiseite zog. „Vielleicht gehen wir besser in dieses Zimmer. Hier sind wir ungestörter. Die Arbeit muss halt erledigt werden. Ich will Sie gar nicht lange aufhalten, dafür scheint die Sachlage doch recht eindeutig zu sein. Ich notiere mir bloß Ihre Kontaktdaten und dann können Sie auch schon wieder fahren."
„Heißt das, dass Sie den Täter schon gefasst haben?"
Der Kommissar verzog das Gesicht. „Darauf erwarten Sie nicht wirklich eine Antwort. – Formulieren wir es einmal so: Bei fast 70% aller Tötungsdelikte geht es um Beziehungsprobleme, spielen Eifersucht und Geldsorgen eine

Rolle. Die Fritsches waren geschieden – den Rest überlasse ich Ihrer Fantasie."
„Ist Thorsten Fritsche ebenfalls tot oder dürfen Sie mir das auch nicht sagen."
„Eben war er es jedenfalls noch nicht."
Hatte der Kommissar die ganze Zeit nur ein Handy in den Händen gehalten, so zog er jetzt ein zweites Mobiltelefon aus seiner Jackentasche. „Wenn er Glück hat, kommt er durch, meint wenigstens der Notarzt. Bei Schädel-Hirn-Traumata ist das immer so eine Sache. Er war gerade lang genug bei Bewusstsein, um die Notruftaste seines Telefons zu drücken." Der Kommissar hob eines der Handys in die Höhe. „Schon komisch – das eine Telefon rettet einem das Leben, das andere bringt einen wahrscheinlich ins Gefängnis.
Jetzt war es Lorenzo König, der das Gesicht verzog.
„Wie meinen Sie das?"
„Ich habe mich nur einmal mehr darüber gewundert, mit welchen Zufällen wir es immer wieder zu tun haben. Wussten Sie übrigens, dass Frau Fritsche eine einstweilige Verfügung gegen ihren Mann erwirkt hatte? Er durfte sich seiner Exfrau bloß bis auf 100 Metern nähern. War wohl einmal zu oft handgreiflich geworden, der Herr Oberstudienrat. Jedenfalls hatte Frau Fritsche allen Grund, einem Treffen aus dem Weg zu gehen. Sicher erklärt das auch, was es mit diesem zweiten Handy auf sich hat. Das gehörte nämlich unserem Opfer. Da steht übrigens auch Ihr Termin drin."
Lorenzo König verzog keine Miene – war aber plötzlich auf der Hut.
„Das könnte natürlich ein Missverständnis gewesen sein", kam der Kommissar Lorenzo zuvor. „Aber etwas anderes im Zusammenhang mit diesem Telefon ist alles andere als missverständlich." Der Kommissar tippte auf dem

Tastaturfeld herum. Im gleichen Moment begann etwas zu rauschen und auf dem Display sich etwas zu bewegen.
„Wissen Sie, wo wir Frau Fritsches Handy gefunden haben? Woher sollten Sie auch, denn wenn Sie es gewusst hätten, hätten Sie es bestimmt mitgenommen. Also sage ich es Ihnen: Sie hatte es auf dem Kaminsims platziert, sodass die Kamera fast den ganzen Raum aufnehmen konnte. Kurz bevor ihr Exmann dann den Raum betreten hat, muss sie die Kamera eingeschaltet haben. Vielleicht als Versicherung, vielleicht als Druckmittel, denn was auf dem Video zu erkennen ist, hätte sich sicher bestens verwerten lassen. Aber wir haben noch etwas Besseres gefunden."
Die grauen Augen des Kommissars wurden zu schmalen Schlitzen.
„Der Mord wurde gefilmt. Auch wenn der Täter einen grauen Jogginganzug getragen hat und sein Gesicht halb von einer Kapuze verdeckt wurde, bleibt da noch die andere Hälfte.
Der Kommissar stoppte das sich bewegende Bild auf dem Display mit einem Fingerdruck. Dann hielt er Lorenzo König das Mobiltelefon vors Gesicht.
„Kommt Ihnen dieses Profil nicht auch bekannt vor?", fragte er mit scheinheiliger Stimme, während die Bilder vor Lorenzos Augen zu tanzen begannen.
Der König war tot – lang lebe der Kaiser.

FÜNF METER PRO SEKUNDE

Der Motorenlärm überlagerte jedes andere Geräusch.
Die zweimotorige Cessna hatte seit dem Start vom Trierer Flughafen in Föhren schnell an Höhe gewonnen.
Nur ein paar Minuten reichten aus, um aus den Moseldörfern, dem Golfplatz und der Autobahn winzige Miniaturen werden zu lassen.
Irgendwo da unten, drei-, viertausend Meter tiefer, lag der Flugplatz mit der Rollbahn, dem Tower, den Flugzeughallen und dem Restaurant. Dort hatte sich die Gruppe wie jeden letzten Samstag im Monat auch heute wieder getroffen. Dieselbe Zeit, derselbe Ort und dieselbe Leidenschaft. Dort war auch die Fallschirmspringerschule, in der sich alle vor einigen Jahren kennengelernt hatten. Er erinnerte sich noch genau an die bunt zusammengewürfelte Lehrgangsgruppe, an die Gesichter, den Nervenkitzel und die Neugier – und an die Witze und das Gelächter, hinter denen alle ihre Angst zu verstecken versuchten. Selbst ein Pfarrer war anfänglich dabei gewesen. Unter seinem Springeroverall hatte er immer ein schwarzes Hemd mit weißem Priesterkragen getragen. Sein gemurmeltes „Näher, mein Gott, zu dir" jeweils kurz vor dem Absprung hatte alle anderen immer irgendwie irritiert. Für Isabella und ihn selbst war das Fallschirmspringen damals ein Abenteuer gewesen. Vielleicht hatten sie beide aber auch nur versucht, ihre langweilig gewordene Ehe wieder in Schwung zu bringen.
Daraus war leider nichts geworden. Weder die Fallschirmspringerei noch der Nervenkitzel hatten ihre Beziehung noch einmal retten können.
Isabella und er waren einfach zu verschieden. Sie, die perfekte Hausfrau, die Tomaten einkochte und die Garage

innen tapezierte – und er, der Werbetexter, der sich für einen Schriftsteller hielt und der in ihrem sauerstoffarmen Haus langsam zu ersticken drohte. Zwei Gegensätze, die sich schon lange nicht mehr anzogen. Im Laufe der Zeit hatte man eben nebeneinander zu leben gelernt, auch ohne sich etwas vormachen zu müssen. Dabei war es für sie beide wohl ohnehin nie die große Liebe, eher die große Lust gewesen. Vor Jahren hatten sie sich auf einem Weinfest in Olewig kennengelernt und fünf Monate später geheiratet. Kaum zu glauben, dass ihn die aschblonde Frau einmal dermaßen fasziniert hatte. Er erinnerte sich in diesem Moment wieder haargenau daran, welche Wirkung ihre blasse Haut, diese makellose Figur und diese endlos langen Beine auf ihn gehabt hatten. Sie waren manches Wochenende nur aufgestanden, um auf die Toilette zu gehen. Er hätte sie damals wahrscheinlich auch geheiratet, wenn ihr Vater nicht der Inhaber der größten Brauerei in der Region gewesen wäre. Das hatte ihn nicht wirklich interessiert. Nicht sein Verstand sagte ihm damals, was er zu tun hatte – das übernahm seine Leidenschaft. Aber davon war nichts übrig geblieben. Nicht einmal ein mikroskopisch kleines Partikel Liebe, geschweige denn Lust, hatte überlebt. Er war jetzt 42, Marketingleiter in der Brauerei seines Schwiegervaters, fuhr im Winter einen BMW und im Sommer die gleiche Marke – nur ein sportlicheres Modell. Er spielte Squash, sah ganz gut aus und die Frauen mochten seine lockere, unbeschwerte Art. Alle Frauen – mit einer Ausnahme. Für Isabella war er das bockige, nicht erwachsen werden wollende Kind, das sie gemeinsam nicht hatten. Und so verhielt sie sich immer häufiger: Wie Mütter sich eben verhalten – nicht die modernen, die altmodischen. Aber mit seiner Mutter hat man keinen Sex. Was war ihm also anderes übrig geblieben, als sich anderweitig nach Frauen umzuschauen.

Nicht dass er blind hinter jedem Rock hergesprungen wäre, aber er hatte auch nichts anbrennen lassen. Jede Affäre brachte wenigstens etwas Abwechslung. Er hätte nicht im Traum daran gedacht, dass er sich noch einmal Hals über Kopf verlieben würde. Aber gerade das war passiert. Und diesmal waren es nicht nur Lippen und Beine und ein verführerischer Körper – und schon gar keine Liebe auf den ersten Blick.
Es hatte fast zwei Jahre gedauert, bis er endlich verstanden hatte, dass Nadine der Grund für das Durcheinander seiner Gefühle war. Sie hatten Nadine und ihren Mann, einen Rechtsanwalt aus Trier, an einem ihrer Fallschirmwochenenden kennengelernt. Irgendwie war man sich zwar auf Anhieb sympathisch gewesen, aber mehr als ein kurzer Begrüßungskuss auf die Wange oder einen Alibi-Tanz beim jährlichen Clubball hatte es nicht gegeben. Nadine war so völlig anders als Isabella. Rothaarig, dominierend, nicht auf den Mund gefallen und atemberaubend proportioniert, hätte sie eher auf die Titelseite der amerikanischen Ausgabe des *Hustler* gehört als an die Seite dieses unscheinbaren Mannes. Der passte ebenso wenig zu ihr wie die biedere Isabella zu ihm. Trotzdem war nichts gelaufen – keine heimlichen Rendezvous, kein Herumgeflirte, nur immer dieses ekelhafte Gefühl, wenn sie sich an jenen Samstagen nach dem Sprung und dem sich anschließenden Cocktail im Restaurant wieder voneinander verabschiedeten. Unerträglich wurde es für ihn, wenn er sah, wie Nadines Mann seine krummen Paragrafen-Finger um ihre Taille legte oder sie mit seinen blutleeren Lippen küsste. Anfänglich spürte er sein Unbehagen nur wie leichtes Sodbrennen, später war es, als würde sich sein Magen immer stärker verkrampfen. Er musste sich schließlich zwingen wegzusehen. Irgendwann letzten Herbst hatte er Nadine dann zufällig in Trier in einer Buchhandlung

getroffen. Sie hatten jeder vier Cappuccini getrunken, miteinander zu Abend gegessen und anschließend eine gemeinsame Nacht im Hotel verbracht. Sie waren extra nach Wittlich gefahren, so viel Diskretion sollte wenigstens sein. Stück für Stück hatte er diese Frau mit allen Sinnen entdeckt. So ungefähr musste es sich anfühlen, wenn ein Suchtgefährdeter sich auf seine Droge einließ. Nadine war wie ein tiefer Zug an der ersten Marihuana-Zigarette. Nach dieser Nacht war alles nur noch schlimmer gewesen. Am liebsten hätte er seinen Koffer gepackt, Nadine diesem Rechtsverdreher ausgespannt und wäre zusammen mit ihr Richtung Süden auf und davon. Aber so einfach war das dann doch nicht gewesen. Es gab gute Gründe, nichts zu überstürzen – Gründe wie ein Haus im Trierer Süden, zwei Autos, ein prall gefülltes Bankkonto auf Isabellas Namen und ein eher mageres Sparkassenkonto auf seinen eigenen. Man konnte nicht mal eben etwas wegwerfen, das man sich über Jahre aufgebaut und verdient hatte. Verdammt – er hatte sich sogar das Weintrinken abgewöhnt und nur noch diese Hopfenplörre getrunken. Er wollte ein gemeinsames Leben mit Nadine, wollte unbedingt die Abfindung, die ihm seiner Meinung nach zustand. Sie würden sich ein Haus suchen, irgendwo in Südfrankreich, er würde endlich seinen Roman schreiben und sie würden jeden Tag genießen. Aber er wusste, auch Nadine hatte Ansprüche an ihr Leben – und das nicht nur im Bett. Auch wenn sie ihn jetzt noch anhimmelte, irgendwann wäre ihr das sicher zu wenig. Sie waren eben aus demselben Holz geschnitzt, liebten die Abwechslung und das Savoir-vivre. Nur davon zu reden reichte irgendwann nicht mehr aus. Man musste sich etwas einfallen lassen, musste zwangsläufig das beseitigen, was zwischen ihnen beiden und einem Neuanfang stand. Eine Scheidung kam nicht infrage, ihr Ehevertrag ließ da keine Zweifel

aufkommen. Also musste Isabella verschwinden – endgültig. Lange hätte er ihre Tu-dies-nicht-tu-das-nicht-Sticheleien sowieso nicht mehr ertragen. Er spürte instinktiv, dass es Nadine in ihrer Ehe mit dem Herrn Rechtsanwalt nicht anders ging. Es musste etwas passieren – jetzt.
Durch die Seitenfenster sah er den strahlend blauen Himmel. Wie ein Schiff bei völliger Flaute, so ruhig flog die Cessna seit zwanzig Minuten ihre vorgegebene Route. Bald wäre es so weit. Dann hätten sie die nötige Höhe und der Pilot würde über den Bordlautsprecher seine zur Routine gewordene Durchsage machen: „Achtung, wir überfliegen jeden Augenblick das Zielgebiet. – *Blue skies and safe landings*!"
Dann würden sie noch einmal kurz ihre Sprungbrillen zurechtrücken, einen letzten Blick auf Höhenmesser, Uhr und Gurtzeug werfen und nur Augenblicke später aus der seitlich offenen Ausstiegsluke springen.
Auch das konnte einen süchtig machen: durch die Wolken zu stürzen, zu fallen, mit einer Fallgeschwindigkeit von über fünf Metern pro Sekunde abwärts zu rasen. Man sprang ab, stürzte ins Nichts – und für einige Minuten konnte man alles um sich herum vergessen. Erst wenn man das *Hand Deploy*, die gute alte Reißleine, zog und sich der Fallschirm mit einem Ruck wie ein schützendes Dach aus Nylongewebe über einem öffnete, wurde man unsanft wachgerüttelt.
Aber Isabella würde heute weiterträumen. Vielleicht würde sie nicht einmal den Aufprall spüren. Es war ganz einfach gewesen, ihren Fallschirm so zu manipulieren, dass sich weder Haupt- noch Reserveschirm öffnen würden. Ungebremst würde sie wie ein verglühender Stern immer schneller werdend abstürzen.
Bei der zwangsläufig stattfindenden Untersuchung würden die Sachverständigen feststellen, dass ihr Schirm ein-

fach nicht sorgfältig genug zusammengepackt worden war und und es zu einer Öffnungsstörung kommen musste. Er würde den trauernden Ehemann spielen, noch einige Monate Bier trinken, das Haus verkaufen und sich auf sein neues Leben vorbereiten. Endlich frei. Überraschenderweise spürte er überhaupt keine Skrupel.

Kurz bevor sie absprangen, drehte er sich noch einmal zu Isabella um. Mit ihrer maßgefertigten, nur halb so großen Springerbrille vor dem wächsernen Gesicht und den flachsblonden Haaren sah sie mehr denn je wie die eitle Prinzessin aus einem Grimmschen Märchen aus. Ja – wie das falsche Luder aus dem Froschkönig, schoss es ihm durch den Kopf. Vielleicht lag das aber auch nur an Nadines Mann, der neben Isabella saß und irgendwie einem aufgeblasenen Frosch ähnelte. Nur Nadine war hübsch wie immer. Sie zwinkerte ihm noch einmal kurz zu und sprang dann als Dritte ab, direkt vor ihm. *„Blue Skies!"*, hörte er ihre vom Wind zerzauste Stimme. Er fühlte, wie die frostige Luft seine Springerkombi aufblähte und wie seine Arme und Beine augenblicklich kalt und gefühllos wurden. Einige Sekunden ging das so, bis die Anspannung langsam von einem abfiel und man geschehen ließ, was kommen würde. Neben sich sah er, zu einem halbmondförmigen Zelt aufgebläht, den roten Springeroverall seiner Frau. Mit ausgestreckten Armen flatterte sie wie ein flügellahmer Vogel durch die Luft. Neben ihr loderten trotz des Springerhelms Nadines kupferrote Haare wie eine Fackel um ihr Gesicht herum. Sie versuchte ihn kurz zu berühren, aber eine Böe oder eine ungeschickte Bewegung ließen sie auseinanderdriften. Ein kurzer Blick auf seinen Höhenmesser zeigte ihm, dass es nun gleich so weit sein würde. Automatisch tasteten seine Finger nach dem Griff der Reißleine. Nur noch knapp zweihundert

Meter, dann würden er und seine Frau sich trennen – für immer und ewig.
Rasch versuchte er, aus den Augenwinkeln noch einmal eine Reaktion oder eine Bewegung von Isabella einzufangen, aber dafür war es jetzt zu spät. Er schloss die Lider und zog an seinem Griff. Nichts passierte. In wilder Panik riss er ein zweites und drittes Mal daran, bevor er den Reserveschirm über den zweiten Griff auszulösen versuchte. Aber auch dann passierte nichts. Er stürzte weiter, ungebremst, immer schneller werdend und mit weit aufgerissenen Augen. Irgendwo über ihm schwebten zwei Fallschirme mit zwei Körpern daran wie Federn Richtung Boden. Aber das registrierte er bereits nicht mehr. Er achtete nicht einmal auf den anderen, keine zwanzig Meter neben ihm abwärts rasenden Körper. Er sah weder diese roten Haare noch hörte er die sich überschlagende Stimme wie wahnsinnig neben sich schreien. Seine Augen starrten immer nur in die Tiefe, auf den Boden, auf die Autobahn. Bis zum Aufprall.

Es war alles ganz einfach gewesen, seinen Fallschirm und den der kleinen Hure so zu manipulieren, dass sich weder Haupt- noch Reservefallschirm öffnen konnten. Wie gut, dass sie vor ein paar Tagen noch einmal ihren eigenen Fallschirm überprüft hatte. Ihr war natürlich sofort die verdrehte Hauptleine aufgefallen. Nicht auszudenken, was passiert wäre, wenn ...
So aber hatte sie dieses Malheur inspiriert, dem Schicksal etwas nachzuhelfen. Es zahlte sich eben doch aus, zuverlässig und fleißig zu sein. Sicher würde es eine Untersuchung geben, aber dabei würde nicht mehr herauskommen, als dass diese beiden Narren ihre Fallschirme nicht sorgfältig genug gepackt hatten. Sicher würden die ermittelnden Kriminalbeamten herausfinden, dass ihr Mann

und die rothaarige Hure ein Verhältnis miteinander hatten – vielleicht würden sie sie, die Witwe, sogar verdächtigen. Aber Beweise würden sie keine finden. Keine Fingerabdrücke und erst recht keine Spur, die sie mit der Manipulation von Nadines modischem kleinem Fallschirm in Zusammenhang bringen würde. Sie hatte kein Verhältnis mit Gerhard, Nadines Mann, angefangen. Auch wenn sie sich mochten und sie sogar gelegentlich miteinander telefonierten, hatte sie immer Distanz gewahrt und darauf geachtet, ihre Gefühle für ihn zu unterdrücken. Gefühle, die es gab, die sie permanent zwischen Liebe und Eifersucht spürte. Sie hatten niemals über Liebe gesprochen, eher über die belanglosen Dinge des Lebens, aber sie meinte ganz deutlich zu spüren, dass auch Gerhard etwas für sie empfand. Aber er war wie alle Männer: bequem, ängstlich und zögerlich. Und sie selbst war leider viel zu katholisch, um ihr Leben zu genießen oder um sich einfach von ihrem Mann scheiden zu lassen. „In Trier beerdigen wir unsere Männer", hatte ihre Großmutter ihr damals augenzwinkernd kurz nach der Trauung zugerufen. „Mal früher, mal später." Jetzt war es also mal früher. Deshalb hatte sie alles in die Hand genommen, war heimlich, still und leise letzten Donnerstag nach Ehrang gefahren, hatte ihr Auto kilometerweit entfernt an der Mosel geparkt, war zu Nadines und Gerhards Haus gegangen, hatte sich in ihre Garage geschlichen und Nadines Fallschirm präpariert. Erst letzten Monat hatte Nadine in Cocktaillaune angemerkt, dass ihr Garagentor nicht mehr richtig schloss und dass sie dort ihre 4000 Euro teuren Fallschirme und ihre noch mal so teuren Ausrüstungen aufbewahrten. In Ikea-Regalen, direkt neben den Winterreifen. Die Nacht war viel zu dunkel und tief gewesen und sie viel zu leise und entschlossen, als dass irgendjemand irgendetwas mitbekommen hätte.

Jetzt war es endlich so weit. Endlich war sie wieder frei, frei für einen Neuanfang und frei für den Mann, der doch so viel besser zu ihr passen würde als zu der rothaarigen Schlampe.

FREMDE IM ICE

Berlin Hauptbahnhof – kurz vor halb sieben. Ein schwüler Augustabend, mitten in der Woche.
In sechs Minuten fährt mein Zug. Wenn es so weiter geht, aber ohne mich. Der Taxifahrer flucht laut über die vielen Baustellen, ich schimpfe leise über zu viel Wein und ein überflüssiges Abschiedsessen im Ristorante gerade eben. Irgendwie schaffe ich es doch noch rechtzeitig, die Treppen zu Gleis 14 hinaufzuhasten und den ICE kurz vor dem Pfiff des Zugbegleiters zu erreichen. Als sich die Türen hinter mir schließen, ist mein Kopf leer, das Hemd schweißnass und die Tasche an meiner Hand voller Backsteine. Wahrscheinlich bin ich der einzige Bahnpendler, der keinen Trolley hinter sich herzieht. Ich trage mein Gepäck, liebe es, meine very british aussehende *Scotch & Soda*-Tasche überallhin mitzunehmen. Und ich liebe es, mit der Bahn zu fahren – andere für mich fahren zu lassen, während ich arbeite oder vor mich hindöse. Weil der späte Sprinter auf der Strecke Berlin–Frankfurt meistens ziemlich leer ist, mag ich diesen Zug ganz besonders. Für die Rückreise hatte ich mir sogar einen Sitzplatz in einem Abteil reserviert. Ganz altmodisch, um auf Nummer sicher zu gehen. Platz 92 wartet in Wagen zwölf am Fenster auf mich. Weil ich bei meinem Endspurt nicht mehr auf die Wagennummern achten konnte, muss ich erst einige Großraumwagen durchqueren, bis ich endlich vor meinem Abteil stehe. Laut der Infotafel neben der Tür sollte ich das ganze Abteil heute für mich allein haben. Falsch gedacht. Die Gestalt, die im abgedimmten Abteil auf meinem Platz sitzt, scheint zu schlafen, als ich meine Tasche ins Gepäckregal wuchte. Dunkle Haare, helle Haut, elegante Hose, Bluse, Business-Typ – taxiere ich kurz die Dame, bevor ich meine Jacke

ausziehe, den Laptop auspacke und mich kurz darauf gegenüber in den Sitz fallen lasse. Ich will gerade meine Kopfhörer in die Ohren stecken, um meine *Round Midnight*-Musik zu hören, als eine Stimme die Stille beendet.
„Männer brauchen immer ihr Spielzeug", murmelt sie. „Eigentlich gibt es gar keinen so großen Unterschied zwischen Legosteinen und Computern", ergänzt sie noch, als würde sie sich eine Frage beantworten.
Erst jetzt bemerke ich, dass mich die Frau mit offenen Augen beobachtet.
„Ein paar würden mir da schon einfallen", antworte ich irritiert.
„Und welche?"
„Na ja – Legosteine funktionieren ohne Strom, und Laptops sind bei Weitem nicht so bunt."
„In punkto Spieltrieb würden Sie mir also zustimmen", fährt die Frau unbeeindruckt fort.
Ich lege den Kopfhörer wieder beiseite und beginne sie doch genauer zu betrachten.
„Auf den Punkt gebracht macht gerade das den Unterschied aus", erwidere ich nach einer Weile. „Den zwischen Männern und Frauen, meine ich. Frauen werden erwachsen geboren – und Männer leisten sich den Luxus, ein Leben lang im Sandkasten sitzen zu bleiben und zu spielen." Den passenden Unterton in der Stimme bekommt die Dame kostenlos von mir dazu geliefert.
„Na also", ruft sie triumphierend. „Endlich mal ein Mann, der das zugibt und nicht von vornherein den Mr. Wichtig spielt."
„Warum sollte ich denn Fakten abstreiten?", frage ich amüsiert. „Ich fühle mich sehr wohl in meinem Sandkasten und – nur für's Protokoll – dort bin ich Mr. Wichtig."
‚So viel zum Thema Bescheidenheit', scheint ihr Blick zu sagen.

„Wenigstens sind Sie wohl kein Spießer – immerhin sitze ich auf Ihrem reservierten Fensterplatz und Sie haben es ohne zu murren akzeptiert." Etwas Provozierendes liegt in ihrer Stimme.

„Ich hätte Sie schon noch darauf angesprochen", beeile ich mich anzumerken. „Schließlich ist das meine Seite vom Sandkasten, und wir Sandburgenbauer sollten darauf achten, dass die Spielregeln eingehalten werden."

„Typischer Männer-Schwachsinn."

„Was? – Höflichkeit?"

„Nein, Spielregeln. Regeln an sich sind Quatsch", widerspricht die Frau entschieden und scheint nun in ihrem Element zu sein. „Spielregeln nehmen jeder Sache den Spaß und die Leichtigkeit. Sie schränken ein, behindern das Denken und killen jeden Funken Kreativität. Also ...", Sie macht eine Pause und holt tief Luft. „... Wofür sind Spielregeln dann überhaupt gut? Über kurz oder lang sind alle Vorschriften dieser Welt doch bloß noch dazu da, um ausgetrickst zu werden. Schauen Sie mich nicht so skeptisch an – ich weiß, wovon ich rede." Und deutlich leiser fährt sie fort: „Außerdem wird mir schlecht, wenn ich gegen die Fahrtrichtung sitze."

„Mehr hätten Sie gar nicht sagen müssen", bemerke ich achselzuckend. „Vielleicht noch ‚Guten Abend' und ‚Danke' oder so etwas."

„Also doch ein Spießer", murmelt sie, nur um im Anschluss etwas lauter zu sagen: „Ich habe aber auch immer ein Glück mit den Typen, die ich auf meinen Reisen kennenlerne."

„Das ist ja wohl der Gipfel", platzt mir der Kragen. „Ich hätte diesen Satz sagen müssen, das ist mein Text. Ich bin der Pechvogel, der wie ein menschlicher Magnet die merkwürdigsten Gestalten anzieht."

„Sie finden mich also merkwürdig?" Erstaunt zieht die Frau die Augenbrauen in die Höhe. „Wahrscheinlich auch noch aufdringlich und unverschämt, vielleicht obendrein noch unattraktiv?"

Eigentlich ist mir absolut nicht nach Reden zumute. Ich habe zwei sperrige Arbeitstage hinter mir, ein letztes Essen mit der Frau, die sich gerade von mir getrennt hat – bin emotional also irgendwo im Niemandsland. Und dann soll ich auch noch ein solches Gespräch führen? Andererseits lenkt mich das etwas ab, also antworte ich:

„Ja. – Ja mit Sternchen. – Und zur dritten Frage: Nein, ganz sicher nicht."

„Dann finden Sie mich also attraktiv."

Da das keine Frage, sondern eine Feststellung ist, reagiere ich nicht darauf. Stattdessen fahre ich meinen Laptop hoch und schaue aus dem Fenster. Draußen fliegt die Dämmerung vorbei – in allen nur denkbaren Schattierungen. Wiesen, Wälder, Berge und Himmel sind wie eine riesige Leinwand, an der dieser Zug wie ein endloser Pinselstrich entlangfährt. Und mittendrin dieses interessante, intelligente, neugierige und nicht mehr ganz junge Gesicht. Das Spiegelbild der Frau von gegenüber sucht mein eigenes im Fenster.

„Warum denken Sie, dass ich aufdringlich bin?", fragen mich erst ihre Augen, dann ihr Mund.

„Vor allem sind Sie anstrengend", antworte ich in Richtung Spiegelbild. „Ja, das trifft es am besten. Und weil ich momentan nicht in der Stimmung bin, noch mehr solche Gespräche zu führen, werde ich jetzt meine Playlist starten, mich zurücklehnen und in Ruhe vor mich hinschwitzen."

„Mit anderen Worten: Sie werden sich langweilen und die Zeit totquälen, bis der Zug in Frankfurt einläuft und Sie in Ihr Alltagsleben aussteigen lässt?"

„Wer sagt, dass ich mich langweilen werde?"

„Ihre Mimik. Und *Round Midnight*-Jazz klingt nicht gerade nach prallem Leben – eher nach Liebeskummer und 'ner

Flasche Whisky, die man dazu trinken sollte", stellt sie nüchtern fest.

„Mein Sandkasten. Mein Liebeskummer. Mein Musikgeschmack", rechtfertige ich mich.

„Papperlapapp! Unsere Fahrt dauert viereinhalb Stunden, viel zu lang für trübe Gedanken, Hitze und sauerstoffarme Luft."

Kopfschüttelnd beugt sie sich vor und senkt gleichzeitig die Stimme, als könnte jemand unser Gespräch mithören.

„Ich wüsste da etwas viel Spannenderes, als nur die Zeit totzuschlagen oder in sich reinzuheulen. Etwas, das Ihre Fantasie anspricht, das es gibt, seit die ersten Menschen am Lagerfeuer zusammengerückt sind."

Mein überraschter Gesichtsausdruck scheint sie zu amüsieren, denn plötzlich beginnt sie zu lachen.

„Nein, nicht was Sie denken. Kein Sex! Aber wenigstens sind Sie innerlich noch nicht ganz tot. Ihr Verstand funktioniert eben typisch männlich, immer nur in die eine Richtung", bringt sie ihre und meine Gedanken auf den Punkt.

„Ich meine das Geschichtenerzählen. Was gibt es Fesselnderes, als sich gegenseitig mit Geschichten durch die Nacht zu helfen? Lassen Sie uns die Fakten zusammenfassen: Wir sind allein in diesem Abteil und sind uns nicht komplett unsympathisch. Es ist unerträglich warm und wir haben noch sechs, sieben – nein, acht Bahnhöfe vor uns, bevor Sie aussteigen. Also was ist da naheliegender, als sich mit ein paar Geschichten die Zeit zu vertreiben?"

Sie versteht meinen zweifelnden Blick sofort, denn sie lässt mich gar nicht erst zu Wort kommen, redet einfach weiter drauflos. „Denken Sie nach. Gar nichts spricht dagegen. Ich habe mir das schon immer gewünscht: Zwei Fremde begegnen sich in einem Zugabteil. Da ist auf Anhieb etwas zwischen ihnen, und irgendwann beginnen sie damit, zu erzählen."

„Und gerade wenn es spannend wird, kommt der Zugbegleiter und will die Fahrscheine sehen", sage ich grinsend.

„Ach, Männer sind einfach unmöglich! Wie kann man nur so fantasielos sein? Kein Wunder, dass der Sex mit euch immer bangloser wird", schimpft sie, während die Abteiltür aufgezogen wird und eine hübsche dunkelhäutige Zugbegleiterin fragt, ob jemand zugestiegen ist.

„Sagen Sie jetzt bloß nichts, was die Magie dieser nahen Nacht zerstören könnte", sagt die Frau fast flehend, während ich noch damit beschäftigt bin, meine Bahncard 25 wieder im Geldbeutel zu verstauen.

„Bleiben Sie wenigstens für eine halbe Stunde in Ihrem Sandkasten sitzen und überlassen Sie es dem Mond und mir, unsere erste Geschichte zu erzählen. Wenn wir in Wolfsburg angekommen sind und Sie sich gelangweilt haben, suche ich mir halt ein anderes Abteil und Sie werden mich nie wiedersehen."

Ihre ernste Stimme macht mich nachdenklich.

„Was für Geschichten meinen Sie eigentlich?"

„Aber das sagte ich doch schon", antwortet sie deutlich entspannter. „Die Art, die bereits an den ersten Lagerfeuern erzählt wurde – Geschichten über die Abgründe der Seele, von Männern und Frauen, von Mord und Totschlag – eben solche, die Menschen durchlebt und anschließend aufgeschrieben haben, verstehen Sie?"

Auch wenn ich das eindeutig nicht tue, ist ihre Begeisterung echt und wirkt ansteckend. Also verstaue ich meinen Laptop wieder in der Tasche und lächele der Frau mir gegenüber zu.

„Also gut. Jetzt gehört Ihnen der Abend, dieses Zugabteil und meine volle Aufmerksamkeit – wenigstens bis Wolfsburg. Legen Sie los."

„Dann lade ich Sie zum Essen ein, gleich hier im Abteil", sagt die Frau mit dunkler Stimme und beginnt zu erzählen ...

Lasagne Spezial

So konnte es nicht weitergehen! Ruth – die attraktive, verwöhnte, hinreißend schauspielernde und treue Ruth – war auf dem besten Weg, ihre Ehe aufs Spiel zu setzen. Noch vor ein paar Jahren, damals waren sie nicht einmal verlobt gewesen, meinte er (nennen wir ihn Martin), endlich die ideale Frau und Partnerin gefunden zu haben. Erst im Laufe der Zeit, nachdem sie einige wirklich gute Jahre miteinander verbracht hatten, war davon nicht mehr viel übrig.

Dabei war Martin bestimmt derselbe geblieben. Zwar hatte Ruth immer wieder behauptet, dass sie vor acht Jahren einen ganz anderen Mann geheiratet hatte. Aber abgesehen davon, dass seine Haare immer dünner wurden und er um die Hüften ein wenig fülliger geworden war, hatte er sich ganz sicher nicht verändert.

Nun gut, er war elf Jahre älter als sie, doch zum einen hatte sie das auch vor ihrer Ehe gewusst, und zum anderen ging die Zeit auch an ihr nicht spurlos vorüber.

Also – was erwartete sie von ihm?

Er war Prokurist in einem Tabakwarengroßhandel und durch eine hohe Lebensversicherung waren sie zusätzlich finanziell abgesichert. Er liebte sie, mochte weder Alkohol noch hatte er Affären mit anderen Frauen oder Männern. Martins Sekretärin hatte ihn einmal seufzend als den idealen Ehemann bezeichnet. Und das glaubte er auch zu sein, denn welche Frau wäre nicht froh gewesen, wenn ihr Mann am Wochenende mit umgebundenem Klammerbeutel die Wäsche auf die Leine hing und anschließend ein köstliches *Saltimbocca alla romana* für sie beide zauberte? Aus seinem Blickwinkel war Ruth einfach undankbar!

Wer war sie denn schon gewesen, bevor er sie geheiratet hatte? Eine kleine Propagandistin im Außendienst eines Zigarettenherstellers – eine zugegebenermaßen verteufelt hübsche. Pures, in Fleisch gegossenes Nikotin. Mit ihren kurz geschnittenen, dunkelblonden Haaren und dem unbekümmerten, mädchenhaften Lächeln hatte sie ihn schon gleich bei ihrem ersten Treffen mehr als nur geschäftlich interessiert.

Dass es dann doch noch über ein Jahr und fast ein Dutzend Gesprächstermine dauerte, bis er sie endlich zum Essen eingeladen hatte, lag vor allem an seiner Schüchternheit, die er Frauen gegenüber einfach nicht ablegen konnte. Er war jetzt zweiundfünfzig und die vergangenen Ehejahre waren trotz allem die beste Zeit seines Lebens gewesen. Doch nun drohte Ruth erstmals offen damit, ihn zu verlassen. Ganz abgesehen davon, dass er gegen eine Scheidung war, konnte er sich den Skandal und Ärger, den eine Trennung unweigerlich mit sich bringen würde, einfach nicht leisten. Sie lebten in der Provinz – geografisch und von den Köpfen der sie umgebenden Leute her. Immerhin musste er auch an seine berufliche Zukunft denken. An seine Familie, seinen Ruf, den Sitz im Kirchenvorstand. All das stand auf dem Spiel. Erst kürzlich hatte Martin mit Ruth darüber gesprochen. Ohne eine Miene zu verziehen, hatte sie ihm zugehört. Irgendwann war sie dann nach einem kurzen Blick zur Uhr und der Bemerkung, dass der Pantomimik-Kurs um Punkt 20 Uhr auch ohne sie beginnen würde, aus dem Zimmer gegangen.

Ratlos hatte er aus dem Fenster gestarrt, und als Ruth mit ihrem Cabrio Richtung Innenstadt losgefahren war, standen ihm das erste Mal seit der Beerdigung seiner Mutter wieder Tränen in den Augen. Nur weinte er diesmal nicht

aus Trauer, sondern aus ohnmächtiger, sich endlich entladender Wut. Nein, so konnte es wirklich nicht weitergehen!
Dieser Vorfall lag nun schon einige Wochen zurück, aber vergessen hatten sie ihn beide nicht. Sie waren sich seither einfach aus dem Weg gegangen. Bei seinen zur Gewohnheit gewordenen Überstunden, den *Rotary Club*-Treffen und ihrem umfangreichen Kursprogramm war das beiden nicht weiter schwergefallen.
Nur wollte er jetzt endlich für klare Verhältnisse sorgen. Aus diesem Grund hatte er heute früher als gewöhnlich sein Büro verlassen. Er würde unterwegs einkaufen, etwas Raffiniertes kochen, und sie würden im Kerzenschein bei sanfter Musik über ihre gemeinsame Zukunft reden. Romantik à la Barry White.
Heute war Dienstag. Neben Sonntag der einzige Tag in der Woche, an dem Ruth keinen Kurs belegt hatte. An den restlichen Abenden tanzte sie afrikanisch, versuchte sich als Schauspielerin, lernte Italienisch, töpferte und baute biologisches Gemüse an. Und er hatte es akzeptiert.
Aber heute stand ihre Ehe auf dem Kursplan.
Sie wohnten in einer liebevoll restaurierten Mühle aus dem 17. Jahrhundert am Rande der Stadt. Zwar war das Haus, wie sich schnell herausgestellt hatte, für sie beide viel zu groß gewesen. Aber die stadtnahe Lage und der direkt hinter dem Haus beginnende französische Garten boten doch mehr Vor- als Nachteile. Außerdem konnte man irgendwann einmal einige Zimmer oder einen ganzen Flügel des hufeisenförmig gebauten Anwesens vermieten.
Nicht dass Ruth ihren Pflichten als Hausfrau nicht nachgekommen wäre. Sie konnte vorzüglich kochen und hatte Geschmack. Jeder Raum war nach ihren Vorstellungen eingerichtet. Jede Wand trug ihre Farben und jedes Zim-

mer roch nach ihrem Parfüm – aber jetzt gab es nichts mehr zu renovieren.

Er hatte unterwegs noch ein paar Blumen gekauft, seinen Volvo gerade in die Garage gefahren und blickte nun, bevor er ausstieg, noch einmal kurz in den Rückspiegel. Sein Haar war wirklich dünn geworden. Vielleicht sollte er sich einen Bart wachsen lassen? Sein schmales Gesicht würde dadurch bestimmt voller wirken. Er musste mit Ruth darüber sprechen. Schließlich war sie seine Frau – und sollte es auch bleiben. Mit den Blumen unter dem Arm, zwei Plastiktüten voller Lebensmittel in der einen und seinem Aktenkoffer in der anderen Hand stieg Martin den Weg zur Eingangstür hoch.

Er spürte, wie das Blut in seinen Schläfen pochte und wie er in immer kürzeren Abständen atmete. Du bist außer Form, dachte er.

Vielleicht hatte Ruth gar nicht so unrecht. Er müsste körperlich wieder aktiver werden. Kein Wunder, dass sie mit ihm unzufrieden war. Aber ab heute würde alles anders werden. Er stellte seinen Aktenkoffer ab, fingerte umständlich mit der rechten Hand den Schlüssel aus seiner Jackentasche und sperrte die Eingangstür geräuschlos auf. Ruth war bestimmt noch damit beschäftigt, ihre Italienisch-Grammatik durchzuarbeiten, und da sie dazu gewöhnlich eine CD mit Konversationslektionen laufen ließ, war es unwahrscheinlich, dass sie ihn hatte kommen hören. Nachdem er die Taschen abgestellt, seinen Mantel ausgezogen und die Blumen so leise wie möglich ausgewickelt hatte, war er auf Zehenspitzen Richtung Wohnzimmer geschlichen. Das aus den Lautsprechern tönende Geräusch zweier mit übertriebener Betonung italienisch sprechender Stimmen bestätigte seine Annahme.

Aber da war noch ein anderes Geräusch – aufdringlich und störend wie Staub auf Schallplatten. Zuerst erkannte

er das Lachen seiner Frau, ihre sich ausziehende Stimme; dann, dass sie telefonierte.
Er stand nun nahe genug vor der Wohnzimmertür, um die Stimmen aus den Lautsprechern und die von Ruth unterscheiden zu können. Und auch wenn er diesmal keinen steilen Weg hochsteigen musste, so hämmerte es doch wieder wie wild in seinen Schläfen. Ruth hatte einen Liebhaber.
Durch die einen Spaltbreit geöffnete Tür hörte er nun, was er eigentlich seit Monaten geahnt hatte und was er nur immer wieder hatte verdrängen wollen.
Bestimmt hatte sie diesen Robert, er hatte den Namen eben aufgeschnappt, schon die ganze Zeit über getroffen – und die Kurse waren bloß ein ideales Alibi dafür gewesen. Martin kam sich auf einmal so lächerlich vor. Da stand er wie ein Einbrecher in seinem eigenen Haus, hielt diesen überflüssig gewordenen Strauß Rosen in der Hand, und hinter der Tür flirtete seine Frau am Telefon mit ihrem Liebhaber. Was war er nur für ein Narr gewesen! Wie hatte er nur glauben können, dass Blumen und ein Essen etwas reparieren konnten, was eigentlich längst nicht mehr zu reparieren war?
Barry White war tot.
Ihm fehlte in diesem Moment einfach die Kraft, die Tür aufzureißen, ihr den Hörer aus der Hand zu nehmen und sie zur Rede zu stellen.
Er brauchte jetzt einfach Zeit, musste erst über alles nachdenken.
So schlich er leise zur Haustür zurück, öffnete sie diesmal von innen und ließ sie nun, im Flur stehen bleibend, Augenblicke später laut und unüberhörbar zuschlagen. Nachdem er seinen Mantel aufgehängt hatte, war er ohne lange zu zögern ins Wohnzimmer gegangen.

Ruth – die attraktive, verwöhnte, hinreißend schauspielernde und nur sich selbst treue Ruth – blätterte gerade, in einem Sessel neben dem Kamin sitzend, in ihrem Italienisch-für-Anfänger-Buch. Mit bewundernswerter Gelassenheit und erstauntem Lächeln schlug sie ihr Buch zu und legte es beiseite.

„Du kommst heute früher als gewöhnlich, ist etwas passiert?"

Am liebsten hätte Martin laut losgeschrien. Es hatte ihn gerade genug Überwindung gekostet, das Zimmer zu betreten und ihr in diese verlogenen Augen zu schauen. Musste er sich jetzt auch noch demütigen lassen? Warum konnte er sie nicht einfach durchschütteln und losbrüllen? Anstatt sie zu beschimpfen und ihr Vorwürfe zu machen, hatte er nur kurz „guten Abend" gemurmelt und war mit der Bemerkung, dass er noch arbeiten müsse, in seinem Büro verschwunden.

Erst als er die Tür hinter sich geschlossen hatte, begann er langsam zu begreifen, was diese letzten Minuten konkret für ihn bedeuteten.

Sicher würde Ruth ihn über kurz oder lang verlassen. Sie würden sich also wirklich trennen! Aber musste es tatsächlich so weit kommen?

Vielleicht würde es ihm im Laufe der Zeit gelingen, das eben Gehörte zu vergessen. Jeder konnte einmal einen Fehler machen – und was war ihr Seitensprung letztendlich anderes?

Irgendein Robert hatte sich zwischen sie gedrängt. Aber Ruth würde schon sehr bald merken, wie schnell eine flüchtige Beziehung auch wieder enden konnte. Er musste ihr jetzt nur zeigen, wie wichtig ihm diese Ehe war.

Vielleicht würden sie später am Abend wie zufällig über die Fehler sprechen, die sie beide begangen hatten. Er würde sie verstehen und ihr verzeihen. Wenn es überhaupt eine

Möglichkeit gab, ihre Ehe zu retten, dann nur diese. Im selben Moment hatte sich die Tür geöffnet und Ruth war, eingehüllt in eine atemberaubende Chanelwolke, mit Hut und Mantel ins Zimmer gekommen. Sie sagte: „Ich habe ganz vergessen, dass heute Abend ein furchtbar interessanter Batik-Kurs beginnt. Dein Essen steht wie immer im Backofen. Du brauchst es nur noch aufzuwärmen."
Mit ihren weiß lackierten, halbmondförmigen Fingernägeln durchstöberte sie ungeduldig ihre Handtasche. „Dieser verdammte Haustürschlüssel, ich kann ihn schon wieder nicht finden. Du hast doch sicher nichts dagegen, wenn ich deinen nehme? Es wird bestimmt spät heute Abend." Nervös schaute sie auf die neben seinem Schreibtisch hängende Pendeluhr. „Was, schon Viertel vor sieben? Es wird höchste Zeit, ich muss gehen, sonst ..."
„Was sonst?!" Ohne Vorwarnung war Martin hinter seinem Schreibtisch aufgesprungen, hatte dabei die Lampe vom Tisch gestoßen und losgeschrien. „Nun sag schon, was sonst? Kommst du dann vielleicht zu spät zu deinem Rendezvous?"
Sie gestattete sich nur einen Sekundenbruchteil Unsicherheit. Ein nervöser Lidschlag, ein kurzes Zucken ihrer Mundwinkel, doch als sie ihm antwortete, war sie bereits wieder ganz ruhig.
„Wenn du doch alles weißt, warum dann diese Szene? Ändern kannst du damit nichts mehr."
Die Worte hatten ihre Wirkung nicht verfehlt. Er spürte ihre emotionslose Stimme wie Eiswasser, das ihm in die Ohren tropfte, hörte seine eigene Stimme nur noch wie ein altersschwaches Echo: „Aber wir müssen es ändern! Das kann doch alles nicht wahr sein! Ruth, du weißt nicht, was du sagst ..." Sein Ärger war plötzlich wie weggefegt. Nun hatte er nur noch Angst, sie zu verlieren. „Wir müssen

noch einmal in aller Ruhe über alles reden. Warum nicht gleich heute Abend?"

Er sah, dass sie den Kopf schüttelte, sah ihr mitleidiges Kindergärtnerinnen-Lächeln.

„Aber Ruth! Ich weiß nur, dass ich ohne dich nicht leben kann. Wenn du jetzt gehst, dann ist alles zu Ende – dann kann ich mich auch gleich umbringen."

„Es ist zu spät", sagten ihre Lippen, ihre Augen, ihre Mimik und sein Verstand. Ohne sich noch einmal umzudrehen, verließ sie das Zimmer. Kurz darauf hörte er das Geräusch einer zuschlagenden Eingangstür wie eine herabsausende Guillotine – und er war allein.

Warum hatte er nur wieder alles falsch gemacht? Längst hatte er sich in seinen Sessel fallen lassen und starrte nun apathisch und teilnahmslos in die Dunkelheit. Wenn es nur einen Weg gäbe, der sie zu ihm zurückbringen könnte. Und irgendwann später hatte er geglaubt, diesen Weg gefunden zu haben. Irgendwann an diesem lausigen Abend hatte er beschlossen zu sterben. Wenigstens sollte es so aussehen.

Erst seine aus der Erregung heraus ausgesprochene Selbstmorddrohung hatte ihn auf diese aberwitzige Idee kommen lassen – und der Kriminalroman, den er gerade las. Von einer Sekunde zur anderen konzentrierten sich Martins Gedanken nur noch auf diese eine Chance – und je länger er darüber nachdachte, desto überzeugter war er von seinem Plan. Er würde einfach in seinem Sessel sitzen bleiben, würde sich mit weinrotem Lippenstift und Wimperntusche ein wenig Blut und ein Einschussloch an die Schläfe malen. Und auf seinem Schoß würde die alte Mauser Automatik liegen. Ein perfekt inszenierter Selbstmord. Wie in diesem Christie-Kriminalroman müsste es aussehen – wie in *Und dann gab's keines mehr*, schoss es ihm durch den Kopf. Noch heute Nacht würde Ruth ihn im

Sessel zusammengesunken auffinden. Entsetzt und verzweifelt würde sie augenblicklich ihren Fehler einsehen und alles dafür geben, das Geschehene wieder rückgängig machen zu können. Wahrscheinlich könnte er ihr nur so ihre verliebten kleinen Augen öffnen. Dabei dachte Martin nicht einmal so sehr daran, sie zu erschrecken oder sie zu bestrafen. Er wollte sie bloß wachrütteln. Es war jetzt schon nach 21 Uhr. Vor Mitternacht würde Ruth wohl sicher nicht nach Hause kommen. Zeit genug, um alles Notwendige vorzubereiten – und um noch schnell etwas zu essen.
Seine Henkersmahlzeit bestand heute Abend aus überbackener Lasagne.
Niemand konnte Lasagne so zubereiten wie Ruth. Wie merkwürdig, dass gerade heute, nach ihrem Streit, selbst dieses Gericht nicht mehr dasselbe zu sein schien ... Aber in dieser Nacht würde sich ja noch einiges ändern. Nachdem er wie ein Regisseur und Maskenbildner alle Vorbereitungen getroffen hatte, schaltete er noch den Computer an. Ein kurzer Abschiedsbrief auf dem Desktop sollte die erstaunlich echt aussehende Schädelverletzung noch ergänzen. Ganz sicher würde Ruth ihm seinen inszenierten Selbstmord übel nehmen – aber ihre Erleichterung, wenn sie dann sah, dass er doch noch lebte, würde sie bestimmt alles andere vergessen lassen. Schließlich hatte sie ihn ja einmal geliebt. Oder warum hatte sie ihn sonst geheiratet? Jetzt ging es um ihre gemeinsame Zukunft.
Er hatte nun schon seit Stunden in der Dunkelheit sitzend gewartet. Langsam begann Martins Magen zu rebellieren. Bestimmt war nur seine wachsende Nervosität daran schuld. Und wenn Ruth nun heute Nacht nicht mehr nach Hause kommen würde? Was zu sagen war, hatte sie gesagt. Vielleicht würde sie schon heute bei ihrem Robert bleiben. Er konnte nur warten.

Es war kurz nach zwei, als die Eingangstür endlich aufgeschlossen wurde und das unverwechselbare Geräusch hoher und kantiger Pfennigabsätze wie aufplatzende Knallerbsen durch den Flur hallte.
Nun war es also so weit. Wie üblich würde Ruth noch einen kurzen Blick in jedes Zimmer werfen. – Und dabei sollte sie ihn dann finden.
Die Ungeduld trieb Martin dicke, kalte Schweißperlen auf die Stirn. Übelkeit schnürte ihm langsam die Kehle zu. Er hörte sie in der Küche, im Bad, im Wohnzimmer und endlich wurde das Licht im Büro eingeschaltet.
Durch seine millimeterbreit geöffneten Lider sah er sie für einen Moment auf der Türschwelle stehen. Sie zögerte, kam dann doch ein paar Schritte näher, schlug vor Schreck ihre schlanke weiße Hand vor den Mund. Wie musste es wohl aussehen, wie er zusammengesunken, mit zurückhängendem Kopf und einem Loch in der Schläfe in seinem Sessel saß?
Noch während Martin darüber nachdachte, rannte Ruth aus dem Zimmer.
Durch die offene Wohnzimmertür hörte er, wie sie den Telefonhörer von der Gabel nahm. Klick. Bestimmt wollte sie einen Krankenwagen rufen. Er wollte schon aufstehen, wollte ihr zeigen, dass er lebte, dass er das alles doch nur ihretwegen inszeniert hatte. Da spürte er zum ersten Mal diese Kälte in seinem Körper, spürte er, dass er nicht mehr aufstehen konnte – nie mehr aufstehen wird!
Dann fiel ein Name. Ruth tuschelte und er verstand immer wieder nur diesen Namen.
„Robert ... Robert ... Loch in der Schläfe ... Selbstmord ... Wie besprochen in der Lasagne ... Mehr Gift als gewöhnlich ..."
Und während Ruth – die attraktive, verwöhnte, hinreißend schauspielernde, nur sich selbst treue und mörderische

Ruth – im Nebenzimmer mit ihrem Liebhaber telefonierte, wartete ein um die Hüften füllig gewordener Mann mit einer Mauser Automatik auf seinen Beinen. Wartete und betete, dass die Frau nebenan nur nicht zu lange telefoniert …

Der Zug fährt jetzt langsamer. Das Geräusch der Räder bekommt eine andere Tonlage, während im Gang Türen geöffnet und wieder geschlossen werden.
Über den Lautsprecher kündigt der Zugführer Wolfsburg als nächsten Bahnhof an.
„Und?"
„Was und?"
„Was sagen Sie?", fragt mich die Stimme aus dem Halbdunkel gegenüber.
„Was wollen Sie hören?"
„Das ist jetzt nicht Ihr Ernst, oder?"
Das Quietschen der Bremsen überlagert den tadelnden Ton in der Stimme der Frau.
„Sie hätten wenigstens überrascht sein dürfen. Jede Reaktion wäre erlaubt gewesen – bloß nicht so ein Fragezeichen-Gesicht und eine lauwarme Rückfrage." Kopfschüttelnd schaut sie aus dem Fenster. „Dabei machten Sie einen halbwegs intelligenten Eindruck."
„Ich weiß nicht, was ich mehr bewundern soll: die Art, wie Sie Geschichten erzählen, oder Ihr schauspielerisches Talent", sage ich grinsend und rutsche entspannt in meinen Sitz zurück.
„Auch wenn ich immer noch nicht weiß, was ich von Ihrer Geschichte halten soll, ist sie interessant genug, um sich ein paar Gedanken darüber zu machen."
„Und was ist, wenn ich jetzt so enttäuscht bin, dass ich kein Wort mehr mit Ihnen reden möchte?", fragt sie mit verkniffenem Mund.

„Sind Sie nicht. Sie sind viel zu neugierig, möchten wissen, was ich wirklich denke. Außerdem wollen Sie mich nur provozieren. Ich bin mit zwei Schwestern aufgewachsen; ich kenne die Spielregeln."
„Überheblichkeit – auch so eine typisch männliche Eigenschaft", sagt die Frau genervt. „Letztendlich haben die Überheblichkeit und der Egoismus unseren Martin in den Tod geschickt. **Er** wird schon alles richten. **Er** hat es in der Hand, über ein bisschen theatralisch geschauspielerte Liebe lawinenartige Gefühle loszutreten. – **Er** ist der Regisseur, und Ruth nur eine berechnende, gefühlskalte Frau, die ein Bankkonto geheiratet hat."
Mich stört die Art, wie meine Mitreisende den armen Martin abstempelt, also werde ich zu seinem Anwalt.
„Vertrauen hat Martin getötet. Das Vertrauen in seine Partnerin und letztendlich das Vertrauen in die Liebe. So sind Männer nun einmal."
„Und eitel sind sie. Unsensibel, kindisch, rücksichtslos und stur. Zum Glück habe ich nicht mehr Finger an der Hand", sagt die Frau und ballt die abgespreizten Finger anschließend zur Faust.
„Und romantisch sind sie – und verletzlich, einsam, mutig und kindlich", beeile ich mich aufzuzählen.
„Dann beweisen Sie es mir! Erzählen Sie mir Ihre Geschichte."
Das Lächeln der Frau erinnert mich plötzlich an meine erste Sandkastenliebe. Während ich ihr die Welt mit meinen Geschichten zu Füßen legen wollte, sagte sie immer nur: Beweise es mir. Ihren Namen habe ich längst vergessen.
„Also gut", sage ich, als wäre es das Natürlichste der Welt, dass sich Zufallsbekanntschaften auf Reisen mit Geschichtenerzählen die Zeit vertreiben.

„Bleiben wir wenigstens bis zum nächsten Bahnhof im gleichen Abteil sitzen."
Der Zug fährt wieder an und ich beginne zu erzählen.

Nacht-Taxi
„Wagen 7, bitte kommen! Wagen 7, bitte!" Die Stimme der Frau in der Taxizentrale war ihm mittlerweile fast so vertraut wie seine eigene. Seit zwei Jahren fuhr er Taxi. Seit zwei Jahren begleitete ihn diese Stimme durch die Nacht.
„Nun melde dich endlich! Der Chef will dich sprechen, gleich morgen früh", seufzte die Stimme, und das metallische Krächzen der Funksprechanlage schien die Worte wie mit einer Kettensäge in Scheiben zu schneiden.
„Hier Wagen 7. Hallo, meine Schöne! Warum klingst du heute so traurig? Hat dich der gutaussehende, sportliche, nicht rauchende Zahnarzt aus dem Akademiker-Flirtportal versetzt, oder was ist dir über die Leber gelaufen?"
„Zentrale an Wagen 7. Du bist ein Idiot!", antwortete eine amüsierte Stimme. „Hoffentlich hast du dir wegen Mittwochnacht eine passende Ausrede überlegt. Der Chef ist nämlich auf hundertachtzig. Und bei dem kommt dein Charme garantiert nicht an", hörte er die immer leiser werdende Stimme, bevor ein endloses Lautsprecher-Rauschen ihr Gespräch unterbrach. Mehr musste er ohnehin nicht wissen. Er hatte vorgestern Mist gebaut. Seit er sein Studium durch Taxifahren finanzierte, war ihm so etwas nicht passiert.
Immer pünktlich, korrektes Abrechnen, kein Tropfen Alkohol – das hatte er damals mit Manuelas Lippenstift an den Badezimmerspiegel geschrieben. Und dann musste so etwas passieren.
Am besten versuchte er gar nicht erst, die Sache zu beschönigen. Wen interessierte es schon, warum er letzten Mittwoch sein Taxi kurz vor Mitternacht ins Parkhaus gestellt

und anschließend viel mehr Absolut-Wodka getrunken hatte, als gut für ihn war? Zum Glück war der Mann von der Bar clever genug gewesen, in der Taxizentrale anzurufen und ihnen Bescheid zu geben. Auf den guten, alten Tommy, Tomasi für seine Freunde, war eben Verlass!
Anstelle der Polizei, die augenblicklich nach einem verschollenen Taxi gefahndet hätte, war kurze Zeit später bloß sein Engel aus der Zentrale aufgetaucht.
Unspektakulär war sie irgendwann auf dem Barhocker neben ihm gelandet, hatte sich ihn und den Autoschlüssel geschnappt, und genauso unspektakulär waren sie beide wieder verschwunden. Keine Vorwürfe, keine Gespräche wie mit einem Unzurechnungsfähigen. Bloß ein fester Arm um seine Hüfte, der Duft einer Frau und ein angedeutetes Lächeln auf dem Nachhauseweg. Daran erinnerte er sich. – Erstaunlich, wie viel Kraft in diesen zierlichen Armen steckte.
Den ganzen nächsten Tag hatte er geglaubt, das Karussell in seinem Schädel würde niemals mehr stillstehen. Erst seit dem Morgen war sein Kopf wieder klar und das Gesicht im Badezimmerspiegel grinste nicht mehr wie ein kubistisches Porträt.
Trotzdem hatte er die Uni geschwänzt und erst nachmittags seine Wohnung verlassen. Nachdem er wie jeden Montag, Mittwoch und Freitag um Punkt 18 Uhr Wagenpapiere, Schlüssel und Taxi in der Garage übernommen hatte, wartete eine weitere Nachtschicht auf ihn. Vielleicht seine Letzte, schoss es ihm durch den Kopf, als die Ampel endlich auf Grün wechselte.
Es war Buchmessen-Zeit, und auf den Straßen waren heute deutlich mehr Autos unterwegs als sonst. Überall drängten sich vollbesetzte Wagen Stoßstange an Stoßstange wie aneinandergekoppelte Eisenbahnwaggons durch die Stadt.

Es gab kaum ein freies Taxi, das länger als vier Sekunden auf einem der ausgewiesenen Halteplätze hätte warten müssen.

„Sind Sie frei? – Ich muss meinen Zug um halb neun erreichen."

„Hotel Marriott, bitte. – Und seien Sie vorsichtig mit dem Gepäck!"

Nichts ließ die Stunden so dahingaloppieren wie Nonstop-Fahrten kreuz und quer durch die City. Dann blieb ihm keine Zeit, die Stadt, die Nacht mit ihren Kulissen, ihren Schauspielern, Komparsen und Regisseuren zu genießen.

Er liebte es, mit einem leeren Taxi durch leere Straßen zu fahren, den Fahrtwind durch die heruntergekurbelten Scheiben zu spüren und die Dunkelheit mit dem weichen Licht seiner Scheinwerfer vor sich herzutreiben.

Es hatte fast etwas Erotisches, wenn er mit seinem Wagen in diese alles verschlingende, ihn fest umschließende Dunkelheit hineinglitt.

Fahrgäste störten dabei nur. Die meisten waren es nicht einmal wert, dass man ihnen zuhörte. Nur selten hatte er das Gefühl, dass es bei einem Gespräch mit einem Fahrgast nicht nur darum ging, höflich zu sein.

„Wagen 7, wie ist Ihr Standort?", meldete sich die Zentrale gerade wieder, als er seinen letzten Fahrgast an einem japanischen Restaurant abgesetzt hatte. „Irgendwo zwischen Himmel und Hölle. Heute ist Vollmond. Jeder scheint auf der Flucht vor irgendwas zu sein. Erst halb zwölf, und ich hatte schon elf Touren", stöhnte er und wollte nur zu gern bedauert werden. „Dann kommst du wenigstens nicht auf dumme Gedanken", war die ernüchternde Antwort. „Wenn du Nähe Zoo oder Palmengarten stehst, wartet Tour zwölf auf dich."

„Wie könnte ich dir etwas abschlagen?", murmelte er und küsste das Mikrofon.

„Alter Schaumschläger. Also – nicht weit von deiner Wohnung entfernt, Rémond Theater, Haupteingang, einzelner Fahrgast, eine Frau", versuchte die Stimme so geschäftsmäßig wie möglich zu klingen.

„Wagen 7 an Zentrale. Habe verstanden", flüsterte er und trommelte mit seinen Fingern auf dem Lenkrad herum.

„Warte bitte noch einen Moment! Wegen vorgestern Nacht, wegen allem. Na, du weißt schon. Du warst einfach wundervoll. Ich weiß auch nicht, warum ich mich nicht längst in dich verliebt habe", meinte er mehr zu sich selbst, und hängte das Sprechfunkgerät wieder ein.

In Form eines Hufeisens führte die schmale Einbahnstraße zum Haupteingang des Theaters. Schon als er von der Hauptstraße abbog, sah er einen Mann in dunklem Mantel unter einer der Straßenlaternen stehen. Im Schritttempo überquerte er einige runde Fahrbahn-Schikanen, die wie Pickel aus dem Asphalt wuchsen. Er war nur noch ungefähr fünf Meter von dem Mann entfernt, als plötzlich eine der hinteren Türen seines Wagens aufgerissen wurde und ein Schatten auf die Rückbank zu gleiten schien.

„Bitte fahr los! Fahr einfach los", hörte er eine atemlose Stimme.

Die Frau war etwa Mitte zwanzig, schlank, modisch gekleidet, und etwas schien sie offensichtlich zu beunruhigen. „Worauf wartest du noch? Fahr doch endlich los!", zischte sie nervös. Im trüben Licht der Innenbeleuchtung sah er, wie ihre Lippen zitterten. Er hatte sein Taxi angehalten, und sein Blick wanderte interessiert vom Mann im Trenchcoat zur Frau auf der Rückbank. Zwischen beiden lagen fünfzig Meter, dreißig Jahre und ein gut dotierter Job in einer Bank oder bei einer Versicherung. Die einzige Gemeinsamkeit, die er erkennen konnte, war wohl, dass

beide dasselbe Taxi wollten – aus welchem Grund auch immer.
„Also gut, Sie haben gewonnen", seufzte er, schaltete achselzuckend das Taxameter ein und fuhr los. „Schlechter Verlierer", murmelte er, als sie jetzt an dem Mann im Flanellmantel vorbeifuhren. Seine dunklen Blicke verfolgten sie, bis ihr Wagen in einer Kurve aus seinem Blickfeld verschwand. „Also, wohin geht es? – Entbindungsklinik, Polizei oder Flughafen?"
„Erst einmal nur geradeaus, die nächste halbe Stunde lang", flüsterte sie und zündete sich eine Zigarette an. Wie ein orangefarbener Stern schien die aufleuchtende Glut um ihren Mund herumzukreisen.
„Geradeaus? In welche Richtung?", brummte er und warf einen verwirrten Blick über seine Schulter.
„Keine Sorge, ich bin nicht betrunken, und meine Rechnung kann ich auch zahlen. Fahr einfach drauflos – immer den Scheinwerfern nach", meinte sie und ließ sich in den Sitz zurückfallen. Er hatte den Innenspiegel so eingestellt, dass er sie ohne Mühe wie ein Model vor der Kamera sitzen sah. Mit ihrem langen Haar, ihrem schmalen Hals, dem eng anliegenden Kleid, das wie eine Schlange an ihren Beinen hochglitt, und diesen bunten Schuhen wirkte sie viel jünger, als sie war. Ohne die Sonnenbrille würden ihm ihre Augen bestimmt eine Antwort geben. Augen waren wie Jahresringe. Kein Make-up, kein Lidschatten, keine falschen Wimpern und kein Chirurg konnten das verstecken, was die Augen gesehen hatten.
„Wagen 7 an Zentrale. Das mit dem Rendezvous am Rémond Theater hat geklappt. Wird wohl eine längere Tour", meldete er sich noch einmal – wahrscheinlich nur, um sein schlechtes Gewissen zu beruhigen.
„Zentrale an Wagen 7. Habe verstanden. Melde dich, wenn du wieder frei bist! Und ... ich meine das in jeder Bezie-

hung. Ende", hörte er die vertraute Stimme. Ein Lächeln tanzte wie ein Seilakrobat über seine Lippen. „Stört es Sie, wenn ich das Seitenfenster herunterkurbele?", fragte er, im Innenspiegel ihr Gesicht auf der Rückbank suchend.
„Nein. Nur das Radio kannst du ausschalten. Ich will keine Musik hören. Bloß den Motor und die Stadt", meinte sie, und der Rauch ihrer Zigarette hüllte sie ein. „Weißt du, es mag merkwürdig klingen, aber es sind Momente wie dieser, in denen ich spüre, dass ich noch lebe. Während draußen die Straßen leer werden, ganze Häuserblöcke nur noch wie verkohlte Skelette aussehen und Dunkelheit alles überschwemmt, bis sich irgendwann nur noch der Mond in den Fenstern spiegelt. – Dann habe ich das Gefühl, die Stadt gehört endlich mir. Klingt komisch, nicht wahr?" Sie schmunzelte und blickte durch die Seitenfenster.

„Nicht komisch, nur vertraut. Je länger man durch diese Leere fährt, desto näher ist man sich selbst. Für mich ist die Nacht wie ein Tunnel; einer, der alles wieder auf das richtige Maß zurechtrückt. Meine Möglichkeit, endlich wieder egoistisch zu sein", sagte er und spürte ihre Blicke in seinem Nacken. „Vielleicht ist das einer der Gründe, warum ich Taxi fahre", ergänzte er nach einer Weile und bog in eine dreispurige Ausfallstraße ein, auf der tagsüber ein Stau den nächsten ablöst.

„Und was sind die anderen Gründe?", fragte sie und streckte ihre langen, schlanken Beine auf der Rückbank aus.

„Hm. Geld, mein Studium, eine Beziehung, die nicht mehr funktioniert. – Ich weiß es selbst nicht so genau", schüttelte er den Kopf und vermied es, ihrem Blick im Spiegel zu begegnen. „Die Nacht hilft einem, ehrlich zu sein."

„Welche Beziehung funktioniert schon?", sagte sie und nahm ihre Sonnenbrille ab.

Selbst im gedämpften Licht der Innenbeleuchtung sah man den hässlichen Bluterguss, der ihr linkes Auge entstellte.

„Wahrscheinlich wird das niemals richtig hinhauen mit Männern und Frauen", überlegte sie und warf ihre Zigarette aus dem Seitenfenster. Im Rückspiegel sah er für den Bruchteil einer Sekunde, wie die auseinanderwirbelnde Glut nochmals ekstatisch aufleuchtete, nur um Augenblicke später als Funkenregen zu verglühen.

„Wahrscheinlich haben Sie recht. Dabei ist Liebe wohl die einzige Sucht, von der man niemals richtig loskommt", sagte er, und seine Augen musterten ihren Körper, der wie ein übergroßes Kissen auf dem Rücksitz lag.

„Was hat bei dir nicht funktioniert?" Ihre Augen schienen sich in seinen Hinterkopf zu bohren. „Denk daran, die Nacht ist wie ein Lügendetektor."

„Ich weiß es nicht. Jedenfalls hat ein dummer Zufall vorgestern für klare Verhältnisse gesorgt. Manchmal holt man eben Leute ab, wildfremde Leute, vom Bahnhof zum Beispiel, die man anschließend an der eigenen Schlafzimmertür abliefert. Und während eine Frau die Tür öffnet – eine lächelnde, eine verliebte Frau –, drückt einem ein Fahrgast fünf Euro Trinkgeld in die Hand und zwinkert einem kurz zu. – Fünf Euro Trinkgeld!", lachte er plötzlich lauthals auf, als hätte er zum ersten Mal gemerkt, wie aberwitzig und absurd diese ganze Situation gewesen war. Die Frau auf der Rückbank schien die Richtung seiner Gedanken erkannt zu haben.

„Du merkst jetzt, wie idiotisch es wäre, den Mond anzuheulen und den Gekränkten zu spielen", flüsterte sie und ließ ihre Hände wie zufällig über die Beine wandern.

„Ja, dumm und fantasielos", stimmte er ihr zu und verfolgte im Rückspiegel jede Bewegung ihrer Hände.

„Wer die Nacht liebt – sie liebt, wie du und ich das tun, hat Fantasie. Dunkelheit ist bloß die Leinwand", hauchte sie, während sie mit ihren Fingerspitzen unter den Saum ihres viel zu kurzen Kleides fuhr. Er sah ihre weißen Hände an ihrem Körper herauf- und hinuntergleiten, sah, wie sie die Konturen ihrer Hüfte, ihrer Brüste, ihrer Schenkel nachzeichnete. Er sah Fingerspitzen im Braunrot ihrer Lippen verschwinden, sah Fingernägel zwischen dunklen Härchen, weißem Stoff und offenen Lippen – und wie ihre Lust Rhythmus zu bekommen schien. „Fahr' mich durch die Nacht!", hörte er ihre herbe Stimme und fühlte seine eigene Lust wie ein in den Käfig gesperrtes Tier.

Mit jeder Sekunde, jedem Blick in den Rückspiegel, jedem Geräusch ihrer Lippen und Finger fühlte er seine wachsende Erregung. Alles wurde zu eng, erdrosselte ihn. Irgendwann begannen seine Finger, Knöpfe zu öffnen und am Reißverschluss zu ziehen. Kurz darauf hatte sie ihn von hinten umarmt und ihre Hände waren wie die eines neugierigen Kindes über seine Haut gelaufen. Auch wenn

ihr Mund nur noch Millimeter von seinem Hals entfernt schien, er ihren Atem wie ein Kitzeln auf der Schulter spürte, vermied sie es, ihn zu küssen.
Während draußen die Nacht vorbeiflog und die Stadt langsam abkühlte, krallten sich ihre Fingernägel in seine Hüften. Wie zwei Halt suchende Anker rutschten ihre Hände über seine Haut. Hände, die streichelten, kratzten, heilten, verletzten, die wie ein Tischtennisball von ihm zu ihr wechselten und die ihm feuchte Spuren auf den Bauch malten. Genauso plötzlich, wie sie damit begonnen hatte, hörte sie auch wieder damit auf. Das Licht einer roten Ampel spiegelte sich gerade auf der Windschutzscheibe, als sie ihre Hände löste und sich in ihren Sitz zurückfallen ließ.
Er suchte ihr Gesicht im Rückspiegel, ihre Augen. Doch ihr Blick schien auf einen imaginären Punkt draußen gerichtet zu sein.
Erst als ein anderes vollbesetztes Taxi neben ihnen hielt, ihr wohl die Sicht versperrte, schien ein Ruck durch sie zu gehen.
„Fahr mich bitte nach Hause – bevor es hell wird", murmelte sie und setzte sich die Sonnenbrille wieder auf.
Wie ein gigantischer Scheinwerfer leuchtete der Mond durch die Wolken, schoss Löcher in die Dunkelheit.
„Wo ist das denn, dein Zuhause?"
Überrascht über die Frage richtete sie sich auf, und der Stoff ihres Kleides spannte sich straff über ihre winzigen Brüste. „Die Nacht ist mein Zuhause – das weißt du doch. Unser Zuhause", murmelte sie, bevor sie sich eine neue Zigarette anzündete ...

„Und wenn ihnen nicht das Benzin ausgegangen ist, dann fahren sie noch heute", beendet die Frau das Schweigen im Abteil.

„Für diesen Kommentar hätten Sie mich garantiert wie eine Katze angefaucht", kann ich mir die Antwort nicht verkneifen. „Oder Sie hätten die Eingeschnappte gespielt, das Abteil verlassen und …"

„… und Sie wären mich endlich losgewesen", beendet die Frau meinen Satz. „Nein, so leicht werde ich es Ihnen ganz bestimmt nicht machen. Wir sind gleich in Braunschweig, und Ihre Geschichte hatte was. Wenigstens hat sie mich neugierig gemacht."

„Auf den Geschichtenerzähler?", frage ich amüsiert.

„Nein, auf den Taxifahrer natürlich", sagt sie, wie ein undichter Luftballon pfeifend. „Sie sind mir vielleicht ein Frauenkenner. Natürlich möchte ich mehr von Ihnen erfahren. Über diese Männer-Fantasie, die Sie da gerade zum Besten gegeben haben. Denn das war es ja wohl offensichtlich: eine Fiktion – ohne jeden Realitätsanspruch."

„So, so. Und da sind Sie sich absolut sicher?" Ich versuche meinen Satz so beiläufig wie möglich klingen zu lassen – setze mein Pokerface auf.

„Ab-so-lut." Sie betont jede Silbe, als diktiere sie es einem Erstklässler im Förderunterricht.

„Dann muss ich Sie enttäuschen: alles wahr – alles passiert – alles erlebt", sprudelt es aus mir heraus. „Männer haben nicht nur Sex-Fantasien, sie erleben sie sogar manchmal. Auch wenn das mit Männern und Frauen oft so klischeehaft über die Bühne geht, manchmal knistert es eben doch. Dann schalten Frauen in Sachen Liebe und Gefühle doch einmal ihren Verstand aus und lassen Sinnlichkeit zu. Es passiert selten, aber es passiert."

„Und wie heißt unser Taxifahrer?"

„Was?"

„Seinen Namen möchte ich wissen", wiederholt die Frau unbeeindruckt ihre Frage. „Oder hat er keinen? Wagen 7 klingt so langweilig."

Jetzt bin ich es, der schnaufen muss. Diese Frau schafft es tatsächlich, mich auf die Palme zu bringen.

„Sie haben doch nichts dagegen, wenn ich kurz die Türen aufmache?", frage ich, wische mir mit einem Halstuch den Schweiß von der Stirn und lasse die Abteiltür mit einem Ruck aufspringen. Leider ist die Luft im Gang genauso stickig.

„Sie können natürlich auch die Klimaanlage etwas aufdrehen und das Gebläse anschalten", meint die Frau nach einer Weile.

Ich tue so, als hätte ich das überhört, und fingere stattdessen an meinem Gepäck herum.

„Möchten Sie auch eine Flasche Mineralwasser?"

Sie mustert kurz das Etikett, bevor sie den Kopf schüttelt.

„Ich mag kein stilles Wasser", sagt sie.

Wundert mich nicht wirklich, denke ich und schließe die Tür wieder. Den Schalter der Klimaanlage ignoriere ich weiter hartnäckig.

„Männer sind halt anders", sage ich überflüssigerweise.

„Frauen auch", echot es zurück. „Was ist aus den beiden geworden?"

„Aus Wagen 7 und seinem Fahrgast?", frage ich überrascht.

„Aus der Frau von der Taxizentrale und Wagen 7."

Ich trinke schnell einen Schluck aus der Flasche, verstecke meine Überraschung hinter dem Etikett.

„Das ist eine andere Geschichte", sage ich holprig.

„Bis Göttingen dauert es mindestens noch eine dreiviertel Stunde. Genügend Zeit also für noch einen Sommernachtstraum." Da ist etwas in ihrer Stimme, das mich provoziert.

„Wenn dieses Spiel weitergehen soll, sind eigentlich wieder Sie an der Reihe, eine neue Geschichte zu erzählen. Immer abwechselnd – es sei denn, Sie hätten nur diese eine einstudiert."

„Dafür gibt es zu viele Möchtegern-Verliebte auf dieser Welt. In den meisten Beziehungen gibt es mehr Verlierer als Gewinner. Eigentlich muss man nur die Augen offenhalten und die Teile zusammenfügen – schon hat man eine neue Geschichte."

„Dann sind Sie also Schriftstellerin oder Journalistin", überlege ich kurz. „Das ist unfair. Sie sind Profi und ich ein Amateur, der gelegentlich seinem kleinen Neffen eine Gute-Nacht-Geschichte erzählt."

„Und da wundern wir uns, warum es immer mehr verhaltensgestörte Kinder gibt", sagt die Frau grinsend. „Ein Tipp: Bleiben Sie lieber bei den guten, alten Märchen. Es geht doch nichts über die Hexe im Backofen oder die verurteilte Stiefmutter mit den Eisenschuhen voll glühender Kohlen. Da sind die Nebenwirkungen wenigstens bekannt."

„Werde ich mir merken. Und welches Märchen wollen Sie mir als Nächstes auftischen?", frage ich, während draußen im Gang der Mann mit dem Snack- und Getränkewagen unterwegs ist.

„Eine eiskalte Geschichte", sagt die Frau und gibt dem Snackverkäufer ein Zeichen. Sie bestellt einen Cappuccino, bezahlt und setzt sich wieder auf ihren Platz.

„Eine Geschichte, die uns etwas abkühlt."

Schneefrau

Er saß in Dorotheas Sessel. Vor dem Fenster tobte seit Stunden ein Schneesturm, der wie ein Vorhang die Zimmer verdunkelte und Milliarden Schneeflocken sibirischen Karneval feiern ließ. Das Licht einer altmodischen Stehlampe erhellte den Raum und im Zimmer roch es nach Zeitungen und Gewürznelken. Endlich mal wieder ein richtiger Winter, dachte er, und ein dünnes Lächeln gefror augenblicklich auf seinen Lippen. Mit ihm freu-

ten sich wenigstens die Kinder über diesen ungewöhnlich kalten Februar. Im Fernsehen meldeten die Sprecher jeden Abend neue Kälterekorde wie Börsenkurse. Aber auch ohne Wettermann und Schlagzeilen wusste jeder für sich, dass dieser Monat anders war.
Auf den Fensterscheiben wuchsen Eisblumen wie fragiles Unkraut, und jeden Tag erfroren Menschen und Autos.
Selbst das Atmen fiel einem schwer. Dabei war es völlig gleichgültig, ob man nun durch die Nase, den Mund, die hohle Hand oder durch einen Schal Luft holte. Es war Eiszeit, und mit der Kälte war auch das Leben eingefroren. Die Menschen, die sich aus dem Haus trauten, bewegten sich auf den zugeeisten Bürgersteigen wie in Zeitlupe. Dabei waren sie fast noch schneller als die wenigen im Schritttempo durch die Straßen rutschenden Autos.
Glaubte man den Zeitungen, so war es in den vergangenen Wochen kaum zu nennenswerten Unfällen gekommen. Einige Dutzend Blechschäden, unzählige Knochenbrüche – die anschließend wohl alle bei ihm gelandet waren.
Seit über zehn Jahren war er jetzt Krankenpfleger auf der Unfallstation des Marienkrankenhauses. Damals war er nicht aus Überzeugung oder der Liebe wegen in diese verschlafene Gegend gezogen. Purer Zufall, dass er die Annonce mit der Stellenausschreibung gelesen hatte. Aber gab es das überhaupt? Hatte nicht jeder Zufall im Nachhinein etwas Zwangsläufiges?
Hier in der Provinz hatte er sich auf Anhieb wohlgefühlt. Irgendwie schien das Leben in der Pfalz die richtige Geschwindigkeit zu haben. Alles hatte hier seinen Platz und seine Zeit und erinnerte ihn an seine Jugend, an Wochenenden und die wohltuende Ordnung in einem Aquarium. Er mochte die Menschen, die Art, wie sie redeten und schwiegen. Und die Menschen mochten ihn. Mit seinen hellblonden Haaren und diesen offenen, neugieri-

gen Augen hatte er wohl schon immer wie ein zu groß geratenes Kind ausgesehen. Tief in seinem Innersten war er das auch geblieben. Daran hatte selbst Dorothea nichts ändern können.

Acht Jahre waren sie jetzt verheiratet. Acht Jahre Achterbahn.

Sie hatte damals als Sekretärin in der Krankenhausverwaltung gearbeitet, im Büro des Personalchefs. Vormittags hatten ihre Finger noch seinen Arbeitsvertrag getippt und abends krallten sich ihre Fingernägel bereits in seinen Nacken.

Dazwischen lagen ein Kantinenessen, hellwache Blicke, sonores Lachen und ein Abendessen beim Italiener. Zwei Wochen später war er bei ihr eingezogen, und seither klebten sie aneinander.

Er hatte oft darüber nachgedacht, warum sie zusammen waren. Die Antwort war denkbar einfach: Er hatte die Geborgenheit in ihr Leben gebracht und sie die Sinnlichkeit in seines. Alles andere war unwichtig gewesen, wenigstens in den ersten Jahren.

Auf dem Tisch neben ihm stand ein übergroßes Glas mit dampfendem Glühwein. Widerwillig trank er einen hastigen Schluck. Er hasste diese mehr oder weniger zufällige Mischung aus Gewürzen, Zucker und drittklassigem Rotwein. Aber ihm war kalt – und etwas musste ihn schließlich wärmen.

Draußen quälten sich noch immer ein paar Autofahrer durch das dichter und dichter werdende Schneegestöber. Er sah ihre nervösen Scheinwerfer wie Taschenlampen in der Dunkelheit umherstreifen. Wie viele von denen würden ihre Fahrt heute Abend nicht wie geplant beenden können? Wie viele von den mit Mänteln und Daunenjacken bekleideten Fußgängern würden noch heute Abend

auf spiegelglatten Treppen ausrutschen oder über schneeverwehte Bordsteinkanten stolpern?
Bestimmt war heute Nacht auf der Unfallstation im Krankenhaus wieder die Hölle los.
Aber was ging es ihn an! Er hatte Urlaub. Seit vier Tagen endlich Urlaub! Eigentlich kam es ihm vor, als säße er schon seit vier Wochen in Dorotheas Sessel … Auch die Zeit war eingefroren. Wie ein stumpfer Schlittschuh kratzte der Sekundenzeiger über das Zifferblatt seiner Armbanduhr. Hoffentlich kam auf der Station niemand auf die Idee, ihn in seinem Urlaub zu alarmieren. Manchmal erinnerte ihn das rote Licht seines Alarmpiepsers an eine glimmende Zündschnur.
Weil sich seit Jahren hartnäckig das Gerücht hielt, das Krankenhaus solle geschlossen werden, fehlte überall Personal. Allein auf seiner Station machte jeder in einem Monat mehr Überstunden als früher in einem Jahr. Knochen schienen und Gips anrühren im Akkord. Es fehlte nur noch, dass er in Zukunft nach dem Zentnerverbrauch von Gips und Mullbinden bezahlt wurde.
Aber warum sich über etwas den Kopf zerbrechen, das sowieso nicht zu ändern war? Es war nicht sein Krankenhaus. Also, warum grübeln?
Und trotzdem fühlte er Ohnmacht und Wut in sich hochsteigen, wenn er über all das nachdachte. Dorothea hatte das nicht interessiert. Sie arbeitete noch immer in derselben Personalabteilung des Krankenhauses. Nur war sie heute die Chefin. „Ich bin dreimal blond, aber nur einmal blauäugig", hatte sie ihm schon an ihrem ersten gemeinsamen Abend ins Ohr gehaucht.
Damals hatte dieser Satz seine Fantasie Purzelbäume schlagen lassen. Heute wusste er, dass viel mehr als Flirten, Sinnlichkeit und Lust dahintersteckte.

Dorothea war eiskalt – war wie dieser Februar. Hinter ihren kleinen kobaltblauen Augen steckten Eiswürfel in ihrem Hirn. Natürlich hatte es eine Weile gedauert, bis er das begriffen hatte. Fast zwei Jahre.
In dieser Zeit hatte ihn seine Lust betäubt. Wie ein Fotograf, der seine Motive durch eine Strumpfhose vor dem Objektiv fotografiert, war sein Bild von ihr retuschiert gewesen.
In Wirklichkeit gab es einfach zwei Dorotheas. Die eine war groß, attraktiv, verspielt und neugierig, hatte Fingerspitzen, die auf ihm Tango tanzten und Fingernägel, die ihm ihre Lust eintätowierten. Die andere war wie ein Montag, hatte ein Bürogesicht, war rücksichtslos und oberflächlich.
„Wie dumm muss man sein, ein Architekturstudium abzubrechen, nur um als Krankenpfleger zu arbeiten?", war zu einem ihrer Standardsätze geworden. Anfänglich hatte er es ihr noch zu erklären versucht. Sie hatte ihn nicht verstanden, ihn nicht verstehen wollen. Wie sollte er auch jemandem etwas erklären, was außer ihm wahrscheinlich sowieso niemand verstand? Er war damals weggelaufen. Hatte den Druck auf der Uni und die Enge in der Stadt nicht mehr ertragen. Dass er und Dorothea dann vor acht Jahren geheiratet hatten, lag daran, dass sie dachte, sie wäre schwanger. Das mit der Schwangerschaft hatte sich noch vor ihrer Hochzeit als Irrtum herausgestellt. Geheiratet hatten sie trotzdem.
Das schrille Klingeln des Telefons riss ihn aus seinen Tagträumen. Erst nach dem zehnten Mal hob er den Hörer ab. „Ja, bitte?"
„Petersen, Marienkrankenhaus. Ascher, sind Sie das? Ich muss unbedingt Ihre Frau sprechen." Die Stimme vom Verwaltungschef klang noch etwas geschäftsmäßiger als sonst. „Tut mir leid, dass ich störe. Ich weiß, dass

Sie Urlaub haben, aber Ihre Frau ist heute nicht ins Büro gekommen. Ist sie krank? Oder sind Sie auch wie die halbe Stadt eingeschneit?"
Wie durch einen dicken Wattebausch fanden die Worte nur langsam ihren Weg in sein Bewusstsein. „Nein, nicht krank. Sie ist eingeschneit."
„Hab ich mir schon gedacht. War aber auch ein schlimmes Wochenende. Samstag ist die Heizung für zwei Stunden ausgefallen und gestern ist zu allem Überfluss noch dieser Baum auf's Kantinendach gekracht. Ist einfach wie ein Streichholz abgeknickt. Der zentnerschwere Schnee war wohl zu viel für seinen morschen Stamm."
„Ja, irgendwann wird es einfach zu viel." Etwas in Aschers Stimme schien den Verwaltungschef für einen Sekundenbruchteil zu irritieren. „Ja– ja. Ist aber schon wieder repariert, wenigstens provisorisch. Das Dach, meine ich. Jedenfalls muss ich Dorothea jetzt sprechen. Sie hätte uns doch wenigstens kurz informieren können." Er klang jetzt ganz nach Chef, autoritär und gereizt.
„Das geht leider nicht. Sie ist im Moment draußen auf der Straße."
„Schippt wohl den Schnee aus der Einfahrt und fegt den Bürgersteig. Mensch, Ascher, das ist doch nun wirklich keine Arbeit für so eine Frau. Nun gehen Sie schnell raus und helfen Sie ihr. Und wenn sie fertig ist und sich wieder aufgewärmt hat, soll sie mich im Büro anrufen. Vor halb acht komme ich hier sowieso nicht raus." Das Klicken am anderen Ende der Leitung hatte etwas Endgültiges.

„Für so eine Frau", wiederholte er die Worte, während er den Telefonhörer auflegte. Die Betonung war das, was ihn störte. „Für so eine Frau."
Nachdem er und Dorothea einige Jahre nebeneinanderher gelebt hatten, war sie ihm einfach irgendwann lästig

geworden. Er wollte ganz sicher keine Frau, die ihn dumm und sprachlos anhimmelte – aber auch niemanden, vor dem er sich ständig neu beweisen musste. „Du solltest wenigstens jeden zweiten Tag mal die Socken wechseln, mein Lieber. Der Haushalt macht sich nicht von alleine. Wenn du dir schon mit meiner Bürste die Haare kämmen musst, mach sie anschließend wenigstens wieder sauber. Dir gehen in letzter Zeit unappetitlich viele Haare aus ..." Vielleicht wäre es wirklich das Beste gewesen, wenn sie sich einfach früher getrennt hätten. Aber diesen Zeitpunkt hatten sie wohl versäumt. Das Verfallsdatum ihrer Liebe war schon lang überschritten. Jetzt standen sie nebeneinander im Kühlschrank ihrer Ehe wie zwei vergessene Joghurtbecher.

Er wusste, dass Dorothea in den letzten Jahren andere Liebhaber gehabt hatte – so wie er andere Frauen. Oft genug war sie erst spät in der Nacht in ihr gemeinsames Schlafzimmer geschlichen.

Vielleicht bildete er es sich nur ein, aber jedes Mal meinte er, die anderen Männer noch an ihr riechen zu können. Trotzdem hatten sie immer noch gern und oft miteinander geschlafen. Irgendwie war das die einzige Sprache geworden, die sie beide verstanden. Ein Gefühlsesperanto aus Küssen und Schweiß, aus Lust, Gier und Schmerzen. Wenigstens bis zu jenem Morgen vor einem Jahr. „Vielleicht gehst du mit deinem Problem mal zu Dr. Pawera. Seine Therapie soll ja Tote wieder zum Leben erweckt haben – urologisch, meine ich." Sie hatte nicht gelacht, nicht einmal geschmunzelt, als sie das sagte. Auf ihn wirkte jedes Wort wie ein Wespenstich – nur dass der Stachel steckenblieb.

Von diesem Tag an war alles noch unerträglicher geworden. Natürlich hatte er ausprobiert, ob sein Problem nur etwas mit Dorothea zu tun hatte.

Er hätte es sich sparen können, hätte bloß in sich hineinhorchen müssen. Er war ausgebrannt; ein müder, achtunddreißig Jahre alter Mann, der wieder nur noch Enge spürte. Und diese Enge hieß Dorothea. Er fühlte sie auf seiner Haut wie einen Taucheranzug. Ihre Lippen waren jetzt nicht mehr sinnlich. Wie eine offene, rote Wunde erinnerten sie ihn jeden Tag aufs Neue an seinen Schmerz. Immer öfter kroch jetzt der Geruch anderer Männer zu ihm ins Bett, nahm ihm die Luft zum Atmen.
Dabei war alles nur ihre Schuld. Mit ihren Nörgeleien hatte sie ihn infiziert, ihn anfällig gemacht. Wo sollte er sich also, verdammt noch mal, erholen?! Im Krankenhaus gab es nur Hektik, gab es von morgens bis abends dasselbe Durcheinander. Selbst auf der Toilette hatten sie einen noch unter Kontrolle. Der Alarmpiepser in seiner Kitteltasche kannte keine Kaffeepause und keine Erschöpfung. Sein schriller Pfeifton verfolgte ihn von der Kantine bis ins Bett. Er war mit seinen Nerven am Ende gewesen, einfach am Ende. Draußen jagten die Schneeböen durch die Straßen wie die wirren Gedanken durch seinen Schädel. Vor drei Tagen war er zum zweiten Mal geboren worden – vor genau drei Tagen hatte ihn Dorothea verlassen. Seither fühlte er sich wie ein Kohlensackträger, dem im dritten Stock seine Last von den Schultern rutscht. Auf einmal waren ihm dieses Haus, die Zimmer, der Garten, selbst der Schnee wieder vertraut – waren wie Medizin.
Zum ersten Mal seit Gott weiß wann schmeckte ihm wieder sein Frühstückskaffee, machte es einfach Spaß, sich nicht zu rasieren.
Freitag, an seinem ersten Urlaubstag, hatte es gerade wieder heftig zu schneien begonnen. Wie ein kleiner Junge hatte er die Haustür aufgerissen und staunend in den Himmel gestarrt. Der Schnee war in seinen offenen Mund

gefallen. Dicke Flocken, die nach Kindheit und Abenteuer schmeckten.
„Heute baue ich einen Schneemann", hatte er mehr zu sich selbst gesagt. „Das ist genau der richtige Schnee, aus dem Schneemänner gebaut werden, die im Garten überwintern. Nicht zu nass und nicht zu trocken."
Dorothea hatte nur gelacht – ihn ausgelacht. Nur mit einem dünnen Trenchcoat über Jeans und Pullover bekleidet war er in den Vorgarten gegangen und hatte sofort damit begonnen, eine Kugel über den weißen Boden zu rollen. Es war kalt, aber der Schnee war klebrig genug, um die Kugel schnell größer und größer werden zu lassen.
Die wenigen Leute, die kurz vor Mittag unterwegs gewesen waren, schmunzelten oder lächelten im Vorübergehen. Nur Dorothea stand hinter dem Vorhang und lächelte nicht. Aus den Augenwinkeln sah er sie im Wohnzimmer stehen und wie sie ihn durch die Scheibe hindurch anstarrte. Wie Zigarettenglut meinte er in diesem Moment ihren roten Mund in seinem Nacken brennen zu spüren. Er wollte sich nur kurz einen wärmeren Mantel holen, als ihn Dorotheas Gelächter im Flur empfing. Ihre schrille Stimme überschlug sich und durchdrang ihn so gnadenlos unnachgiebig wie sein Alarmgerät. Nur trug er dieses Mal keinen Kittel. Er hatte Urlaub. Er musste sich erholen, sich selbst finden. Wie er ihre Stimme hasste, diese Stimme, die ihn wieder und wieder wie ein eisiger Schneeball am Kopf traf. „Du machst dich lächerlich! Männer werden nie erwachsen. Und du schon gar nicht! Dein ewiges Gejammer geht mir auf die Nerven. Nicht der Stress ist dein Problem – du denkst immer noch, die Welt wäre ein großer Sandkasten. Aber das ist sie nicht. Nur Versager wollen lieber in Gips herummanschen, als Häuser zu bauen. Versager ..."

Er musste dieses schrille Geheul abstellen, es ein für alle Mal zum Schweigen bringen!
Nur Augenblicke später hatte er Dorothea unsanft in die Küche gezerrt und ihr den Mund zugepresst. Er spürte mit jedem Muskel, wie sie zuckte und um sich schlug. Sie war durchtrainiert. Aerobic und Jazzdance hatten ihren Körper immer kantiger und muskulöser werden lassen. Jetzt tanzte sie mit ihm – tanzte um ihr Leben. Er spürte ihren Willen, ihre Kraft. Aber seine Hände drückten bloß noch fester zu – solange bis sie allmählich in sich zusammengesackt war. Am Ende hing sie da, über seinem Arm, wie eine ausrangierte Gliederpuppe – eine tote Puppe.
Jetzt hatte ihr Gesicht endlich etwas Weiches, Frauliches, Mütterliches. Ihre leblosen Augen lachten ihn nicht mehr aus. Das Eis dahinter war endlich geschmolzen. So saß er in Dorotheas Sessel und betrachtete voller Zufriedenheit sein Spiegelbild in der Fensterscheibe. Es war vorbei. Endlich vorbei.
Vor dem Fenster tobte noch immer der Schneesturm. Draußen im Vorgarten stand, nur einige Meter zwischen ihm und der Straße, seine Schneefigur. Im fahlgelben Licht einer Laterne zeichnete sich eine runde, weibliche Silhouette wie ein dunkler Schatten auf einem Bogen Papier ab.
Dorothea hätte ihn niemals verstanden. Aber das war jetzt ohne Bedeutung. Er hatte sich selbst gefunden. Und im Garten stand der sichtbare Beweis dafür. Fast schien es ihm, als würde ihm der Schneekopf mit seinen Kohlenaugen zuzwinkern.
Noch am selben Tag hatte er ihn fertig gebaut. Schon als Kind hatte er in ihrer Straße die größten und außergewöhnlichsten Schneefiguren formen können. Immer ohne Handschuhe. Immer mit roten, gefühllos gefrorenen Fingern.

Er hatte Dorothea noch am gleichen Nachmittag auf den Hof gezerrt und ihren Körper unter einem aufgerissenen Pappkarton versteckt.
Erst im Dunkeln, nachdem sie richtig steif gefroren war, hatte er mit seiner Arbeit begonnen. Wie ein Bildhauer, der mit Gips modelliert, hatte er ihren Körper in Schnee gepackt und ihn anschließend aufgestellt. Die halbe Nacht hatte es gedauert, bis er sein Werk vollendet hatte, bis seine Schneefrau endlich fertig war. Und mit jeder gottverdammten Schneeflocke, die seither gefallen war, war seine Arbeit noch besser geworden, wurde seine Schneefrau vor dem Fenster noch weiblicher, noch runder, noch mütterlicher.
Zum Glück hatte ihn niemand gestört. Nur der Mond hing wie festgefroren am Himmel. Sonst brauchte er keine Zuschauer. Die würden noch früh genug kommen. Die Meteorologen hatten immerhin erst in ein paar Tagen Tauwetter gemeldet. Ein maritimes Hoch über dem Mittelmeer brächte dann milde Meeresluft. Aber bis dahin war die Zeit bleischwer, vergingen die Tage wie Wochen. Und jede stumme Schneeflocke würde seine lebensgroße, prächtige Schneefrau noch imposanter werden lassen.
Irgendwann würde der Schnee schmelzen. Dann würden sie kommen.
Irgendwann ...

Passend zur Dramaturgie war die Stimme der Frau zum Ende der Geschichte immer leiser geworden. Das „Irgendwann" ist nur noch geflüstert. Wie bestellt beginn das Licht im Abteil auch noch zu flackern, bevor es fast zeitgleich mit dem letzten Wort kurz ganz ausgeht.
„Wie Sie das hinbekommen haben, bleibt Ihr Geheimnis", stelle ich anerkennend fest. „Fehlt nur noch das Schneegestöber im Abteil, aber dafür war wohl zu wenig Zeit."

„Also hat Ihnen meine kleine Geschichte gefallen?"
Hat sie – und jede andere Antwort wäre eine Lüge gewesen. Aber ich will das selbstzufriedene Lächeln der Dame nicht noch breiter werden lassen.
„Schon deshalb, weil die Geschichte viel über ihre Erzählerin verrät", will ich sie aus der Reserve locken.
„Nämlich?"
„Dass Sie gut moderne Märchen erzählen können – und dass Sie ganz offensichtlich ein gestörtes Verhältnis zu Männern haben."
„Wie kommen Sie denn auf diesen Holzweg?"
„Na, entweder sind Ihre Hauptdarsteller Verlierer, die selbst als Opfer noch eine schlechte Figur abgeben, oder sie sind impotente Karriereverweigerer mit Killer-Instinkt. Wenn das kein Beweis für ein gestörtes Männerbild ist, weiß ich es auch nicht."
„Der Herr ist also Psychologe", bemerkt sie spöttisch. „Das erklärt natürlich völlig Ihre typische Männer-Fantasie und den gelangweilten Unterton in der Stimme."
„Das ist pure Provokation – aber das werde ich ignorieren", antworte ich. „Statt mich zu ärgern, erzähle ich Ihnen jetzt eine andere Geschichte. Kein Mörder-Märchen – etwas, das besser zu dieser Hitze passt."
„Dann mache ich es mir schon einmal bequem", sagt die Frau, zieht ihre Ballerinas aus, klappt die Armlehne zwischen den Sitzen hoch und streckt sich aus. Sie schmiegt sich mit Kopf und Rücken in den Sitz und lächelt mich an. „Worauf warten Sie?", fragt sie mit wackelnden Zehen.
„Erzählen Sie mir Ihre nächste Geschichte. Wenn sie mir nicht gefällt, kann ich immer noch den Zug stoppen." Mit ihrem ausgestreckten Bein deutet sie in Richtung Gang.
„Die Notbremse", beantwortet sie meinen fragenden Blick.
Ich kann nicht anders, als dieses Gesicht und den dazugehörenden Körper bewundernd anzuschauen. Auch wenn

die Frau sicher keine Schönheit ist, hat dieses markante Gesicht mit den hohen Wangenknochen und der etwas zu langen Nase dennoch seinen Reiz. Dieser Körper mit den endlosen Beinen, der schmalen Taille und den sanften Rundungen wirkt ohnehin verführerisch.
„Kommen Sie schon – erzählen Sie endlich die Fortsetzung Ihrer kleinen Wagen-7-Episode", drängelt sie. „Ich werde langsam ungeduldig."
„Dann sollten Sie keinen Kaffee trinken", sage ich. „Koffein scheint Ihnen nicht zu bekommen. Außerdem bleibt das Taxi im Depot. Da gibt es eine andere Geschichte zu erzählen. Und sie heißt ..."

Café Latino
Der lauwarme Sommerregen lief dem Mann wie Schweiß über den Rücken, als er endlich die Eingangstür des Zeitschriftenladens erreichte. Ein kurzes Gewitter und ein heftiger Platzregen hatten ihn auf seinem Weg durch den Stadtpark überrascht – deshalb klebte ihm sein Hemd wie ein nasser Sack auf der Haut, und seine Haare glänzten wie die ölige Frisur eines Flamenco-Tänzers. Es war Viertel vor sechs, Donnerstag, ein ganz gewöhnlicher Spätnachmittag im August. In dem kleinen Zeitschriftenladen war um diese Zeit nichts mehr los.
Die Leute fuhren zum Einkaufen lieber in die großen Einkaufscenter vor den Toren der Stadt. Nur noch eine Frage der Zeit, bis auch dieser Laden seine Türen schließen würde und auch dieses Geschäft einem Optiker oder einem Spielsalon weichen müsste.
Es dauerte eine Weile, bis sich die Augen des Mannes an das wohltuende Halbdunkel im Laden gewöhnt hatten. Durch den Regen rochen die Druckerschwärze und das Papier noch intensiver als sonst. Er merkte erst, dass noch jemand im Laden war, als er beinahe über die Person stol-

perte. Die Frau hatte hinter dem Mittelregal gekniet und in einer der unteren Ablagen Illustrierte durchgeblättert. Auf dem Weg zur Kasse hatte er sie um ein Haar umgerannt, im letzten Moment konnte er aber noch abstoppen. Trotzdem hatte er nicht verhindern können, dass sie sich flüchtig berührten und ihr einige seiner Regentropfen ins Gesicht spritzten. „Ich hätte wohl besser meinen Schirm offen gelassen", sagte sie und wischte sich das Wasser mit dem Handrücken aus dem Gesicht.
„Tut mir wirklich leid."
„Nichts passiert."
Während der langsam an ihm ablaufende Regen kleine, kreisrunde Pfützen auf das Linoleum malte, beobachtete er jede Bewegung der Frau. Erst als sie mit ihrem aufgespannten Regenschirm und einem letzten Lächeln wieder den Laden verließ, schien ein Ruck durch ihn zu gehen. Falsche Zeit, falscher Ort, schoss es ihm augenblicklich durch den Kopf. Seit seiner Scheidung vor zwei Monaten hatte er sich vorgenommen, sich die Frauen abzugewöhnen. Ganz egal, wie hübsch sie waren – keine war es wert, diesen ganzen rabenrattenschwarzen Rotz-und-Wasser-Jammer noch einmal durchzumachen ...

„Zwischenfrage: Haben Ihre Hauptdarsteller etwa schon wieder keine Namen?", unterbricht mich meine Zuhörerin mit gespielter Empörung. „Ohne Namen bleiben die Personen so schattenhaft und austauschbar – so furchtbar nichtssagend wie dieser langweilige Cappuccino", sagt sie naserümpfend.
„Warten Sie es doch einfach ab", erwidere ich brummend.
„Wo war ich stehengeblieben? – Ach, ja."

... Der Mann interessierte sich also momentan nicht für Frauen.

Mit Silvia war auch seine Lust ausgezogen.
Wenn es ihm nur darum gegangen wäre, hätte es allein an seiner Schule schon ein paar Kolleginnen gegeben, die ihn hätten trösten können und dies bestimmt auch wollten. Ohne überheblich zu sein, wusste er, wie er trotz seiner achtundvierzig Jahre auf Frauen wirkte. Aber im Moment suchte er niemanden, um seiner gekränkten Eitelkeit wieder auf die Sprünge zu helfen. Solange er damit beschäftigt war, sich selbst zu bedauern, und ihn sein langweiliger Beruf als Lateinlehrer noch ablenkte, wollte er jeden Gedanken in diese Richtung ausschalten. Und trotzdem hatten seine Augen vorhin dieses Gesicht angesehen, als wäre es für lange Zeit das letzte Lebendige, was er sehen würde. So ganz schien das mit dem Abgewöhnen doch noch nicht zu klappen, grinste er vor sich hin und wollte seine Illustrierte aus dem Regal nehmen. Nur lag dort keine Zeitschrift mehr, war heute an dieser Stelle der Regalboden leer. Er schob andere Illustrierte beiseite, schaute in den darüberliegenden Fächern nach, ohne Erfolg.
„Tut mir leid, Herr Richter. Die Dame eben hat Ihre Zeitschrift gekauft", meinte der alte Mann hinter der Theke bedauernd und zuckte mit den Schultern. „Und mehr als ein Exemplar brauche ich nicht zu bestellen. Niemand außer Ihnen kauft sonst *Panem et circenses*."
„Und ich habe mich immer gefragt, wer wohl die anderen 999 Leser sein müssen, die sich einmal im Monat eine in Latein geschriebene Illustrierte antun."
„Ich kann sie Ihnen gern noch einmal bestellen", versicherte der alte Mann. „Nächsten Dienstag bekommen wir wieder eine neue Lieferung."
„Tun Sie das", antwortete Herr Richter und verabschiedete sich rasch.

Draußen hatte der Regen ein wenig nachgelassen. Die Straßen dampften wie mit Wasser bespritzte Herdplatten, und schwüle Hitze klebte zwischen den Häusern. Mit jedem Atemzug schien man den Schweiß der Stadt in sich aufzunehmen. Er wusste nicht, warum er es plötzlich so eilig hatte. Vielleicht hoffte er insgeheim, in diesem Szenario das rote Kleid und den blauen Regenschirm der Frau vor sich zu sehen. Aber die Straßen ringsumher waren leergefegt und lateingrau.

Jetzt bloß noch nicht nach Hause gehen, überfiel ihn plötzlich die Angst, von leeren Zimmern empfangen zu werden. Ein Tee wäre jetzt das Richtige. Das alte Café am Stadtpark war mittlerweile so etwas wie sein zweiter Wohnsitz geworden. Hier frühstückte er, las seine Zeitung, studierte Menschen, korrigierte Lateinarbeiten und schrieb blaue Briefe. Schon von Weitem sah er durch die regenverspritzten Fensterscheiben, dass an den kleinen Tischen heute keine Gäste saßen. Erst als der schwere Samtvorhang hinter der Eingangstür wieder bewegungslos hing wie ein Mantel am Garderobenhaken, sah er die Frau an einem der hinteren Tische sitzen.

Sie erkannte ihn sofort und etwas in ihrem Blick forderte ihn auf, sich zu ihr zu setzen.

„Auch wenn ich im Augenblick wahrscheinlich eher in ein Aquarium passe, würde ich mich gern einen Moment mit Ihnen unterhalten", begann er im Plauderton.

„Von Regenopfer zu Regenopfer?", fragte sie und nahm amüsiert ihre Ledertasche vom Nachbarstuhl.

„Von Liebhaber zu Liebhaber", antwortete er genauso unbefangen. „Aber zuallererst brauche ich wohl ein Frotteehandtuch und einen Darjeeling", rief er und zog sich mit spitzen Fingern das klebende Hemd von der Haut.

„Jedenfalls scheint Ihnen der Regen nicht weiter geschadet zu haben", meinte die Frau und musterte ihn nachdenklich. „Wenigstens nicht äußerlich."
„Fragen Sie mich das, wenn ich mich wieder halbwegs wie ein Mensch fühle – und wir uns über unsere gemeinsame Leidenschaft unterhalten können", murmelte er und gab dem Mann hinter der Theke ein Zeichen. „Möchten Sie noch ein Mineralwasser oder lieber etwas anderes?"
„Mineralwasser trinke ich nur, wenn ich Durst habe. Das hier war ein Gin Tonic. Farblos wie kalte Luft, aber genau mein Geschmack. Man sollte eben nicht nur nach dem Äußeren gehen."
„Also, Leon, bitte einen Gin Tonic, einen Darjeeling und ein Badehandtuch."
Der Kellner, ein dunkelhaariger Mann um die sechzig mit einer bis zu den Schuhen reichenden Wickelschürze und

Walter-Matthau-Mimik, quittierte seine Bestellung knapp: „Kommt sofort."
„Warum bestellen Sie nicht gleich eine Badewanne und ein frisches Hemd?", versuchte ihn die Frau aus der Reserve zu locken.
„Weil mir Leons Hemden bestimmt viel zu kurz sind und ich in der Badewanne immer einschlafe", erwiderte der Mann augenzwinkernd. „Und das wäre das Letzte, was ich jetzt möchte."
„Und welche Leidenschaft verbindet uns nun?", fragte die Frau und schlug lässig ihre Beine übereinander.
„Eine tote Sprache", sagte er und griff dabei nach der neben ihr liegenden Illustrierten. „Brot und Spiele, darum scheint sich eben auch heute noch alles zu drehen."
„Wobei die Reihenfolge unwichtig ist", ergänzte die Frau und nahm ihm die Illustrierte wieder aus der Hand.
Noch während sie mit ihren langen, schlanken Fingern die einzelnen Seiten umblätterte, servierte der Kellner ihre Bestellung.
„Wenn Sie noch etwas wünschen, müssen Sie laut rufen", murmelte der Mann mit der Wickelschürze und legte ein großes Badehandtuch wie eine Serviette auf den Tisch. „Gleich übertragen sie das Pokalspiel – und Gäste kommen heute Abend eh keine mehr", erklärte er achselzuckend, stellte noch eine Schale mit frischem Obst neben sie und verschwand wieder Richtung Theke.
„Was soll denn das heißen? Spielt er etwa mit?", raunte sie und fischte mit ihren Fingern eine Zitronenscheibe aus ihrem Glas.
„Das heißt, dass wir sturmfreie Bude haben. Der Fernseher steht hinten in der Ecke neben der Küche – und Leon sperrt die Tür ab. Ein ganzes Café nur für Sie und für mich", rief Herr Richter, während er sich die Haare trocken rubbelte.

„Sturmfreie Bude. – Mein Gott, erst gestern habe ich meine Tochter dieselben Worte jubeln hören, als ich ihr sagte, dass ich nächstes Wochenende nach Bologna fahren muss", grübelte sie und nippte an ihrem Glas.
„Und wer jubelt, weil er Sie begleiten darf?"
„Ich trinke meinen Kaffee im Moment solo – falls Sie das meinen", antwortete die Frau und versuchte einen Blick auf sein Gesicht unter dem Handtuch zu erhaschen. „Ansonsten wären da noch ein paar ungelesene Manuskripte mehr oder weniger begabter Kinderbuchautorinnen", seufzte sie.
„Klingt nicht gerade nach einem Thriller. Eher nach zu früh ausgebrochener Midlife-Crisis", sagte er, sich das nasse Polohemd über den Kopf ziehend. „Sie gestatten – sonst hole ich mir noch den Tod. Wie alt ist Ihre Tochter eigentlich?"
„Sechzehn. Prickelnde, raffinierte, beneidenswerte sechzehn Jahre. Und dieses Alter, kombiniert mit ihrem Aussehen und den Freunden, die ich kennengelernt habe, ergeben zusammen mit den Wörtchen „sturmfreie Bude" ein ganz schön explosives Gemisch." Nervös trommelte die Frau mit den Fingern auf dem Tisch herum.
„Alles halb so schlimm. Ich habe vierundzwanzig Kinder – in einer meiner Schulklassen, meine ich", beantwortete er ihren skeptischen Blick. „Alle um die sechzehn Jahre alt. Alle wild auf Partys, tanzen und schmusen, aber ansonsten ist das alles völlig harmlos."
„Harmlos", versuchte die Frau seine Stimme zu imitieren. „Sie meinen harmloser als Sie und ich – in unserer sturmfreien Bude?"
„Zum Beispiel", sagte Herr Richter und hätte sich im selben Moment die Zunge abbeißen können.
„Sie finden es also harmlos, wenn sich ein Mann und eine Frau, die sich anscheinend nicht unsympathisch sind, in einem menschenleeren Bistro gegenübersitzen, und die

schwüle Luft um sie herum sich immer mehr aufzuladen scheint?", versuchte sie ihre Gedanken zu verdauen.
„Harmlos, wenn einem leergefegte Straßen, die Dämmerung und die Stille das Gefühl geben, einer der letzten Menschen auf diesem Planeten zu sein? Dann denken Sie sich bestimmt auch nichts weiter dabei, wenn ich mir jetzt das Kleid ein wenig öffne und mir ein bisschen Wind zufächere. Ich komme sonst um vor Hitze."
Während sich Herr Richter an seinem Darjeeling verschluckte, hatte die Frau die obersten Knöpfe ihres Leinenkleides geöffnet und das Oberteil an ihren Schultern herunterrutschen lassen. Im weichen Licht einer Wandlampe sah er ihre Brüste, ihre feucht schimmernde Haut und unzählige Sommersprossen, die wie winzige dunkle Wolken über ihren Körper zu wandern schienen.
„Ich bin viel zu lebendig, um harmlos zu sein", flüsterte die Frau und pflückte einige Weintrauben von der übervollen Obstschale. „Brot und Spiele. Nichts anderes willst du und nichts anderes will ich."
Fasziniert und unfähig, etwas zu antworten oder zu tun, beobachtete der Mann, wie die Frau die großen Weintrauben in der Mitte durchbiss, wie sie die Kerne mit ihrer Zungenspitze herauslöffelte und die beiden Hälften wie kleine Fingerhüte über seine Brustwarzen stülpte. Draußen prasselte ein neuer lauwarmer Regenschauer gegen die Fensterscheiben, als sie seinen Mund, seinen Hals und seine Schultern zu küssen begann. Erst sanft – dann immer leidenschaftlicher – zog sie ihn hinein in dieses Spiel. Mit ihren Lippen pflückte sie die Obsthälften von seiner Brust, nur um sich Augenblicke später selbst zwei durchgebissene und halb ausgehöhlte, purpurrote Traubenstücke auf ihre Knospen zu setzen. Wie in Trance verloren Zeit und Raum jede Bedeutung. Kein Stuhl war zu unbequem, keine Sitzbank zu schmal und kein Tisch zu

wacklig, um ihn nicht irgendwie in dieses Spiel einzubeziehen. Ihre Stimmen, ihr Stöhnen, ihre Lust klangen wie dunkelster Louisiana-Blues, und der Geruch ihrer Haut überlagerte den Dunst von kaltem Zigarettenrauch. Draußen war es längst stockfinster, hatte ein neuer Wolkenbruch den letzten abgelöst, als der Mann und die Frau erschöpft nebeneinandersaßen.
Irgendwo im Hintergrund hörten sie einen Nachrichtensprecher seine Texte ablesen. Nur feine Ohren hätten das leise Schnarchen, das mit den Nachrichten zu konkurrieren schien, hören können.
„Jetzt hätte ich Lust auf ein Mineralwasser", flüsterte die Frau und atmete dabei immer noch so heftig wie nach einem Kofferspurt auf dem Bahnhof.
„Kommt sofort. Aus den Alpen oder lieber aus den Vogesen? – Ich würde zu Fuß losmarschieren", rief Herr Richter aufgekratzt und küsste sie noch einmal zärtlich auf die wie ein winziger, zugezogener Reißverschluss aussehenden Härchen unter ihrem Bauchnabel. „Und das alles bloß wegen eines Zufalls – wegen einer toten Sprache und einer gemeinsamen Leidenschaft. Ovid, Horaz und Vergil sei Dank", sprudelte es aus ihm heraus, während er durchs Halbdunkel schlich. Die Frau sah, wie sich das durchs Fenster fallende Mondlicht auf seinem nackten Hintern spiegelte, sah ihn leichtfüßig wie einen Balletttänzer um die Tische herumbalancieren.
Ja, eine tote Sprache, dachte sie. Alles bloß wegen einer toten Sprache. – Und natürlich wegen ihrer sechzehnjährigen Tochter. Einer Tochter, die Partys und tanzen im Kopf hatte und kein Latein. Wie gut die Frau in diesem Moment ihr Kind verstehen konnte. Auch sie hatte sich damals während ihrer Schulzeit mehr für die wichtigen Dinge des Lebens interessiert: die Wochenenden, die Schauspielerei und für Männer. Sie lächelte. Wie recht

Herr Richter hatte. Er, der jetzt viel mehr war als eine Unterschrift unter einem blauen Brief, als ein Lateinlehrer mit einem wie eine Krankheit ausgesprochenen Namen. Ein Lehrer, der zukünftig funktionierte, der sich davor hüten würde, ihrer Tochter in einer Kursarbeit noch einmal weniger als zehn Punkte zu geben, geschweige denn einen blauen Brief zu schreiben. Während in der Ferne Herr Richter gut gelaunt und summend mit Gläsern und Flaschen hantierte, nahm die Frau rasch die Kamera aus dem kleinen Pflanzenkübel, der neben dem Tisch auf der Fensterbank stand. Nachdem sie den Mitschnitt kurz im Display ihres digitalen Fotoapparates kontrolliert hatte, verstaute sie das handliche Ding wieder in ihrer Handtasche. Während sie sich anzog, dachte sie zufrieden und glücklich, wie gut es doch war, dass sie die wirklich wichtigen Dinge des Lebens gelernt hatte. Wie Männer funktionieren, zum Beispiel, und digitale Kameras und YouTube. Und wie man auch ohne Muskeln und Geld Dinge manipulieren konnte, um an jedes Ziel zu kommen. Über Brot und Spiele, eben ...

„Sieh mal einer an – da steckt ja doch ein richtiger Geschichtenerzähler in meinem Mitreisenden", sagt die Frau, während der ICE in den Bahnhof Wilhelmshöhe einfährt. „Ausgedacht oder aufgeschnappt?", fragt sie, während sie sich wieder aufsetzt.
„Was denken Sie?"
Meine Gegenfrage scheint sie zu beschäftigen, denn sie betrachtet mich jetzt mit in Falten gelegter Stirn, als würde in meinem Gesicht die passende Antwort stehen.
„Hmh – ich denke, dass ich Sie unterschätzt habe. So viel ist sicher", sagt sie nach einer Weile. Erst als der Zug wieder losfährt, meint sie wohl, die Antwort gefunden zu haben. „Sie sind kein Psychologe. Die sind meistens selbst

verhaltensgestört und spielen den schweigsamen Zuhörer – aber nur, weil sie selber nichts zu sagen haben. Nein, Sie sind eher ein Romantiker, einer mit Fantasie und Charme. Jemand, der gern flirtet und der momentan auf Frauen nicht gut zu sprechen ist. Also ...", bringt sie ihre Überlegungen auf den Punkt, „... haben Sie sich diese Geschichte ausgedacht. Habe ich recht?"

Ein anderer Zug rast in diesem Moment auf freier Strecke an unserem vorbei. Das Geräusch, das dabei entsteht, erinnert an abgehaktes Radiorauschen. Die Stille danach hat etwas Unheimliches.

„Habe ich recht?", wiederholt sie ihre Frage.

„Mehr oder weniger", sage ich nach einer Weile. „Mehr in Sachen Fantasie, weniger in punkto Romantiker. Die Frauen heute machen es einem nicht gerade leicht, romantisch zu bleiben. Da ist viel zu viel Ratio. Ich bin sicher, Sie verstehen, was ich meine", sage ich und stehe auf. „Ich gehe jetzt mal ins Bistro und hole mir ein Glas Rotwein. Der Bordservice ist ja bloß mit Kaffee und Tee unterwegs. Soll ich Ihnen etwas mitbringen?"

Meine Frage scheint die Frau zu amüsieren. „Auch so ein Klischee: Der Mann fragt die Frau, ob er sie einladen darf."

„Wer sagt denn, dass ich das tun will?", versuche ich cool zu bleiben.

„Ihr Blick – und Ihre Stimme, natürlich", erwidert die Frau gnadenlos. „Rotwein klingt toll. Und überlegen Sie sich auf dem Weg zum Bistro schon mal eine neue Geschichte. Zwei schaffen wir noch bis Frankfurt."

„Das klingt wie eine Drohung", sage ich mit todernster Miene, ziehe die Tür hinter mir zu und marschiere los.

Der ICE ist an diesem Abend wirklich leer. Ähnlich sieht es im Bistrowagen aus. Ich bestelle zwei Gläser französischen Landwein und zwei getoastete Käse-Schinken-Baguettes und mache mich fünf Minuten später auf den Rückweg.

Durch die Abteiltür sehe ich die Frau in einer Illustrierten blättern. Wie ein Mannequin sitzt sie da: aufrecht, den Rücken durchgedrückt und den Kopf in Pose gestellt. Ein athletischer Körper, denke ich und frage mich, welcher Sport dafür wohl verantwortlich ist. Ich klopfe mit dem Ellbogen an die Abteiltür und sie öffnet mir.
„Das riecht ja ganz köstlich", sagt sie, während ich mich an ihr vorbeischiebe und sie die Tür wieder hinter uns schließt.
„Das muss dann wohl der Schinken sein", meine ich und lege Gläser und Baguettes auf dem Tisch ab.
„Und der Wein", ergänzt sie. „Wenn Ihre nächste Geschichte genauso gut ist wie die letzte, wird es das perfekte ICE-Dinner."
„Das hängt von Ihnen ab. Sie sind dran, es ist Ihre Geschichte."
Während ich hungrig in mein Baguette beiße, nippt die Frau nur an ihrem Rotwein.
„Sie haben recht", sagt sie nickend. „Meine Geschichte."
Und sie beginnt zu erzählen.

Dunkle Sinne
Die Straße war staubig und leer. Wie auf Schienen fuhr er seit Stunden hinein in das Nichts, das Provinz, Herbst, Müdigkeit und endlose Kilometer auf einer wenig befahrenen Landstraße hieß.
Nur selten begegneten ihm andere Autos. Alle fünf Minuten ein farbiger Punkt, der größer und größer wurde, um im nächsten Moment wie ein offener Farbeimer vorbeizufliegen.
Je einsamer die Gegend wurde, desto schneller fuhr er. Während draußen die Bäume verschwammen, zog sein Wagen das aufgewirbelte Laub wie einen Schleier hinter sich her. Er hatte zu viel geraucht, zwischendurch getankt,

schnell etwas gegessen und viel zu viel Kaffee getrunken. Sein Magen rebellierte nicht zum ersten Mal an diesem Tag und der Kaffee wollte wieder raus aus seinem Körper. Er würde gleich anhalten müssen, wenn der Druck nicht noch schlimmer werden sollte. Trotzdem nahm er den Fuß nicht vom Gas, suchten seine Augen nicht nach einem Feldweg oder Seitenstreifen.

Nur nicht langsamer werden. Wie ein Sekundenzeiger bewegte sich die Nadel des Geschwindigkeitsmessers über die Tachoscheibe.

Im Radio hatten gerade die Siebzehn-Uhr-Nachrichten begonnen, als es passierte.

Ohne Vorwarnung war dieser riesige Vogel plötzlich vor seiner Windschutzscheibe aufgetaucht. Ein bizarres Etwas mit aufgeblasenen Federn, eingeknickten Flügeln und ausgefahrenen Sichelkrallen.

‚Aufgetaucht' war nicht das richtige Wort. Dieser gewaltige Habicht oder Bussard hatte sich vielmehr auf ihn gestürzt. Auf ihn oder sein Auto.

Trotz des Schreckens, der ihm augenblicklich wie Strom durch die Haut gefahren war, hatte er alle Einzelheiten registriert. Als wäre dieser Moment von seinem Gehirn in Standbildern abgespeichert worden, lief das Ganze wieder und wieder in ihm ab.

Da war der Schatten, immer größer, immer bedrohlicher werdend, und die Klauen wie krumme Injektionsnadeln, die ihr Ziel suchten. Da waren das unbeholfene Manövrieren in der Luft, als der Sog den Vogel erfasst hatte, und der Aufprall auf die Windschutzscheibe. Das dumpfe Geräusch brechender Knochen und das raue Scheuern des sich überschlagenden und nach hinten über das Dach wirbelnden Kadavers wurde nahtlos vom Kreischen der Bremsen abgelöst. Nachdem er den Wagen endlich zum

Stehen gebracht hatte, flogen noch immer graubraune Federn, vermischt mit trockenem Herbstlaub, durch die Luft. Er zitterte, spürte Kälte und Übelkeit, als er jetzt ausstieg und sich an der Fahrertür festhielt.
Draußen war alles still. Nur der Nachrichtensprecher im Radio verlas weiter mit adrenalinloser Stimme seine Meldungen.
Aber das war jetzt nicht wichtig. Er hörte ohnehin nicht darauf, was an diesem Dienstag sonst noch in der Welt passiert war. Er hörte bloß auf den hastigen Rhythmus seines Herzschlags und die Brandung in seinen Ohren. Ganz langsam kehrte das Blut zurück in seinen Schädel, funktionierten seine Sinne wieder so, wie sie sollten. Er sah sich um, registrierte, dass er den Wagen trotz allem ziemlich sicher zum Stehen gebracht hatte und dass die Windschutzscheibe sternförmige Risse hatte. Wie ein in Glas gegossenes Spinnennetz sah das aus. Und dann waren da noch die tiefen Kratzer auf dem Wagendach. Kratzer von Krallen, die keinen Halt finden konnten. Und Federn waren da, wenige nur, und Blut, das dünn wie Wollfäden Richtung Scheibenwischer lief. Als er sich wieder umdrehte, sah er in einiger Entfernung ein grotesk verzerrtes Bündel auf dem Asphalt liegen. Wie weggeworfen lag es da. Wie ein halbvoller, von der Ladefläche gerutschter Kartoffelsack. All das sah er. – Nur den Mann, der jetzt keine zehn Meter vor ihm aus dem Wald getreten war, den sah er nicht.
Wenigstens nicht sofort.
Zuerst nahm er nur eine Bewegung wahr, etwas, das auf vier Beinen auf ihn zu und an ihm vorbei Richtung Kartoffelsack rannte. Dann hörte er einen Pfiff und erst dann sah er den Mann auf der anderen Straßenseite stehen. Der Hund saß jetzt wie aus Stein gemeißelt auf dem Asphalt neben dem Vogelkadaver. Der Mann und der Hund blick-

ten sich über die Entfernung an, schienen auf irgendeine Weise miteinander zu kommunizieren. Alles an diesem Menschen erinnerte ihn in diesem Moment an eine am Wegrand aufgestellte Vogelscheuche. Seine Größe, die steifen Schultern, die ganze Haltung. Selbst sein stoppelblondes Haar – alles passte.

Aber es gab keine Vogelscheuchen mehr. Heute gab es Knallautomaten und Stanniolstreifen, die wie Messer den Wind zerschnitten und die Vögel verscheuchten. Kein Bauer machte sich heute noch die Mühe, löchrige Jacken und zerrissene Hosen zu kreuzigen und anschließend mit Stroh auszustopfen.

Außerdem waren Vogelscheuchen stumm. Der Mann ihm gegenüber nicht. Während er im Auto die Seitenscheibe heruntergelassen hatte, war der Stoppelblonde jetzt an dessen Wagen herangetreten.

„Glück gehabt", sagte er, und seine Stimme klang fest und jung. „Häufig endet das nicht nur für den Bussard tödlich."

„Wird wohl so sein."

„Sie wären nicht der Erste, dessen Wagen durch so eine Aktion von der Straße geschleudert wird. Ich habe alles gesehen. Hatte einen Logenplatz", sagte der Fremde lächelnd und deutete auf einen Punkt irgendwo hinter seiner Schulter. Dort gab es nur dicht an dicht stehende Bäume. Erst bei genauerem Hinsehen sah er die Leiter, die Stangen, den Bretterverschlag.

Ein Baumhaus, nur tödlicher. Ein Hochsitz, wie ihn Jäger benutzen.

„Das hier ist mein Revier. Mein Jagdrevier, genauer gesagt. Sie sollten jetzt entweder weiterfahren oder die Warnblinkanlage einschalten. Sonst passiert doch noch etwas. Oder sind Sie verletzt? Haben Sie einen Schock oder so was?" Der Mann trat einen Schritt näher an den Wagen heran, als könnte er dadurch eine Antwort auf seine Frage

finden. Selbst die Art, wie er sich bewegte, hatte etwas Hölzernes. Wie ein Mann auf Stelzen, dachte er. Gleichzeitig kam die Erinnerung. Wie lange musste das her sein? Zwanzig Jahre? Seine Schulzeit, das Internat, Namen und Gesichter, die man längst vergessen hatte – die nur Platz auf einem Abschlussfoto mit der Unterschrift *Abiturklasse 1978* hatten. „Nein, nein. Alles in Ordnung", murmelte er und sortierte gleichzeitig die Bilder in seinem Kopf. Der stoppelblonde Mann war in seiner Klasse gewesen. Kein Freund, aber auch niemand, den man hasste. Ein Außenseiter – wie er selbst. An so viel konnte er sich erinnern. Und an einen Namen. Ohrmann, Thomas Ohrmann.
„Was passiert jetzt? Mit dem Vogel, meine ich?" Ein kurzes Schulterzucken ließ dem Mann das Gewehr von der Schulter rutschen.
„Was soll schon passieren? Tot ist tot. Schalten Sie lieber die Warnblinkanlage an. Dann können wir uns Ihren Freund einmal genauer anschauen. Vielleicht kann ein Präparator noch was mit ihm anfangen." „Gehen Sie nur schon vor. Ich muss noch kurz was erledigen, sonst platzt mir die Blase."
Während der Hund jede seiner Bewegungen misstrauisch verfolgte, kamen die Erinnerungen, verirrten Brieftauben gleich, zu ihm zurück.
Thomas Ohrmann, das Internat am Dörnberg, die Brüste seiner Englischlehrerin, der Wodka in Thermoskannen und dieser sonderbare Junge im Zimmer nebenan.
Dieser Typ, der um ein Haar von der Schule geflogen war, weil er die ungewaschene Wäsche der Mädchen aus den Wäschekörben gestohlen hatte, schien ihn nicht wiedererkannt zu haben. Nachdem er sich erleichtert hatte, ging er zurück zum Ort des Geschehens. Der Jäger kniete jetzt auf dem Boden und hantierte an dem leblosen Vogel herum.

„Wenn Bussarde sich bedroht fühlen, greifen sie ohne zu zögern an. Jeden und alles. Meistens Jogger, seltener Autos. Wenn man Glück hat, schlagen sie nur mit dem Flügel zu. Ansonsten benutzen sie ihre Krallen im Flug wie Skalpelle", sagte er, und es klang bewundernd und resigniert zugleich.

„Für den ist jedenfalls der Kampf zu Ende", brummte er und klopfte seinem Hund aufmunternd auf die Seite. „Am besten nehme ich den Vogelbalg mit und lege ihn erst einmal in den Gefrierschrank."

Ihre Blicke trafen sich.

„Wenn Sie meinen. Dann werde ich jetzt wieder losfahren. Oder kann ich noch irgendetwas tun?" Die Frage war eher rhetorisch gemeint. Eine höfliche Worthülse. Er hatte nicht wirklich erwartet, etwas tun zu müssen.

„Vielleicht können Sie mich nach Hause fahren. Der Bursche ist ganz schön schwer. Ich bin heute ohne Wagen unterwegs. – Das heißt, natürlich nur, wenn es Ihnen keine Mühe macht. "

Auch so eine rhetorische Verlogenheit, dachte er, als er antwortete, dass ihm das gar keine Mühe machen würde. So standen sie jetzt an seinem offenen Kofferraum und verstauten den toten Bussard neben Stativen, Kameras und Fototaschen.

„Die Ausrüstung ist etwas für Profis. Für welche Illustrierte arbeiten Sie?", fragte der Mann, während er sein Gewehr wegpackte.

„Ich arbeite freiberuflich für eine Presseagentur. Aber im Moment habe ich Urlaub."

Gleich darauf saß er im Wagen. Während er das Radio ausschaltete, rutschte der Mann auf den Beifahrersitz. „Ohrmann ist mein Name. Thomas Ohrmann."

Das weiß ich längst, dachte er, während ein unverbindliches Lächeln über sein Gesicht huschte. Aber du scheinst dich nicht an mich zu erinnern. Vielleicht habe ich mich viel mehr verändert, als mein Spiegelbild mir das jeden Morgen sagt. Die langen Haare waren längst kürzer und heller geworden. Sein Gesicht steckte unter einem Dreitagebart, und auf den Knochen verteilten sich zwanzig Kilo mehr an Gewicht als damals. Trotzdem hätte er ihn erkennen können, ihn erkennen müssen. Immerhin hatten sie fünf Jahre im selben Klassenzimmer gesessen. Es gab Dinge, die waren unverwechselbar, waren wie ein gigantischer Fingerabdruck. Die Haltung, die Art, wie man sprach, wie man sich bewegte, die Mimik. Aber vielleicht brauchte man dafür das dritte Auge, die Gabe, Dinge zu erfassen, die andere einfach nicht sahen. Er hatte diese Gabe, hatte einen Blick für das Wesentliche. Vielleicht war er deshalb ein so guter Fotograf. Er fotografierte in die Menschen hinein, wühlte sie auf, zwang ihr Innerstes nach außen. Er war der Dompteur, der die in einem Menschen lauernde Raubkatze aus dem Dunkeln lockte. Ein Zauberer, der Hässliches schön und Schönheit bemitleidenswert wirken lassen konnte. Und er vergaß nie ein Gesicht. Es ärgerte ihn, dass man ihn vergessen hatte; verletzte ihn, dass Thomas Ohrmann ihn nicht wiedererkannte. „Freut mich, Sie kennenzulernen. Mein Name ist Lux, Max Lux", schmunzelte er und dachte, dass das nicht einmal eine Lüge war. Es war sein Pseudonym – die Unterschrift unter seinen Fotografien.

„Also, wohin darf ich Sie fahren? Wo wohnt ein Jäger?"

„In einem Haus an einem Wald. In einer kleinen Ortschaft, keine fünf Kilometer von hier. Fahren Sie einfach immer nur geradeaus. Ich sage Ihnen früh genug, wann Sie abbiegen müssen."

„Und was ist mit Ihrem Hund?"

„Der ist eher zu Hause als wir. Querfeldein und mit diesen langen Beinen fliegt er mehr, als dass er läuft."

Gleich darauf fuhren sie los. Nichts erinnerte mehr an das, was geschehen war. Wie Make-up hatte sich das beim Anfahren aufgewirbelte Laub auf den Asphalt gelegt und die letzten Spuren beseitigt. Nur die Risse in der Windschutzscheibe waren geblieben – und der Mann auf dem Beifahrersitz. Die Augen halb geschlossen, saß er stocksteif neben ihm. Nur seine Nasenflügel bewegten sich, wenn er atmete, flatterten wie Segel aus Haut. Jetzt hätte er dieses Gesicht gern fotografiert.

„Hinter der Lüderbrücke fahren Sie am besten gleich rechts ab. Der Weg ist zwar steil und holprig, aber für Ihren Wagen trotzdem kein Problem."

Wäre er nicht abgebogen, hätte er diese Häuser überhaupt nicht gesehen. Hinter dem Wald war eine Brücke. Auf der anderen Seite, links und rechts der Straße, nur Wiesen und Wald – und dazwischen ein paar rote Dächer. Alt, bemoost, verwittert. Vielleicht zwanzig, vielleicht dreißig Häuser. Kein Einziges jünger als hundert Jahre. Wer diesen Ort nicht suchte, der würde ihn niemals finden.

Der Mann schien seine Gedanken zu erahnen, sie einzuatmen.

„Im letzten Juni hat uns sogar der Briefträger vergessen, besser gesagt: seine Ferienvertretung. Erst am Ende der Woche hat er sich über ein paar übrig gebliebene Briefe gewundert." Der Weg war jetzt fast zu schmal für einen Wagen – ein Feldweg, unbefestigt.

„Wir sind gleich da. Noch diese Kurve, dann sehen Sie schon die Einfahrt."

Wie aus dem Nichts tauchte in diesem Moment der Hund neben dem Auto auf. Als würde er mit dem Wagen herumtollen, sah man sein rotbraunes Fell mal auf der einen, mal auf der anderen Seite. „Da vorn können Sie parken", sagte der Mann und deutete auf einen Platz unter einem riesigen Baum. Einer Weide mit Ästen wie Peitschen und Zweigen wie ausgeworfene Angelschnüre.

„Daneben ist die Einfahrt. Nur steht da mein Wagen drin. Und dahinter ist das Haus."

Während sie ausstiegen, begann es zu donnern. Noch entfernt und schüchtern wie eine sanft geschlagene Kesselpauke. Einen Blitz hatte er nicht gesehen.

„Wenn Sie nichts Besseres vorhaben, koche ich uns jetzt noch einen Kaffee", meinte der Mann und nahm sein Gewehr aus dem Kofferraum.

Nichts Besseres und nichts Schlechteres, schoss es ihm durch den Kopf. Er war erschöpft von eben und von gestern Abend. Zu viele Bilder, die er in seinem Gedächtnis abgelegt hatte. Zu viel Schönheit – zu viel Schmerz – zu viel Tod. Außerdem war er neugierig geworden. Längst fotografierte er die Gegend, den Mann und das Gesicht ihm gegenüber mit seinen Augen. Was um alles in der Welt hatte dieser Mann hier verloren? In dieser gottverlassenen Gegend konnte man sich verstecken, wie ein wildes Tier in den Bau kriechen. Was war aus Thomas Ohrmann geworden? – Was aus ihm selbst?

Als er den Vogelbalg aus dem Kofferraum hievte, griff er automatisch nach seiner Fototasche.

„Kaffee ist eine gute Idee. Vielleicht kann ich sogar noch ein paar Blitze einfangen", meinte er und schaute zum Himmel.

Für den Bruchteil einer Sekunde war es ihm, als würde der Mann ihn mustern. Möglicherweise begann er sich ja doch zu erinnern.

Immerhin hatte er schon damals, während ihrer Zeit im Internat, leidenschaftlich gern fotografiert. Zuerst nur Landschaften: den Nebel, den Dörnberg im dichten Schneetreiben, die Dunkelheit und das Licht. Wechselspiele zwischen Bewegung und Erstarrtem. Irgendwann

war das dann nicht mehr genug gewesen. Von da an suchte er die Details, die einzelnen Mosaiksteine, aus denen jedes Bild zusammengesetzt war. Blätter, Steine, Kellerasseln und Blindschleichen, totgefahrene Eichhörnchen und weggeworfene Papiertaschentücher. Jedes Ding erzählte seine Geschichte, war spannender als jeder Film und jeder Flirt. Seither war er süchtig nach Bildern. Daran hätte sich Thomas Ohrmann erinnern können. Aber da war jetzt nichts dergleichen in seinem Gesicht.
„Den Wagen brauchen Sie nicht abzusperren. Hier werden nicht einmal die Häuser abgeschlossen", meinte er und pfiff nach seinem Hund.
Das Haus, vor dem sie jetzt standen, sah wie eine mittelalterliche Bauernkate aus. In einen Hang hineingebaut, schien es sich mit seinem windschiefen Dach im Gelände zu verstecken. Unten waren die Mauern grob verputzt und die Fensternischen auf der Seite neben der Eingangstür schmal wie Schießscharten. Der Grundriss war rechteckig – viel zu schmal und zu lang. Wie eine umgebaute Scheune sah das Gebäude aus. Nur der Ausblick in das Tal entschädigte für alles andere.
„Gehen Sie nur schon rein. Gleich rechts ist die Küche. Ich muss noch schnell den Hund versorgen."
Im Haus war es düsterer als der Nachmittag. Ein einziges Fenster warf mehr Schatten als Licht in den Eingang. Er sah einen riesigen Spiegel, raue Wände und einen wuchtigen Kachelofen.
Die Küche wirkte dagegen viel heller und freundlicher. Ein hoher Raum, rustikale Balken und viele Fenster. Das Zimmer und die Fenster waren lang und schmal wie ein kleiner Saal – wie ein Unterrichtsraum, wie das Musikzimmer im Internat am Dörnberg.
Ein lichtdurchfluteter Raum, ideal zum Fotografieren. Er hatte sie alle abgebildet. Die Mädchen, ihre Gesichter, ihre

Körper. Er musste sich damals nicht die Nase platt drücken, um durch das Oberlicht der Umkleidekabine einen verschwommenen Blick durch Milchglasscheiben abzustauben. Seine Kamera war wie honiggetränktes Fliegenpapier. Fast alle Mädchen seiner Klasse waren daran hängen geblieben. Sie wollten ihre Körper sehen, so wie andere sie sahen. Ein Foto – ein eingefrorener Moment. Vielleicht reizte es sie aber auch nur, mit ihrer Nacktheit zu spielen. Sich zu räkeln, ohne viel nachzudenken. So hatte er sie fotografiert – immer auf den perfekten Moment gewartet. Auf den Moment, wo keine Pose, keine Mimik, kein Lächeln mehr ablenkte oder übermütiges oder nervöses Grinsen mehr das Gesicht entstellte.

Einige Fotografien waren schon damals richtig gut geworden. Erst vor Kurzem hatte er in einem alten Buch eines dieser Fotos gefunden. Ein vergessenes Lesezeichen. Birgit Grögel hieß das Mädchen, das da nackt auf einem Klavierflügel saß und alles um sich herum vergessen zu haben schien. Sie musste damals sechzehn oder siebzehn gewesen sein. Auf dem Bild sah sie aber eher aus wie zwölf. Die Arme hatte sie um ihre angewinkelten Beine gezogen, als müsste sie sich an etwas festhalten. Kein Lächeln entstellte ihr Gesicht. Da war in diesem Moment nichts zu sehen von dem Mädchen mit der auf dem Oberschenkel tätowierten Schlange und dem lockenden Übermut, der jeden Jungen zum Such-den-Schlangenkopf-Spiel einlud. Nichts von der mondblonden Birgit, die sich Löcher durch ihre gefährlich langen Fingernägel bohrte, um kleine Ringe daran festzumachen.

Was mochte wohl aus ihr geworden sein?

„Na, haben Sie das Kaffeewasser schon aufgesetzt?" Die Stimme Thomas Ohrmanns riss ihn aus seinen Erinnerungen.

„Das macht sich nicht so gut mit einem toten Bussard in der Hand."

„Dann wollen wir Ihren Freund erst mal verstauen", grinste der Mann, nahm ihm den Vogelkadaver ab und legte ihn auf den Küchentisch.

Bevor der Bussard endlich in einer riesigen Gefriertruhe verschwand, hatte der Stoppelblonde noch eine Handvoll Brustfedern ausgerupft. Sorgfältig und mit Bedacht hatte er die weichen, graubraunen Daunen anschließend in ein Glas getan und dieses sofort wieder verschlossen. „Ich bin ein Sammler", sagte er, sich die Hände waschend. „Ich sammle Gerüche. Wie möchten Sie Ihren Kaffee – gefiltert oder türkisch?"

„Heiß und schwarz. Erzählen Sie mir mehr von Ihrer Sammelleidenschaft."

„Was wollen Sie wissen?"

„Alles."

„Also gut. Beeilen wir uns, bevor der dampfende Kaffee jeden anderen Geruch in diesem Raum überlagert", sagte der Mann und drehte das Glas mit den Federn wie ein Kaleidoskop vor den Augen. „Nehmen Sie diese Daunen. Tagaus, tagein haben diese Federn wie Watte die Luft gefiltert. In ihnen steckt der harzige Duft von Tannen nach einem Sommerregen genauso wie das würzige Aroma von absterbendem Laub. Sie sind durchtränkt mit Samen und Pollen und dem Angstschweiß von Mäusen. Bei jedem Flug haben sie den Geruch unzähliger Tage und Nächte in sich gespeichert. Millionen Partikel, Milliarden Atome, die den sterbenden Sommer und den jungen Herbst in sich tragen. Und alles verschlossen in jeder einzelnen Feder. Versiegelt in diesem Glas. Wann immer ich will, kann ich es öffnen, in den Düften lesen wie in einem Buch. – Dagegen wirkt das Aroma von frisch gebrühtem Kaffee nur aufdringlich." Er rümpfte die Nase. „Übrigens

ist der Kaffee fertig. Wir sollten uns auf die Veranda setzen, noch ein paar andere Gerüche sammeln."
Die Veranda war ein breiter Freisitz und lag unmittelbar vor den Küchenfenstern. Auf wuchtigen Steinplatten standen zwei bequem aussehende Korbsessel neben einem von Sonne, Wind und Regen verschlissenen Sonnenschirm.
„Riechen Sie die Elektrizität in der Luft?", fragte Thomas Ohrmann und ließ sich genussvoll einatmend in einen der Sessel fallen. „Genießen Sie jeden Atemzug, feiern Sie diese herbe, mit Oktoberblitzen abgeschmeckte Luft."
Ich rieche mit den Augen, dachte der Fotograf und nippte an seinem Kaffee. Eigentlich fühlte, schmeckte, hörte, roch und sah er mit ihnen. Auf sie konnte er sich verlassen. Sie waren der direkte Eingang zu seinem Selbst, zu seiner Seele und seinem Gedächtnis. Er vergaß nichts von dem, was seine Augen einmal erfasst hatten. Alles bewahrt und gut aufgehoben wie Wein in einem Eichenfass. Und was es wert war, hatte er mit seiner Kamera fotografiert – festgehalten, eingefangen, gesammelt. Gesichter, Menschen, gegossen in schwarz-weißes Papier. Manchmal war er überrascht, wenn er ein Bild aus seinem Gedächtnis mit einer Fotografie aus einem seiner Alben verglich. Wie ein Kaleidoskop hatte die Zeit manches Bild in seinem Gedächtnis verändert. Zum Glück war Papier weniger bestechlich. In seinen Alben überlebten die Dinge, wie sie wirklich waren. Die Menschen wurden nicht älter und die Fotografien verblassten nicht.
Birgit Grögel war niemals schöner gewesen als damals an diesem Nachmittag im Musikzimmer. Niemals war sie mehr sie selbst gewesen als auf dieser Fotografie. Jung, einsam, nachdenklich, schüchtern und verletzlich hatte sie gewirkt. Schrill, laut und männerfressend waren nur die Schutzmechanismen, hinter denen sie ihr Innerstes versteckte. Er hatte es freigelegt, es ausgeleuchtet. Wie gern

hätte er sie später noch einmal fotografiert. Für sein wichtigstes Album. Darin waren nur Originale. Die ehrlichsten Fotografien, die besten. Aber er hatte sie nie wieder gesehen. Nach der Abiturfeier war sie aus seinem Leben verschwunden. Andere waren gekommen – andere Frauen, andere Bilder. Einige von ihnen hatten es bis in sein Originale-Album geschafft. Erst gestern wieder. Er musste das Bild zwar noch entwickeln, aber er hatte schon beim Fotografieren gewusst, dass dieses Bild ein ehrliches war – ein unverfälschtes Original. Purer Zufall, dass er die Frau getroffen hatte. Sie hatten im gleichen Hotel übernachtet. Beim Abendessen saß sie am Nebentisch. Ihr Gesicht hatte ihn gleich an eine Marmorbüste von Rodin erinnert. Erst ihr Lächeln hatte diese Perfektion zerstört. Also musste er ihr dieses Lächeln wieder nehmen. Ihr diese Maske vom Gesicht reißen, bevor sie ein Original werden konnte.

„Und wohin wollen Sie heute noch fahren?" Die Stimme von Thomas Ohrmann rollte wie entferntes Donnern durch seinen Kopf.

Wohin wollte er fahren? Was war sein Ziel?

„Vielleicht Bamberg. Ich habe Urlaub. Niemand wartet."

„Warum bleiben Sie dann nicht über Nacht hier? Unter dem Dach ist ein Gästezimmer mit einer Hängematte zwischen den Balken. Balken, die stabil genug sind, die aber trotzdem stöhnen, wenn Gewicht an ihnen zerrt. Und die nach altem Harz und abgeschabten Wespennestern riechen."

Über die Kaffeetasse sah er, wie der Stoppelblonde ihn musterte.

„Sie fragen sich, wie Wespennester riechen – ob sie überhaupt riechen. Ich sage Ihnen, alles riecht, duftet, ist unverwechselbar, einmalig. Jeder Baum, jedes Tier, jeder Mensch trägt sein eigenes Parfüm. Alles verströmt wolkenweise Aromen und Düfte. Ich vergesse Gesichter, bevor ich sie mir merken kann, aber ich vergesse selten einen Geruch." Ein gewaltiger Blitz verband in diesem Moment den Himmel mit der Erde. Wie ein aufgerissener Reißverschluss hing farbige Elektrizität zwischen dem Wald und den Wolken. „Es riecht nach Regen. Nach viel Regen."

„Und nach Kaffee und nach Ihnen und nach mir, haben Sie vergessen."

„Wie könnte ich das?", fragte Thomas Ohrmann. „Menschen riechen für mich am interessantesten. Nehmen Sie uns, nehmen Sie sich. Was ist eine Handvoll Laub gegen einen einzigen Tropfen Schweiß? – Ich habe vorhin extra einen Moment gewartet, bevor ich mich zu Ihnen in den Wagen gesetzt habe. Nichts sollte Ihren Geruch verfälschen."

„Und was haben Sie gerochen? Lassen Sie mich raten – kalten Zigarettenqualm und verschüttete Cola."

„Nicht nur", widersprach der Mann augenblicklich. „Vor allem roch es nach Angst und kaltem Schweiß und nach einem Frauenparfüm. Und es roch nach Blut."

„Kein Wunder. Das Blut von dem Bussard klebte noch auf der Windschutzscheibe."

„Ja", nickte Thomas Ohrmann. „Aber außen."

Erst jetzt donnerte es irgendwo in der Ferne. Hinter dem Wald, am anderen Ende der Welt. Das Gewitter war weitergezogen.

„Und nach welchem Frauenparfüm hat es gerochen?" Die Augen von Max Lux fotografierten das Gesicht des ihm gegenübersitzenden Mannes.

„Bestimmt ist das eine Kleinigkeit für Sie, mir das zu sagen. Wahrscheinlich haben Sie beruflich mit Parfüms zu tun."

„Jetzt schätzen Sie mich völlig falsch ein", antwortete Thomas Ohrmann mit leiser Stimme.

„Parfümgerüche interessieren mich überhaupt nicht. Das sind alles nur Kopien", sagte er bestimmt. „Für mich riecht jede einzelne Haarsträhne einer Frau intensiver als das teuerste Parfüm. Fast kann ich sie dann körperlich spüren. Parfüm tötet Imagination. Diese Frage müssen Sie sich schon selbst beantworten." Hastig trank er den letzten Schluck Kaffee aus seiner Tasse. „Es wird kühl. Vielleicht sollten wir wieder ins Haus gehen. Wenn Sie kein Auto mehr fahren müssen, könnten wir eine Flasche Rotwein trinken. Vielleicht einen *Côte du Rh*ône."

„Ich habe schon seit Ewigkeiten nicht mehr in einer Hängematte geschlafen", nahm Max Lux die Einladung an. „Außerdem ist Rotwein meine zweite Leidenschaft."

Auch im Dämmerlicht wirkte die Küche noch riesig. Aus zwei oder drei Zimmern musste irgendwer irgendwann einen einzigen großen Raum gemacht haben. Die Zwischenwände standen noch wie eckige Säulen an den Seiten, dienten als Auflage für die Balken. Gerüche und Fotografien, blitzte es in seinem Schädel. Zwei Sammler – zwei Leidenschaften. Nur war er, der Fotograf, der Konsequentere. Er ordnete alles der Schönheit unter – schaffte Bilder für die Ewigkeit.

Das erste Bild in seinem Originale-Album war das Foto einer alten Frau gewesen. Sie war überfahren worden, direkt vor seinen Augen. Er hatte damals an der Haltestelle auf seine Straßenbahn gewartet. Die Frau war auf der gegenüberliegenden Seite über die Straße gegangen, ein Auto hatte sie erfasst und, durch die Luft wirbeln lassen. Direkt vor seinen Füßen war sie gelandet. Das Blut aus dem Riss in ihrem Hals hatte sich in den Schienen gesammelt. Mit jedem Herzschlag schoss mehr davon in den Kanal aus Stahl und Schotter. Während das Leben diesen alten Körper verließ, veränderte sich ihr Gesicht. Die Muskeln schienen sich zu entspannen. Die Falten

glätteten sich. Keine Mimik entstellte mehr ihr Gesicht. Während um ihn herum alle Menschen durcheinandersprangen, hatte er seine Kamera ausgepackt und dieses Foto gemacht. Ein Geschenk an die Ästhetik des Todes. Damals war er erst vierzehn gewesen. Mittlerweile waren über zwanzig Schwarz-Weiß-Fotografien in seinem Album. Fast ausschließlich Mädchen und Frauen. Aber auch das Gesicht eines Mannes konnte reizvoll sein. – Es würde ein netter Abend werden. Zwei Sammler würden sich über ihre Leidenschaften unterhalten.
„Dann gehe ich jetzt schnell nach oben und richte Ihr Zimmer her", sagte der Mann, der Thomas Ohrmann hieß, der sein Mitschüler gewesen war und der ihn vergessen hatte. „Sie können ja schon den Wein holen. Das Regal ist hinten – neben der Speisekammer und meinem Düfte-Schrank", sagte er und verschwand Richtung Treppe.
„Gerüche und Geräusche, Düfte und Wein", wiederholte Max Lux gedankenverloren. Vorräte und – und was?, hämmerte es in seinem Schädel.
Die Tür zu dem Wandschrank hatte zwei Flügel, war grün gestrichen und klang wie eine getretene Katze, als er sie jetzt öffnete.
Wie Soldaten auf dem Kasernenhof standen die Einmachgläser nebeneinander. Große neben kleinen, dicke neben dünnen und verschraubte neben verkorkten Gläsern. Alle waren sie gefüllt. In Gläsern verkorkter Sommer, schoss es ihm durch den Kopf. Eingefangene Sonnenstrahlen, als Rationen für den Winter. Aber da war keine Marmelade in den Gläsern, gab es keine Gurken, kein Gemüse und kein Mus.
In diesen Gläsern lagen Slips und Haarsträhnen, Blätter und Federn, waren Zigarrenstummel und milchige Flüssigkeiten, schon halb eingetrocknet. In einem großen Bonbonglas saß ein Teddybär und in einem winzi-

gen Flakon schwammen drei Tropfen Flüssigkeit, transparent wie Tränen.
Er wollte die Türen schon wieder zuwerfen, als er dieses bauchige, verschraubte Glas im untersten Regal entdeckte. Wie vergessen hatte es dort gestanden, wie vor langer Zeit fortgestellt und übersehen. Randvoll war das Glas. Randvoll mit Haaren. Lang, blond – mondblond und lockig. Am Rand war ein kleines Büschel gekräuselter Haare zu sehen – noch heller, viel kürzer. Daneben lagen glatte, fast weißblonde Härchen. Wie winzige Streichhölzer sahen sie aus. Instinktiv wusste er, was das für Haare waren. Schamhaare und Augenbrauen, schoss es ihm durch den Kopf. Und obenauf, wie in einem Nest, lagen zwei Fingernägel, jeder mit einem Loch in der Spitze und einem Ring, der durch diese Löcher gezogen war. Ganze Fingernägel – abgezogen. Das braunklumpige Blut an den Rändern war längst eingetrocknet. Er fotografierte diesen Schrank, fotografierte den Schmerz, der in diesem Glas mitversiegelt war.
Dann stellte er es zurück, schloss die Tür, als er Schritte die Treppe herunterkommen hörte.
Zwei Sammler – Sammler von Gerüchen und Bildern, schoss es ihm durch den Kopf. Schwarz-weiße Gerüche – blutrote Bilder.
Es würde noch ein interessanter Abend werden – davon war er absolut überzeugt. Ein Abend vor einer langen Nacht, die wahrscheinlich nur einer von ihnen beiden überleben würde ...

Draußen hängt der Mond wie ein leuchtender Lampion zwischen den Wolken. Sein silbernes Licht scheint die Frau vis-à-vis zu hypnotisieren. Ich sehe nur ihr Profil und diesen Blick, der in die Ferne geht.
Ich breche als Erster das Schweigen.

„Was für eine kranke Geschichte", platzt der Gedanke aus mir heraus.

„Was für eine kranke Welt", verbessert sie mich und greift nach ihrem Rotweinglas.

„Papperlapapp. Kranke Geschichte oder kranke Welt – in beiden Fällen sind es die Menschen, die dafür verantwortlich sind. Also einigen wir uns auf kranke Menschheit", sage ich und versuche ein Lächeln.

„Wenn es Ihnen hilft", lautet die lapidare Antwort.

„Es hilft mir, hier sitzen zu bleiben und nicht fluchtartig das Abteil zu verlassen. Ihre Geschichte macht mir Angst. Nein, ich korrigiere – nicht die Geschichte, sondern der Mensch, der sie erzählt hat, macht mir Angst. Und es ist völlig egal, ob Sie sich das nun alles nur ausgedacht oder bloß gelesen haben – es ist die Art, wie Sie erzählen", sage ich und muss mich schütteln. „Ich kriege Gänsehaut, wenn ich mich daran erinnere. Also, erlösen Sie mich – sagen Sie mir einfach, dass Sie Schauspielerin sind und ich eben ihr Publikum gewesen bin."

„Und der Mond hat das Stück geschrieben und ist gleichzeitig der Regisseur", sagt sie mit unverändert abwesender Stimme.

„Wenigstens lässt der alte Schwerenöter alles noch eine Portion unheimlicher wirken."

„Dabei passiert das alles doch nur in unseren Köpfen", sagt die Frau leise, als wäre sie gerade aufgewacht und immer noch schläfrig. „Der Mond ist nur ein Teil der Kulisse. Es liegt nur an uns, was wir in ihm sehen." Dann kramt sie in ihrer Handtasche herum, fingert einen Lippenstift heraus und beginnt damit, die Fensterscheibe von innen zu bemalen. „Es liegt nur an uns, was wir sehen, was wir aus einer Geschichte heraushören wollen", ergänzt sie und deutet auf ihr Lippenstiftbild. Das zeigt eine Berglandschaft mit zwei nebeneinanderliegenden Kreisen im Mittelpunkt –

zwei silberne Mond-Sonnen, von denen die eine strahlt und lacht und die andere böse und zornig wirkt.
„Sie müssen bloß Ihre Perspektive wechseln, bis der Mond mit dem Grinsegesicht oder dem zornigen Lippenstiftkreis übereinstimmt. Genauso ist es mit dem Heraushören. Jeder hört, was er hören möchte."
„Das ist mir alles zu abstrakt." Ich schüttele genervt den Kopf. „Beantworten Sie doch einfach meine Frage: Sind Sie nun Schauspielerin – oder Schriftstellerin?"
Fast mitleidig schaut die Frau in mein Gesicht.
„Eine Geschichtenerzählerin reicht Ihnen wohl nicht mehr", stellt sie enttäuscht fest. „Sie nehmen unserem kleinen Abenteuer die Magie. Wir kennen nicht einmal unsere Namen, sind Zufallsbekanntschaften in einem Zugabteil. Wir erzählen uns Geschichten. Und spätestens in einer halben Stunde werden wir uns wieder trennen und uns wahrscheinlich nie wiedersehen. Also, warum belassen wir es nicht einfach bei Spekulationen und Rätselraten?"
„Weil es mein Sandkasten ist", erwidere ich trotzig. „Und weil Sie mich interessieren und ... weil Männer nun mal so sind."
„Dann erzählen Sie noch Ihre letzte Geschichte. – Danach entscheiden wir alles Weitere", sagt die Frau und ihr Lächeln entspannt schlagartig ihr markantes Gesicht.
„Die letzte Geschichte – noch eine letzte Männer-Fantasie."
„Nun gut. Wenn Sie es so haben wollen ..."

Schwarze Augen
Der Tag war lausig gewesen. Lauter leere Gesichter, belangloses Gerede, lauter lauwarme Zahlen und Statistiken. Noch bevor einer seiner Kollegen es richtig bemerkt hatte, war er mit dem letzten Satz des Seminarleiters aufgestanden, hatte sich seine Aktentasche geschnappt und war

Richtung Parkplatz verschwunden. Nur die Kurve kriegen, hatte er gedacht. Bloß keine endlosen Quatschereien an irgendeiner Biertheke mehr. Ab ins Hotel. Duschen, vielleicht noch drei Seiten lesen und ein Bier aus der Minibar. Mehr hatte dieser Freitag einfach nicht verdient. In dem Moment, als er von der Hauptstraße abbog, sah er zum ersten Mal die neonblaue Leuchtreklame seines Hotels. *LEINEPARK* stand wie ein Graffiti an der nüchternen kalkweißen Fassade eines Dominosteins aus Beton. Am Wochenende war hier nicht viel los. Gerade als er mit seinem Koffer in der Hand und dem Mantel über der Schulter ins Hotelfoyer stürzte, begann es draußen zu regnen. Als hätten sich alle Wolken Südniedersachsens zu einem Rendezvous verabredet, fegten die Tropfen vom Himmel.
„Verdammtes Sauwetter", fluchte ein Mann in dunkelblauem Anzug und rannte an ihm vorbei ins Freie.
„Hat bestimmt das Verdeck seines Cabrios offen gelassen", grinste der Hotelangestellte hinter der Rezeption.
„Für mich ist ein Zimmer reserviert."
„Ah ja, Firma Gerland. Wenn Sie sich bitte hier eintragen würden. Frühstück gibt es morgen früh ab sieben Uhr."
Der Raum im zweiten Stock roch muffig und hatte den Charme eines Krankenhauszimmers: ein zu kurzes Bett, angekettete Kleiderbügel, gestärkte Bettwäsche und eine Tüte Gummibärchen auf dem Kopfkissen.
Er zog sich aus, ging duschen, ließ sich anschließend nackt auf die klammkalte Bettdecke fallen und spürte nicht zum ersten Mal, wie überdreht er war. Jetzt bloß nicht darüber nachdenken, was für ein Wochenende vor ihm lag.
Er stellte das Radio an. Der einzige Sender übertrug in Zimmerlautstärke ein Konzert des Schleswig-Holstein-Musikfestivals.
Draußen war es längst dunkel geworden, als ihn das Quietschen des Fahrstuhls aus seinem Halbschlaf riss. Es

dauerte eine Weile, bis er seine Gedanken wieder sortiert hatte. Eine weitere, diesmal kalte Dusche besorgte den Rest. Zwischen Haaretrocknen und Anziehen sah er diesen roten Aufkleber auf der Minibar. *Holen Sie sich bitte erst Ihren persönlichen Barschlüssel an der Rezeption.* Sein Hemd klebte noch auf der Haut, als er die Tür hinter sich zuzog.

Im Flur war alles still. Nur durch eine Zimmertür drang im Vorübergehen leise Musik. Er ließ den Fahrstuhl links liegen und nahm den Weg durchs Treppenhaus. Im Foyer war das Licht gedämpft – nur der Computerbildschirm leuchtete matt wie eine batterieschwache Taschenlampe. Erst unmittelbar vor dem Rezeptionstresen sah er jemanden im hinteren Teil des angrenzenden Büros sitzen.

„Entschuldigen Sie ...", räusperte er sich. „Zimmer 207. Ich möchte gern den Schlüssel für die Minibar."

„Oh, natürlich", hörte er eine überraschte Stimme. „Sie müssen entschuldigen, ich habe Sie nicht bemerkt. Normalerweise fahren die Gäste mit dem Fahrstuhl – und den höre ich, wenn die Tür aufgeht."

„Ich hasse diese Käfige, die an Seilen hängen", sagte er mehr zu sich selbst. Er wollte sich gerade wieder umdrehen, als ein einziger Blick ihn innehalten ließ.

Hinter der Rezeption stand eine Frau Mitte zwanzig, groß, schlank, mit dunklem lockigem Haar und einem faszinierenden Gesicht. Ihr Lächeln ließ irgendetwas in ihm aufschreien und ihre schwarzen Augen krallten sich in ihm fest. „Rolltreppen und Fahrstühle sind mir einfach ein Gräuel", fuhr er fort, als müsste er ihr etwas erklären.

„Kann ich verstehen – geht mir genauso", hörte er ihre sonore Stimme. Für einen winzigen Moment war da etwas wie Vertrautheit.

„Alles bloß noch ferngesteuert und programmiert", seufzte er. „Hoffentlich habt Ihr wenigstens an so was Banales wie 'nen Flaschenöffner gedacht ..."
„Alles an Bord", sagte sie schmunzelnd. „Plastikbecher, Flaschenöffner, viel zu kaltes Bier und mieser Champagner. – Sie haben die Auswahl."
„Dann hätte ich gern eine Flasche Burgunder, zwei langstielige Gläser, Kerzenlicht und im Hintergrund eine Blues-Sängerin", schwärmte er drauflos. Ihre Blicke trafen sich wieder, waren längst keine Einbahnstraßen mehr.
„Warum eigentlich nicht?", raunte sie. „Außer der Sängerin wäre das zu machen."
„Den Blues spüre ich bis in den kleinen Zeh", stellte er fest, sein Spiegelbild in ihren Augen suchend.
„Also abgemacht. Sie müssen bloß aufpassen, dass Sie nicht über die Kabel stolpern", rief sie und zog die Schwingtür beiseite. „Hinten im Büro stehen zwei Ledersessel. Ich hole eben noch Gläser und den Wein."
Das Büro war schmerzhaft nüchtern eingerichtet. Ein alter, Schreibtisch stand wie ein umgestoßenes Ausrufezeichen im Raum. Schwere rote Samtgardinen schluckten alle Geräusche und an den Wänden hingen ein paar nichtssagende Bilder wie übergroße Polaroid-Fotos. Neben Computer und Fotokopierer wirkten die beiden Ledersessel vor dem Fenster und die Stehlampe wie Relikte aus einer ausrangierten Zeit – ähnlich deplatziert wie das an die Wand gelehnte Cello, das mit seiner runden, sinnlichen Form nicht zwischen die eckigen Möbel passen wollte. Auf dem wackligen Tisch zwischen den Sesseln lag ein aufgeschlagenes Buch, hastig beiseitegelegt, als würde es nur darauf warten, weitergelesen zu werden.
„Ich liebe Dostojewski", hörte er sie jetzt neben sich sagen. Wie ein ertapptes Kind legte er das Buch wieder aus der Hand.

„Kann ich verstehen. Aber mich hat kein russischer Schriftsteller so begeistert wie Tschechow", sagte er. „Tschechow beschreibt die Liebe als das, was sie ist – tragisch und vorhersehbar." Für einen Moment spürte er, wie sie ihn musterte. „Während Sie den Wein aufmachen, werde ich darüber nachdenken, wie ich die Liebe sehe", antwortete sie und ließ sich in den anderen Sessel fallen.
Zum ersten Mal roch er ihr Parfüm, hatten ihn im Vorbeigehen ihre Haare berührt. „Sie scheinen sich über vieles Gedanken zu machen."
„Im Moment wundere ich mich nur darüber, wieso ich mich so wohlfühle", flüsterte sie und nippte an ihrem Wein.
Als sie das Glas wieder abstellte, sah er den Abdruck ihrer Lippen wie einen Kuss darauf.
„Wenn wir jetzt noch die Kerze anzünden und die Musik aus dem Radio mitspielt, wäre unser Rendezvous perfekt", sagte er seufzend. „So etwas passiert sonst nur im Kino."
„Für ein Stück Zelluloid sind wir ganz schön lebendig", flachste sie und durchstöberte dabei ihre Handtasche. „Wer sagt es denn. Seit vier Monaten Nichtraucherin, aber ich habe immer noch Streichhölzer in der Tasche."
Das Kerzenlicht spiegelte sich auf den Gläsern, ließ den purpurnen Wein plötzlich glutrot erscheinen.
„Na bitte!", rief sie triumphierend und klopfte auf das alte Kofferradio. „Keinen Blues, aber immerhin Musik vom Feinsten."
„Und was lieben Sie außer Dostojewski und Latino-Jazz noch?"
Ein Lächeln lag um ihren Mund, als sie antwortete. „Sonnenuntergänge, Fingerspitzen, italienisches Essen, jetzt mit Ihnen hier zu sitzen, die Stadt, die Nacht, meine Träume ..."
Ihre Augen klebten aneinander, ihre Blicke liefen ihm wie Gänsehaut über den Rücken. Er schmeckte den herben

Wein wie Medizin in seinem Mund, beobachtete die Frau ihm gegenüber durch sein Glas.

„Woher haben Sie nur diese schwarzen Augen?", flüsterte er. Mit den letzten Takten der *Samba Pa Ti* war sie aufgestanden, hatte die Spitze ihres Fingers in den Burgunder getaucht und ihn damit an seinem Mund berührt. Wie eine Maskenbildnerin zeichnete sie die Konturen seiner Lippen nach. Mit halb geöffnetem Mund spürte er den sanften Druck ihrer Finger, schmeckte er den Wein wie Blut auf den Lippen. Wie in Trance zog er sie zu sich hinunter, fühlte, wie sich ihre Fingernägel in seinen Nacken bohrten. „Trink den Wein aus meinem Mund", hörte er ihre flüsternde Stimme vor dem nächsten Schluck, schmeckte anschließend ihren herben Kuss. Mal liefen ihre Finger sanft wie die Pfoten einer jungen Katze über seine Haut – mal gruben sich ihre Zähne in seine Schulter, als würde sie in einen Apfel beißen. Noch bevor sie sich ganz ausgezogen hatten, gab es keine Stelle an ihrem Körper, die er nicht mit seinen Lippen, seiner Nase oder seinen Zähnen berührt hatte.

Ihre Haut war blass, fast durchsichtig und stand in völligem Kontrast zu ihrem schwarzen Haar. Der Duft ihrer Schenkel, ihrer Achseln, ihrer Brüste, ihrer Scham ließ ihn von einem Moment zum anderen alles um sich herum vergessen. Er sah, wie sie die Spitzen ihrer Brüste in das Glas mit dem Burgunder tauchte – fühlte anschließend, wie diese in seinem Mund warm und fest wurden.

„Ich habe deine Sinnlichkeit gespürt", hörte er sie sagen, sie stöhnen, als sich jetzt ihre Beine für ihn öffneten. Später, viel später, lagen sie keuchend wie ausgepumpte Squash-Spieler in der Dunkelheit. Längst war die Kerze nur noch ein nervös flackerndes Licht. Ihr Haar, dieses schwarze, weich gelockte, ungestylte Haar, lag wie ein wildes Tier auf ihren Schultern. Seine Finger tasteten,

streichelten über ihre Haut wie die eines Blinden – als gäbe es doch noch irgendwo eine Stelle, die er nicht berührt hatte.

„Es ist wundervoll, wie du mich streichelst", hörte er sie in die Stille hinein sagen.

„Vielleicht habe ich einfach Angst, dich wieder zu verlieren. – Zu verlieren, bevor ich dich auswendig gelernt habe", antwortete er, ohne sie anzuschauen.

„Du wirst dich an mich erinnern, glaube mir! An diese Nacht werden wir uns immer erinnern", sagte sie mit fester Stimme – und er wusste, dass sie recht behalten würde. Nachdem er seine Sachen zusammengesucht hatte, sah er im Regal die Leuchtziffern der Digitaluhr.

„Halb vier – kein Wunder, dass mir der Schädel platzt", flüsterte er gähnend und küsste sie auf die Schulter.

„Warte noch!", rief sie, als wäre ihr gerade etwas Wichtiges eingefallen.

Ohne Hast war sie aufgestanden, hatte den Kopierer eingeschaltet und sich nackt auf die Kopierscheibe gesetzt.

„Auf Nummer sicher gehen", schmunzelte sie, während sie den Auslöser betätigte. Das grellweiße Licht des Fotokopierers schien wie ein Suchscheinwerfer an ihren Hüften entlang zu streichen, zwischen ihren Beinen herumzutanzen, sie wie ein Fotograf auszuleuchten. „*With love from me to you* – für eine atemberaubende Nacht", flüsterte sie und steckte ihm die noch warme Fotokopie zusammengerollt in seine Jackentasche.

„Nie vergessen ..."

Der tumbe Pfeifton seines Radioweckers riss ihn aus einem traumlosen Schlaf. Was war nur mit ihm los gewesen? Wie ertappte Diebe kamen die Erinnerungen an die letzte Nacht zu ihm geschlichen. Hatte er das nur geträumt oder war das alles wirklich geschehen?

Ein Blick in das Gesicht im Spiegel konnte ihm diese Frage nicht beantworten. Erst als er den kreisrunden Fleck am Hals entdeckt hatte, war er sich sicher. Endlich war ihm so etwas passiert! Er konnte es kaum abwarten, die Dusche wieder anzudrehen, sich zu rasieren, seine Sachen anzuziehen und hinunterzugehen.

Wie würde sie sich heute Morgen fühlen? Wie aussehen? Wie würde ihre Stimme klingen? Wie würde sie ihn anschauen? Wäre es ihr peinlich oder würde sie ihm einfach um den Hals fallen? Irgendwo dazwischen würde es wohl liegen. Voller Erwartung nahm er jetzt die letzten Stufen auf einmal und stürzte fast ins Foyer.

Der Mann hinter dem Tresen war derselbe wie gestern Abend. Klein, dick, mit lichtem Pomadenhaar und Bauchansatz.

„Guten Morgen! Haben Sie gut geschlafen?", klang seine Stimme hohl wie vom Tonband, während seine Finger am Computer herumtippten.

„Ich ... ich glaube schon", antwortete er nachdenklich. „Wo ist heute Morgen Fräulein – ich meine, wo ist Frau ...?" Mit seinen Augen suchte er das Zimmer hinter dem Tresen ab. Erst jetzt merkte er, dass er nicht einmal ihren Namen kannte. Da gab es kein Haar an diesem Körper, das er in der vergangenen Nacht nicht berührt hatte. Er hätte sie jetzt hier auf der Stelle aus Ton oder Knetmasse modellieren oder sie mit Zahnpasta an den Spiegel malen können. Ihr Parfüm, der Duft ihrer Haut steckten wie eine Erinnerung aus der Kindheit in seiner Nase – nur ihren Namen kannte er nicht. „Nina, die Möwe ..."

„Was meinen Sie?" Der Mann hinter dem Rezeptionstresen schüttelte unmerklich den Kopf und blickte wieder auf seinen Computer. Völlig übergeschnappt , schien er zu denken. Und vielleicht hatte er damit gar nicht mal Unrecht.

Der Samstagvormittag im Seminarraum war so chaotisch wie der Vortrag. Ein Vorpredigen von Analysen und Budget-Zahlen. Er hatte immer noch Kopfschmerzen und war mit seinen Gedanken wieder auf Weltreise.
Vielleicht hatte er ja doch alles nur geträumt, ging es ihm wieder und wieder durch den Kopf. „Nina, die Möwe – schwarze Augen ..."

„Sagen Sie jetzt bitte bloß nicht wieder, dass das eine typische Männer-Fantasie sei. – So als wäre das eine ansteckende Krankheit", rufe ich rasch, bevor die Dame meine Geschichte kaputtmachen kann. Erstaunlicherweise scheint sie das gar nicht vorzuhaben. Mit nachdenklichem Gesicht sitzt sie aufrecht auf ihrem Platz und streicht sich mit den Händen über die Hose, als würde sie Falten herausbügeln.
„Ich lasse Ihnen Ihre Fantasie", sagt sie nach einer Weile. „Ich will gar nicht wissen, warum sich Ihr einsamer Hotelgast bei der Frage Traum oder Wirklichkeit nicht einfach die Mühe macht, die Fotokopie zu suchen. Es bleibt Ihr Geheimnis, sein Geheimnis."
„Das ist gut so", antworte ich. „Vielleicht hat unser Hotelgast diese Fotokopie zusammengefaltet in seiner Jacke stecken. Hat sie immer dabei, ohne sie jemals anzuschauen. Vielleicht hat er Angst, dass er eine solche Nacht, solch eine Begegnung, niemals wieder erleben wird."
„Interessant", ist das einzige Wort, das über ihre Lippen kommt.
„Was ist interessant?", frage ich ungeduldig. „Die Geschichte? Oder was meinen Sie?"
„Hanau Hauptbahnhof", begrüßt eine metallische Stimme den ankommenden ICE samt seinen Fahrgästen. Türen öffnen sich, werden wieder geschlossen. Dazwischen schleichen schemenhafte Gestalten durch den Gang.

„**Wir** sind interessant", sagt sie, als der letzte Koffer Richtung Großraumwagen vorbeigerollt ist. „Verstehen Sie? Die Geschichten sind das eine, aber was wirklich zählt, sind die Erzähler", versucht sie mir ihre Gedanken zu erläutern.

„Es sind immer die Menschen, die den Unterschied machen", bemerke ich irritiert.

„Sie verstehen nicht, was ich meine", sagt die Frau kopfschüttelnd.

„Ihre Geschichten sind wie Fingerabdrücke. Erinnern Sie sich: Sandkastenspiele – Liebeskummer – Männerträumereien."

„Also doch", platzt es aus mir heraus. Ohne Vorwarnung legt sie mir ihre Hand auf den Mund.

„Psst – hören Sie mir einfach zu. Ohne zu wissen, wer wir sind, woher wir kommen, was wir tun und was wir lassen, haben wir unser Innerstes nach außen gekehrt. Mit jeder Geschichte wurde das Mosaik des jeweils anderen etwas kompletter ..."

„Das ist nun einmal Sinn und Zweck eines jeden Gespräches", unterbreche ich sie.

„Ja, so funktioniert das. Aber darüber sind wir längst hinaus. Wir wissen viel mehr voneinander – kennen unsere Ängste, was uns anmacht, die Wünsche und Sehnsüchte. In den meisten Gesprächen lügt man sich gegenseitig die Jacke voll. Unsere Geschichten waren da völlig anders: wir haben uns voreinander ausgezogen."

„Dann muss ich da irgendwas verpasst haben", widerspreche ich achselzuckend. „Ich weiß nicht, was Sie tun, kenne nicht Ihren Namen. Ja, ich weiß nicht einmal, wohin Sie fahren – also nackt und vertraut klingt für mich irgendwie anders."

„Das ist jetzt nicht Ihr Ernst." Sie versucht gar nicht erst, die Enttäuschung in ihrem Gesicht zu überspielen. „Los, versuchen Sie es! Sagen Sie mir, wer ich bin. Hören Sie in sich hinein. Sie haben noch zehn Minuten Zeit, bevor wir uns für immer trennen."

Blödes Spiel, denke ich, nur um im nächsten Moment festzustellen, dass ich mich darauf einlasse.

„Sie sind entweder eine Schauspielerin oder Sie schreiben Geschichten. Sie provozieren Menschen, mögen makabre Situationen und lieben es, wenn andere Gänsehaut bekommen. Männer sind Ihnen suspekt. Flirten ist Ihnen fremd. Sie sind neugierig, egoistisch und verletzend", sprudelt es aus mir heraus. „Und ich bin so ganz und gar nicht Ihr Typ."

Der ICE fährt jetzt deutlich langsamer. Draußen sieht man Häuser und die Lichter der Stadt vorbeifliegen. „Zum Glück muss ich mich jetzt fertig machen", sage ich, stehe auf und suche mein Gepäck zusammen.

Die Frau hat mich die ganze Zeit über regungslos beobachtet.

„Fragen Sie mich gar nicht nach meiner Telefonnummer?"

„Würden Sie mir die denn geben?", frage ich überrascht zurück.

„Wohl kaum."

„Sie spielen mit mir", stelle ich genervt fest und ziehe mir die Jacke an.

„Glauben Sie mir: Es ist besser so."

„Also doch, eine Schauspielerin", sage ich bittersüß lächelnd.

„Weder bin ich Schauspielerin noch Journalistin oder etwas Ähnliches."

Jetzt fährt der Zug nur noch Schritttempo.

„Dann sind Sie Psychologin, und Ihre Geschichten sind die unverarbeiteten Traumata Ihrer Patienten. Oder Sie haben einfach eine krankhaft blühende Fantasie. Passen Sie nur auf, dass Sie nicht in Ihren eigenen Alpträumen

stecken bleiben", sage ich und ziehe die Schiebetür auf. „Leben Sie wohl."
„Das würde ich ja, wenn ich könnte, wie ich wollte", sagt eine ernste Stimme hinter mir. „Zwei der Geschichten waren ausgedacht. – Eine davon ist aber wirklich passiert, ist meine Geschichte."
Ich will etwas erwidern, aber dafür ist es jetzt zu spät. Andere Mitreisende warten darauf, dass ich mich in Richtung Tür in Bewegung setzte. Ich versuche, wenigstens noch einen Blick auf die Frau in meinem Abteil zu erwischen, aber kantige Koffer und ein halbes Dutzend drängelnder Körper lassen das nicht zu.
Wie kann das nur sein? Ich versuche mir jedes Detail der Geschichten ins Gedächtnis zu rufen. Ein Mann, der von seiner Frau vergiftet wird und noch darauf hofft, genügend Zeit und Kraft zu haben, um diese anschließend selbst umzubringen. Ein anderer Mann, der seine Frau erwürgt und zur Schneefrau umfunktioniert. Und zwei durchgeknallte Psychopathen, die Mädchen und Frauen umbringen, um Trophäen zu sammeln.
Jetzt fährt der ICE in den Bahnhof ein, Räder beginnen zu quietschen und Türen öffnen sich. Als ich auf den Bahnsteig trete, meine ich, das Rätsel gelöst zu haben. Das Gift hatte zu schnell gewirkt. Ruth war der Rache ihres Gatten entgangen.
Während die Menschen mit ihren Trolleys um die Wette rennen, bleibe ich auf dem Bahnsteig stehen. Ja, so musste es gewesen sein. Ich habe die letzten viereinhalb Stunden mit einer Mörderin im selben Abteil gesessen. Ich will einen letzten Blick auf ihr Gesicht werfen. Mit ihrem nicht makellosen Gesicht und ihrer athletischen Figur sitzt sie wie eine Schaufensterpuppe in ihrer Kulisse. Ich warte, bis sich unsere Augen finden. Meine

Lippen formen ihren Namen, immer und immer wieder. „Ruth, du bist Ruth", rufe ich.
Ihr Gesicht mit der etwas zu großen Nase bleibt völlig regungslos. Sie muss mich verstanden haben. Wie einen Abschiedskuss wiederhole ich ihren Namen. Als würde das noch nicht reichen, schreibe ich in Spiegelschrift die unsichtbaren Buchstaben von außen mit meinem Finger an die Zugscheibe. Mitten in die Lippenstift-Malereien.
Erst als der Zugbegleiter pfeift und sich die Türen schließen, scheint ein Ruck durch ihren Körper zu gehen. Ich weiß nicht, was mich mehr irritiert: ihr Lächeln oder das Kopfschütteln. Der Zug rollt gerade an, als sie mir ein gepunktetes dunkelbraunes Stück Stoff präsentiert. Selbst durch die staubigen Scheiben erkenne ich, dass es mein Halstuch ist, das sie sich da genüsslich vor die Nase hält. Ich sehe ihre vor Verzückung geschlossenen Augen, beobachte ihr lustvolles Einatmen. Eine Diebin, eine Sammlerin, eine Geschichtenerzählerin. Die Mosaiksteine in meinem Gedächtnis scheinen das Bild zu verweigern. Das kann nicht sein. Ich starre sprachlos in dieses Gesicht.
Parallel dazu schreibt sie mit der anderen Hand und ihrem Lippenstift einen Namen in Spiegelschrift an die Scheibe. „Thomas" steht dort in dunkelroten Buchstaben geschrieben, während der ICE langsam seine Fahrt Richtung Mitternacht fortsetzt ...

LÖSCHPAPIER

„Sie würden mir einen großen Gefallen tun."
„Mache mich gleich auf den Weg."
Norden hatte noch rasch ein paar Sachen gepackt und sich wenig später in seinen alten Volvo gesetzt.
Allerdings dauerte die Fahrt länger als erwartet. Schon auf der Autobahn waren einige LKWs schneller unterwegs und auf der Landstraße diktierte ein vor ihm fahrender Schneepflug die Geschwindigkeit.
Als er endlich seinen Wagen vor dem Pfarrhaus abstellte, war er müde. Ulf Norden hatte als Leiter der Audio- und Video-Abteilung an der Polizei-Akademie in Mainz eine anstrengende Seminarwoche in den Knochen. Aber Pfarrer Klinger hatte vorhin am Telefon so ernst und nachdenklich geklungen, dass er keinen Augenblick gezögert hatte, seinem Wunsch nachzukommen.
Es schneite die dicksten Flocken, die er seit Ewigkeiten gesehen hatte, als er jetzt an der Tür des Pfarrhauses klingelte. Prompt wurde sie auch schon geöffnet.
„Worauf warten Sie? Kommen Sie rein, oder wollen Sie zum Schneemann werden?", begrüßte ihn eine vertraute Stimme und zog ihn in den Flur.
„Ist doch bloß Nikolauswetter."
„Nur eine knappe Woche zu früh", antwortete der Pfarrer. „Aber vielleicht haben wir ja Glück und der Winter hält durch."
Nachdem Norden seinen Mantel ausgezogen und den Schnee unter den Schuhen abgetreten hatte, war er seinem Freund ins Wohnzimmer gefolgt. Dort brannte im Kaminofen ein Feuer und auf dem Tisch standen Teetassen und ein Stövchen samt gusseiserner Kanne.

„Erinnert an daheim", sagte Norden und setzte sich in einen der beiden Sessel.

„Man nimmt die liebgewonnenen Gewohnheiten mit, egal wohin. Selbst wenn ich bei 35 Grad im Schatten in einem Pfarrhaus auf den Kapverdischen Inseln säße, würde ich abends trotzdem hin und wieder meine Friesenmischung trinken."

Seufzend setzte sich der Geistliche in den anderen Sessel und füllte anschließend ihre Tassen.

„Dabei kommen Sie nicht einmal von der Küste", warf Norden ein.

„Genauso wenig wie Sie. Sie haben dort nur einen Teil Ihrer Jugend verbracht und ich hatte da meine erste Pfarramtsstelle. Wir sind Sklaven der Umstände und unserer Gewohnheiten."

Norden nickte. „Vor allem Letzteres."

Der Pfarrer warf zwei Kluntjes in seine Teetasse und goss Sahne hinterher. „Wissen Sie, dass ich mich erst vor Kurzem wegen so einer Gewohnheit verliebt habe?" Schmunzelnd begann er die heiße Flüssigkeit umzurühren. „Wir haben uns hier gegenübergesessen und auch Tee getrunken, Eliza und ich. Sie hat die Sahne genommen, nach dem Löffel gegriffen und sie gegen den Uhrzeigersinn eingerührt. Dann würde die Zeit stehen bleiben, sagte sie. Da war's endgültig um mich geschehen."

„Und deshalb haben Sie mich heute Nachmittag in Mainz angerufen und waren so verwirrt, dass Sie keine drei zusammenhängenden Sätze formulieren konnten", schlussfolgerte Norden.

„Das war die schlechte Verbindung und außerdem hat das überhaupt nichts mit meiner Bitte zu tun." Der Pfarrer seufzte. „Norden, Sie sind ein Romantikmörder. Ich werde mir das nächste Mal genau überlegen, was ich sage

und was nicht." Er stand auf und ging zu seinem Schreibtisch. Als er zurückkam, brachte er zwei Bücher mit.
„Deshalb habe ich Sie angerufen", sagte er und gab eines an seinen Gast weiter.
Norden betrachtete erst den Einband, bevor er es durchzublättern begann.
„Ist Ihnen etwas aufgefallen?", fragte der Pfarrer nach einer Weile.
Norden klappte das Buch wieder zu.
„Etliches."
„Dann legen Sie mal los."
„Was wollen Hochwürden hören? Das Buch ist mittelmäßig und der Autor überschätzt. Die gleiche Geschichte hätte man statt auf 500 auch auf 50 Seiten erzählen können."
„Und sonst?"
„... Haben sich hier in der Gegend Computer scheinbar noch nicht durchgesetzt, denn Ihre Gemeindebücherei arbeitet noch mit Stempeln und Karteikarten. Aber die Schrift der Bibliothekarin ist akkurat und zuverlässig. Ach, ja – und diese Lydia Neumann arbeitet seit mindestens vier Jahren dort: So alt ist jedenfalls ihr erster Eintrag im Leihstempel. Eine gut leserliche Schrift, als hätte das eine Buchhalterin notiert."
„Weiter ist Ihnen nichts aufgefallen?" Die Stimme des Pfarrers klang enttäuscht.
„Sie meinen wohl diese rostroten Flecken nach dem ersten Kapitel." Norden schlug das Buch wieder auf. „Sieht nach Blut aus: fünf kleine, eingetrocknete Tropfen wie bei Schneewittchen, nur war es da kein Papier, sondern Schnee."
Der Pfarrer nickte und sagte:
„Hinten sind auch noch welche. Das ist eindeutig Blut. Wie Sie schon richtig angenommen haben, ist Frau Neumann die Zuverlässigkeit in Person. Glaubt man den Unter-

lagen, ist der Bücherei seit Jahren kein einziges Buch mehr abhandengekommen. Sie war es auch, die gestern Abend zu mir kam und mir die Leihbücher mitsamt den Flecken präsentierte."

„Und?"

„Was und?"

„Das reichte aus, um Sie aus der Fassung zu bringen?", provozierte Norden den Pfarrer mit seiner Überlegung.

„Natürlich nicht. Ich habe genauso reagiert, wie Sie das jetzt tun.

Habe von Nasenbluten gesprochen und dass sonst nichts dahinterstecken würde. Ich habe sogar vorgeschlagen, dass sie die Bände einfach aussortieren sollte."

„Aber die Dame hat sich nicht abwimmeln lassen?"

„Sie hatte noch andere Argumente", blieb der Pfarrer vage.

„Nämlich?"

„Dass die Familie, die die Bücher geliehen hat, diese sonst immer pünktlich zurückbringt."

„Und dieses Mal war das nicht so?"

Der Pfarrer nickte.

„Die Leihfrist ist eigentlich schon vor einer Woche abgelaufen."

„Das ist nichts, was Hochwürden um den Schlaf bringen sollte."

Der Pfarrer stand erneut auf, nur um kurz darauf mit einer Flasche Cognac zurückzukehren.

„Sie erinnern sich, Norden: Ich trinke meinen Cognac grundsätzlich aus Teetassen. Ich hoffe, Sie mögen auch einen." Ohne eine Antwort abzuwarten, goss er sich und seinem Gast ein und legte Norden das zweite Buch vor.

„Die gleichen Flecken, nur größer und anders verteilt", sagte der Pfarrer.

„Ein Dumme-Jungen-Streich?", murmelte Norden, als würde er sich das selbst fragen.

Der Pfarrer machte ein skeptisches Gesicht.

„Laut Frau Neumann sind das niveauvolle Leute. Sind sehr wohlhabend, leben zurückgezogen und haben drei Töchter."

„Dann ein Dumme-Mädchen-Streich", meinte Norden achselzuckend.

„Frau Neumann hat ein bisschen herumtelefoniert. Niemand hat die Krügers die letzte Woche gesehen. Sie hat auch selbst dort angerufen. Erst nach dem x-ten Klingeln hätte eine der Töchter den Hörer abgenommen. Das Mädchen sei merkwürdig einsilbig geblieben. Frau Neumann ist sich sicher, dass da etwas nicht stimmt."

„Und was kann ich dabei tun?"

„Ich brauche Ihr Gespür für das Dunkle, außerdem ist Ihr Kunstverstand gefragt. Die Familie Krüger hat eine der größten privaten Kunstsammlungen in Rheinland-Pfalz. Von Nolde bis Baselitz – so steht es wenigstens im Internet. Ich dachte mir, dass es uns zusammen möglich sein sollte, der Sache auf den Grund zu gehen."

Norden musterte den Pfarrer über den Rand seiner Teetasse hinweg.

„Ich würde Hochwürden ja gerne glauben, aber nachher ist das nur ein Vorwand, weil ich Sie über Ihre neue Flamme ausfragen soll."

„Das hätte ich Ihnen auch alles am Telefon erzählen können und außerdem kennen Sie Eliza länger als ich."

Norden legte die Stirn in Falten.

„Der Mittelaltermarkt in Ebernburg – die junge Frau vom Organisationsteam. Die mit dem wachen Verstand und diesem Madonnengesicht." Der Pfarrer verdrehte die Augen. „Der Herr Künstler scheint Menschen genauso schnell zu vergessen, wie er sie kennenlernt. Ich mache mir wirklich Sorgen, Norden. Meistens kann man sich auf die Antennen älterer Damen verlassen."

„Und warum setzen Sie sich morgen früh nicht einfach in Ihren Dienstwagen und fahren zum Haus dieser Familie? Oder haben Sie keine Winterreifen für Ihren Maserati auftreiben können?"

„Die Familie gehört nicht zu meiner Kirchengemeinde. Sind wohl überzeugte Atheisten. Außerdem kann ich mich nicht erinnern, jemals jemanden von den Krügers getroffen zu haben. Vielleicht mal zufällig beim Einkaufen oder Joggen. Daher sind mir die Leute genauso fremd wie Ihnen. Ich will zwar morgen früh dort anrufen, aber meine Trumpfkarte sind Sie. Jemand, der wie Herr Krüger Kunst sammelt, hat sicher ein Interesse, Ulf Norden kennenzulernen. Besonders, wenn er auf der Homepage seiner Kunstsammlung auch zwei Werke von Ihnen aufgelistet hat."

„Dann kann es nicht schaden, wenn wir vorher noch einmal mit Ihrer Bibliothekarin sprechen. Vielleicht fällt ihr ja noch das ein oder andere Detail ein, das sie im Gespräch mit Ihnen vergessen hat."

Der Pfarrer grinste.

„Frau Neumann wartet nur auf meinen Anruf. Wir waren so verblieben, dass ich mich bei ihr melde, sobald Sie sich den Schnee vom Mantel geschüttelt haben. Jetzt hat es etwas länger gedauert."

Der Pfarrer ging zu seinem Schreibtisch, griff nach dem Telefon und tippte eine Nummer ein. Die Frau am anderen Ende der Leitung schien den Hörer bereits in der Hand gehalten zu haben und keine fünf Sekunden später war das Gespräch auch schon wieder beendet.

„Sie macht sich auf den Weg", sagte der Pfarrer und schüttete sich wieder Cognac in seine Teetasse. „Möchten Sie auch noch einen? Ich würde die Flasche sonst wieder in den Schrank stellen."

Jetzt grinste Norden.

„Ich brauche einen wachen Verstand, damit ich die Menschen mindestens so rasch wieder vergessen kann, wie ich sie kennenlerne."

„Wie Sie wollen. Frau Neumann wohnt in der Altstadt. Bei normalem Wetter braucht sie zu Fuß keine zehn Minuten zum Pfarrhaus. Heute wird sie wahrscheinlich doppelt so lange brauchen."

Als die Bibliothekarin nach einer Stunde noch immer nicht eingetroffen war, trat der Pfarrer ans Fenster und drückte die Wahlwiederholungstaste seines Telefons. Draußen fielen immer noch Myriaden dicker Schneeflocken vom Himmel. Der Pfarrer schaute besorgt auf seine Uhr.

„Es geht niemand ran. Gleich acht. Vielleicht sollten wir der Dame entgegengehen."

Norden folgte dem Geistlichen in den Flur. Als dieser die Haustür öffnete, fegte ihnen ein eisiger Wind entgegen. Draußen schien der dicht und schräg fallende Schnee die gelben Lichtkegel der Straßenlaternen einwickeln zu wollen. Soweit man das vom Pfarrhaus aus beurteilen konnte, waren bei diesem Wetter weder Autos noch Menschen unterwegs.

„Wir warten noch ein paar Minuten", sagte der Pfarrer, bevor er die Haustür wieder zuschob und zur Garderobe ging.

„Die Jacke und die Gummistiefel habe ich mir letzte Woche erst aus England schicken lassen. Trotzen jedem Schmuddelwetter. Sie können sich ja den Regenschirm nehmen, wenn Sie mich begleiten wollen. Aber vorher rufe ich noch einmal kurz bei Frau Neumann an."

Aber auch dieser Anruf ging ins Leere.

Wie die Teilnehmer einer Nordpol-Expedition kämpften sich Norden und Klinger kurz darauf durch den Schnee. Mit tief in die Stirn gezogener Kapuze marschierte der

Pfarrer vorweg, in seinem Windschatten Norden mit einem schwarzweißen Regenschirm.

Als sie den Bürgersteig vor dem Pfarrhaus erreichten, war dieser unter einer dicken Schneedecke versunken. Gleiches galt für die Straße, nur waren dort wenigstens einige Reifenspuren zu erkennen.

„Hier ist sicher seit Stunden niemand mehr langgelaufen", brüllte der Pfarrer über seine Schulter. „Wir müssen jetzt nach links. Zweihundert Meter parallel zur Hauptstraße. Anschließend noch einmal abbiegen – und dann sind wir schon fast da."

Norden nickte und dachte an seine knöchelhohen Schuhe, die bei jedem Schritt restlos im Schnee versanken. Trotz kalter und nasser Füße mochte er den Winter, liebte die immer seltener werdenden Kristallmuster auf den Fenstern unbeheizter Räume und die Eiszapfen, die unzählige Dächer und Dachrinnen zu dekorieren schienen. Der Winter war die Jahreszeit der Kinder, seine Jahreszeit, denn der Künstler in ihm weigerte sich hartnäckig erwachsen zu werden.

Sie hatten jetzt die Stelle erreicht, wo sie abbiegen mussten, als ein Linienbus im Schritttempo an ihnen vorbeifuhr. Nur für den Bruchteil einer Sekunde leuchteten dessen Scheinwerfer mehr schlecht als recht den Weg vor ihnen aus.

Ohne sich umzudrehen, deutete der Pfarrer auf ein kleines Haus, das sich zwischen den anderen Dächern zu ducken schien. Zwischen dem Gartentor und dem Hauseingang waren Bäume zu sehen. Auch sie hatte der Winter umdekoriert.

„Keine Fußspuren", brüllte der Pfarrer gegen den Schnee, mit seiner Hand auf den Weg Richtung Haustür weisend. Eine einzelne Laterne hing an einem Balken darüber. Die

Glühbirne darin kämpfte tapfer gegen Schnee und Dunkelheit.

„Frau Neumann muss den Nebeneingang benutzt haben", rief der Pfarrer und deutete auf eine der Hausecken.

Oder die Dame ist cleverer als wir, sitzt an ihrem Ofen, trinkt einen Grog und sagt sich: Morgen ist auch noch ein Tag, dachte Norden.

Als wollte er seine Theorie untermauern, drückte er den Klingelknopf und klopfte gleichzeitig an die Tür.

Als sich im Haus nichts rührte, folgte er den tiefen Fußspuren des Pfarrers. Der hatte mittlerweile einigen Vorsprung. Norden fand den Geistlichen neben einer offenen Tür stehen, durch die ein breiter Lichtstreifen den Eingangsbereich und einen Teil des Gartens beleuchtete. In diesem Licht war ein Hügel im Schnee zu sehen, etwas, das dort augenscheinlich nicht hingehörte. Die weißen Flocken hatten dieses Etwas fast vollständig zugedeckt. Nur ein Paar Füße lagen so weit unter dem Vordach, dass kaum Flocken den Weg dorthin gefunden hatten. An der Dachrinne hingen prächtige Eiszapfen wie Stalaktiten in einer Tropfsteinhöhle: unterschiedlich lang und Orgelpfeifen gleich, aber auch spitz wie Lanzen. Eine einzige Lücke war zu sehen. Wo dieser Eiszapfen abgeblieben war, war trotz des schlechten Wetters kaum zu übersehen. Wie eine eingeschlagene Rakete steckte der gewaltige Brocken in dem körperartigen Hügel. Ein dunkler Schatten hatte sich daneben breitgemacht, etwas Braunrotes, das auch vom weiterfallenden Schnee nicht so einfach verdeckt werden konnte. Der Pfarrer kniete inzwischen neben dem unförmigen Haufen, als Norden ihn erreichte.

„Helfen Sie mir. Wir müssen den Schnee herunterbekommen." Mit bloßen Händen hatte er bereits damit begonnen. Zum Vorschein kamen ein dunkler Mantel, ein bleiches Gesicht, graue Haare und ein auf der Seite liegender

Kopf. In der Mitte des eingedrückten Schädels war das Ohr – oder das, was davon übrig geblieben war. Der Eiszapfen, der herausragte, hatte sich wie die Spitze eines gläsernen Speeres in den Schädel gebohrt.

„Frau Neumann", sagte der Pfarrer. „Wir müssen sie ins Haus bringen."

Irgendwie schafften sie es, den leblosen Körper anzuheben und ihre Arme unter die Achseln und die Knie der Frau zu schieben. Dabei brach der wuchtige obere Teil des Eiszapfens ab und schlug dumpf in den Schnee. Vorsichtig bewegten sie sich Richtung Nebeneingang. Auch wenn es nur zwei, drei Meter bis dorthin sein konnten, war der Boden unter dem Schnee tückisch glatt.

Als Norden jetzt die Tür mit seiner Schulter weiter aufstieß, rutschte ein Bein der Frau zur Seite. Für einen Moment meinte Norden das Gleichgewicht zu verlieren, aber dann fing er sich wieder. So behutsam wie eben möglich, legten sie den Körper auf dem Fliesenboden im Flur ab.

„Ich war schon einmal hier", rief der Pfarrer keuchend. „Wenn ich mich richtig erinnere, ist das dort das Wohnzimmer. " Er zeigte auf eine der Türen. „Wir sollten sie dorthin bringen."

Nachdem das erledigt war, meldete sich Norden zu Wort. „Ich suche jetzt das Telefon und dann rufe ich den Notarzt und die Polizei an. Mein Handy habe ich bei Ihnen zu Hause liegen lassen. Wird sicher 'ne Weile dauern, bis sich jemand zu uns durchgekämpft hat."

Es dauerte länger als eine Stunde, bis sie das matte Blaulicht des Rettungswagens vor dem Wohnzimmerfenster auftauchen sahen. Die Männer in ihren orangefarbenen Warnwesten waren wahrhaftig nicht zu beneiden. Mit Erste-Hilfe-Taschen in der Hand bahnten sie sich ihren Weg durch das Schneegestöber.

Als Norden die vordere Tür öffnete, sah er in zwei durchgefrorene Gesichter. Er führte die Männer zu dem leblosen Frauenkörper, den sie zwischenzeitlich auf die Wohnzimmercouch bugsiert hatten. Den meisten Schnee, der vorhin Mantel und Kopf der Frau bedeckt hatte, hatten sie wegwischen müssen. Der Rest war geschmolzen.

„Was ist passiert?" Der ältere der beiden Männer stellte seine Tasche ab und trat an die Couch heran.

„Stumpfe Gewalteinwirkung im Kopfbereich. Bruch des linken Scheitelbeins", präzisierte Norden, der sich an ähnliche Schädelverletzungen und auf Band gesprochene Stichworte der Gerichtsmediziner erinnerte.

„Dr. Keller", stellte sich daraufhin der Mann knapp vor.

Der Arzt musste schon Schlimmeres gesehen haben, denn er verzog keine Miene. Er griff nach dem Handgelenk der Frau, suchte nach einem Puls. Anschließend öffnete er erst ihren Mantel, dann die Bluse, bevor er nach seinem Stethoskop griff.

„Es gibt Vorschriften", erklärte er und warf einen Blick auf seine Armbanduhr. „Der Tod von Frau..."

„Neumann", ergänzte der Pfarrer.

„... wurde von mir um 21:40 Uhr festgestellt." Der Arzt begann im Seitenfach seiner Tasche nach einem Formular zu suchen. Während er aus seiner Brusttasche einen Kugelschreiber herausfingerte, fragte er erneut: „Was ist hier eigentlich passiert?"

„Das wird die Polizei herausfinden müssen", erwiderte Norden. „Wir haben die Frau leblos in ihrem Garten liegend gefunden. Der Körper war halb vom Schnee bedeckt und ein dicker Eisbrocken steckte in ihren Kopf."

„Das nächste Winteropfer", bemerkte Dr. Kellers deutlich jüngerer Begleiter.

„Wird man sehen", blieb Norden zurückhaltend.

„Wir können hier jedenfalls nichts mehr tun. Geben Sie bitte der Polizei diesen Totenschein." Der Arzt drückte Norden ein nüchtern aussehendes Blatt Papier in die Hand. „Neben meiner Unterschrift stehen da auch meine Adresse und die Handynummer. Wir müssen jetzt weiter."
Ein kurzes Kopfnicken, dann waren die beiden schon wieder verschwunden.
„An diesen amtlich verwalteten Tod werde ich mich niemals gewöhnen", sagte der Pfarrer seufzend. „Es ist jedes Mal dasselbe. Ein ganzes Leben reduziert auf einen Namen und eine Uhrzeit. Mir läuft es dabei immer kalt den Rücken herunter." Der Geistliche schüttelte sich, als würde er frieren. Seine Stimme klang nicht anders. „Glauben Sie auch an einen Unfall?"
Norden rieb sich die Stirn, bevor er antwortete.
„So etwas passiert. Trotzdem ist es merkwürdig."
„Also ein Unfall?", wiederholte der Pfarrer.
„Das müssen die Kollegen ermitteln. Wird schwer genug werden. Es gibt nichts Undankbareres als ein Tatort unter freiem Himmel, wenn der Schnee jede Spur unter sich begräbt – noch dazu, wenn es dunkel ist. Alle werden schlecht gelaunt sein und verfluchen, dass sie heute Abend auf dem Dienstplan stehen."

Es war lang nach Mitternacht, als Klinger die Eingangstür zum Pfarrhaus wieder aufsperrte. Er war müde und trotzdem zu aufgewühlt, als dass er jetzt gleich hätte schlafen können. Norden schien es ähnlich zu gehen.
„Ich hätte Lust auf einen Grog – einen mit viel Rum und etwas Kandiszucker", sagte er.
„Kommt sofort. Gehen Sie schon einmal ins Wohnzimmer und kümmern sich ums Kaminfeuer. Wenn es aus ist, finden Sie Anzünder in der Kommode, oberste Schublade."

Das Feuer wärmte und der Grog schien die Gedanken anzuschieben.
Norden und Pfarrer Klinger wollten dieser mysteriösen Sache auf den Grund gehen, würden sich nicht darauf verlassen, dass jemand die richtigen Spuren finden und die entsprechenden Schlüsse daraus ziehen würde. Ohne das abgesprochen zu haben, hatten sie beide vorhin nichts davon erwähnt, warum Frau Neumann auf dem Weg zum Pfarrhaus gewesen war – nur, dass sie telefoniert hatten und die Dame vorbeischauen wollte. Als die Bibliothekarin dann nach einer Weile nicht erschienen war, hatte sich der Pfarrer Sorgen gemacht. Deshalb war er losgegangen und Norden hatte ihn begleitet. Sonst hatten sie nichts gesagt, denn dafür war die Stimmung zu frostig und die Fragen der Kriminalbeamten zu schlicht gewesen. Blutflecken in zwei Leihbüchern und ein vager Verdacht, das hätte alles nur noch verkompliziert. Pfarrer Klinger war gerade damit beschäftigt, die Groggläser ein zweites Mal zu füllen, als Norden einen zusammengefalteten Zettel aus seiner Hosentasche zog.
„Nur, dass Sie mir morgen nicht vorwerfen, ich würde Ihnen Informationen vorenthalten", sagte er und legte die handgeschriebene Notiz vor sich auf den Tisch.
„Was ist das?"
Während der Pfarrer nach dem Zettel griff und zu lesen begann, beobachtete ihn Norden.
„Das Blatt lag neben dem Telefon im Flur von Frau Neumann. Sie scheint sich Notizen über die Familie Krüger gemacht zu haben. Ich dachte, dass die Polizei damit nichts anfangen kann und bevor ein übereifriger Beamter die Sachen in eine Kiste packt und nach Mainz schickt, habe ich den Zettel vorsichtshalber eingesteckt. Auswendig lernen hätte vielleicht auch funktioniert, aber dafür war mein Kopf zu kalt."

„Geht mir immer noch so", pflichtete ihm der Pfarrer bei. „Wenigstens haben wir jetzt die Vornamen der Familie Krüger und das jeweilige Alter. Worauf sonst sollten sich die Zahlen hinter den Namen beziehen? Jonas Krüger – 51, Anja Krüger-Stein – 45, und drei Töchter zwischen 9 und 17."

„Sonst werden wir heute auch nichts mehr herausfinden. Genauso wenig, wie wir manierlich schlafen werden. Da waren wieder zu viele Bilder. Auf einen Eiszapfen als Mordwerkzeug muss man auch erst einmal kommen."

„Dann war es für Sie also doch kein Unfall?" Die Stimme des Pfarrers klang wenig überrascht.

„Frau Neumann hätte gerade in dem Moment ihren Kopf auf die Schulter legen und um die Ecken spähen müssen, als der Eiszapfen abgebrochen ist."

„Was denken Sie dann?"

Durch den Grog waren Nordens Wangen unnatürlich rot geworden.

„Jemand hat auf der Terrasse auf die Frau gewartet. Jemand, der kurz zuvor einen dicken Eiszapfen vom Terrassendach abgebrochen hat. Als sie dann nichtsahnend vor die Tür trat, diese vielleicht gerade zusperren wollte, trat dieser Jemand aus der Dunkelheit und rammte der sich nach vorn beugenden Frau den Eiszapfen ins Ohr."

Der Pfarrer nickte, während er gleichzeitig den Mund verzog, als würde er sich ekeln.

„Und warum hat unser Mörder gerade hinter dieser Tür gewartet – woher gewusst, wann Frau Neumann das Haus verlassen würde? Kaum jemand wäre bei diesem Schneetreiben freiwillig aus dem Haus gegangen."

„Der Täter muss gewusst haben, dass die Frau sich auf den Weg zum Pfarrhaus machen würde, trotz des Wetters. Er hatte etwas zu verlieren, wollte verhindern, dass sie ihr Ziel erreicht. Also musste er nur abwarten. Im Erd-

geschoß gibt es neben den beiden Haustüren bodentiefe Fenster und nur dünne Gardinen davor.
Es war also nicht weiter schwirig, ins Innere hineinzuspähen. Er musste sich bloß entscheiden, hinter welchem Eingang er lauern würde. Die Garderobe war näher an der Verandatür. Außerdem: Auch wenn Frau Neumann den Haupteingang benutzt hätte, wäre er mit wenigen Schritten dort ebenfalls zur Stelle gewesen."
„Dann steht es für Sie also fest, dass es ein Mann gewesen ist?"
Norden blies die Backen auf.
„Keineswegs. Um mit dem Eiszapfen zuzustoßen, braucht es nicht viel Kraft, eher Entschlossenheit. Wie leicht sich so ein armdicker Zapfen von der Dachrinne brechen lässt, ist eine ganz andere Sache. Das hätten wir vorhin ausprobieren sollen, aber mein Gehirn war nicht auf Betriebstemperatur."
„Dann sollten wir das morgen früh nachholen. Oder nachmittags – je nachdem, wann sich Ihre Kripo-Kollegen wieder vom Tatort Richtung Büro verabschieden. Wir können uns davor oder danach um die Familie Krüger kümmern. Ich bin gespannt, den Herrn des Hauses und seine Frau kennenzulernen. Jetzt sollten wir ein paar Stunden schlafen. Achten Sie mir ja darauf, dass Ihr Verstand morgen besser funktioniert."

Nordens Handy klingelte kurz vor der eingestellten Weckzeit.
Die Stimme von Pfarrer Klinger klang, als wäre er schon seit Stunden auf den Beinen.
„Brot oder Müsli – worauf haben Sie mehr Lust? Das Wetter ist noch genauso lausig wie gestern, also wird es nichts mit dem Brötchenholen."
Norden warf einen geblinzelten Blick auf seine Uhr.

„Müsli und einen vierfachen Espresso – aber erst in einer halben Stunde. Ich muss vorher dringend unter die Dusche."

Als Norden kurz vor acht in der Küche des Pfarrhauses auftauchte, hatte der Geistliche bereits seine zweite Tasse Kaffee ausgetrunken.
„Hoffe, dass es Ihnen gut geht. Wir wollen heute viel erledigen."
Die Begrüßung passte zu dem geschäftsmäßigen Gesicht, das der Pfarrer aufgesetzt hatte.
„Die Einfahrt habe ich schon freigeschaufelt. Ich will bald bei den Krügers anrufen und schauen, was sich wegen eines Termins ergibt. Gerüchteweise soll Jonas Krüger Frühaufsteher sein – neun Uhr klingt für so jemanden eher nach zweitem Frühstück. Wie haben Sie eigentlich geschlafen? Hoffe besser, als es Ihr Gesicht andeutet?"
„Es lag jedenfalls nicht an der Matratze", antwortete Norden und nippte an seinem dampfenden Espresso. „Freue mich, dass wenigstens Sie fit und munter sind."
„So munter, dass ich Sie jetzt in Ruhe frühstücken lasse, während ich mich noch um den Schnee auf dem restlichen Parkplatz kümmere. Aber zuerst rufe ich jetzt unseren Kunstfreund an."
Erstaunlicherweise funktionierte das mit der Terminabsprache auf Anhieb: Schon nach dem dritten Klingeln hatte eine der Töchter den Hörer abgenommen und ihn an ihren Vater weitergegeben. Anders als erwartet war es viel leichter, das Interesse von Jonas Krüger zu wecken. Gab es überhaupt ein Zögern, so reichte die Erwähnung von Ulf Norden aus, um noch für den gleichen Tag eingeladen zu werden.

„Geht doch", stellte der Pastor zufrieden fest. „Herr Krüger hat zwar erst nachmittags Zeit für uns, aber er freut sich, Sie kennenzulernen."
„Und welchen Eindruck hat er auf Sie gemacht?"
Der Pfarrer zuckte mit den Schultern.
„Da habe ich keine Vergleichsmöglichkeit. Er klang sachlich, abgeklärt, sprach ruhig und konzentriert – halt wie ein Chef."
„Wie wollen wir nachher vorgehen? Wir haben jetzt nicht nur ein paar Blutstropfen in zwei Büchern. Wir haben auch einen Mord! Und es deutet einiges darauf hin, dass die Familie Krüger damit etwas zu tun haben könnte."
Der Pfarrer zuckte mit den Schultern.
„Es gibt kein Drehbuch. Ich schreibe mir meine Predigten auch nur stichwortartig auf."
„Und was sollen wir heute Vormittag unternehmen?", fragte Norden weiter.
„Den Schnee wegschaufeln, ein paar Eiszapfen von Dachrinnen abbrechen und wenn wir dann noch Zeit haben, uns über den Mittelaltermarkt in Ebernburg unterhalten."
Der Pfarrer setzte sich mit seiner Kaffeetasse zu Norden an den Tisch. „Wir könnten auch damit anfangen. Was ist eigentlich aus der jungen Dame geworden, die Sie dort kennengelernt haben? Die in dem Wahrsagerinnenzelt, meine ich."
Norden stand abrupt auf. „Das mit dem Parkplatz übernehme ich freiwillig", sagte er süßsauer lächelnd und verschwand Richtung Haustür.

Während Norden den Schnee wegschaufelte, hatte sein Handy mehrmals geklingelt. Einer der Anrufer war Hauptkommissar Schröter gewesen. Der Mann schien ein vernünftiger Ermittler zu sein. Er hatte ihn gebeten, demnächst bei ihm im Büro vorbeizuschauen. Anschließend waren der Pfarrer und Norden noch zum Haus der Bibliothekarin gegangen. Zum Glück war keine Polizei mehr vor Ort gewesen – der Tatort schien ausgewertet zu sein. So hatten sie sich in aller Ruhe um die bizarren Eiszapfen kümmern können, welche an der Dachrinne der hinteren Veranda glitzerten.

Jetzt stand der Besuch bei den Krügers an – und dann ein terminloser Sonntag. Norden wusste nicht, wie lange er in Obermoschel bleiben würde. In Mainz wartete bloß eine kalte Wohnung auf ihn.
Um halb vier stiegen sie in den Maserati des Pfarrers und fuhren los. Das Haus der Krügers lag außerhalb der Stadtgrenze und war von der Straße aus nicht zu sehen gewesen.
Nachdem sie vor einem verschlossenen Eisentor angehalten hatten, betätigte der Pfarrer die über dem Briefkasten hängende Sprechanlage. Erst nach einer gefühlten Ewigkeit hatte sich eine junge Stimme gemeldet. Kurz darauf öffnete sich das Tor, nur um sich direkt hinter ihnen wieder zu schließen.
Schneekappen tragende Buchsbäume, links und rechts der Auffahrt, markierten den Weg zum Haus.
„Gott sei Dank haben wir gute Reifen", flüsterte der Pfarrer und fuhr im Schritttempo die zugeschneite Einfahrt hoch. Das Haus der Krügers tauchte erst hinter der nächsten Biegung auf: Schon auf den ersten Blick ließ sich ein großzügiges Anwesen, mit Flachdach und Wänden aus Stahl und Glas ausmachen.
„Le Corbusier lässt grüßen", sagte Norden, während er anerkennend pfiff.
„So etwas erwartet man nicht, in *der alten Welt*", staunte der Pfarrer. „So wird die Gegend hier nämlich genannt."

„Die Krügers scheinen Geld und Geschmack zu haben. Solch ein Haus bekommen Sie nicht von der Stange", stimmte ihm Norden zu. „Das kostet ein Vermögen – vom Entwurf bis zur gläsernen Garage."

Während sie ausstiegen, öffnete sich die Haustür. Ein junges Mädchen stand im Eingang. Teenageralter, asiatische Augen, schwarzes Haar und ein verkniffener Mund.

„Sie müssen dieser Künstler sein", sagte sie mit leichtem Akzent an Norden gewandt.

„Thao hat Sie nämlich gegoogelt", meldete sich jetzt eine andere Stimme zu Wort. Ein zweites, noch jüngeres Mädchen war in der offenen Haustür aufgetaucht. Ihr Blick war ähnlich schwer einzuordnen. Neugierig traf es wohl am ehesten. Ihr hübsches Gesicht mit den rabenschwarzen Haaren und den ebenfalls leicht schräggestellten Augen verriet noch deutlicher ihre asiatische Herkunft.

„Kommen Sie rein! Oder wollen Sie, dass wir uns alle eine Lungenentzündung holen?", fragte sie in akzentfreiem Deutsch.

Von innen wirkte das geräumige Foyer noch größer, als Norden das erwartet hatte. Vielleicht waren daran aber auch nur die gläsernen Wände schuld. Er wusste anfänglich gar nicht, wohin er zuerst schauen sollte. Andererseits schüchterte die fehlende Intimität auch ein. Dabei hatte der Architekt wohl bloß die Mauern in den Köpfen einreißen wollen. Dabei waren nur die Wände im Flurbereich wirklich aus transparentem Glas. Konnte man hier problemlos durch sie hindurch in die angrenzenden Zimmer schauen, so waren die Dahinterliegenden gemauert.

„Das ist sicher ein Alptraum für jede Putzfrau", murmelte der Pfarrer.

Das ältere der beiden Mädchen zuckte gleichgültig mit den Schultern. „Oder ein Segen. Irgendwie muss man schließlich Geld verdienen."

Sie drehte sich um und marschierte auf eine der hinteren Türen zu. „Der nächste Raum hat keine gläsernen Wände. Wie sollte Vater sonst auch seine ganzen Bilder aufhängen. Aber das kann er Ihnen alles selbst erzählen – oder Sunita, unsere ältere Schwester. Sie unterstützt Vater, bis er wieder gesund ist. Nehmen Sie also bitte etwas Rücksicht und bleiben Sie nicht zu lange."

Das Zimmer hinter der Tür war riesengroß.
Der Mann darin, der sich jetzt aus seinem Sessel erhob, machte tatsächlich einen angeschlagenen Eindruck. Auch wenn er sicher über 1,90 Meter groß war, hielt er den Oberkörper leicht vornübergebeugt und die Schultern etwas gesenkt. Seine glasigen Augen und die kraftlose Stimme zeigten, dass er nicht im Vollbesitz seiner Kräfte war.
„Ich hoffe, dass Sie keine Probleme mit der Auffahrt hatten", sagte er, während er ihre Hände schüttelte. „Normalerweise ist das meine Aufgabe, den Schnee wegzuschaufeln, aber ich bin einfach noch zu schlapp und der Hausmeisterservice vertröstet uns von einem Tag auf den anderen."
„Hat alles funktioniert", beruhigte ihn der Pfarrer, während seine Augen den Mann gegenüber musterten.
„So eine Virusgrippe geht ganz schön an die Substanz", sagte der Hausherr. „Erzählen Sie mir, was ich für Sie tun kann. Am Telefon sagten Sie, dass Sie selbst Kunst sammeln würden und dass Sie einen Gast in Ihrem Pfarrhaus beherbergen, dessen Bilder Teil meiner eigenen Sammlung sind. Sie müssen dann Ulf Norden sein", schlussfolgerte der bärtige Mann und fixierte nun Pfarrer Klingers Begleiter.
Norden versuchte ein Lächeln. „Auch, wenn ich momentan kaum kreativ arbeite, interessiere ich mich immer dafür, wer meine Bilder sammelt. Man hat leider viel zu selten die Gelegenheit, die Menschen mit dem Geld ken-

nenzulernen. Der Kunstmarkt ist eine nebulöse Welt. Die Gebote auf Auktionen werden meistens anonym abgegeben und viele der Bilder verschwinden anschließend in den Tresoren irgendwelcher Banken."

„Da kann ich Sie beruhigen. Ich lebe mit Kunst! Am besten gehen wir gleich in die Atelier-Zimmer, wo meine Sammlung hängt. Diese Räume sind mein Refugium. Meine Tochter Sunita wird uns begleiten."

Wie aus dem Nichts war jetzt eine sehr junge Frau, fast noch ein Mädchen, neben der Sitzgruppe aufgetaucht. Sie musste hinter einem Paravent gestanden oder gesessen und auf ihr Stichwort gewartet haben. Sie hatte kaffeebraune Haut und die dunkelsten Augen, die Norden seit Langem gesehen hatte. Ihr mähnenartiges Haar hatte sie mit einem bunten Band im Nacken zusammengebunden, als wäre es anders nicht zu bändigen. Kaum zu glauben, dass sie nicht älter als siebzehn sein sollte.

„Sie haben doch nichts dagegen?"

„Wie kämen wir dazu." Der Pfarrer reagierte schneller als Norden und streckte dem Mädchen seine Hand entgegen. „Ich liebe meine Mitmenschen. Eine Gemeinde braucht möglichst viele Mitglieder."

„Sie wissen schon, dass wir konfessionslos sind?", fragte der Hausherr, während er die Stirn in Falten legte.

„Ja. Und das respektiere ich. Aber ich rede schon wieder viel zu viel. Eigentlich wollte ich nur zuhören und Ihnen und Norden das Gespräch überlassen. Es ist noch keine zehn Minuten her, dass er mir gesagt hat, wie sehr er sich darauf freut, Sie kennenzulernen."

„Die zweite Bezahlung, so hat das einmal ein befreundeter Maler genannt", schaltete sich Norden ein. „Galeristen haben immer nur ihre Courtage im Kopf – aber ein Kunstliebhaber bemüht sich darum, die Sprache des Künstlers zu verstehen."

Ein flüchtiges Lächeln huschte über das Gesicht Jonas Krügers, während die Mimik seiner Tochter wie eingefroren blieb.

„Wir werden sehen", sagte der Kunstsammler und öffnete die nächste Tür. Zu viert betraten sie jetzt den puristisch möblierten Raum. Weil die großen Dachfenster schneebedeckt waren, betätigte Krügers Tochter gleich mehrere Wandschalter. Leisten voller Lampen tauchten den Raum augenblicklich in taghelles Licht. Hier gab es keine Glaswände. Stattdessen war weißer Putz der Hintergrund für unzählige Bilder. Der Raum war groß wie eine kleine Turnhalle, doch waren halbhohe, labyrinthartige Gänge eingezogen worden, die ihn unterteilen.

„Das hat der Architekt so geplant, damit wir mehr Wandfläche für die Bilder haben", sagte Krüger an Norden gewandt – doch der war mit seinen Gedanken längst woanders. Dafür gab es hier zu viel zu sehen, selbst von seinem Platz am Zimmereingang aus. Diese Kunstsammlung schien wirklich so bedeutend zu sein, wie der Pfarrer das angedeutet hatte: Schmidt-Rottluff war ebenso vertreten wie Otto Mueller, Egon Schiele und Gerhard Richter. Zwischen all diesen musealen Kostbarkeiten entdeckte er auf einem Marmorsockel stehend eines seiner eigenen Werke.

„Sie haben Ihre Arbeit gefunden", stellte Krüger mit matter Stimme fest, während sie langsam die Gänge entlangwanderten.

Norden nickte. „Ich glaube, es war Beuys, der einmal gesagt hat, dass die Frauenkörper, die er seinerzeit auf Packpapier skizziert hatte, erst fertig waren, als sie zusammengeknüllt und wieder auseinandergefaltet wurden. Ähnliches hatte ich auch mit diesen Schuhen geplant. Das Benutzen natürlich, nicht das Knüllen. Ich habe die Szenen mit Ölfarbe auf die glatten Schuhsohlen gemalt und wollte es dem jeweiligen Besitzer überlassen, ob er die Skizzen ‚ablaufen' wollte oder nicht."

„Dieses Paar Sohlenbilder war mir damals 50.000 Euro wert", erwiderte Krüger daraufhin. „Auch, wenn ich diese Schuhe niemals tragen werde."

„Du bist verrückt." Zum ersten Mal hatte sich die junge Frau zu Wort gemeldet. Ihre Stimme klang dunkel und belustigt.

„Nicht verrückt genug, sonst hätte ich damals auch noch das andere Paar gekauft. Sie sind heute das Vierfache wert."

„Ist nur Geld", sagte Norden, als würde das alles erklären und zugleich entschuldigen. „Sie scheinen genug davon zu haben. Wären Sie heute glücklicher, wenn Sie das andere Paar damals auch gekauft hätten, oder geht es nur um den verlorenen Profit?"

Der Mann seufzte.

„Ich weiß nicht, was man Ihnen über mich erzählt hat – aber ich bin keine Krämerseele." Er deutete auf eine Gruppe würfelartiger Ledersessel, die um einen Tisch in der Mitte des Raumes standen. „Wir haben nicht viel Zeit, aber vielleicht kann ich die nächste Stunde nutzen, um weitere Vorurteile mich betreffend aus der Welt zu schaffen."

„Du hast nur eine halbe Stunde", korrigierte ihn das dunkelhäutige Mädchen, bevor sie sich hinter den Sessel ihres Vaters stellte. Die Aussage ignorierend, fuhr der fort:

„Normalerweise kaufe ich Kunst nach Bauchgefühl. Mein Vermögensverwalter würde jetzt die Hände über dem Kopf zusammenschlagen, aber der Erfolg gibt mir recht. Fast alle Bilder meiner Sammlung sind heute das Doppelte oder Dreifache von dem wert, was ich ursprünglich dafür bezahlt habe. So schlecht kann mein Kunstverstand also gar nicht sein."

„Der ist sogar großartig", bestätigte Norden. „Außer dem Baselitz würde ich jedes Bild sofort kaufen."

„Was stört Sie an dem verkehrt herum aufgehängten Porträt?"

„Das Marketing. Wenn der Gute wenigstens die Bilder auch auf dem Kopf stehend malen würde, hätte ich überhaupt kein Problem damit, mir den Kopf zu verdrehen. Aber so bleibt es für mich nur ein Gag."

Der Anflug eines Lächelns entspannte für den Bruchteil einer Sekunde das ernste Gesicht von Jonas Krüger.

„Ich dachte eher, dass der Herr Pfarrer ein Problem mit den beiden Kirchner Bildern hätte. Nackte, junge Mädchen sind vielen verdächtig. Vielleicht war der Maler wirklich ein Pädophiler, wie behauptet wird, aber einer mit grenzenlosem Talent. Wie wirken diese Gemälde auf einen Mann der Kirche?"

„Ich kann darin überhaupt nichts Erotisches finden. Aber da spricht jetzt der Kunstsammler aus mir."

„Ich hatte keine Ahnung, dass der neue Pfarrer solch eine weltliche Leidenschaft pflegt. Wir sollten uns ausführlicher darüber unterhalten."

„Nur lieber ein anderes Mal", meldete sich die Tochter erneut zu Wort. „Du hast für vier Uhr den Glaser bestellt. Es geht um die rahmenlosen Bilderhalter für die Zeichnungen. Der Mann muss sich extra für dich durch den Schnee quälen."

Jonas Krüger verzog daraufhin das Gesicht, als würden ihn plötzlich Schmerzen quälen.

„Wir können sicher das Gespräch demnächst fortsetzen", versuchte der Pfarrer die Situation zu entspannen. „Vielleicht lerne ich dann auch Ihre Gattin kennen. Jemand erzählte mir, dass sie Journalistin ist."

„Sie haben sich also über uns erkundigt." Krüger kniff die Augen zusammen. „Was erzählt man sich denn im Ort so über uns?"

„Die Leute sind, wie sie sind. Sie und Ihre Familie scheinen selten im Dorf unterwegs zu sein, also kursieren Gerüchte. Sie wären ein Workaholic, hätten eine der größten Softwarefirmen Deutschlands und überall auf der Welt Niederlassungen."

Jonas Krüger verzog den Mund.

„Da bin ich ja beruhigt. Meine Firma baut intelligente Batterien. Die Welt hat mehr als fünf Länder und genauso viele Niederlassungen gibt es auch. Sie sehen: alles Geschwätz und Spekulationen. – Aber solange niemand Lügen über meine Familie verbreitet, ist das alles egal."

„Da kann ich Sie beruhigen. Mir ist nichts dergleichen zu Ohren gekommen und wenn, hätte ich meinen Teil dazu gesagt."

„So schätze ich Sie ein, Herr Pfarrer." Ein Ruck schien durch den kranken Mann zu gehen. „Jetzt wird es wirklich Zeit, aber wir sehen uns bald wieder. Dann ist meine Frau Anja sicher wieder gesund. Wir haben uns gegenseitig angesteckt. Zum Glück sind meine Töchter verschont geblieben. Lassen Sie uns demnächst einen neuen Termin machen. Ich bin für jede Abwechslung dankbar."

„Wenn es nicht gerade ein Mord ist", sagte der Pfarrer trocken.

Der Mann ihm gegenüber sah auf. „Mord? Was meinen Sie?"

„Sie haben also noch nichts davon gehört?" Der Pfarrer schien überrascht. „Frau Neumann, die ehrenamtliche Leiterin unserer Gemeindebücherei, ist gestern Abend verstorben. Höchstwahrscheinlich ein Mord, aber so genau weiß die Polizei das noch nicht. Sie müssen die Frau doch auch gekannt haben, oder? Immerhin hat Ihre Familie dort regelmäßig Bücher ausgeliehen."

Krüger schüttelte den Kopf. „Ich kannte sie ganz sicher nicht. Aber vielleicht Anja oder eine meiner Töchter?"

„Sie haben drei Töchter?", fragte der Pfarrer.

„Demnächst vier. Wir haben noch ein Mädchen adoptiert. Wenn alles klappt, wird sie schon nächsten Monat bei uns sein."

„Das klingt so, als seien alle Ihre Kinder adoptiert?", fragte der Pfarrer beiläufig.

Krüger räusperte sich. „Wir haben auch zwei eigene. Zwei Söhne, aber die sind schon eine Weile aus dem Haus."

„Studieren sie?"

„Sie sind im Ausland."

„Und wie alt sind Ihre Töchter?"

„Ich werde demnächst achtzehn", beantwortete die junge Frau neben ihnen die Frage des Pfarrers selbst. „Thao ist vierzehn und Shenmi ist gerade neun geworden."

„Das sind drei außergewöhnliche Namen", warf der Pfarrer ein.

„Es sind auch ebensolche Menschen." Ihr Vater versuchte der neben ihm stehenden Frau einen Blick zuzuwerfen. „Sunita hier kommt aus Indien, Thao ist in Vietnam geboren und Shenmis Heimat ist China."

„Unsere neue Schwester kommt auch aus China", ergänzte die Sechzehnjährige. „Wird wieder kein Wort Deutsch sprechen, aber sie ist jung."

„Kinder lernen fremde Sprachen rasend schnell", erwiderte der Pfarrer. „Vor allem wenn ihr eure Schwester unterstützt. Vorlesen, heißt das Zauberwort. Wer von euch ist eigentlich die Leseratte, die sich regelmäßig Bücher ausgeliehen hat?"

„Das wird dann wohl Thao sein. Sie ist am liebsten in ihrem Zimmer und liest."

Der Pfarrer wollte gerade fragen, wer von den Schwestern die letzten Leihbücher zur Bibliothek zurückgebracht hatte, als es an der Haustür läutete.

„Der Mann ist pünktlich", stellte Sunita mit einem kurzen Blick auf ihre Uhr fest. „Es wäre unhöflich, wenn wir ihn warten ließen."
Es dauerte einen Moment, bis der Herr des Hauses reagierte. Er ließ seinen Blick noch einmal über die Bilder schweifen, bevor er sich wieder seinen Gästen zuwandte.
„Ich hätte gern noch länger mit Ihnen geplaudert, aber meine Tochter hat recht. Vielleicht klappt es ja nächste Woche. Rufen Sie mich an. Das gleiche gilt natürlich auch für Sie." Er drehte sich zu Norden um und streckte ihm eine kalte Hand entgegen.
„Grüßen Sie bitte Ihre Gattin von mir und wünschen Sie ihr gute Besserung", sagte der Pfarrer.
In diesem Moment tauchte Thao zusammen mit ihrer Schwester im Flur auf – an ihrer Seite ein bärtiger Mann, in blauem Overall und mit dunkler Rollmütze auf dem Kopf.
„Shenmi wird Sie bis zur Haustür begleiten", rief Jonas Krüger seinen Besuchern hinterher, dann hatten er und seine indische Tochter sich bereits dem Handwerker zugewandt.

„Du hast gehört, was du tun sollst", wies Thao ihre jüngere Schwester noch einmal an und deutete auf Norden und Klinger. „Ich muss bei dem Gespräch mit dem Handwerker dabei sein – du kannst dann später nachkommen."
Die junge Frau schüttelte beiden Besuchern zum Abschied die Hand, während ein dünnes Lächeln über ihr Gesicht huschte. „Ich hoffe, dass wir Sie bald wiedersehen."
Mit diesen Worten drehte sie sich um und öffnete die Tür zur Privatgalerie.
„Wollen wir?" Shenmi stand jetzt vor Norden und Pfarrer Klinger und deutete in Richtung Ausgang.

„Wir finden den Weg sicher auch allein", erwiderte der Geistliche freundlich. „Wenn du also zu deiner Schwester möchtest ..."

Das Mädchen schüttelte den Kopf. „Das wäre unhöflich. Gäste begleitet man immer bis zur Tür. Darauf legt unsere Mutter besonderen Wert."

„Schade, dass wir sie nicht kennengelernt haben", warf der Pfarrer ein. „Wer kümmert sich eigentlich um euch, wenn sie krank ist? Habt ihr eine Haushälterin?"

„Hatten wir mal. Aber Vater meinte, dass die Frau immer ihre Nase in alles hineingesteckt hätte. Besonders in Sachen, die sie nichts angingen."

„Wegzuschauen ist hier gar nicht so einfach", mischte sich Norden ein und zeigte auf die gläsernen Türen.

„Das ist keine Entschuldigung. Die Schränke sind nicht aus Glas und die meisten Zimmer haben richtige Wände und Türen."

„Dann bin ich ja erleichtert. Ich wollte dich nämlich fragen, ob ich kurz eure Toilette benutzen darf?"

Das Mädchen knabberte auf ihrer Unterlippe herum, als müsste sie sich die Antwort erst noch überlegen.

„Kommen Sie mit", sagte sie kurz darauf. „Sie müssen nur durch diese Kammer gehen. Die Tür dahinten führt ins Badezimmer."

Der Raum, den Norden betrat, war mindestens 20 Quadratmeter groß. Ein Spiegel an der Decke und ein schwarzer Marmorboden dominierten ihn. Eine riesige Badewanne war in den Boden eingelassen, direkt neben einer ebenerdigen Dusche. Einziges Möbelstück war ein barocker Schrank, der in einer der Zimmerecken stand. Nackte Engel waren auf die äußeren Türen gemalt. Norden zweifelte nicht eine Sekunde daran, dass es sich um ein Original aus dem 17. Jahrhundert handelte. So leise es ging, zog er die Türen auf. Auch auf der Innenseite waren wieder

Engel zu sehen, nur waren es dieses Mal deren dunklen Verwandten. Hier schauten keine Putten versonnen in den Himmel. Diese Szenen zeigten stattdessen ekstatisch und tabulos übereinander herfallende Kreaturen. Hieronymus Bosch hätte sich die Bilder nicht drastischer ausdenken können. Ansonsten beherbergte der Schrank nur Handtücher, Bademäntel und einen Erste-Hilfe-Koffer. Nachdem Norden alles rasch durchsucht hatte, öffnete er noch den Koffer. Auf den ersten Blick fand er nichts, was dort nicht hineingehörte. Kopfschmerztabletten neben Nasentropfen, Hustensaft und Grippemittel neben Baldriandragees. In der hinteren Reihe fand er zwei unbeschriftete Arzneiflaschen. Eine enthielt eine Flüssigkeit, die andere kleine weiße Tabletten. Norden zog ein Päckchen mit Papiertaschentüchern aus seiner Hosentasche. Nachdem er alle aus ihrer Verpackung herausgenommen hatte, steckte er bis auf zwei alle wieder ein. Danach öffnete er die beiden Flaschen, träufelte reichlich von der farblosen Flüssigkeit ins Papier und entnahm der anderen noch zwei Tabletten. Dann wickelte er die restlichen Papiertücher zusammen und steckte diese zurück in die Plastikhülle. So leise es nur ging, schloss er den Schrank, betätigte die Toilettenspülung und wusch sich die Hände. Selbst die Handtücher rochen hier nach Parfüm und nicht bloß nach Weichspüler. Als er die Tür wieder aufsperrte, standen der Pfarrer und das junge Mädchen noch an genau der gleichen Stelle wie fünf Minuten zuvor.

„Dann können wir ja fahren", war der knappe Kommentar des Geistlichen. Als Shenmi die Haustür öffnete, begann es gerade wieder zu schneien.

„Vielen Dank dafür, dass du so höflich bist", sagte der Pfarrer und legte dem Mädchen seine Hand auf die Schulter. Bildete sich das Norden nur ein oder war diese Geste dem Mädchen unangenehm? Auch wenn sie stehen blieb, schien es ihm, als ob ihr Oberkörper zurückgewichen sei. Sonst ließ sie sich nichts anmerken. Kurz bevor sie die Haustür hinter ihnen schloss, winkte sie ihnen noch einmal zu.

Vorbei am blauen Lieferwagen der Glaserei Hohlwein fuhren sie wenig später durch das schmiedeeiserne Tor.
„Und? Was halten Sie von unserem kleinen Ausflug?", fragte der Pfarrer, während er den Scheibenwischer einschaltete.
„Ich kann Ihnen bloß sagen, dass bei den Krügers etwas nicht stimmt", platzte es aus Norden heraus. „Es war gut, dass wir dort waren."
„Lassen Sie uns nicht um den heißen Brei herumreden."
Norden machte ein ernstes Gesicht. „Die Blutstropfen sind nicht zufällig in diesen Büchern gelandet. Anscheinend hat Frau Neumann unbequeme Fragen gestellt."
„… Und ist deshalb ermordet worden", beendete der Pfarrer Nordens Gedanken.
„Die Blutstropfen sind eine Botschaft oder ein Hilferuf", vermutete Norden.
„Aber von wem? Und warum hat dieser Jemand nicht einfach nach dem Telefonhörer gegriffen und wen auch immer angerufen?"
„Gute Frage, Herr Pfarrer. Sie hatten die Gelegenheit, sich mit Shenmi zu unterhalten."
„War mir schon klar, dass es Ihnen eben nicht um Ihre Blase ging. Shenmi ist ein aufgewecktes Kind. Sie ist übrigens die andere Vielleserin – aber ob sie auch für unsere Blutstropfen verantwortlich ist, weiß ich nicht. Ich würde ihr jedenfalls so eine Aktion zutrauen."
„Und warum sollte sie so etwas tun?"
Der Pfarrer zuckte mit den Schultern. „Dafür waren Sie leider nicht lange genug auf der Toilette."

„Ihr Verhörtalent in allen Ehren, Hochwürden, aber ich glaube nicht, dass Ihnen das Mädchen erzählt hätte, was sie weiß oder was sie bedrückt, egal wie viel Zeit Sie gehabt hätten. Diese Blutstropfen zeigen Verzweiflung und deuten für mich auf jemanden, der sich nicht anders um Hilfe zu bitten traut. Sie sind wie eine Spur im Schnee, die uns herführen sollte."

„Dann hat das ja funktioniert", murmelte der Pfarrer, während er den Maserati vor dem Pfarrhaus parkte.

Obwohl der Motor ausgeschaltet war, blieben sie noch im Auto sitzen.

„Haben Sie in dem Badezimmer wenigstens etwas gefunden, das uns weiterhilft?", fragte der Pfarrer.

„Das muss sich noch herausstellen." Norden zog das Päckchen mit den Papiertüchern aus seiner Hosentasche. „Sobald ich in Mainz bin, werde ich das hier untersuchen lassen. Da waren zwei Arzneiflaschen ohne Etiketten im Bad. Die Tabletten und die Tropfen darin können natürlich völlig harmlos sein, aber etwas sagt mir, dass das nicht so ist. Deshalb habe ich Proben mitgenommen und hoffe, dass ich mich täusche."

„Wann wollen Sie zurückfahren? Nicht, dass ich Sie loswerden will, aber sicher verflüchtigt sich die Flüssigkeit rasch."

„Deshalb fahre ich gleich morgen früh. Bis dahin lege ich das hier in Ihren Kühlschrank. Die Folie verhindert das Verdunsten und außerdem sind unsere Labortechniker pfiffig. Mit etwas Glück haben wir das Ergebnis schon am Dienstag. Bis dahin werde ich versuchen, einen Blick in die Neumann-Ermittlungsakten der Kollegen aus Bad Kreuznach zu werfen. Ich möchte wenigstens wissen, in welche Richtung deren Untersuchung geht."

„Und was kann ich zwischenzeitlich tun?"

„Sie meinen, außer Schnee zu schaufeln und Gottesdienste abzuhalten?" Norden wurde sofort wieder ernst. „Sie soll-

ten sich in der Gemeinde umhören. Bringen Sie alles in Erfahrung, was die Familie Krüger betrifft: über Jonas Krüger, seine Frau, seine Firmen, ihr Haus, die Adoptivkinder, auf welche Schulen sie gehen, wer die Lehrer sind – und so weiter. Haben Sie mir nicht erzählt, dass Frau Krüger für *Landlust* oder *Heim und Haus* schreibt? Rufen Sie dort an und schlagen Sie der Redaktion eine Reportage über einen engagierten Geistlichen vor. So etwas wie *Der Pfarrer und die Pfälzer – Glauben, Leben und Lieben auf dem Lande* oder so ähnlich. Dadurch können Sie einiges über Krügers Ehefrau erfahren – das heißt, natürlich nur, wenn Sie die Presseleute clever genug fragen."
„Und wann kommen Sie wieder her?"
„Spätestens Mittwoch."
Der Pfarrer schaute durch die Windschutzscheibe himmelwärts. „Das ist dann der sechste Dezember. Dann geht der heilige Nikolaus zusammen mit Knecht Ruprecht von Haus zu Haus. Bringen kleine Geschenke und erhalten dafür welche. Ist eigentlich ein wundervoller Gedanke. Es geht um Spenden. Eine Orange und eine Tüte Haselnüsse für gute Kinderkleidung und Spielsachen. Ist hier seit ewigen Zeiten Tradition. Die gesammelten Sachen kommen in große Säcke und werden anschließend umgeladen. Später starten dann Transporter mit den Spenden nach Frankfurt und von dort geht es mit einer Sammellieferung Richtung Rumänien. Da werden die Sachen noch vor Weihnachten verteilt. Damit unser Nikolaus und sein schwarzer Geselle auch an alle Türen klopfen kann, sind gleich mehrere verkleidete Moscheler unterwegs."
„Klingt großartig."
„Ist es auch. Die Geste und der Gedanke sind es, die zählen."
„Dann fahre ich morgen vor dem Frühstück und wir sehen uns spätestens am Mittwoch", antwortete Norden.

„Hoffentlich sind wir bis dahin ein Stück weiter und es schneit nicht mehr ganz so heftig."

Norden hatte sich schon Dienstagabend wieder auf den Weg nach Obermoschel gemacht. Das Wetter war etwas besser geworden. Die Straßen waren geräumt und das Thermometer zeigte Temperaturen nur noch knapp unter dem Gefrierpunkt.
Auch wenn er den Pfarrer mit einer kurzen SMS über sein Kommen informiert hatte, schien dieser überrascht zu sein, als er jetzt klingelte.
„Was ist passiert?", fragte er launisch.
„Beunruhigende Neuigkeiten." Norden schob sich an dem Pfarrer vorbei und hängte seine Jacke an die Garderobe.
„Ich arbeite gerade an der Trauerrede für Frau Neumann. Auch wenn ihr Leichnam noch nicht freigegeben wurde, wird die Beerdigung sicher nächste Woche sein."
„Das ist nicht der Grund, warum ich hergekommen bin." Nordens Gesicht verfinsterte sich.
„Die Ergebnisse der Analysen sind da und ich habe die Ermittlungsakte einsehen können. Der Tod von Frau Neumann wird als fremdverschuldet eingestuft."
„Das können wir auch alles im Sitzen besprechen", murmelte der Pfarrer und öffnete die Wohnzimmertür.
„Todeszeitpunkt war laut dem Pathologen zwischen 19 Uhr und 20 Uhr. Ich glaube, das wissen wir genauer."
„Das letzte Telefongespräch mit Frau Neumann war so gegen 19:20", überlegte der Pfarrer. „Kurz darauf wird sie sich fertiggemacht und die Tür geöffnet haben. Spätestens halb acht also."
Norden nickte. „Der fallende Schnee hatte also fast eine Stunde Zeit, um alle Spuren zu vernichten."
„Um mir das mitzuteilen, sind Sie aber nicht extra von Mainz hergekommen. Was hat das Labor herausgefunden?"

„Die Flüssigkeit, die ich im Schrank der Krügers gefunden habe, war Flunitrazepam, besser bekannt als K.o.-Tropfen – und die Tabletten sind Roofies. Der gleiche Mist, nur in fester Form." Norden kratzte sich seinen Dreitagebart. „Ich weiß nicht, was da bei den Krügers los ist, aber jedes Mal, wenn sich meine Fantasie meldet, läuft es mir kalt den Rücken herunter. Deshalb bin ich hergekommen. Nun beruhigen Sie mich. Sagen Sie mir, dass Sie nur das Beste über die Familie gehört haben und ich mir da bloß etwas zusammenreime."
Der Pfarrer strich sich mit einer nervösen Geste eine Haarsträhne aus der Stirn. „Das würde ich gern. Auch wenn die Krügers seit Jahren hier wohnen, weiß niemand wirklich etwas über sie. Selbst die drei Töchter sind im Ort kaum bekannt. Die eine geht anscheinend auf eine Waldorfschule und die anderen beiden aufs Gymnasium nach Rockenhausen."
„Und Frau Krüger?"
Der Pfarrer seufzte.
„Kauft nur gelegentlich im Ort ein, tankt zweimal im Monat ihren Wagen voll und arbeitet die meiste Zeit von zu Hause aus. Bei der Redaktion von *Heim und Haus* war man voll des Lobes über sie. Geschliffener Schreibstil und sie würde jeden Abgabetermin einhalten – wenigstens war das bisher so. Der Chefredakteur war von unserer Pfarrer- und-Pfälzer-Idee übrigens recht angetan. Klänge so nach *Der Missionar und die Eingeborenen*. War natürlich nur ein Scherz. Im Laufe des Gespräches hat er dann einige Bemerkungen über Frau Krüger gemacht. Sie hat wohl letzten Freitag zum ersten Mal einen Redaktionstermin verpasst."
„Und mehr haben Sie über die Kinder nicht in Erfahrung bringen können?"
Der Pfarrer zog die Augenbrauen in die Höhe.

„Wie meinen Sie das?"

„Na wie wohl. Drei Adoptivkinder in einer Familie sind ungewöhnlich genug. Hochwürden, wir sind hier in der Provinz, da sind die Leute aufmerksamer, als in der Stadt."

„Sie meinen neugieriger?"

„Wenn es Sie glücklich macht, auch das. Irgendetwas geht da oben vor sich. Da ist noch viel zu wenig Glas in der Villa Krüger eingebaut worden. Ich mache mir Sorgen um die Mädchen."

„Da sind Sie nicht allein. Beim Thema Adoption bin ich recht dünnhäutig. Ich wurde seinerzeit nämlich selbst adoptiert."

Bevor Norden etwas darauf erwidern konnte, klingelte das Telefon.

Rasch ging der Pfarrer zu seinem Schreibtisch. Als er den Hörer abnahm und sich meldete, schien am anderen Ende der Leitung niemand mehr zu sein.

„Pfarrhaus Obermoschel, Klinger am Apparat", wiederholte der Geistliche. Es antwortete immer noch niemand. Kurz darauf wurde die Verbindung beendet. Rasch drückte der Pfarrer die Wahlwiederholungstaste und schaute im Telefondisplay nach. Es wurde keine Nummer angezeigt.

„Jemand hat geschluchzt", sagte er ernst, als er zurückkam.

„Ich könnte jetzt meine Dienststelle anrufen und darum bitten, dass man den letzten Anruf an Ihre Festnetznummer zurückverfolgt", überlegte Norden. „Würde sicher einige Fragen aufwerfen und kann auch 'ne Weile dauern. Ich glaube nur, dass wir uns das schenken können ... "

„... weil wir das Ergebnis sowieso kennen?", führte der Pfarrer den Gedanken zu Ende. „Ich glaube auch, dass der Anruf aus dem Haus der Krügers kam. Wahrscheinlich hat eine der Töchter versucht, Kontakt mit mir aufzunehmen."

„Dann rufen Sie dort noch einmal an und verlangen Herrn Krüger zu sprechen", sagte Norden. „Immerhin wollten

Sie sich ja demnächst wieder treffen. Jetzt ist demnächst. Worauf warten Sie?"
Der Pfarrer schüttelte den Kopf.
„Ist alles längst passiert. Unser Kunstmäzen hat gestern hier angerufen, mich für heute Nachmittag eingeladen und vor zwei Stunden wieder abgesagt."
„Dann fahren wir sofort zu dieser Villa und klingeln so lange Sturm, bis uns jemand das Tor öffnet." Norden wusste selbst, wie aberwitzig dieser Gedanke war. Etwas ruhiger ergänzte er: „Wissen Sie, was Flunitrazepam aus Menschen macht? Willenloses Fleisch".
Der Pfarrer seufzte.
„Jonas Krüger sagte mir am Telefon, dass das Grippevirus jetzt auch zwei seiner Töchter erwischt hätte und dass es ihm und seiner Frau wieder schlechter ginge. Sie würden sich alle für den Rest der Woche auskurieren und hätten kurzfristig sogar eine Haushälterin und eine Krankenpflegerin engagiert. Sobald es ihm besser ginge, würde er sich wieder melden. Ich weiß nicht, was wir jetzt machen können. Vielleicht ist das der Moment, Gottvertrauen zu haben."
Norden stand auf und schüttelte den Kopf.
„Dafür sind Sie zuständig. Ich fahre jetzt nach Kreuznach und werde Kommissar Schröter über unseren Verdacht informieren.
Wir werden sehen, wie der Herr reagiert."

Norden hatte wieder schlecht geschlafen und die Kopfschmerzen passten perfekt zu seiner Stimmung. Er musste am Vormittag vor Kommissaren einen Fachvortrag halten und wollte anschließend noch bei den Kollegen vom Wirtschaftsdezernat vorbeischauen. Nach dem eher ernüchternden Gespräch vom Vortag mit Hauptkommissar Schröter hatte Norden auf seiner Dienststelle in Mainz versucht, etwas über Jonas Krügers Firmen in Erfahrung zu bringen. Die Sonnenwind AG war auf den ersten Blick ein äußerst erfolgreiches Hightech-Unternehmen. Für einen zweiten Blick hatte der zuständige Kommissar sich etwas mehr Zeit erbeten.

Später an diesem Tag wollte Norden dann zurück nach Obermoschel fahren.

Es war kurz vor vier, als er seine Wohnungstür aufschloss und parallel dazu sein Handy zu klingeln begann.

„Ich wollte Ihnen nur Bescheid sagen, dass ich eine Idee habe, wie ich vielleicht doch noch einmal in die Villa kommen kann."

Die Stimme des Pfarrers klang aufgekratzt.

„Göttliche Eingebung?"

„Eher ein Riss in meiner gläsernen Duschkabine. Norden, erinnern Sie sich an den Handwerker, der uns bei den Krügers begegnet ist? Der Mann war von der Glaserei Hohlwein. Ich kenne die Seniorchefin aus unserer Theatergruppe. Also habe ich sie angerufen und geplaudert."

„Und?"

„Sie arbeiten viel für die Krügers – kein Wunder, bei den vielen Glaswänden! Aber was wirklich interessant ist: Für heute Nachmittag steht die Anlieferung von zwanzig rahmenlosen Bilderhaltern auf dem Plan. Der Termin wäre bestätigt worden, hat sie mir erzählt. Und jetzt raten Sie mal, wer dem jungen Mann gleich dabei helfen wird, seine Ware auszuliefern?"

„Und was versprechen Sie sich von dieser Aktion?"

Der Pfarrer schnaubte.

„Sie sind ja nur neidisch, weil die Idee nicht von Ihnen ist. Aber so ist er halt, unser Künstler. Ich hoffe, dass ich ein paar Sätze mit dem Personal oder mit Shenmi oder Thao sprechen kann."

„Und wenn Jonas Krüger die Bilderhalter in Empfang nimmt?"
„Dann will ich mich halt nur erkundigen, wie es der Familie geht und ob ich irgendetwas tun kann. Ich muss jetzt jedenfalls los, gerade biegt der blaue Transporter in den Hof ein. Ich werde abgeholt. Wir sehen uns dann heute Abend. Drücken Sie mir die Daumen, dass ich nicht nur Glasrahmen schleppen darf."
Schon hatte der Pfarrer aufgelegt. Norden packte rasch seine Tasche. Bevor er losfuhr, hatte er noch einige Einkäufe in Mainz zu erledigen. Eine knappe Stunde nach ihrem Telefonat startete er.

Als Norden von der Hauptstraße in die Einfahrt abbog, sah er, dass nirgendwo im Pfarrhaus Licht brannte. Er stellte seinen Wagen neben den Maserati und stieg trotzdem aus. Die Haustür war, wie erwartet, verschlossen und niemand reagierte auf sein Klingeln. Auch als er den Geistlichen versuchte auf seinem Handy zu erreichen, nahm niemand ab.
Es war nun kurz vor sechs und schon richtig dunkel. Gerade als er zu seinem Wagen zurückgehen wollte, sah er, wie sich drei Gestalten durch das schmiedeeiserne Tor vom Pfarramt schoben. Es war kaum zu übersehen, wer sich da auf die Haustür zubewegte. Überraschend war bloß, dass der schwarz gekleidete Knecht Ruprecht vorneweg ging. Der Mann im roten Nikolauskostüm folgte ihm genauso wie die dritte Gestalt, die Jeans und Turnschuhe trug und lediglich einen braunen Umhang übergeworfen hatte. Alle hatten dicke Jutesäcke auf dem Rücken, die anscheinend gut gefüllt waren.
„Niemand zu Hause", rief Norden dem Trio zu, bevor er sich wieder in seinen Wagen setzte.

Was sollte er jetzt tun? Warten? Noch einmal versuchen, den Pfarrer auf seinem Handy anzurufen?
Tausend Bilder schossen ihm gleichzeitig durch den Kopf. Buchseiten – wie Löschpapier für Blutstropfen, nackte junge Mädchen auf alten Ölgemälden und schwarze Engel, die ihm aus der Dunkelheit eines alten Wäscheschranks entgegengrinsten. Er durfte nicht darauf vertrauen, dass Pfarrer Klingers Gott schon alles richten würde. Überrascht registrierte er, dass er längst den Volvo gestartet und den Gang eingelegt hatte. Sein Körper schien die Entscheidung, die sein Verstand noch nicht ganz verarbeitet hatte, getroffen zu haben und dementsprechend zu reagieren.
Der Ort wirkte wie ausgestorben. Norden fuhr auf der schmalen Straße Richtung Moschellandsburg. Hinter der vierten Kurve tauchte das wuchtige Tor zur Auffahrt der Krügers auf.
Der Zaun links und rechts davon sah jetzt mehr denn je wie die Schutzanlage eines Gefängnisses aus. Wie erwartet war die Einfahrt verschlossen und der Platz davor leer gewesen. Der Transporter der Glaserei musste noch vor dem Haus der Krügers stehen. Norden schaltete den Motor aus und wählte wieder die Nummer von Pfarrer Klingers Handy. Und wenn der Lieferwagen nun gar nicht mehr auf dem Anwesen war? Es konnte genauso gut sein, dass der Mitarbeiter der Glaserei und der Pfarrer ihren Besuch längst beendet hatten. Wahrscheinlich saß Hochwürden jetzt in diesem Moment bei Frau Hohlwein und sie unterhielten sich über ihre Teetassen hinweg über die neuen Theaterproben.
Mit jeder verstreichenden Sekunde wurde Norden unruhiger. Er würde jetzt aussteigen, die Sprechanlage betätigen und darauf vertrauen, dass sich jemand meldete. Andererseits fühlte er, dass etwas nicht stimmte, wirkte der Zaun

links und rechts des Tores auf den zweiten Blick gar nicht mehr so hoch.
Norden warf alle Vernunft über Bord, machte einen Bogen um die Säule mit der Sprechanlage und suchte nach dem richtigen Platz, an dem er über den Zaun klettern konnte. Er war zu alt, um Skrupel zu haben, hatte zu viel Angst um die Mädchen, den Pfarrer und um sich selbst. Er war auf dem besten Weg ein Verwalter zu werden, ein Zuschauer seines eigenen Lebens. *Es gibt nichts Gutes, außer man tut es*, war früher einmal sein Lebensmotto gewesen. Es war höchste Zeit, sich wieder daran zu erinnern.
Der Mond schob sich gerade zwischen den Wolken hervor, als er eine passende Stelle gefunden hatte. Tiefer Schnee schluckte jedes Geräusch, als er auf der anderen Seite landete. Anstatt der im Bogen verlaufenden Auffahrt zu folgen, bahnte sich Norden den Weg durch Bäume und Büsche. Jetzt rieselte der Schnee nicht vom Himmel, sondern von Ästen auf ihn herab. Endlich tauchte die Villa vor ihm auf. Das Haus wirkte dunkel und unbewohnt. Norden sah den Lieferwagen, der vor der Haustür abgestellt war. Sicher gab es hier Bewegungsmelder, die die Lampen im Eingangsbereich anschalteten. Respektvoll hielt er daher großen Abstand zur Eingangstür. Links von ihm vermutete er die hallenartigen Atelier-Räume, rechts sah er die gläserne Garage. Bei ihrem ersten Besuch hatte Norden sie von der Auffahrt aus, aber auch durch die Scheibe neben der Dusche im Badezimmer gesehen. Da gab es ein schmales Fenster. Es war halb offen gewesen und Norden hatte für einen Moment darüber nachgedacht, dass ein Dieb, wenn er nicht zu dick war, genau diese Stelle für einen Einbruch nutzen würde. Deshalb schlich er sich jetzt dorthin. Auch von dieser Seite des Hauses war kein Licht im Inneren zu sehen. Immer noch auf Abstand achtend, näherte sich Norden vorsichtig der

besagten Stelle. Das Fenster war wieder gekippt. Er schob seine Hand von oben in die Öffnung und tastete daran entlang. Gerade als er dachte, dass er es so doch nicht öffnen könnte, fühlte er diesen Hebel. Während er ihn mit der einen Hand herunterzudrücken versuchte, bewegte er mit der anderen das v-förmig geöffnete Fenster hin und her. Aber die Öffnung war zu schmal. Was hatte der Kollege an der Polizeiakademie im Einbruchspräventions-Seminar gesagt: Fenster sind die gläsernen Türen des Hauses – und ein angekipptes Fenster eine Einladung zum Einbruch. Ein kurzer, kräftiger Druck gegen die obere, offene Ecke des Fensterflügels und jede Metallführung würde brechen. Norden hatte dem Vortrag nur zugehört, weil es ihn interessierte, wie andere Dozenten ihre Vorlesungen hielten. Jetzt konnte er sogar testen, ob deren Inhalt auch praxistauglich war. Er griff mit beiden Händen nach der abgekippten Ecke und drückte ruckartig zu. Ein Knacken signalisierte augenblicklich, dass da etwas herausgebrochen war. Der Fensterflügel hing nicht mehr in seiner Angel. Vorsichtig bugsierte er ihn Richtung Boden. Als das endlich gelungen war, schob er seinen Fuß ins Innere, zog den Bauch ein und trat auf die Fensterbank. Er lauschte. Seine Augen mussten sich erst an das Halbdunkel im Badezimmer gewöhnen. Währenddessen fragte er sich, was bloß in ihn gefahren war. Was machte er hier? Wie ein Dieb hatte er dieses Fenster aufgebrochen. Was würde er Jonas Krüger antworten, wenn der im nächsten Moment die Tür öffnete und den Lichtschalter betätigte? „Hallo, Herr Krüger. Ich hatte da so einen Verdacht, dass Sie ein Pädophiler sind und habe mich deshalb kurzerhand entschieden, mal nach dem Rechten zu schauen." Seinen Dozentenjob wäre er los, so viel stand mal fest! Aber der war ihm nicht wichtig. Es ging darum, ein Verbrechen zu verhindern, einen Täter zu entlarven. Bisher hatte er sich immer auf sein Bauchgefühl verlassen können. Er atmete tief durch, bevor er leise die Tür zum Flur öffnete. Nirgendwo war Licht zu sehen. Norden zog sich die Schuhe aus und schlich auf Zehenspitzen zu den Atelier-Zimmern. Aber auch dort war nichts zu hören oder zu sehen. Wo mochte nur das Wohnzimmer sein, wenn es in diesem extravaganten Haus überhaupt so etwas Banales gab? Er wollte gerade wieder zurückgehen, als ein leises Zischen ihn innehalten ließ. Das musste von irgendwo hinter den Labyrinthwänden kommen, jenen dreiviertel hohen Mauern, an denen diese einzigartigen Gemälde hingen. Wie ein Tänzer schob er sich an ihnen vorbei. Jetzt war das Geräusch wieder zu hören. Etwas lauter noch, wie die fauchende Warnung einer Schlange, kurz bevor sie zubiss. Er war inzwischen fast auf der anderen Seite des großen Raumes angekommen, als er diesen schmalen Lichtstreifen sah. Wie ein trapezartiger Teppich fiel es von einem Raum in den anderen. Norden blieb im Dunkeln, drückte sich an der Wand entlang zur Tür. Jetzt konnte man auch andere Geräusche hören. Stimmen, die leise miteinander sprachen, die mal ernst, mal belustigt klangen. Deutlich hörte er eine Männerstimme heraus. Er konnte aber nicht sagen, wem sie gehörte. Norden ging näher an die nur Handbreit geöffnete Tür heran, versuchte in den Raum hineinzuspähen. Der war zwar hell erleuchtet, aber ohne diese Tür weiter aufzustoßen, war seine Sicht eingeschränkt. Er konnte gerade so einen Stuhl und einen Mann ausmachen, der seltsam aufrecht darauf zu sitzen schien. Norden erkannte einen Rücken, dunkle Haare und einen blauen Overall. Der Mann hatte seine Arme auf den Stuhllehnen liegen, als müsste er sich krampfhaft daran festhalten. Erst als Norden seine Perspektive veränderte, sah er die weißen Kabelbinder, die wie schlichte Armbänder aussahen. Erschrocken wich er zurück. Von der Haarfarbe und der Größe her konnte der gefesselte Mann Pfarrer Klinger sein. Was ging da nebenan vor sich? Immer nervöser werdend, versuchte Norden teils geflüsterte, teils gemurmelte Worte zu verstehen. Was konnte er tun? Die Tür aufreißen, ins Zimmer stürzen und den Überraschungseffekt ausnutzen? Aber was erwartete ihn dann? Wer hatte dort wen gefesselt – und vor allem: Warum? Norden entschied sich abzuwarten. Niemand wusste, dass er hier war. Er musste in Ruhe überlegen, welche Optionen er hatte. Denk nach, versuchte er seinen Kopf frei zu bekommen. Dieser Raum grenzte direkt an das turnhallenartige Atelier-Zimmer. Vielleicht gab es irgendwo dort hinten in der Dunkelheit eine weitere Tür. Ohne lange nachzudenken, schob sich Norden wieder weiter an der Wand entlang. Er entfernte sich von dem honiggelben Streifen, der Licht von einem Zimmer ins andere schickte. Die Wand abtastend, strichen seine Hände wie die eines Blinden über unzählige Meisterwerke, die in der Düsternis vor sich hindämmerten. Irgendwann fand er eine Tür. Er trat in die Nische und drückte die Klinke so leise wie möglich herunter. Die Tür war nicht abgeschlossen und Norden öffnete sie langsam. Der Geruch, der ihm entgegenschlug, nahm ihm augenblicklich den Atem. Ammoniak und Essig, schoss es ihm durch den Kopf – Urin und Schweiß. Er hielt die Luft an und betrat den Raum. Mit der einen Hand schloss er die Tür hinter sich, mit der anderen fingerte er sein Handy aus der Hosentasche. Die eingebaute Taschenlampe tauchte den Raum augenblicklich in gespenstisch blaues Licht. Vor ihm lag eine Frau auf einem Bett, als würde sie schlafen. Nur die Kabelbinder, die ihre Handgelenke auf ihrer Brust fixierten, und die weit aufgerissenen Augen passten nicht zu diesem Bild. Norden wusste sofort, wer die Frau war. Anja Krüger-Stein war sicher mal eine Schönheit gewesen.

Jetzt war sie höchstwahrscheinlich tot. Norden schluckte. Anstatt Antworten zu finden, hatte er das nächste Mysterium entdeckt. Darauf achtend, wohin er trat, schob er sich an dem Bett vorbei in Richtung der anderen Tür, welche direkt neben dem Kopfteil des Bettes in die Wand eingelassen war. Es kostete ihn Überwindung, den Arm der Frau zu berühren. Zu seiner Überraschung fühlte sich ihre Haut nicht kalt, sondern nur wächsern an – da war scheinbar noch Leben in dieser blassen Hülle. Etwas, das man von ihren Augen nicht behaupten konnte. Das Licht seiner Handylampe strich über den Körper der Frau. Er musste Hilfe holen, versuchen zu telefonieren oder wenigstens eine SMS absetzen. ‚Kein Empfang', stand jedoch im Display seines Telefons. Er war auf sich allein gestellt, durfte keine Zeit verlieren. Norden schaltete die Lampe aus, bevor er den Türgriff heruntergedrückte. Zentimeter für Zentimeter schob er sie auf. Zum Glück lag dieser Teil des angrenzenden Zimmers im Halbdunkel. Die eingeschalteten Deckenstrahler leuchteten nur den vorderen Bereich des vor ihm liegenden Raumes aus. Die Szene, die sich Norden bot, hatte etwas Surreales: Während die drei Krüger-Schwestern nebeneinander auf einer Couch kauerten, saßen ihnen drei Männer auf schlichten Holzstühlen gegenüber. Norden erkannte Pfarrer Klinger, Jonas Krüger und den Mann, der ihnen erst vor ein paar Tagen im Flur der Villa begegnet war. Er und der Geistliche trugen blaue Handwerkeroveralls und der Herr des Hauses, von dem er nur den Rücken sehen konnte, eine graue Strickjacke. Mehr war auf diese Entfernung nicht auszumachen. Leise Stimmen waren zu hören, aber so sehr sich Norden auch bemühte, er konnte immer noch nichts von dem verstehen, was dort gesprochen wurde. Zwischen der Couch und den Stühlen war ein Tisch zu sehen, auf dem Tassen und eine Teekanne standen. Daneben lag etwas Längliches, das aussah wie eine Dose Sprühsahne. Norden wusste nicht, was er tun sollte, also entschied er sich intuitiv für Augen zu und durch. Er zog die Tür ganz auf und ging mit raschen Schritten auf die Sitzgruppe zu. Köpfe fuhren herum und er sah in überraschte Gesichter. Norden wusste nicht, welche Reaktion er erwartet hatte, auf den Schlag in die Magengrube war er nicht vorbereitet gewesen. Er hatte gerade den Stuhl von Jonas Krüger erreicht, als ihn dieser Fausthieb aus dem Nichts zusammenklappen ließ. Nach Luft japsend sackte er augenblicklich zu Boden.

Dunkelheit drohte seinen Verstand unter sich zu begraben. Als er jetzt unsanft auf die Beine gezogen wurde, hätte er sich um ein Haar übergeben müssen. Kräftige Arme bugsierten ihn in einen freien Sessel neben der Couch. Sein benommener Blick versuchte die Situation zu erfassen. Ihm gegenüber saß Pfarrer Klinger, den Kopf vornübergebeugt und die Arme mit Kabelbindern an den Stuhl gefesselt. Auf der anderen Seite saßen die drei Schwestern. Ihre Blicke wirkten gehetzt und fahrig, aber sie lebten und waren bei Besinnung. Das konnte man von dem Mann in der grauen Strickjacke nicht sagen. Seine weit aufgerissenen Augen starrten die Decke an, während ein Wespennest aus seinem Mund herauszuquellen schien. Gelber Schaum hatte seinen Unterkiefer nach unten gedrückt und Reste dieser Masse waren auch noch auf der Strickjacke vor seiner Brust zu sehen. Der Mann, der jetzt neben Norden stand, sprach ihn mit belustigter Stimme an.

„Hat sich verschluckt, unser Milliardär. Wofür Montageschaum nicht alles gut ist. Ich sage der Chefin immer: Sparen Sie lieber an den Rahmen, den Griffen und dem Glas, aber das Werkzeug und die Hilfsmittel müssen erstklassig sein. Wann reklamieren denn die Kunden? Wenn das

Fenster wackelt und sich nicht mehr richtig öffnen und schließen lässt. Und warum wackelt es? Weil der Montageschaum oder die Dübel nichts taugen." Der Mann mit der schwarzen Rollmütze zwinkerte Norden zu. „Herr Krüger wäre bestimmt meiner Meinung. Zweimal kurz gedrückt und schon hatte er so viel Schaum im Hals, dass es ihn innerlich zerrissen hat und ihm die Luft weggeblieben ist. Es hat sicher keine drei Sekunden gedauert, bis dieses gelbe Zeug in seinem Rachen aufgequollen und ausgehärtet ist. Vielleicht kein schöner Tod, aber wenigstens ein rascher – denke ich mir jedenfalls."
Norden machte ein grunzendes Geräusch, das den Handwerker lächeln ließ.
„Solarplexus, das Sonnengeflecht. So nennt man die Stelle, wo ich sie erwischt habe. Habe schon als Kind im Verein geboxt – weiß genau, wo ich meinen Gegner zu erwischen habe. Sie können mir keinen größeren Gefallen tun, als mich jetzt anzugreifen. Deshalb habe ich Sie auch nicht gefesselt. Kabelbinder sind was für Mädchen und Männer mit Hasenherzen. Geben Sie sich einen Ruck und stürzen Sie sich auf mich. Ich verspreche Ihnen einen fairen Kampf. Werde Ihnen sicher die Nase brechen und ein paar Zähne ausschlagen, aber mal ehrlich: Das ist allemal besser als noch so ein Schlag wie eben. Dann fessele ich Sie wie den Herrn Pfarrer an den Stuhl und Sie sitzen da wie ein sabbernder Greis. Wie jemand, der auf die Schnabeltasse wartet. Nur bin ich nicht Schwester Ursula und dieses Röhrchen ist nicht aus Porzellan, sondern aus Plastik. Das werde ich Ihnen dann in den Hals schieben und Sie den Montageschaum schlucken lassen."
Norden drückte seinen Rücken durch und versuchte zu lächeln. „Wissen Sie eigentlich, dass Sie ganz schön krank sind?", fragte er, während er auf den Boden spuckte.

„Nicht halb so irre wie andere Leute", kam sofort die Antwort. „Ich könnte auch ein Messer aus der Küche holen. Haben Sie sich mal überlegt, was das für eine Schweinerei gibt? Das Blut kriegen Sie nie mehr aus den Holzdielen raus. Die sind nur geölt. Ich kenne mich da aus. Bei Blut bleiben immer dunkle Ränder zurück. Die Dielen müssten dann rausgerissen oder abgeschliffen werden. Nein, Sie dürfen Ihr Blut behalten", beendete der Mann seine Gedanken und Norden führte den Satz in seinem Kopf weiter fort: ... Wenn ich dir dafür mein Leben gebe. Laut sagte er:

„Warum haben Sie dann beim Mord an Frau Neumann so versagt? Auf der Veranda war jede Menge Blut."

Hatte Norden gehofft, dass er damit ihr Gespräch so in die Länge ziehen konnte, lag er erst einmal richtig.

„Was wissen Sie denn schon. Manchmal muss man halt improvisieren. Es war arschkalt und diese alte Schachtel musste aufgehalten werden. Sie hatte etwas gesehen, was sie nicht hätte sehen dürfen. Und während sich die Frau drinnen ihre Jacke ausgesucht hat, stand ich draußen auf der Veranda und habe überlegt, welchen Eiszapfen ich von der Dachrinne brechen sollte. Ein dickes Ding musste es sein. Ich habe es nur einmal probiert und es war ein Kinderspiel – genauso einfach wie der Dame dieses kalte Etwas in den Kopf zu rammen. Da war kaum Blut im Schnee. Wenigstens nicht, als ich mich durch den Garten davongeschlichen habe."

Norden drückte sich die Fäuste in die Seiten, als hätte er immer noch Schmerzen.

„Das würde ich schön sein lassen", sagte der Handwerker und stand im nächsten Moment neben dem Sessel, auf dem Norden saß. Seine prankenartigen Hände umklammerten dessen rechtes Handgelenk.

„Sie müssen mich für ziemlich unterbelichtet halten", rief der Rollmützen-Mann, während er Norden das Handy aus der Hand riss. „Hätte Sie auch eben schon durchsuchen können, aber so macht es mehr Spaß." Rasch überflog er das Display. „Sie haben die letzten zwei Stunden nur die Nummer von Pfarrer Klingers Handy angerufen und auch keine Mail oder SMS verschickt. Wenn Sie mich fragen, war es ein großer Fehler, nicht die Polizei anzurufen. Aber vielleicht haben Sie es auch nur in den falschen Zimmern probiert. Hier hat man nämlich nicht überall Empfang. Jedenfalls werde ich keine Zeugen zurücklassen, die Spuren so gut es geht verwischen und mich absetzen."
Norden spürte, wie Zorn in ihm hochkochte. „Was, verdammt noch mal, kann so wichtig sein, dass Sie bereit sind, acht Menschen dafür kaltblütig zu töten? Wenn es Ihnen um diese Kunstsammlung geht, muss ich Sie enttäuschen. Es gibt nichts Undankbareres, als gestohlene Gemälde verkaufen zu wollen. Da ist Ihnen nicht nur die Polizei auf den Fersen. Die Versicherung wird Ihnen Dutzende von Privatschnüfflern hinterherschicken. Irgendjemand plaudert immer. Und sollten Sie auf einen Lösegelddeal spekulieren – die Schwachstelle ist und bleibt die Geldübergabe. So kriegt man die Deppen immer."
„Sind Sie jetzt fertig?" Der hünenhafte Mann hatte Nordens Handy auf die Holzdielen fallen lassen und trat mit der Hacke seines Arbeitsschuhs auf ihm herum, bis es in mehrere Teile zerbrochen war.
„Wie ich schon sagte: Sie haben keine Ahnung." Der Mann baute sich wie ein Boxer kurz vor Rundenbeginn vor Norden auf. „Letzte Chance, um Ihre Kämpfernatur zu entdecken."
Während Norden seinen Kopf ein Stück tiefer zwischen die Schultern zog, begann sich auf dem Stuhl neben ihm etwas zu bewegen. Norden hatte es die ganze Zeit über

vermieden, einen zweiten Blick auf den Pfarrer oder die dicht beieinandersitzenden Mädchen zu werfen. Er wollte sich nicht ablenken lassen von möglichen Verletzungen seines Freundes oder der Angst im Gesicht der drei Schwestern. Aber jetzt drehte er sich doch um. Waren die Augen des Pfarrers eben noch geschlossen gewesen und hatte sein Kinn auf der Brust gelegen, so kam langsam wieder Leben in ihn. „Tun Sie den Mädchen nichts", stammelte er wie ein Betrunkener. Speichelfäden tropften ihm von den Mundwinkeln auf seinen Overall.

„Was haben Sie gesagt?" Die Stimme des Handwerkers klang unnatürlich freundlich.

„Mädchen nichts tun", wiederholte Pfarrer Klinger, bevor sein Kopf wieder kraftlos auf seiner Brust landete.

Das war der Moment, in dem Norden all seinen Mut zusammennahm. Die Hände zu Fäusten geballt, hatte er sich aufgerappelt und vor den Stuhl des Pfarrers gestellt.

„Sie sind also doch kein Papiertiger." Jetzt passte die Stimme wieder zum Gesichtsausdruck des Rollmützen-Mannes.

Norden hatte gebannt auf diese großen Fäuste gestarrt und alles andere um sich herum ausgeblendet. Umso überraschter war er, als ihn etwas von hinten am Unterschenkel traf. Sein Bein knickte ein und er landete fast im gleichen Moment auf seinen Knien.

„Hör auf zu spielen und mach sie endlich alle tot", meldete sich auf einmal eine junge Stimme zu Wort. Norden hatte sich auf dem Boden kauernd herumgedreht und sah in das hübsche Gesicht von Sunita. Während Thao und Shenmi noch immer auf der Couch saßen, stand die älteste der Krüger-Töchter mit einem Golfschläger in der Hand wie eine Rachegöttin vor ihm. Die Waffe musste Norden bisher übersehen haben, oder sie hatte die ganze Zeit hinter dem Sofa versteckt gelegen.

„Was bitte, verstehst du nicht an kurz und schmerzlos", sagte sie in Richtung des Handwerkers. „Wir müssen spätestens in zwei Stunden am Bürgerhaus sein. Sonst fährt der Lkw ohne uns los. Wenn wir erst einmal am Flughafen sind und du uns abgesetzt hast, haben wir alle Zeit dieser Welt. Du lädst die Säcke mit den Klamotten in der Lagerhalle ab, stellst den Transporter ins Parkhaus und dann fliegst du nach Kapstadt."

„So wie du nach Delhi und deine Schwestern nach Hanoi und Peking. Bin doch nicht blöd. Haben wir ja oft genug besprochen."

„Dein Ticket hast du und mein Vater hat dir, wie abgemacht, 500.000 Euro auf ein Nummernkonto überwiesen. Das Kuvert mit den Unterlagen liegt dort auf dem Tisch. Es ist alles da: neuer Pass und internationaler Führerschein. Wenn du willst, kannst du auch alles noch einmal überprüfen."

Der Handwerker schüttelte den Kopf.

„Nicht nötig. Du bist zuverlässig, aber kalt wie ein Fisch. Trotzdem habe ich es genossen, was du mir als Bonus gegeben hast. Ich hätte das alles auch nur für Geld gemacht, aber so war es viel besser."

Norden kniete noch immer wie ein Verurteilter, der auf seine Hinrichtung wartet, zwischen dem Mann und den Mädchen. Sein Bein schmerzte und der Handwerker registrierte amüsiert, wie Nordens Arme kraftlos herunterhingen und sein Blick fahrig von einem Gesicht zum anderen wechselte.

„Du hast es gehört: Sunita möchte, dass wir es zu Ende bringen. Und sie bekommt immer, was sie will. Liegt wohl in der Familie. Ihr Vater ist nicht umsonst einer der skrupellosesten Industriellen Indiens."

„Als wenn du das beurteilen könntest." Die junge Frau spuckte fast die Worte aus, so empört schien sie zu sein.

Norden deutete mit seinem Kopf in Richtung Jonas Krüger. „Ich dachte, das wäre dein Vater."
„Der?" Thao stand jetzt neben ihrer Schwester und lachte schrill. „Das ist der wahre Teufel! Dieser ganze Mist ist nur seine Schuld. Wir waren seine Geiseln, seine Gefangenen. Er sagte immer: Schon die Inkas, die Römer und die englischen Könige des Mittelalters hätten wichtige Verträge mit dem Austausch von Söhnen und Töchtern besiegelt. Nur so könnte man sicher sein, dass sich die Vertragspartner auch an jede einzelne Bestimmung einer Abmachung halten würden. Bloß, dass er uns nicht Geiseln genannt hat, sondern seine Kinder. Adoptiert hat er uns. Aber das hat ihn nicht davon abgehalten, sich immer, wenn ihm danach war, zu nehmen, worauf er Lust hatte. Handel ist Krieg, hat er gesagt, und Strafe wäre das einzige Druckmittel. Wir Kinder waren die Versicherungen für die Geschäfte unserer Väter."
„Manchmal war er aber auch nett", meldete sich die helle Stimme Shenmis zu Wort.
Sunita schüttelte den Kopf. „Du bist halt noch naiv, aber in deinem Alter war ich wohl genauso. Ich erinnere mich noch gut daran, wie ich mich gefühlt habe, als mich meine Eltern auf dem Flughafen in die Obhut der Stewardessen gegeben haben. Meine Mutter hat geweint und mein Vater etwas von Pflicht gegenüber der Familie gesagt. Als die Air-India-Maschine in Deutschland gelandet war, hatte ich keine Tränen mehr übrig, die ich hätte weinen können. Zum Glück gab es Mama Anja und die Dolmetscherin, die die Krügers für mich engagiert hatten. Kinder passen sich rasch an neue Situationen an. Nur an das Wetter in diesem Land konnte ich mich nicht so schnell gewöhnen. Aber irgendwann hat auch das funktioniert."

„Und warum tust du das jetzt deiner Mutter an?", fragte Norden. „Ich habe sie im Nebenzimmer gesehen, sie ist mehr tot als lebend."

„Was meinen Sie? Weniger schlecht ist immer noch nicht gut. Sie ist Krügers Frau und erst dann Mutter. Freundlich war sie deswegen noch lange nicht zu uns. Wahrscheinlich machte sie sich bloß Sorgen um ihre eigenen Kinder Jörg und Benedikt: dachte, dass so, wie sie mit uns umgehen würden, so würde man auch ihre Söhne behandeln. Da war keine Wärme, nur Berechnung. Sie hätte sich dieses ganze Getue sparen können. In meiner Heimat behandeln wir Gäste nämlich gut und aufmerksam. Ich bin sicher, dass der Sohn der Krügers in Bangalore wie ein kleiner Radscha aufgewachsen ist. Während wir hier kaum einmal in den Ort durften, hatte er seinen eigenen Diener. Mein Vater ist nämlich einer der wohlhabendsten Unternehmer Indiens."

„Und dann hat er seine Tochter ohne mit der Wimper zu zucken in die Obhut eines wildfremden Menschen gegeben, sie quasi verkauft?" Norden versuchte das eben Gehörte irgendwie zu verstehen.

„Getauscht ist das richtige Wort", sagte Thao. „Genauso wie bei mir. Sunita hat es Ihnen ja schon erklärt: Handel ist Krieg. Unternehmer sind Verbrecher mit Krawatten, die jeden und alles über den Tisch ziehen und die Schlupflöcher in den Verträgen suchen. Es geht um Milliarden und das jedes Jahr. Also braucht man Druckmittel, um Verträge einzuhalten. Das war schon immer so und deswegen wird behauptet, dass es gut und richtig sei."

„Und warum jetzt dieser Sinneswandel?", fragte Norden fassungslos.

Die beiden jungen Frauen schauten sich an.

„Sag du es ihm", forderte Thao ihre ältere Schwester auf.

„Jörg ist gestorben. Ein illegales Autorennen. Er ist mit seinem Sportwagen gegen eine Kuh gefahren und war sofort tot. Die Krügers wissen noch nichts von dem Unfall. Meine richtige Mutter hatte Angst, weil sie nicht wusste, wie Jonas Krüger auf eine solche Nachricht reagieren würde. Also hat sie meinen Vater gezwungen, mich zurückzuholen. So reagiert eben nur eine wahre Mutter, auch wenn sie mich über zehn Jahre nicht gesehen hat. Wir hatten immer Kontakt – mal über unsere Haushälterin, später über die Lehrerin auf der Waldorfschule."

„Aber die Krügers haben doch nur zwei Söhne. Wer ist die Austauschgeisel in deinem Fall?" Norden hatte Shenmi direkt angesprochen.

„Ein Picasso, ein Gauguin und ein Richter. Ich bin 50 Millionen wert. Die Originale hängen im Haus meiner Eltern in Shanghai."

„Das ist so krank!", rief Norden, während er noch ein Stück mehr in sich zusammensackte.

„Krank sind nur die Krügers. Deshalb kann niemand Mitleid von uns erwarten. Dieser Mann hat mehr als einmal gesagt, dass es nur ums Geschäft ginge. Wir wären nicht mehr als eine Bürgschaft für ihn."

Nordens Blick fiel auf das Gesicht Jonas Krügers, auf seine mit Kabelbindern gefesselten Arme und diesen abstrus weit aufgerissenen Mund. Der Bauschaum, der dafür verantwortlich war, sah wie trockener Brotteig aus.

„Und warum musste Frau Neumann sterben? Ihr habt doch jetzt nichts mehr zu befürchten. Ich möchte wenigstens wissen, warum!"

Norden wusste, dass die Geschichte fast erzählt war. Der Mann mit der schwarzen Rollmütze würde gleich nach der Sprühflasche mit dem Montageschaum greifen und seinen Job zu Ende bringen. Er selbst würde der Nächste sein. Der Pfarrer war gefesselt und noch nicht bei Sinnen und Krügers Frau war mehr tot als lebend.

„Der Hellste scheinen Sie ja wirklich nicht zu sein", sagte Thao kopfschüttelnd, bevor Sunita abfällig „Jemand mit Verstand malt seine Bilder nicht auf Schuhsohlen" ergänzte. „Aber wenn Sie dann ruhiger sterben, sollen Sie Ihren Willen haben."

Sie ist so kalt wie eine Hundeschnauze, dachte Norden.

„Daran ist Shenmi Schuld. Sie hat die Haustür zu schnell geöffnet. Frau Neumann tauchte letzten Freitag bei uns auf und hat gesehen, wie ich und unser Handwerker im Nebenzimmer herumgemacht haben. Wollte unsere ‚Mutter' sprechen, aber die hatten wir vorsichtshalber schon ein paar Tage vorher ruhiggestellt. Jemand hätte den Krügers ja die Nachricht vom Tod ihres Sohnes mitteilen können. Bestimmt gibt es im Haus meines Vaters in Bangalore auch Krüger-Informanten, genau wie andersherum. Wir mussten handeln. Wenn man selbst kennengelernt hat, wie teuflisch K.-o.-Tropfen funktionieren, ist alles nur eine Frage der richtigen Dosierung. Unsere Eltern hatten keine Grippe, wir haben sie einfach ruhiggestellt. Ist Ihnen denn wirklich nicht aufgefallen, wie klapprig Jonas Krüger war – und vor allem wie unkonzentriert? Die Tropfen machen nicht nur kleine Mädchen gefügig. Jedes Mal, wenn man sie einnimmt, verwirren sie die Gedanken etwas mehr. Unsere Mutter bekam seit über einer Woche anstatt Süßstoff ihre Roofies in den Tee. Seither liegt sie in ihrem Bett. Natürlich haben wir dafür gesorgt, dass weder Telefon noch Handy in ihrer Nähe waren. Gleiches galt übrigens für den Herrn des Hauses. Wir haben ihn nur telefonieren lassen, wenn es das kleinere Übel war und jemand von uns danebenstand – mit einem Golfschläger oder einem Messer. Warum diese Bibliothekarin dann plötzlich bei uns aufgetaucht ist, ist mir immer noch ein Rätsel."

„Eure Mutter hatte eine Botschaft in den Büchern versteckt, die ihr zurückgegeben habt", meldete sich Norden zu Wort. „Das hat Frau Neumanns Neugier geweckt."

„Das kann gar nicht sein, wir haben ihr alle Stifte abgenommen." Das dunkelhäutige Mädchen schüttelte entschieden den Kopf. „Außerdem hast du doch die Bücher kontrolliert, bevor du sie zurückgebracht hast?", fragte Sunita ihre jüngste Schwester.

„Da war nichts, nur ein paar trockene Tropfen Blut. Kein Zettel und keine Botschaft", verteidigte sich Shenmi.

„Für Frau Neumann war das Grund genug, um hier persönlich nach dem Rechten zu schauen."

„Und die Neugier hat sie das Leben gekostet", warf Thao ein.

„Oder die Sorge um dich und deine Schwestern", konterte Norden.

Für einen Moment herrschte Stille.

„Genug jetzt." Die Stimme des Handwerkers klang wie Donnergrollen. „Sie reden hier niemandem ein schlechtes Gewissen ein", sagte er barsch. „Stehen Sie jetzt freiwillig auf, oder muss ich Sie auf die Beine zerren? Sie wissen doch, was jetzt kommt. Papiertiger kriegen keine zweite Chance."

Als wollte er seinen Worten Taten folgen lassen, stellte sich der bullige Mann direkt vor Norden. Er hatte ihn gerade bei den Schultern packen wollen, als ihn etwas von den Beinen holte. Wie ein angesägter Baum war er umgefallen. Norden hatte sich währenddessen rasch zur Seite gedreht und kniete jetzt unmittelbar neben dem Kopf des Mannes. Der Elektroschocker, den er eben aus seiner Jackentasche gezogen hatte, zielte wie eine Pistole ohne Lauf auf den Kopf des Handwerkers. Der zweite Stromschlag traf den Ex-Boxer nicht wie der erste am Bein, sondern direkt am

Ohr. Kopf, Arme und Beine des Hünen zuckten und bebten, als der Strom durch seinen Körper schoss.
Als Norden den Abzug losließ, lag der Mann wie tot auf dem Boden.
Die drei Schwestern hatten die Szene regungslos verfolgt. Als Norden mit dem Elektroschocker auf Sunita deutete, ließ diese den Golfschläger sinken.
„Ihr setzt euch jetzt alle drei dort auf die Couch und sagt kein Wort mehr." Mit einer Hand griff Norden nach einem der auf dem Tisch liegenden Handys. Auf dem Display konnte er erkennen, dass es in diesem Raum Empfang hatte. Während er eine Nummer eintippte, schienen die Mädchen seine Anweisung zu befolgen. Für den Bruchteil einer Sekunde hatte er seinen Blick nur auf die Tastatur des Handys gerichtet. Trotzdem sah er aus den Augenwinkeln heraus eine Bewegung und beugte sich instinktiv vor. Der Golfschläger, den Sunita hochgerissen hatte, zischte, ohne ihn zu treffen, an seinem Hinterkopf vorbei. Die junge Frau sprang zur Seite und holte im gleichen Moment zu einem neuen Schlag aus. Norden ließ den Elektroschocker fallen, sprang vor und verkürzte so den Abstand zwischen sich und dem Mädchen. Norden sah in dunkle und geheimnisvolle Augen. Er war jetzt zu nah, als dass Sunita den nächsten Schlag gezielt hätte ausführen können. Er bekam ihre Hände zu fassen und drückte die Arme samt dem Golfschläger zu Boden. Aber da war Kraft und Verzweiflung in diesem zierlichen, schlanken Körper. Während die junge Inderin mit dem Knie nach Norden stieß, versuchte sie den Schläger wieder freizubekommen. Norden stemmte sich dagegen, nur um im nächsten Augenblick ruckartig eine ähnliche Bewegung zu machen. Vier Arme und ein Stück Eisen schossen gleichzeitig in die Höhe. Von Letzterem wurde Sunita an der Schläfe getroffen. Sie torkelte nur kurz, bevor sie

in sich zusammensackte und regungslos liegen blieb. Norden griff wieder nach dem Handy, als plötzlich Thao vor ihm stand. Sie hatte den Elektroschocker vom Boden aufgehoben und zielte mit dem gefährlich aussehenden Ding auf ihn.

„Leg das weg", befahl Norden.

„Wir haben nichts mehr zu verlieren", antwortete sie. Dann schnellte ihre Hand vor.

Während Norden das Handy fallen ließ, griff er nach Thaos Arm.

„Man muss erst die Sicherung nach oben schieben", sagte er, als er ihr den Elektroschocker abnahm. Seine Stimme klang genervt.

„Du setzt dich jetzt neben deine Schwester. Shenmi scheint die Vernünftigste von euch zu sein. Ich habe Wichtigeres zu tun, als junge Mädchen zu verhauen."

Dieses Mal klappte es mit dem Anruf.

„Wir brauchen dringend drei Krankenwagen zur Villa der Krügers in Obermoschel. Ja, das Haus meine ich", bestätigte Norden erleichtert, weil er die genaue Adresse nicht kannte. „Und rufen Sie bitte noch meine Kollegen bei der Polizei in Bad Kreuznach an. Sagen Sie, es hätte hier einen Mord gegeben. Norden ist mein Name. Nein, ich bin kein Kommissar, nur ein Künstler."

Als er aufgelegt hatte, kniete er sich neben Sunita und fühlte nach ihrem Puls.

„Eure Schwester wird Kopfschmerzen haben, wenn sie wieder aufwacht, aber ich glaube, sie hat Glück gehabt."

Er ließ sich auf den Stuhl gegenüber der Couch fallen.

Neben ihm saß der gefesselte Geistliche, der jetzt leise zu stöhnen begann.

„Na, wie geht's, Hochwürden?" Anstelle einer Antwort begann der Pfarrer zu blinzeln.

„Ist ja noch mal gut gegangen." Norden klopfte seinem Freund aufmunternd auf den Arm. „Ich wäre schon eine halbe Stunde eher da gewesen, aber ich musste vorher noch etwas in Mainz kaufen. Das Nikolauskostüm liegt unbenutzt im Auto, aber der Stromschocker hat uns eben das Leben gerettet. Und dieses Ding hier wird unsere Aussagen erheblich glaubwürdiger machen." Norden zog ein kleines Diktiergerät aus der anderen Hosentasche. „Das heißt, natürlich nur, wenn es funktioniert hat, aber davon gehe ich mal aus. Lasse ich immer bei meinen Seminaren laufen und da klappt es bestens."
Norden drückte die Stopptaste und legte das Gerät vor sich auf den Tisch.
Die zwei Schwestern saßen mit versteinerten Mienen nebeneinander und begleiteten mit ihren Blicken jede von Nordens Bewegungen.
Niemand sprach ein Wort und erst das Geräusch sich langsam nähernder Sirenen durchbrach die Stille.

Die dunkelgrauen Erzählungen:
FLIRT IN DIE GLUT

„Schlechte Nachrichten für die Autofahrer in Mainz und Wiesbaden: Auf der Theodor-Heuss-Brücke hat sich in Fahrtrichtung Mainz gerade ein Unfall ereignet. Kein guter Einstieg in ein prickelndes August-Wochenende. Unser Tipp: Cool bleiben und Radio *Lautstark* hören! Am Ende des Staus wartet bestimmt jemand mit einem kühlen Drink oder heißen Lippen auf euch. Und wenn nicht: Es ist Freitag – Wochenende! Wieder eine neue Chance, den passenden Lover zu finden!"

Alexander stolperte fast, als er den Plastikvorhang aufriss und aus der Dusche sprang. Hastig trocknete er sich ab, streifte Hemd und Hose über, nur um keine fünf Minuten später die Treppe Richtung Tiefgarage hinunterzulaufen. Seine Haare waren zwar noch nicht richtig trocken, aber zum Glück hatte er an den Frack, seinen Autoschlüssel, die Geldbörse und sein Handy gedacht.

Bis zur Theodor-Heuss-Brücke brauchte er normalerweise sieben, acht Minuten, zumindest bei regulären Verkehrsverhältnissen. Heute würde er wegen des Rückstaus vor dem Kreisel vielleicht fünfzehn brauchen. Trotzdem musste er sich beeilen, es kam auf jede Minute an. Also ignorierte er die schüchterne Begrüßung der Reinigungskraft im Erdgeschoss, rannte weiter Richtung Tiefgarage und rempelte dabei die arrogante Ziege aus dem Appartement neben ihm an. Unten angekommen, zog er sich rasch den schwarzen Frack über, bevor er die Tür seines roten 5er-Golfs aufsperrte. Der Innenraum roch herb nach dem neu angeschafften Lederbezug des Fahrersitzes. Alexander genoss den Klang der Zylinder, das übermütige Brummen des Motors, als der seine Kraft endlich

auf Getriebe und Räder übertragen konnte. Er fuhr im Schritttempo die Rampe der Tiefgarage hoch und wartete ungeduldig darauf, dass die Ampel ihn endlich losfahren ließ. Draußen blendete ihn das Licht der tief stehenden Sonne. Was für ein Sommer! Er öffnete die Seitenscheibe und roch augenblicklich den Mief von Abgasen, Asphalt und dem nahen Rhein.
Natürlich staute sich der Verkehr nun schon auf den Philippsring zurück, aber einer der Autofahrer hatte Mitleid und ließ ihn sich einfädeln. Langsam fuhren sie jetzt, Stoßstange an Stoßstange, Richtung Kreisel. Weil Alexander zu schwitzen begann, schloss er rasch wieder das Seitenfenster und schaltete die Klimaanlage ein – gerade in dem Moment, als der Radiosprecher sich erneut zu Wort meldete: „Noch immer keine Entwarnung an der Theodor-Heuss-Brücke. Der Rettungshubschrauber ist im Anflug. Da werdet ihr euren Rendezvous-Pegel noch etwas runterfahren müssen. Wenigstens hört ihr den richtigen Sender: Radio *Lautstark.* Wir haben immer das richtige Programm! Und was lenkt euch besser von einem Superstau ab als die Vorfreude auf ein megageiles Wochenende? Ruft uns an! Die Leitungen sind jetzt frei. Wir wollen wissen, wie ihr eure Traumfrau oder euren Traumlover kennenlernen wollt. Erzählt uns von eurer außergewöhnlichsten Kennenlern-Masche! Und bitte – vergesst dabei mal das Internet. Flirtportale sind nur was für Fantasie-Verweigerer! Wir wollen die anderen Ideen. Hier spricht Lenny DeVito, euer Flirtprofi, eure Eintrittskarte ins *lautstarke* Flirt-Wochenende."
Dieser Mikrofon-Trottel mit seiner Losverkäufer-Stimme würde wahrscheinlich schlagartig erstarren, wenn ihm eine richtige Frau gegenüberstünde, dachte Alexander, während er im Rückspiegel seine nassen Haare begutachtete. Eine gut aussehende Frau – eine, die wusste, wie attraktiv sie war und die keine Push-ups brauchte. Solche Frauen

flirteten nur, wenn ihnen wirklich danach war. Oder aus Langeweile, oder weil sie am Vormittag in der Firma von ihrem Chef mal wieder eins auf den Deckel bekommen hatten. Alexander kannte die Damenwelt, kannte das Spiel, das Männer und Frauen miteinander spielten.
Jetzt begannen Autofahrer vor ihm zu hupen. Während draußen in der Ferne die Theodor-Heuss-Brücke auftauchte, meldete sich erneut der Flirtprofi aus dem Radio und versuchte geistreich zu sein:
„Die Kunst des Wartens besteht darin, in der Zwischenzeit etwas anderes zu tun. Während die Notärzte um das Leben der Unfallopfer auf der Rheinbrücke kämpfen, haben wir unseren ersten Anrufer. Wie ist dein Name? Mit welcher Masche willst du dieses Wochenende deine Partnerin finden?"
Die Stimme des Anrufers klang jung und schmutzig. „Also ich habe da eine todsichere Methode. Wenig reden, viel zuhören, 25 Euro und dann ab nach Hause."
„25 Euro? Mein Lieber, da hast du etwas missverstanden. Du sollst die Frauen nicht bezahlen. Wir wollen Flirttipps – keine Sondertarife mit den Damen vom Gewerbe."
„Aber das ist kein Bezahlen", widersprach die Stimme und klang auf einmal gar nicht mehr so jung. „Mehr eine Investition: Ein Cocktail im *Bananarama* kostet freitags fünf Euro. Vier Caipirinhas und die Damen wissen nich' mehr, wo vorne und hinten ist. Dann ab in den Wagen und flott in die Kiste. Verstehst du?"
„Und das funktioniert?", fragte der Radiomann skeptisch. „Mal abgesehen davon, dass die vier Cocktails nur 20 Euro kosten, du Mathe-Ass."
„Es funktioniert immer", krächzte die Stimme unangenehm. „Und die fünf Euro sind das Trinkgeld für den Barmixer, damit er die doppelte Menge Alkohol in den Cocktail gibt – kapierst du nun?"

Alexander grinste, aber mehr, weil sie jetzt endlich wieder losfuhren. Noch zweihundert Meter und dann würde er endlich vierspurig im Stau stehen. Er ließ erneut die Seitenfenster herunter und schob sich die Sonnenbrille in die Stirn.
Zum ersten Mal betrachtete er die Menschen in den Autos um ihn herum etwas genauer: Ein weißer Mercedes-Sprinter stand auf der linken Spur unmittelbar neben ihm. Davor ein Kleintransporter mit Handwerkern an Bord. Im Wagen direkt vor ihm sah er die Kontur einer Frau und einen Kindersitz auf der Rückbank. Hinter ihm stand ein roter Audi. Der Mann auf dem Fahrersitz telefonierte gerade mit seinem Handy. Wer in dem silbergrauen Skoda rechts neben ihm saß, konnte er nur erahnen. Dichter Zigarettenqualm waberte im Innenraum des Autos herum, und zu allem Überfluss strapazierte der wummernde Bass von dessen Surroundanlage die Ohren. Von der Frau im Wagen davor sah er nur flachsblondes Haar und ihr Profil. Schwer zu sagen, wie alt sie sein mochte. Er schätzte sie auf Anfang dreißig, aber das Alter durch geschlossene Seitenscheiben zu erraten, war ganz besonders schwierig. Seitenfenster oder Windschutzscheiben wirkten wie Weichzeichner vor der Linse einer Kamera. Die Gesichter dahinter sahen sanfter, hübscher oder einfach nur jünger aus, als sie in Wirklichkeit waren. Dennoch war dieses Gesicht einen zweiten Blick wert. Alexander schaltete wieder die Zündung an. Der Radiomann hatte gerade seinen nächsten Flirtexperten im Kreuzverhör: „Und du hast extra eine Bahncard, um auf Bahnhöfen herumzuflirten?"
„Natürlich auch, um Zug zu fahren", ergänzte der Anrufer rasch. „Es gibt nichts Besseres als Zugabteile, um die Damen anzuquatschen. Du pickst dir eine raus, setzt dich ihr gegenüber oder neben sie und achtest darauf, was sie

liest oder welche Musik ihr iPod oder Handy anzeigt. Das ist dann ab sofort auch dein Favorit. Jedenfalls redest du mit ihr über euren gemeinsamen Lieblingsautor oder -sänger, und schon hast du sie klargemacht."
Während Alexander den Kopf schüttelte, überschlug sich die Stimme von Mister Radio.
„Du bist ja ein ganz Schlauer. Und so kommst du automatisch immer zum Zug?"
Das letzte Wort hatte der *Lautstark*-Moderator extra in die Länge gezogen, um auch dem Schlichtesten seiner Zuhörer Gelegenheit zu geben, die Doppeldeutigkeit zu verstehen.
„Im wahrsten Sinne des Wortes", war die lachende Antwort. „Bin sogar schon mal bis nach Aachen mitgefahren, nur um die Dame rumzukriegen. Hat mich einen Abend, zwanzig Euro für die Zugfahrt, zwei Kaffee und einen Big Mac gekostet. Dafür hatte ich eine coole Nacht ohne Tabus und am nächsten Morgen mein Frühstück am Bett."
„Und heute seid ihr verheiratet und wechselt euch gegenseitig beim Frühstückmachen ab?"
„Ne, das nicht. Aber wir schreiben uns gelegentlich noch SMS." Die Stimme des Anrufers klang absolut nicht enttäuscht und die des Moderators ebenso wenig. „Dann hab weiterhin Spaß beim Reisen und viel Glück bei deinem nächsten Zug."
Schon wieder diese unerträgliche Betonung auf dem letzten Wort, dachte Alexander, während sich die Kolonne auf seiner Spur wieder langsam in Bewegung setzte. Er startete den Motor, nur um ihn nach drei Wagenlängen erneut auszuschalten. Dieser Stau war verdammt zäh. Wahrscheinlich machte die Polizei gerade unmittelbar vor der Unfallstelle die ganze Brücke dicht, um so Platz für den Rettungshubschrauber zu schaffen. Gab es keinen Toten, würde sich der Stau im Anschluss rasch wieder auflösen.

Komplizierter wurde es, wenn die Staatsanwaltschaft antanzte, aber auch das ging vorbei. Das war nicht irgendeine Straße im Niemandsland, das war die wichtigste Brücke über den Rhein, und jeder wollte so schnell es ging nach Hause – fast jeder.

Alexander hatte diese Woche Urlaub. Erst nach dem zweiten Brief der Personalabteilung hatte er widerwillig den Antrag dafür ausgefüllt und eingereicht. Dieser Ich-bin-dann-mal-weg-Quatsch war seiner Meinung nach völlig überbewertet. Die meisten Menschen schienen nur für ihren Urlaub zu leben. Ein paar Wochen Freizeit, bloß um den Rest des Jahres einem Job nachzugehen, der ihnen bestenfalls gleichgültig war. Alexander machte es genau andersherum: Er liebte seinen Job als Sachbearbeiter im Büro eines Chemieherstellers, mochte die Eintönigkeit seines Tagesablaufs und genoss den Smalltalk mit seinen Kollegen. Er war zufrieden mit seinem Allerweltsaussehen, hatte null Ehrgeiz Karriere zu machen und nahm das Leben so, wie es kam.

Mit seinem drei Jahre alten, gebraucht gekauften Golf stand er jetzt parallel zum blauen BMW der Dame mit den langen blonden Haaren. Die hatte auch gerade ihren Motor wieder abgestellt und die Seitenscheiben ihres Autos heruntergelassen.

Wow! Acht von zehn Punkten!, dachte Alexander anerkennend. Dieses Gesicht wurde wirklich nicht erst durch das Glas eines Seitenfensters attraktiv. Ein makelloses Profil, Haut, die ohne Make-up wirkte, und lange, schlanke Finger, die den Takt eines Songs auf der Außenseite ihrer Fahrertür trommelten. Eine Schönheit um die Dreißig.

„Der Rettungshubschrauber ist gerade gelandet. Wenn ihr Glück habt, ist das Schlimmste überstanden", meldete sich erneut die nasale Stimme aus dem Radio. „Und wenn nicht, stimmt euch Radio *Lautstark* auf das Flirtwochen-

ende ein. Wir haben schon den nächsten Anmach-Profi in der Leitung. Der Andy aus Gonsenheim möchte uns erzählen, wie er auch ohne Fastnacht und Schwellköpfe die Herzen der Prinzessinnen bricht. Andy, leg los!"
„Ich bin zwar der Andy, aber ich stehe auf Prinzen ..."
Alexander schaltete kurzerhand das Radio aus und startete den CD-Player, während er das Fenster auf der Beifahrerseite einige Fingerbreit öffnete. Die neue Surroundanlage war ihre 2500 Euro wert. Augenblicklich verwandelte die Arie den Innenraum seines Autos in eine Opernbühne. Das *Nessun Dorma* ließ ihn von einem Moment auf den anderen die Welt um sich herum vergessen. Pavarottis Stimme hatte etwas Hypnotisch-Mitreißendes, und ob er es wollte oder nicht, begann er aus voller Kehle mitzusingen. In der Abgeschiedenheit seines Autos konnte seine Stimme vom Volumen her ohne Weiteres mit der Pavarottis mithalten. Selbst in der nur dreiminütigen Kurzfassung vergaß er die Welt, bis eine Hupe hinter ihm ihn aus seinen Tagträumen riss.

Rasch drehte er die Lautstärke herunter, startete sein Auto wieder und schloss die Lücke zum vor ihm stehenden Wagen. Als würde er aus tiefer Trance erwachen, schaute er sich um. Die anderen Autofahrer schienen keine Notiz von ihm und seinem musikalischen Ausflug genommen zu haben – nur die Frau im blauen BMW lächelte ihn breit an, während ihre aus dem Fenster gestreckten Hände applaudierten. Verlegen betrachtete er ihr schmunzelndes Gesicht durch die Seitenscheibe. Mehr als ein fragiles Lächeln brachte er nicht zustande.

Er sah ihre malvenfarben bemalten Lippen leuchten und bemerkte, dass sie ihm etwas zurufen wollte. Also ließ er sein Seitenfenster komplett herunter.

„Ich glaube, ich weiß, was Sie jetzt denken", sagte er, den Mund verziehend. „Aber ich stehe weder unter Drogen, noch bin ich durchgeknallt."

„Was sind Sie dann?" Die Stimme der Frau klang belustigt.

„Na ja, Pavarotti ist schon so etwas wie eine Droge für mich, aber eigentlich bin ich auf dem Weg zum Theater. Generalprobe, heute Abend. Und wenn ich schon nicht auf der Bühne stehe, dann kann ich wenigstens meine Stimme proben. Sie sollten mich mal in einem Fahrstuhl erleben – natürlich nur, wenn außer mir niemand sonst darin unterwegs ist."

„Und ich dachte, Duschen wären das Nonplusultra für Sänger."

„Alles Quatsch." Alexander schüttelte den Kopf. „Die Akustik in Badezimmern klingt, als stünde man in einer Metzgerei. Außerdem ist die hohe Luftfeuchtigkeit Gift für die Stimmbänder. Glauben Sie mir, ich weiß, wovon ich rede. Einen heiseren Tenor will nun wirklich niemand hören."

Jetzt schien ihn die Frau im blauen BMW noch etwas genauer zu mustern.

„In welcher Rolle sollten Sie heute auf der Bühne stehen? Was steht auf dem Spielplan: Turandot oder ein Arien-Best-of?"

„Zwei Nummern kleiner", schüttelte Alexander den Kopf. „Ich bin bloß der Vierte bei den drei Jungen Tenören – quasi der Ersatzmann."

„Der bedauerlicherweise heute ausfällt und sich ganz umsonst in seinen Frack gezwängt hat, nur um im Feierabendstau vor sich hin zu schwitzen."

„*Nessun Dorma* – alles schweige. So wie Sie das sagen, klingt das doppelt so schlimm", antwortete Alexander, während er damit begann seinen Frack aufzuknöpfen.

„Haben Sie eine Ahnung, was da vorn passiert ist?", fragte er, ihren Blick suchend.

„Ein misslungenes Überholmanöver. Das meldeten sie wenigstens im Radio. Zwei Schwerverletzte. Der Hubschrauber ist wohl gerade gelandet. Wird also noch einen Augenblick dauern. Keine Chance, sich da durchzumogeln. Eher Zeit zum Plaudern."

„Brachten sie das auch im Radio?", fragte Alexander.

Die Frau hatte eine Zigarettenschachtel aus der Handtasche gefischt und als würde sie noch überlegen, ob sie wirklich rauchen sollte, klopfte sie damit auf dem Lenkrad herum.

„Das ist denen doch egal, was wir im Stau mit unserer Zeit anfangen. Die machen nur ihren Job und arrangieren sich mit dem ganzen Kram – den Hiobsbotschaften und den Katastrophen", sagte sie nach einer Weile. „Eigentlich ist das ganze Leben nur eine Frage des sich Arrangierens. Man muss das nur rechtzeitig erkennen, dann macht einem so ein kleiner Stau absolut nichts mehr aus."

Hatten ihre Augen eben noch mit ihm geflirtet, so ging ihr Blick jetzt einfach durch ihn durch.

„Kein Feuer oder keine Zigarette?", fragte Alexander.

Als würde die Frau zum ersten Mal bemerken, womit sich ihre Finger beschäftigten, warf sie die Zigarettenschachtel achtlos beiseite.

„Weder noch. Ich habe mir das Rauchen abgewöhnt."

„Und im Moment sind Sie sich nicht sicher, ob es dabei bleiben soll?"

Sie schien die Ironie in seiner Stimme bewusst überhören zu wollen, denn sie beantwortete seine Frage ernst und nachdenklich: „Ich ändere selten meine Meinung."

Zum zweiten Mal trafen sich ihre Blicke nicht nur flüchtig. Was für ein schönes Gesicht, dachte Alexander wieder.

Er hatte sich getäuscht: Das war eine klare Neun – nah an makellos.

Die Frau im BMW hieß Sarah, und in der nächsten halben Stunde waren die beiden wohl die einzigen Menschen in diesem Stau, die durch die Fenster miteinander redeten und lachten und deren Blicke nicht mürrisch an der Stoßstange des Vordermanns hingen. Über Chancen hatten sie gesprochen, über die Ungerechtigkeiten des Lebens und über den göttlichen Plan, der hinter allem stecken sollte. Nachdem sie ein Dutzend Mal ihre Autos gestartet und jeweils nach ein paar Metern wieder abgestellt hatten, war anschließend endlich wirklich Bewegung in die Blechlawine gekommen.

„Ich will nicht Ihre Handynummer oder E-Mail-Adresse – ich will nur einen Espresso macchiato mit Ihnen trinken. Jetzt sofort – in der *Dicken Lilli* oder auf der Rheinterrasse vom Hilton", rief er ihr zu. Nein, er sang es – wie der Vierte der drei Jungen Tenöre es auf seiner Bühne singen würde. Ihr Mund öffnete sich, ihre Lippen leuchteten ihm feucht und sinnlich entgegen.

„Abgemacht." Dieses Wort war wie ein Kuss. „Aber ich muss vorher noch kurz etwas erledigen. Liegt auf dem Weg."

„Alles gut. Hauptsache, wir sehen uns."

„Okay. Rheinterrasse – Hilton. In zwanzig Minuten."

Während die Autokolonnen unterschiedlich schnell über die Brücke fuhren, trommelte Alexander ausgelassen mit seinen Fäusten auf dem Lenkrad herum. Er suchte ihr Gesicht im Rückspiegel, fand aber nur eine Windschutzscheibe, in der die untergehende Augustsonne zu explodieren schien. Aus irgendeinem Grund fuhren die Autos auf seiner Spur etwas zügiger, sodass er ihren Wagen rasch aus den Augen verlor. Aber das war nicht weiter schlimm. Sie hatten ein Date, er kannte ihren Namen und wusste

mittlerweile genug von der Frau, um sie richtig einschätzen zu können. Und sie würde einen Espresso mit ihm trinken! Gut gelaunt schaltete er das Radio wieder ein.
Der Moderator von Radio *Lautstark* unterhielt sich noch immer mit seinen Hörern über die ultimativen Flirttipps zum Wochenende.
„Unser letzter Bonsai-Casanova heute ist der Bernd aus Mombach. Bernd, leg los! Hier steht: Deine Masche sind Volkshochschulkurse. Vor allem beim *Parla italiano?*-Kurs und beim Yoga würdest du die heißesten Mädels kennenlernen. Mach uns schlau, Bernd: Wie fängst du es genau an?"
„Und für die wirklichen Trottel unter den Zuhörern gibt es ja schließlich noch das Internet, und für die ganz Verzweifelten die Fastnacht", imitierte Alexander verächtlich die Stimme des Moderators, während er wieder die CD startete. Pavarotti sang diesmal eine Arie aus dem Rigoletto – *La donna* è *mobile*. Alexander stimmte augenblicklich lautstark mit ein, kapitulierte aber rasch vor dem Volumen des Maestros. „Und wenn schon", rief er schulterzuckend. *Nessun Dorma* funktionierte doch prächtig, und nur darauf kam es schließlich an. Jetzt fuhren die Autos auf der linken Spur plötzlich schneller als die auf der rechten. Sarah musste irgendwann die Fahrbahnen gewechselt haben, denn in diesem Moment fuhr sie süßsauer lächelnd an ihm vorbei. Schnell hatte sie sechs, sieben, acht Wagen Vorsprung. Als Alexander jetzt selbst die Fahrspur wechselte, hatte er sie längst aus den Augen verloren. Aber gleich würde er sie wiedersehen. Sie hatte angebissen, ihre Neugier hing an seinem Haken – und das war alles, was zählte. Wie hätte es ein Typ wie er, mit ödem Job und leerem Bankkonto, sonst schaffen sollen, dass eine solche Frau sich für ihn interessiert? Mit Sicherheit nicht mit der Wahrheit. Also brauchte er einen ruhi-

gen Moment, die passende Situation und die nötige Aufmerksamkeit. Und wo konnte man das besser finden als in einem Stau? Die Geschichten von den steckengebliebenen Fahrstühlen, in denen der Mann die Frau seines Herzens kennenlernte, waren Märchen. Genauso wie die Sache mit dem letzten freien Platz in der Oper, der ausgerechnet eine Traum-Singlefrau auf den Nachbarplatz katapultierte. Nein, das Leben bestand aus Improvisation. Die Cleveren schrieben die Regeln. Und weil er nun einmal kein Geld und kein besonderes Talent hatte – ganz zu schweigen von gutem Aussehen, blieben ihm nur die weniger hübschen Damen, der Alkohol oder solche Flirtsendungen im Radio. Er war clever und hatte rasch gemerkt, dass eine gut erzählte Geschichte auf Frauen wirkte wie Zuckerwasser auf Fruchtfliegen. Er hatte schon immer gern gesungen, unter der Dusche oder in der Badewanne. Nicht gut, aber laut. Also warum nicht improvisieren? Der Frack war vom Flohmarkt und seine ausgedachte Geschichte klang spannend und glaubhaft. Was fehlte, war die Kulisse, um sie richtig zu inszenieren. Ein Stau war da perfekt. Wann immer er die Gelegenheit hatte, stürzte er sich nach Feierabend oder an den Wochenenden in jede steckengebliebene Autokolonne, die das Rhein-Main-Gebiet heimsuchte. Ein Stau in Mainz, quasi vor der Haustür, war wie ein Fünfer im Lotto. Also hatte er sofort die Gelegenheit genutzt, und es hatte wieder einmal funktioniert. Er würde mit Sarah Espresso macchiato trinken (ein einfacher Espresso war zu langweilig), würde ihr von seiner „Karriere" als Operntenor erzählen (eine Pavarotti-Biografie und eine CD als Studienobjekte reichten völlig aus) und er würde sie zu Proben einladen (die natürlich niemals stattfanden). Er würde nicht den Fehler machen, nur von sich zu erzählen. Stattdessen würde er sie nach ihrem Leben fragen, geduldig zuhören, und später würde er sie zum besten Italiener in der Stadt einladen. Madame würde an seinen Lippen hängen, sich in ihrer Fantasie im Abendkleid im Theater sehen und – an diesem Abend oder spätestens beim zweiten Treffen – die Nacht mit ihm verbringen. So funktionierte dieses Spiel zwischen Männern und Frauen. Dabei war es völlig unwichtig, ob die Dame nun verheiratet war oder nicht. Alle Frauen suchten Abwechslung und Abenteuer. War der Kontakt erst einmal hergestellt, hatte er seine Geschichte erzählt und saßen sie sich in einem Bistro gegenüber, war alles andere pure Routine. Und wenn es mal nicht klappte, wartete morgen oder übermorgen der nächste Stau auf ihn. Er gab jeder neuen Bekanntschaft maximal drei Chancen, um ans Ziel zu kommen. Meistens waren die Damen schon nach dem zweiten Date bereit, mit ihm in die Kiste zu steigen. Besonders ehrgeizig war er allerdings nicht dabei: Entweder es klappte, dann machte der Sex richtig Spaß. Haute es hingegen nicht hin und Madame zickte rum, wartete irgendwo schon die Nächste auf ihn. Sein Notizbuch war voller solcher Telefonnummern. Nicht, dass er jemals eine davon angerufen hätte – er sammelte sie bloß, so wie andere Männer andere Trophäen sammelten. Bei hundert hatte er aufgehört zu zählen.

Alexander fühlte sich in diesem Moment unschlagbar. Eine Neun auf seiner Frauenskala bog gerade vor ihm links Richtung Rheingoldhalle ab. Er sah ganz deutlich ihren Wagen, versuchte erfolglos seine Erregung zu unterdrücken. Da mindestens sieben Autos vor ihm standen, würde er wohl noch ein weiteres Mal vor der dann wieder roten Ampel warten müssen. Genug Zeit also, um diesen lächerlichen Frack auszuziehen und rasch einen Blick in seine Geldbörse zu werfen. Zwanzig Euro – für zwei Espressi würde es reichen, aber vor dem Italiener musste er noch zum Bankautomaten. Das Hotel könnte er später mit Karte bezahlen, wenn es überhaupt so weit kommen sollte. Seine Wohnung war keine Option. Bloß kein Risiko eingehen, bloß nicht riskieren, dass ihm eine der Damen, nachdem er sich nicht mehr gemeldet hatte, vor seiner Wohnungstür auflauerte. Nein, Hotel war gut genug – am besten noch, wenn das Flirtopfer für das Zimmer aufkam. Bei dieser Blondine da war er aber eher skeptisch. Die Dame hatte Geld – das Auto, der Schmuck, die Selbstsicherheit waren sichere Indizien dafür. Er würde spontan entscheiden, ob ihm die Nacht mit dieser Frau die Kosten für ein Hotelzimmer wert war. Als er jetzt in die Parkebene zum Hotel abbog, war seine Erektion wieder verschwunden. Warten wir es halt ab, sagte er sich. Auf dem Parkdeck war kaum ein freier Platz zu finden. Das Wetter war zu gut, und viele Mainzer nutzten das nahe Wochenende für einen Rheinspaziergang. Alexander schnappte sich seine Freizeitjacke, sperrte den Wagen ab und marschierte Richtung Ausgang. Der blaue BMW mit dem Wiesbadener Kennzeichen stand auf einem Behindertenparkplatz, direkt neben der gläsernen Eingangstür zu den Rolltreppen. Kein Wunder, dass du da einen komfortablen Parkplatz gefunden hast, dachte Alexander. Hoffentlich hat Madame das Knöllchen eingeplant. Die Mainzer Politessen waren bekannt für ihre schrägen Arbeitszeiten und die kompromisslose Art Strafzettel zu verteilen.

Draußen zeigte sich der Freitagnachmittag von seiner verführerischsten Seite. So weit die Blicke reichten, war der Himmel pastellfarben blau, die warme Luft waberte über dem Asphalt und überall sah man nur gut gelaunte Gesichter. Passagiere von Ausflugsschiffen und Spaziergänger neben Radfahrern und Inlineskatern. Nur der in der Ladezone rangierende LKW, der wohl gerade das Hotel belieferte, störte dieses Bild.

Natürlich war die Restaurant-Terrasse des Hilton heute bis auf den letzten Platz besetzt. Alexander suchte zwischen den riesigen Kübelpflanzen und Sonnenschirmen dieses makellose Gesicht. Aber niemand hatte solch atemberaubend blonde Haare, solche Augen, solch einen Mund. Für den Bruchteil einer Sekunde wurde er unsicher. Vielleicht hatte Madame es sich doch noch anders überlegt? Aber dann sah er sie durch die offenen Glastüren im Innenraum des Restaurants. Sie saß an einem kleinen Tisch neben der Garderobe mit Blick auf die Terrasse, und ihre langen Finger spielten wieder mit der Zigarettenschachtel.
„Hier nimmt man Ihnen wenigstens die Entscheidung ab", sagte Alexander anstelle eines Hallos und deutete auf das Rauchen-verboten-Schild an der Wand.
„Sie halten sich also immer an Vorschriften?" Ihre Stimme klang eher belustigt als provozierend.
„Kommt ganz drauf an", erwiderte Alexander, jeden Unterton vermeidend. Für Doppeldeutiges war es noch zu früh. Das würde später kommen. „Vorschriften sind meistens sinnvoll – gesellschaftliche Zwänge dagegen eher lästig", sagte er nachdenklich. „Wir kennen uns eigentlich noch gar nicht, und ich sollte weiter Sie zu Ihnen sagen, aber wir haben ein Espresso-Rendezvous. Das funktioniert nicht, wenn man zu förmlich ist." Sein Lächeln war einstudiert. „Ich heiße Alexander."
„Und ich bin Sarah – aber das hatte ich wohl vorhin schon erwähnt", erwiderte die Frau und warf die Benson & Hedges-Schachtel beiseite. „Eigentlich geht es mir nicht um die Zigaretten. Es geht ausschließlich um die Glut – aber das ist ein anderes Thema", wischte sie ihre Gedanken beiseite. „Ich hoffe, dass der Tisch okay für dich ist. Es war kein anderer zu kriegen."
Alexander zog sich die Jacke aus und setzte sich lächelnd neben die Frau. Er wollte jetzt bloß keinen Fehler machen,

musste seine Charme-Karte ziehen, durfte aber auch ja nicht zu dick auftragen.

„Alles gut. Hauptsache, wir bestellen unsere Espressi und stehen in keinem Stau." Aus den Augenwinkeln warf er einen raschen Blick auf ihren Körper. Wow – diese Figur unter den Designerklamotten war mindestens so makellos wie dieses Gesicht. Schlank und rund an den richtigen Stellen.

„Wo hast du deinen Frack gelassen?", fragte Madame, als der Kellner an ihrem Tisch auftauchte. Bevor Alexander antwortete, gaben sie ihre Bestellung auf.

„Diese Probe habe ich sowieso vergeigt, und außerdem schwitze ich in dem Ding."

„Und seinen Schweiß sollte man sich für andere Sachen aufheben", sagte die Frau, nun mit deutlichem Unterton in der Stimme.

Er durfte jetzt nicht zu offensiv werden, musste jede Doppeldeutigkeit vermeiden. „Ja, zum Beispiel für die Parkplatzsuche. Ich habe den letzten Platz auf dem Parkdeck ergattern können."

„Da hatte ich mehr Glück als du. Ich stehe am Rheinufer, gleich neben dem Eingang zum Bistro. Ein richtiger Schokoladenplatz." Ihre Espressi wurden serviert. „Erzähl mir mehr von dir."

Und das tat Alexander. Er erzählte ihr von der Welt der Oper, seinem Leben als enthusiastischer Tenor, der irgendwann mit Talent und Fleiß seine Karriere machen würde. Er erzählte, ohne zu sehr aufzuschneiden, von seinen Erfolgen, von seiner Jugend, seinem guten Elternhaus und den Plänen, die er für seine Zukunft hatte. Er log, als ginge es um sein Leben, und im richtigen Moment stellte er die passenden Fragen. Von da an hörte er bloß noch zu. Während der ganzen Zeit stellte er sich vor, was er mit diesem Körper heute Nacht oder morgen machen würde.

In seiner Fantasie hatte er längst Sex mit dieser Frau – verwöhnte sie ihn mit ihrem Mund, ihren Brüsten, ihren Lippen. Eine Neun würde sich von einer Null vögeln lassen.
Sie hatten längst jeder den zweiten Espresso bestellt, als ihn irgendetwas aus seinen Tagträumen riss. Madame hatte gerade etwas über die Stolpersteine in ihrem Leben erzählt. Von Staus, in die man nicht geriet, sondern dessen Ursache man war. Und von gebrochenen Wirbelsäulen und Rollstühlen oder so. Alexander war alarmiert.
„… und deshalb glaube ich an so etwas wie den göttlichen oder den teuflischen Plan. Ich habe es gelernt, für den Moment zu leben – jede Minute zu nutzen, als wäre sie die letzte in meinem Leben."
Alexander suchte die Augen der Frau. Ihr Blick schien ihn genauso zu mustern und diese Tatsache ließ ihn noch vorsichtiger werden. Was meinte Madame bloß mit ihrem Pläne-Geplapper? Gottes Wille war bloß eine andere Überschrift für Schicksal, und Schicksal war die Entschuldigung für Versager. Er musste dringend das Thema wechseln, sonst konnte er sich das mit dem Hotel von der Backe putzen. Beim Flirten kam es immer auf die Stimmung an. Also lenkte er ihr Gespräch elegant auf Puccini, die Toskana und das Lebensgefühl der Italiener.
„Und es geht nichts über die italienische Küche. Ich kenne da ein kleines Ristorante, einen Familienbetrieb, da kommt nur frisch Gekochtes auf den Tisch", schwärmte Alexander drauflos. „Gar nicht weit weg von hier. Zehn Minuten mit dem Auto. Mach mir die Freude, lass mich dich einladen. Durch dich vergesse ich, dass ich heute vielleicht die wichtigste Probe in meinem Leben verpasst habe."
„Die hast du noch vor dir", antwortete die Frau, während sie den letzten Schluck Espresso aus der Tasse nippte.
„Du meinst sicher, dass immer die nächste Probe die wichtigste ist", stellte Alexander mit in Falten gelegter Stirn fest.

„Wir sollten bald aufbrechen, bevor wir keinen Platz mehr bekommen."

Außerdem möchte ich endlich wissen, wie groß du bist, dachte er. Er hatte Sarah bisher immer nur im Sitzen gesehen. Sie hatte mindestens 170 cm – ein wohlgeformter Oberkörper und, soweit er das beurteilen konnte, die dazu passenden Beine. Ihr langes, blondes Haar fiel ihr fast bist auf den Hintern. Damit werde ich mich nach dem Sex abputzen, überlegte er und schlug rasch die Beine übereinander.

„Also gut – fahren wir zu deinem Italiener. Aber ich werde ein bisschen länger brauchen, muss vorher noch ein paar Sachen erledigen." Während sie das sagte, deutete sie mit der Hand hinter sich Richtung Garderobenständer. Alexanders Blick folgte ihr nur flüchtig. Weil er bezahlen wollte, war er gerade damit beschäftigt, dem Kellner ein Zeichen zu geben, als er plötzlich erstarrte. Da war eine Wand, ein fast leerer Garderobenständer und daneben, diskret im Hintergrund stehend, ein zusammengefalteter Rollstuhl. Graue Gummigriffe, Edelstahl und eine Sitzfläche aus blauem Kunstleder. Für den Bruchteil einer Sekunde stockte ihm der Atem. Während seine Lungen außerstande waren, ihren Job zu erledigen, funktionierte sein wacher Verstand umso besser. Ein Rollstuhl, ein Behindertenparkplatz, das ganze Schicksalsgequatsche und Gerede von einem Stau, in dem man nicht nur stand, sondern für den man irgendwann mal die Ursache gewesen war. Plötzlich war für ihn alles sonnenklar. Von einer Sekunde zur nächsten hatte dieses Spiel, diese Situation, diese Frau ihren Reiz für ihn verloren. Das alles war viel zu kompliziert, als dass es hätte Spaß machen können. Er war eine Null, der Badewannentenor, der Bonsai-Casanova, der halt cleverer war als andere – nicht mehr. Er musste hier raus, musste sich so flott wie möglich von

Madame und seinem Kopfkino verabschieden. Alexander ignorierte Sarahs fragenden Blick, stammelte etwas von „an der Theke bezahlen", schnappte sich seine Jacke und war auch schon verschwunden.

Für vier Espressi und die Parkgebühr würden seine zwanzig Euro reichen. Nachdem er ohne Trinkgeld die Rechnung beglichen hatte, benutzte Alexander den Seitenausgang. Er wollte nicht noch einmal ins Blickfeld der blonden Frau geraten. Die lauwarme Luft hatte immer noch zu wenig Sauerstoff. Er würde Madame sicher nie wieder begegnen. Sie kannte nur seinen Vornamen, so wie er nur den ihren wusste. Keine Telefonnummer, keine Vorwürfe, keine Szene. Warum fühlte er sich dann nur so elend? Es war nichts passiert – er hatte bloß ein paar Stunden Zeit und zwei Erektionen investiert. Morgen würde er wieder in seiner Wohnung das Radio einschalten und auf den nächsten Stau warten. Vielleicht würde er dann keine Neun treffen, aber auch eine Sechs oder Sieben war okay. Der Sex mit weniger hübschen Frauen machte sowieso oft deutlich mehr Spaß als der mit den Models. So rannte Alexander Richtung Parkgarage. Die tief stehende Sonne über dem Rhein blendete seine Augen wie die Wortfetzen seinen Verstand: „Mir geht es um die Glut – Prüfungen – Schicksal – Proben – der göttliche und der teuflische Plan."

Alexander hatte den LKW weder gesehen noch gehört. Der Schlag, als der 3,5-Tonner ihn jetzt von hinten erwischte, schleuderte ihn meterweit durch die Luft. Er landete direkt auf dem Asphaltweg, zwischen den Treppen und der Rollstuhlrampe. Sofort waren Passanten an seiner Seite, die neben ihm knieten, die erschrocken die Hände vor den Mund schlugen oder die ihn nur teilnahmslos anstarrten. Alexander registrierte das alles. Er spürte den Schmerz in den Schultern, die Übelkeit, die ihn würgen ließ, hörte die Stimmen, die alle durcheinander sprachen. Und er spürte die Kälte, wie sie trotz hochsommerlicher Temperaturen immer tiefer in seinen Körper kroch. Hände berührten ihn, tasteten nach seinem Puls und drehten ihm den Kopf behutsam zur Seite. Er schmeckte Blut und Erbrochenes in seinem Mund und versuchte etwas zu sagen. Aber das Karussell wollte einfach nicht anhalten. Alexander wusste nicht, wie lange er so auf dem Asphalt gelegen hatte. Irgendwann war ein Krankenwagen neben ihm aufgetaucht, ein Arzt oder Sanitäter hatte Nadeln in seine Arme geschoben und ihm eine Halskrause angelegt. Mittlerweile lag er auf dem Rücken, und die Sanitätertrage stand wie das Unterteil eines Sargs neben ihm. Alexander spürte jede Berührung, hörte jedes Wort, nur als sie ihn jetzt zu dritt gleichzeitig anhoben, um ihn auf die Trage zu legen, spürte er seine Beine nicht mehr. Er registrierte, dass seine Hose vom Bund bis zu den Knien feucht war, aber er fühlte die Nässe nicht. Während ihn die Sanitäter jetzt in den Krankenwagen schoben, begann sich die Menschenmenge an der Treppe aufzulösen. Alexander wurde müde. Bevor er einschlief, sah er die Frau mit den blonden Haaren, den endlos langen Beinen und dieser wohlproportionierten Figur auf dem Treppenpodest stehen. Keine Neun, eine echte Zehn, dachte er, wäre da nicht dieses kleine, böse Lächeln gewesen. Ein rasiermesserscharfes Lächeln, an dem man sich verletzen konnte, nein, verletzen sollte. Dieser sinnliche, feuchte, lockende Mund formte Worte und feuerte sie wie Geschosse auf ihn ab. Sie stand nur fünf Meter von ihm entfernt, es hätten genauso gut fünfhundert sein können – er hätte sie immer noch verstanden. Sie waren nur für ihn gedacht, diese Worte: „Dein Schicksal. Die letzte Probe, bevor du in meiner Glut brennen wirst." Mit ihrer Zunge befeuchtete die Frau noch einmal ihre Lippen, bevor sie sich umdrehte und, eine alte Frau im Rollstuhl vor sich herschiebend, wegging. Alexander sah nur diesen perfekten Po, die langen blonden Haare und die glutroten Schuhsohlen. Der Teufel ist eine Schönheit, ihr Mund der Eingang zur Hölle und ihr Körper ein satanisches Feuer.

Erst dann verlor Alexander das Bewusstsein und fiel in einen langen und unruhigen Schlaf – einen Schlaf, der ihn direkt in seine eigene Hölle führte, in die Glut dieses Lächelns und die Endlosigkeit des teuflischen Spiels ...

... UND CUT ...

Al Pacino saß an seinem Tisch im Restaurant und studierte die Menschen um sich herum, als lese er in einem Drehbuch. Es war sein erstes Abendessen im Hotel *Playa de Oro*, und erfahrungsgemäß war das Erste häufig auch das Interessanteste. Wie ein Regisseur sortierte er augenblicklich die Menschen in Hauptdarsteller, Komparsen und die – wie er sie nannte – Kabelträger-Figuren, die alles irgendwie am Laufen hielten, aber nur selten interessant genug für einen zweiten Gedanken waren. Es verstand sich von selbst, dass das eigentliche Essen mindestens genauso wichtig war, aber da er im Urlaub immer Viersternehotels buchte, konnte man bezüglich der Qualität der Küche relativ sicher sein. *Al Pacino* überließ selten etwas dem Zufall. Eine exakte Planung war das A und O des Erfolgs – das stand für ihn fest. So funktionierte er in seinem Job als Einkäufer einer großen amerikanischen Baumarktgruppe, und so funktionierten seine Urlaubsreisen. Spätestens Ende Februar lagen alle Buchungsunterlagen samt Mietwagenvertrag und ärztlichen Impfterminen auf seinem Schreibtisch. Ganz egal, ob ihn die Reise nun im Juli nach Hawaii oder erst im September nach Mallorca führen würde: *Al Pacino* hatte immer und zu jeder Zeit die absolute Kontrolle.
Natürlich war das nicht sein richtiger Name. Eigentlich hieß *Al* Alfred und sein Nachname war nicht *Pacino*, sondern Schmid – ohne e und t. Wegen seines leidenschaftlichen Interesses am Kino und wegen dieser Scarface-Narbe auf der Stirn (ein Andenken an seine Navy-Zeit), nannte ihn aber jeder nur bei seinem Spitznamen.
Selbst auf der Arbeit war das so. Manchmal war es richtig nervig, wenn Kollegen ihm im Fahrstuhl auflauerten, nur

um mit einem aufgeschnappten Filmzitat zu glänzen, oder wenn die Vorstandssekretärin zum wievielten Mal feststellte, dass sich Bollywood-Produktionen doch so wohltuend vom Hollywood-Kram unterschieden. Was wussten diese Menschen wirklich von der Magie, die in so vielen Filmen steckte? Was von dem Zauber einer in bewegten Bildern erzählten Geschichte? Für ihn waren Filme längst eine andere Form der Realität geworden und Schauspieler die wirklichen Idole dieser Zeit. Wann immer sich die Gelegenheit ergab, verglich er die Menschen, die er traf, mit seinen Leinwandhelden. Man musste nur die Augen offenhalten, um die Ähnlichkeiten aufzuspüren. Das klappte fast immer, auch hier und heute, am ersten Abend seines Urlaubs. Das Restaurant war gut besucht, und die Gäste unterhielten sich angeregt, als gehöre dies zum Abschluss eines perfekten Ferientages. *Al Pacino* hatte seine Bestellung aufgegeben und konzentrierte sich endlich wieder auf die wichtigen Dinge des Abends. Auf *Woody Allen* zum Beispiel – der saß keine drei Tische entfernt und starrte mit diesem unnachahmlichen Blick (melancholisch, abwesend und gelangweilt) aus dem Fenster. *Mia Farrow* saß ihm gegenüber, stocherte lustlos in ihrem Essen herum und wirkte dabei ähnlich verstört wie in *Rosemaries Baby*. Die beiden hatten ganz offensichtlich Probleme miteinander. Gleich daneben, an einem Zweiertisch, saß *Kathy Bates* (doppelt so dick wie in *Grüne Tomaten,* aber hinreißend lächelnd) mit ihrem schmächtigen Mann und schaufelte fließbandartig ihr Essen in sich hinein. Als wären diese beiden Tische nicht schon interessant genug, saßen in seiner unmittelbaren Nachbarschaft auch noch *Gene Hackman* und *Catherine Zeta-Jones*. Er der abgespielte, aalglatte Typ aus *Royal Tenenbaums* – sie die stille, geheimnisvolle Frau aus *Verlockende Falle*. Zwischen ihnen saß ein kleiner Junge, der *River Phoenix* in

Stand by me ähnelte. An den anderen Tischen befanden sich bloß noch Komparsen und Kabelträger. Alfred wusste natürlich, dass es, wie beim richtigen Dreh, nicht ohne sie ging. Jeder hatte seine Rolle, am Set wie im Leben. *Al* war schon beim Hauptgang – gegrilltes Haifischfilet in Zitronensud – als plötzlich das pure Chaos losbrach. Ohne Vorwarnung sprang der kleine Junge keine drei Tische von seinem entfernt plötzlich auf, schlug wild um sich und fegte dabei Porzellan und Gläser vom Tisch. Natürlich wollten die entsetzten Eltern ihm augenblicklich helfen, aber irgendwie klappte das nicht wirklich. Das vielleicht zwölf Jahre alte Kind röchelte und ruderte wie ein Ertrinkender mit den Armen, bevor er sich abwechselnd mit den Händen an den Hals und in den Mund griff. Die Panik sprang von einem Gast auf den anderen über. Während alle durcheinanderredeten, wurde das Pfeifen und Röcheln zu einem dunklen Gurgeln, das plötzlich verstummte. Hatte der verzweifelte Vater eben noch versucht, seinen Sohn mit einem Klammergriff zu bändigen, so hielt er jetzt seinen leblosen Körper in den Armen. Anscheinend war der Junge ohnmächtig geworden. Wenigstens lag sein Kopf unnatürlich auf der Seite und sein schlaffer Arm berührte fast den Terrazzo-Boden. Ein kollektives Raunen begleitete das gequälte Schluchzen der Mutter. Für einen Moment schien das ganze Restaurant in einer Art Schockzustand zu sein, der sich erst wieder auflöste, als in der Ferne die Sirene eines Krankenwagens zu hören war. Einer der Kellner hatte anscheinend den Notarzt alarmiert, und die rasch lauter werdende Sirene schien jetzt auch den Vater mit neuer Energie zu versorgen. Mit entschlossener *Schwarzenegger*-Mimik raste er mit dem Jungen im Arm und seiner Frau im Schlepptau Richtung Ausgang. Das letzte, was *Al Pacino* von den dreien zu sehen bekam, war das aufgequollene Gesicht des Jungen, dessen unnatürli-

che Hautfarbe sich langsam von dunklem Rot in noch dunkleres Blau veränderte.
Alfred Schmid war sprachlos. Eine solche Performance hatte er an einem ersten Urlaubsabend noch nie erlebt. Spannender hätte das auch kein *Tony Scott* inszenieren können. Alle im Restaurant waren Zuschauer dieser überaus gelungenen Vorstellung geworden. Während das Adrenalin noch in seinen Adern tobte, versuchte Alfred, seine Begeisterung nicht allzu offen zu zeigen. Schließlich war er kein Voyeur, der das Leid anderer suchte. Also trank er rasch einen Schluck Wein, versteckte sein Gesicht hinter dem Glas und tat das, weshalb er hier war: Er beobachtete weiter. Jeder der Restaurantgäste ging anders mit dem Vorfall um. Köpfe wurden zusammengesteckt und tuschelten miteinander. Andere hatte der Schreck buchstäblich verstummen lassen. Die Melancholie in *Woody Allans* Mimik schien die Menschen an den Nachbartischen angesteckt zu haben. Erst als der Krankenwagen endlich wieder abfuhr, ging ein spürbarer Ruck durch den Saal, und etwas wie Erleichterung schien sich breitzumachen.
Die Gespräche drehten sich wieder um das Wetter, den Tag am Strand, und die Kellner taten das, wofür sie bezahlt wurden. Als dann nach einer Weile der Hotelmanager die Gäste darüber informierte, dass man den Jungen ins Krankenhaus gebracht habe und es ihm schon besser gehe, war alles wieder wie vorher. Wie am Set, dachte *Al* – es hatte nur der „Cut"-Ruf des Kamera-Assistenten gefehlt. Alfred Schmid war zufrieden: So musste Urlaub sein. Dieselbe Zufriedenheit meinte er in unzähligen anderen Gesichtern zu sehen. Selbst die schüchtern wirkende Frau mit dem *Meryl-Streep*-Gesicht am Nachbartisch schaute nicht mehr angestrengt an ihm vorbei. Jetzt lächelte sie ihn sogar an.

„Vielleicht hat ihn ja eine Biene in den Mund gestochen", sagte sie, als würde sie ihre Überlegungen mit jemandem teilen müssen. „Der Junge hat an seinem Strohhalm gezogen und im nächsten Moment ..." Mit ihrer Mimik versuchte die Frau, den Schmerz und die Überraschung, die sie im Gesicht des Jungen gesehen hatte, nachzustellen.
„Oder er hat sich einfach nur verschluckt", überlegte Alfred, während er sich seinem Dessert zuwandte.
„An Zitronenlimonade?" Die Frau schüttelte den Kopf. „Vielleicht eine Allergie", bemerkte sie noch kurz, bevor auch sie ihr Meloneneis probierte.
Was für ein wunderbarer Abend, dachte *Al Pacino*, als er später in seinem Zimmer auf dem Bett lag und fast augenblicklich einschlief.

Der nächste Tag hatte natürlich nicht so spektakulär begonnen, wie der Vorherige aufgehört hatte. Ein ruhiges Frühstück, belanglose Gespräche und aufgesetzte Freundlichkeit.
An den Tischen saßen die gleichen Gesichter wie am Abend zuvor. Selbst *Meryl Streep* begrüßte ihn mit einem ähnlich vertrauten Schmunzeln. „Möchten Sie sich nicht zu mir setzen?" Ihr Lächeln und ihre Stimme waren genauso unwiderstehlich, wie er sie in Erinnerung hatte.
„Was für ein traumhafter Morgen", antwortete er und deutete auf die schon hoch über dem Meer stehende Sonne. „Wenn jetzt der *Café con leche* noch so gut schmeckt, wie er duftet, bin ich wunschlos glücklich."
„Es kommt sogar noch besser", sagte die Frau augenzwinkernd. „Auch das Weißbrot und die Magdalenas sind vorzüglich und der Wind vom Meer sorgt um diese Zeit noch für einen kühlen Kopf."

Den werde ich dringend brauchen, dachte Alfred, während er dem Kellner seine Bestellung aufgab und den Ausblick genoss.
Der Frühstücksbereich lag halb überdacht gleich neben dem Pool im Garten des Hotels. Nur eine schmale Asphaltstraße davor trennte den noch leeren Strand vom Hotel und seinen Gästen. „Tagsüber sind hier zehnmal so viele Fußgänger unterwegs wie Autos", schien die Frau seine Gedanken auszusprechen.
„Sie sind wohl schon länger Gast im *Playa de Oro*?", fragte Alfred, während er an seiner Tasse nippte.
„Erst drei Tage – aber lang genug, um zu wissen, wem man hier Trinkgeld geben sollte und wen man bestechen muss." Ihr Blick wanderte zum untersetzten Kellner, der sich immer im Hintergrund hielt, der aber wohl für die Tischeinteilung zuständig war.
„Und den *Señor* haben Sie also für diesen Logenplatz bestochen?", fragte Alfred zwischen zwei Bissen.
Meryl Streep setzte sich ihre Sonnenbrille auf. „Dafür und dass er Sie für diesen Tisch einteilt – und noch für ein paar kleine Informationen."
Alfred mochte diese Frau, mochte ihre Art zu sprechen und er mochte ihr Gesicht, wenn er momentan auch nur zwei Drittel davon zu sehen bekam. Und er mochte das Hotel, diesen Garten, die anderen Gäste und dass etwas passierte. „Sie überraschen mich, Frau …? – Wir haben uns noch nicht einmal vorgestellt", sagte er bedauernd.
„Schmid ist mein Name, *Al* – äh, Alfred Schmid", sagte er etwas zu förmlich und sie antwortete amüsiert: „Miranda Steward, aber Sie dürfen mich Mira nennen."
„Schön. Also, Mira, spannen Sie mich nicht länger auf die Folter: Warum wollten Sie ausgerechnet mich kennenlernen?"

Er hätte sich im gleichen Moment auf die Zunge beißen können, aber dafür war es zu spät – die Frage war gestellt. Schließlich konnte es ihm doch egal sein, warum Miranda die besser aussehenden Männer und Frauen an den Nachbartischen ignoriert zu haben schien und mit ihm frühstücken wollte. Das Drehbuch hatte es eben so vorgesehen. Und er mochte die Frau und das Skript. „Und für welche Information haben Sie unseren Oberkellner nun bestochen?"
„Dachte ich mir, dass Sie das interessiert", sagte Miranda, ihm den Kopf zudrehend. „Sie erinnern sich an gestern Abend, an den Zwischenfall mit dem Jungen? Ich habe Sie beobachtet, habe gesehen, wie Sie die Situation genossen haben. – Verstehen Sie mich nicht falsch", beeilte sich die Frau ihre Gedanken näher zu erklären. „Da war schon Betroffenheit in Ihrem Blick – aber eben auch noch etwas anderes." Ein Lächeln umspielte ihren Mund. „Etwas wie Faszination. – Nein, sagen Sie nichts. Wir wissen beide, wovon ich rede. Ich bin da nicht anders als Sie."
Alfred Schmid begann sich in diesem Moment noch eine Spur wohler zu fühlen. Eine Seelenverwandte, schoss es ihm durch den Kopf. Eine, die noch dazu gut aussah. Dieses Lächeln ließ keine peinlichen Pausen zu.
„Und die Information?"
„Ach ja: dass es dem kleinen Jungen wieder besser geht und dass er zwar noch einige Tage im Krankenhaus bleiben muss. Aber das ist mehr eine Vorsichtsmaßnahme."
„Das sind gute Nachrichten", sagte Alfred und rutschte etwas tiefer in seine bequemen Sesselauflagen. „Weiß man denn, was der kleine Mann nun verschluckt hat? – Oder war es doch nur eine allergische Reaktion?"
„Das ist ja gerade das Kuriose", antwortete Miranda und machte eine etwas zu lange Pause, so als würde sie diesen Moment auskosten wollen. „Stellen Sie sich vor: Ein

Zahnstocher hatte sich in seinen Rachen gebohrt. Niemand kann sich erklären, wie dieses Ding in den kleinen Kerl gekommen ist. Muss wohl im Strohhalm gesteckt haben. Jedenfalls hat er noch einmal Glück gehabt. Etwas tiefer und die Ärzte hätten ihm den Zahnstocher aus der Luftröhre oder der Lunge herausoperieren müssen. Und was das bedeutet, muss ich Ihnen ja wohl nicht erklären."
Während Alfred eine zweite Portion Kaffee und heiße Milch für sich und Miranda beim Kellner bestellte, warf er rasch einen Blick auf die Frühstücksgäste an den anderen Tischen. Da waren *Woody Allen* und *Mrs. Farrow*, *Kathy Bates* und ein kleiner Junge mit dunklem Haar und Schmollmundlippen, der ihn an den *Damien* aus *Das Omen* erinnerte. Außer den Eltern des anderen Jungen waren alle sonstigen Gäste wohl auch Frühaufsteher.
„Und was machen Sie heute Schönes?" Wieder so eine blöde Frage, die er sich besser geschenkt hätte. Dieser Smalltalk sprach nicht für seine Intelligenz – und *Meryl Streep* war intelligent, so viel konnte er schon jetzt beurteilen. Eine Frau mit Beobachtungsgabe und mit einem sinnlichen Lächeln. Wie hatte es *Robert de Niro* mal so treffend formuliert: „Die angezogene *Meryl Streep* versprüht mit einem einzigen Lächeln mehr Erotik als ein nacktes Model im Bett – egal an welchem Set der Welt."

„Ich werde das Meer genießen, noch etwas lesen und heute Nachmittag Richtung Altstadt aufbrechen. Wenn Sie Lust haben, begleiten Sie mich doch." Ihre Stimme klang spontan – und genauso antwortete er: „Abgemacht – das mit der Altstadt, meine ich. Das Meer ist mir heute schon zu unruhig." Er deutete auf die schaumigen Wellen, die in regelmäßigen Abständen gegen den Strand liefen. Von ihrem Tisch aus konnten sie das alles bestens sehen. Sie sahen außerdem den Garten, die Straße und den noch menschenleeren Strand. Vor fünf Minuten erst war ein riesiger Tankwagen die Straße entlanggefahren und hatte den Asphalt gewässert. Dieses Fahrzeug war langsam und beinahe lautlos unterwegs gewesen. Ganz im Gegensatz dazu hörten sie jetzt in der Ferne das Geräusch quietschender Reifen, gefolgt von lautem Sirenengeheul. Wie auf einer Leinwand rasten zwei Autos von links nach rechts durch das Bild. Ein roter Sportwagen und ein Polizeiauto schienen sich eine gnadenlose Verfolgungsjagd zu liefern.

Auch wenn sie beide am nächsten zur Strandpromenade saßen, hatte die Frau vom linken Nachbartisch die Fußgängerin mit dem Kinderwagen als Erste gesehen. Augenblicklich sprang sie auf, rief etwas Unverständliches und zeigte, mit den Armen wild gestikulierend, in die entsprechende Richtung. Die aufspringenden Menschen im Hotelgarten ließen reihenweise die Kaffeetassen auf den Tischen klirren. Obwohl alle und jeder irgendwie reagierte, geschah dies viel zu langsam, als dass jemand hätte helfen können. Während die Autos immer mehr beschleunigten, verlangsamte die Frau mit dem Kinderwagen ihren Schritt, bis sie ganz plötzlich stehenblieb. Mitten auf der Straße, wie vor Angst gelähmt, drehte sie sich um und starrte auf den roten Sportwagen, der wie ein großes Geschoss auf sie zuflog. Es konnte nur noch wenige Momente dauern, bis er sie und den Kinderwagen erfassen würde. Alfred war so abgelenkt von der Angst und dem Schrecken im Gesicht der Frau, dass er die Bewegung neben sich gar nicht registrierte. Während der rote Ferrari nochmals beschleunigte, rannte der Mann vom Nachbartisch Richtung Zebrastreifen. *Al* sah die weiße Gestalt über Tische springen, registrierte, wie sie den Bürgersteig erreichte und wie der Mann, als würde er ins Meer springen, Richtung Kinderwagen hechtete. Die nächsten Bilder liefen wie in Zeitlupe vor seinen Augen ab, obwohl sie nur

Sekundenbruchteile gedauert haben konnten. Irgendwie landete der Mann mit seinem Oberkörper auf dem Kinderwagen, schaffte es – wie auch immer –, die Frau seitlich von der Straße zu stoßen und flog dann selbst samt Kinderwagen Richtung Strand. Dort landeten alle drei mehr oder weniger unsanft im Sand, während hinter ihnen die beiden Autos vorbeirasten und ihr aberwitziges Rennen fortsetzten.
Von wegen, das Drehbuch könnte nicht noch besser werden ..., dachte Alfred und genoss den Adrenalinkick am frühen Morgen.
„Das hätte auch anders ausgehen können", sagte Miranda mit fester Stimme. Während sich um sie herum nun alles in Bewegung setzte, um zum Strand zu laufen, schauten sich *Meryl Streep* und *Al Pacino* bloß an, nur um sich anschließend wieder in ihre bequemen Rattansessel fallen zu lassen. Erschöpft und glücklich wäre wohl die treffende Umschreibung ihrer Gefühlslage gewesen. Wie nach gutem Sex. Weit in der Ferne hörten sie noch die immer leiser werdenden Sirenen des Polizeiwagens – wie die Begleitmusik im Abspann eines Films.
„Die erwischen ihn nie", meinte Alfred, während er sich den Rest seines mittlerweile kalten Kaffees eingoss. „Ein Ferrari bleibt eben ein Ferrari."
„Da wäre ich mir nicht so sicher." Die Frau zog eine spanische Zeitung aus ihrer Strandtasche und präsentierte Alfred die Schlagzeile der Titelseite. „Das sind gefälschte Ferraris", übersetzte sie. „Von außen nicht vom Original zu unterscheiden, aber unter der Motorhaube nur 120 PS. Auf so eine blöde Idee können auch nur Männer kommen", sagte sie kopfschüttelnd.
„Sie sind aber verdammt gut informiert. Man könnte glauben, Sie hätten selbst einen Ferrari in Ihrer Garage stehen

– ein Original natürlich", bemerkte *Al* schmunzelnd, während er den Artikel überflog.
„Oder ich kenne mich mit Fälschungen aus", erwiderte die Frau und begann damit, ihre Sonnenbrille und den Strandhut wieder in ihrer Tasche zu verstauen. „Ich gehe dann mal auf mein Zimmer. Am Strand ist mir jetzt zu viel Trubel. Ist 14 Uhr okay für Sie, oder ist es Ihnen dann noch zu heiß?" Bildete sich Alfred das nur ein oder lag etwas Provozierendes in ihrer Stimme?
„Zwei Uhr ist perfekt! Treffen wir uns also im Foyer."

Alfred war noch sitzen geblieben, hatte die Zeitung gelesen, hin und wieder einen Blick Richtung Strand geworfen und jeden der nach und nach ins Hotel zurückkehrenden Gäste verstohlen beobachtet. Es überraschte ihn, wie gelassen alle anscheinend mit dem Erlebten umgingen. Selbst der kleine Junge mit dem dunklen Haar und dem Schmollmund wirkte beinahe gelangweilt und nicht so, als wäre er gerade Zeuge einer Extremsituation geworden. Irgendwann war Alfred aufgestanden und hatte sich an den Pool gesetzt. Was für ein traumhafter Urlaub, dachte er. Ganz großes Kino. Er konnte die Fortsetzung kaum abwarten.
Miranda erschien zehn Minuten zu spät am vereinbarten Treffpunkt. Dafür trug sie ein atemberaubendes Sommerkleid, das gerade so viel von ihren Beinen verdeckte, dass es nicht unanständig wirkte. Sie war gut gelaunt, wirkte erholt und kannte Palma, als würde sie hier wohnen. Das Wetter war heute Nachmittag eher herbstlich und am Himmel schoben sich die Wolken träge Richtung Inselmitte.
„Wir sollten jetzt noch diese kleine Galerie am Carrer Velázquez besuchen und anschließend den Bus Richtung Valldemossa nehmen. – Sie wissen schon, dorthin, wo

Chopin mit seiner Geliebten einige Monate verbrachte", sagte sie schmunzelnd. „Ich kenne da in der Nähe ein *Restaurante* mit Bodega, Windmühle, kleinem Fluss, Schatten, den besten *Morunos Pinchitos* und dem dunkelsten Rioja, den man sich wünschen kann."

Alfred lächelte nur und nickte. Er wäre ihr jetzt schon in die Mitte eines Vulkans gefolgt. So schnell hatte er sich selten verliebt.

Es war kurz vor acht Uhr abends, als sie ihr Ziel erreichten. Für ein *Restaurante* waren das Gebäude und die Anlage ziemlich groß und für einen Geheimtipp viel zu gut besucht.

Zielstrebig marschierte Miranda auf einen der letzten beiden freien Tische zu, ignorierte das *Reservado*-Schild darauf und ließ sich in einen der schwarzen Metallsessel fallen. „Schon die Lage ist doch atemberaubend", sagte sie schwärmerisch und strahlte Alfred mit ihren weißen Zähnen an. Der strahlte zurück, auch wenn er mittlerweile jeden Knochen spürte. Du bist außer Form, dachte er. Ein Schreibtischhengst, der immer seltener den Hintern hochbekommt und auf seinem ergonomischen Drehstuhl vor dem Computer langsam einrostet.

„Fantastisch", bestätigte er rasch und begann erst dann, alles um sich herum wahrzunehmen. Der Abend war warm, die Wolken hatten sich verzogen und die Gäste an den Nachbartischen redeten und lachten mit den Grillen um die Wette. Ihr Tisch stand auf einem kleinen Steinplateau, unter dem ein immerhin drei, vier Meter breiter Fluss plätschernd dahinfloss. Eine breite Steinbrücke überspannte den Fluss, und dahinter begann das weite Land. Die Aussicht war wirklich atemberaubend. Als der Kellner kam, hatte Alfred schon die Befürchtung, sie müssten ihren Tisch wieder räumen, aber der Mann begrüßte Miranda mit Handschlag und schien sich über ihren Besuch zu freuen.

„*Buenas tardes*, *Señora* Stewart. Schön, dass Sie wieder da sind", sagte er mit starkem Akzent, während er die Speisekarten aufklappte und auf dem Tisch vor ihnen ablegte.
„Ich freue mich auch."
„Ich hoffe, dass der Tisch *perfecto* ist?"
„Alles prima."
„Dann bin ich zufrieden", sagte der Kellner und verschwand mit einem breiten Lächeln auf den Lippen, nur um Augenblicke später mit Gläsern, einer Flasche Wein und einem Krug voller Wasser wieder aufzutauchen.
„*Gran Reserva*, ein wunderbarer Jahrgang. *Salud*! – Ich komme dann später wegen der Bestellung."
„Sie scheinen hier häufiger Gast zu sein." Alfred nahm das gefüllte Glas und prostete *Meryl Streep* gegenüber zu. „Und man mag Sie offensichtlich."
„Na ja, ein paar Mal war ich schon auf der Insel und ich gebe halt gern großzügige Trinkgelder."
„Ich glaube, das liegt eher an Ihrem Lächeln", stellte Alfred fest. „Das kann ein perfekter Abend werden, wenn ..." Weiter kam *Al* nicht, weil der Kellner wieder neben ihnen auftauchte, um ihre Bestellung entgegenzunehmen.
„Jetzt haben wir dreißig Minuten Zeit, um über das Wenn zu reden und uns noch besser kennenzulernen", sagte Miranda, als der Kellner wieder Richtung Küche verschwunden war. „Der Koch ist gut, aber er ist nicht der Schnellste."
„Bloß eine halbe Stunde – das ist viel zu kurz. Zu kurz, weil ich einfach alles von Ihnen wissen möchte. Und viel zu lang, weil ich Hunger habe und das Gefühl, Sie schon seit Jahren zu kennen."
„Geht mir genauso", antwortete Miranda seufzend. „Was für ein schöner Abend. Wir sitzen in einem der besten Restaurants Mallorcas und ich habe das Gefühl, dass wir irgendwie Seelenverwandte sind."

Da ist etwas dran, dachte Alfred – wenn sie ihn schon als Frau interessierte, war da auch noch etwas anderes.

„Das war ein perfekter Tag – der Tag nach einem perfekten Abend", beeilte sich Alfred seine Gedanken zu sortieren, bevor der Wein zu wirken begann. „Ich liebe das Kino, die Welt des Films; und irgendwie war das, was wir heute erlebt haben, wie die Umsetzung eines Drehbuchs. Ich weiß, dass Sie verstehen, was ich meine. Sie haben auch alles beobachtet und Sie haben das alles auch wie ich genossen", brachte Alfred es auf den Punkt. Mirandas Lächeln reichte ihm als Bestätigung.

„Schauen Sie sich nur um – alles ist Bühne, Kulisse, und die Menschen an den Tischen sind die unfreiwilligen Schauspieler in diesem Film."

Jetzt nahm sie endlich ihre Sonnenbrille ab, als müsse sie sich von dem Gesagten überzeugen.

„Schauspieler?", wiederholte sie fragend.

„Ja. An jedem Tisch", rief er etwas lauter als gewollt. „Nehmen Sie diesen Mann mit seiner blonden Begleiterin. Erinnert Sie die Szene nicht auch an *Harry und Sally*? Sie flirten miteinander, ohne es zu merken. Sicher bestellt *Meg Ryan* gleich ihren Kaffee und geht dann ab wie eine Rakete. Oder achten Sie auf die beiden Männer vorn am Torbogen, die sich gerade voneinander verabschieden. Es gibt nur einen Dialog, der zu der Szene passt: ‚Louis, ich glaube, dies ist der Beginn einer wunderbaren Freundschaft'. *Casablanca*, letzte Szene, cut und Abspann." Jetzt war Alfred in seinem Element.

„Ich weiß, dass Sie verstehen, was ich meine. Ich könnte Ihnen noch Dutzende Beispiele nennen. Nehmen Sie diese Gruppe vor der Brücke, an dem Boot." Alfred deutete mit seiner Hand auf zwei Männer und eine Frau, die keine zwanzig Schritte entfernt vor einem Boot standen und gestenreich miteinander redeten. „Wir kennen diese

Leute", wunderte sich Alfred. Miranda drehte ihren Kopf, um in die gleiche Richtung schauen zu können. „Aber ja doch – Sie haben recht, das sind auch Gäste aus unserem Hotel."
Alfred nickte. „*Gene Hackman* neben diesem Mann, der ein bisschen wie *Johnny Depp* aussieht – und der Frau mit der *Keira-Knightley*-Frisur." Der jüngere Mann und seine Begleiterin bestiegen gerade das Boot. „Jetzt erinnern sie einen noch mehr an *Lizzie* und *Jack Sparrow*", ergänzte Alfred. „*Fluch der Karibik*, zweiter Teil. Gleich küssen sie sich und sie sagt: ‚Ich bereue nichts'."
In diesem Moment legte das Boot ab und der Mann bugsierte es mit den Rudern vom Ufer weg. Gleich würde es unter der Brücke verschwinden und die beiden Insassen würden sich von der sanften Strömung Richtung Hafen treiben lassen.
Außer Alfred und Miranda schienen sich nur noch zwei Männer und ein kleiner Junge auf der Brücke für das Paar im Boot zu interessieren. Auch Hotelgäste, wie *Al* sofort merkte. Ein großer, dunkelhaariger Mann und ein dünner Grauhaariger jenseits der Sechzig – und natürlich *Damien*, dieser Junge mit dem Seitenscheitel und den Stummelzähnen, der irgendwie etwas unheimlich aussah.
„Das halbe Hotel scheint heute Abend hier zu sein", bemerkte Miranda spitz, als sie die anderen erkannte. Die beiden Männer und der Junge verfolgten mit ihren Blicken das Boot, bis es unter ihren Füßen verschwand, nur um sich sofort umzudrehen und darauf zu warten, dass es auf der anderen Seite wieder auftauchte. Alfred hätte schwören können, dass er in diesem Moment so etwas wie ein Murmeln hörte. Ein Flüstern, ein Raunen, das der Wind in die Länge zog. Der Schrei, der Augenblicke später die Stille zerriss, war das genaue Gegenteil davon.

Der Schrei kam vom Fluss. Anders als gestern Abend im Restaurant und heute beim Frühstück war Alfred sofort aufgesprungen und losgehastet. Warum, wusste er nicht. Auch wenn er aus den Augenwinkeln bemerkte, dass andere Gäste ebenfalls losgerannt waren, war er als Erster am Ufer. Während die beiden Männer und der Junge wie versteinert auf der Brücke standen und nach unten starrten, hatte er nur Augen für die Frau im Boot. Blankes Entsetzen hatte ihr Gesicht zur Maske erstarren lassen. Mit weit aufgerissenem Mund und zusammengekniffenen Augen saß sie noch immer im hinteren Teil des Bootes. Das heißt – eigentlich kauerte sie vor der zusammengesackten Gestalt unmittelbar vor ihr. Irgendwie sah es aus, als wolle sie den Mann stützen und aufrichten. Zum Glück schrie sie nicht mehr. Jetzt klangen die Laute, die aus ihrer Kehle drangen, mehr wie ein dumpfes Wimmern. Während das Boot wie in Zeitlupe an Alfred vorbeitrieb, rutschte eines der Ruder ins Wasser und das Boot begann sich zu drehen. Kurz entschlossen sprang er in den Fluss. Es waren nur drei, vier Schritte bis zum Boot, und das Wasser war zum Glück hier nur knietief. Alfred watete weiter, bis seine Hände den Bug des alten Ruderbootes zu greifen bekamen. „Was ist passiert?", fragte er, während er mit den Füßen besseren Halt suchte und sich gegen die leichte Strömung stemmte. Anstelle einer Antwort murmelte die Frau in einer Tour vor sich hin. „Wo ist nur sein Gesicht geblieben? Kein Gesicht mehr. Nur Falten und Knochen." Alfred stand jetzt bis zur Hüfte im Wasser und versuchte, das Boot mit dem Bug Richtung Ufer zu schieben. Er musste mehrmals umgreifen, berührte dabei den leblosen Körper des Mannes, der daraufhin zur Seite, in Alfreds Richtung rutschte. Im gleichen Augenblick schlug der Kopf des Mannes hart auf dem Rand des Bootes auf. Der Abend war hell, typisch für die Lichtverhältnisse im

Süden – aber manchmal ist zu viel Licht am Set gar nicht gut. Der Kopf, der jetzt keine zehn Zentimeter mehr von Alfreds eigenem entfernt war, hatte so gar nichts Lebendiges mehr. Aus riesigen, dunklen Höhlen starrten zwei tote Augen an Alfred vorbei Richtung Himmel.

Der Schock jagte Alfred eine Überdosis Adrenalin ins Blut. Er rutschte aus, das Boot entglitt seiner Hand und etwas traf ihn hart am Kopf. Während das Wimmern der Frau immer leiser wurde, sah er, wie andere Gäste ihnen zur Hilfe kamen.

Das Letzte, an das er sich erinnern konnte, war das Gesicht des Jungen mit dem Schmollmund, der am Ufer stand und das Ganze aufmerksam zu beobachten schien.

„Nur eine leichte Gehirnerschütterung", waren die ersten Worte, die Alfred nach seinem Blackout zu hören bekam. Der Mann, der seine Augen mit einer kleinen Taschenlampe ausleuchtete, schien Engländer, Arzt oder Sanitäter zu sein. Jedenfalls wusste er, was er tat. „Wenn Sie wollen, nehmen wir ihn zur Beobachtung mit ins Krankenhaus, aber wenn Sie mich fragen, sind eine Dusche, ein Brandy und ein sauberes Bett mindestens genauso gut."

„Dann nehme ich das Mindestens-genauso-gut", sagte Alfred und setzte sich auf. Im Raum waren neben dem Mann mit dem Stethoskop noch zwei weitere Personen: die sorgenvoll dreinschauende Miranda und im Hintergrund ein Mann, der mindestens genauso unglücklich zu sein schien wie er. „Kein Grund zur Sorge, *Señor* Alvarez; heute Abend stirbt Ihnen wahrscheinlich kein weiterer Gast mehr weg", sagte der Mann mit dem Stethoskop und verließ kopfschüttelnd den Raum.

„Und ich dachte schon, ich müsste allein mit dem Taxi ins Hotel fahren", meldete sich Miranda und tätschelte Alfred die Schulter.

„Ich habe Ihnen ein paar trockene Sachen bringen lassen", schaltete sich *Señor* Alvarez ein. „Wir haben in etwa die gleiche Figur. So können Sie nirgendwo hingehen."

Alfred setzte sich auf und versuchte dem nervösen Mann zuzulächeln. „Danke für Ihre Mühe – ich bringe Ihnen die Sachen morgen oder übermorgen wieder vorbei."

„Das hat keine Eile", erwiderte der Mann und wandte sich zum Gehen. „Ich habe ganz andere Sorgen. Es ist Saison, und ein Toter hat sie soeben für mich und mein Restaurant beendet." Mit hängenden Schultern verließ er den Raum.

Alfred registrierte erst jetzt, dass er auf einer Couch lag. Er richtete sich auf und spürte, wie unangenehm das nasse Hemd und die Hose ihm auf der Haut klebten.

„Zieh dich um, ich rufe uns zwischenzeitlich ein Taxi", sagte Miranda und war auch schon verschwunden.

Während Alfred sich auszog, tauchten immer wieder Einzelbilder vom Set vor seinen Augen auf. Ein Boot – eine Frau – ein knochiger Schädel – lederne Haut – ein lippenloser Mund – schlohweißes Haar – Augenhöhlen, in denen zwei tote Augen keinen Halt mehr zu finden schienen – und zwei bekannte Gesichter auf der Brücke. Alfred schüttelte jeden Gedanken an das Erlebte ab und machte sich auf die Suche nach dem Ausgang. Miranda wartete im Freien, an einem Tisch, der weit vom Fluss entfernt stand. Polizisten hatten den Tatort weiträumig abgesperrt und an mehreren Tischen gleichzeitig befragten sie nun die Gäste des Restaurants.

„Mit dir werden sie auch noch sprechen wollen", sagte Miranda. „Aber ich habe dem *Teniente* unsere Adresse gegeben und den Rest hat der Doktor erledigt. Hat erklärt, dass du noch nicht klar im Kopf bist, weil er dich unter Drogen gesetzt hat."

Das wäre sicher besser gewesen, dachte Alfred und wollte nur noch in sein Hotel und auf sein Zimmer. Als hätte jemand seinen Wunsch erhört, fuhr in diesem Moment ein Taxi in den Innenhof des weitläufigen Geländes.
„Endlich", murmelte Alfred und war schneller eingestiegen als Miranda.

Die folgende Nacht war wie die Fortsetzung seines Blackouts, nur mit kleinen Albtraum-Unterbrechungen.
Er hatte sich am nächsten Tag um halb neun mit Miranda zum Frühstück im Hotelgarten verabredet. Es blieb ihm also gerade noch genug Zeit, um sich die Nacht abzuduschen und sich zu rasieren. Wie gern hätte sich Alfred wenigstens im Urlaub mal einen Dreitagebart wachsen lassen, aber etwas in ihm rebellierte dagegen. Immer korrekt, immer pünktlich, immer pflichtbewusst – diese Maximen packte Alfred eben auch in jeden Urlaubskoffer.
Miranda sah heute Morgen noch besser aus als sonst. In ihrem weißen Sommerkleid und dem gelben Sonnenhut kam die Bräune ihrer Haut ganz besonders gut zur Geltung. Auch wenn sie wieder zehn Minuten zu spät kam, freute er sich wirklich, sie zu sehen.
„Hast du überhaupt schlafen können?", fragte er besorgt.
„Sehe ich so ramponiert aus?" Sie legte die Stirn in Falten.
„Du siehst richtig gut aus", versuchte Alfred sie zu beruhigen. „Aber alles andere ist irgendwie falsch. Egal, wie blöd das klingt. Verstehst du, was ich meine? Ich bin erst seit gestern hier im Hotel und es sind schon mehr merkwürdige Dinge passiert als auf meinen letzten zehn Urlaubsreisen zusammen."
„Und davor hast du Angst?", fragte Miranda.
„Das ist es ja gerade." Alfred schüttelte den Kopf. „Ich genieße es sogar. Was gibt es Schöneres, als Menschen in Ausnahmesituationen zu beobachten? Ich weiß, wie das

klingt. – Aber ich weiß auch, dass du weißt, wie ich das meine. Deshalb bist du mir ja gerade so sympathisch. Klar bist du hübsch und sexy und der ganze Kram, aber viel wichtiger ist, dass du tickst, wie ich ticke. Das weiß ich, das spüre ich", brach es aus Alfred heraus, als müsste er sofort seine Gedanken erklären.

„Ich habe jetzt erst einmal Hunger", sagte Miranda lapidar, stand auf und ging langsam Richtung Frühstücksbuffet. „Soll ich dir etwas mitbringen?"

„Nein", rief er ihr hinterher. Alfred hatte keinen Hunger, er wollte reden, mit Miranda über dieses Drehbuch sprechen. Eine Erklärung für diese drei sonderbaren Vorfälle finden. Als sie ein paar Minuten später zurückkam, hatte sie ihm einen *Café con leche* mitgebracht.

„Wie soll ich mein Frühstück genießen können, wenn mir jemand beim Essen zusieht?", verzog sie den Mund. „Entspann dich und trink deinen Milchkaffee."

„Aber ich kann das jetzt nicht."

„Was? – Milchkaffee trinken?" Selbst ihre Augen schienen ihn auszulachen.

„Entspannen", antwortete er mit finsterer Miene.

„Dann schau dich um und sag mir, was du siehst."

Etwas in Mirandas Stimme ließ ihn tun, wozu sie ihn aufgefordert hatte.

„Ich sehe Menschen beim Frühstück – Hotelgäste. Der Himmel ist blau, der Garten gepflegt, und alle scheinen sich angeregt miteinander zu unterhalten."

„Geht das noch etwas genauer?"

„Ich weiß nicht, was du meinst", murmelte *Al,* nur um kurz darauf zu kapitulieren. „Also gut – am Tisch neben dem Pool sitzt ein Paar, das mich an *Woody Allan* und *Mia Farrow* erinnert. Am Nebentisch dieser muskulöse Typ, der gestern neben unserem Kinderwagenheld gesessen hat. Und dann ist da noch einer der Männer von der Brücke und ganz viele andere, die mir alle irgendwie bekannt vorkommen."

„Schon besser", stellte Miranda zufrieden fest. „Was würdest du denken, wenn ich dir sage, dass wir uns alle kennen, dass wir Kollegen sind und dass wir uns regelmäßig treffen, um unsere jährliche Tagung abzuhalten?"

Überraschung ließ Alfred für einen Moment seinen Text vergessen. „Welche Branche? Was verkaufst du?"

„Meinen Körper", antwortete sie, ohne mit der Wimper zu zucken. „Meine Knochen und meine Gesundheit. Wir sind Stuntleute. Filmverrückte – ohne uns würde jeder Star weit weniger cool wirken, glaub mir das."

Das hätte *Al*, der Cineast, auch so gewusst. Die Zeiten eines *Jean Paul Belmondo*, der komplett auf Stuntmänner verzichtet hatte, waren längst vorbei.

„Und wie erklärst du dir all diese Vorfälle?" Alfred versuchte rasch, seine Gedanken zu sortieren.

„Dafür habe ich keine Erklärung", antwortete Miranda mit ernster Stimme. „Die Sache mit dem Zahnstocher war schon merkwürdig genug. Der kleine Oliver sollte nächsten Monat in der Fortsetzung von *The Sixth Sense* den Nachfolger von *Haley Joel Osment* doubeln. Jetzt fällt er für Monate aus. *Shyamalan* wird seine indische Gelassenheit vergessen und ausrasten. Und Stanley, unser Mutter-und-Kind-Retter, war für den sechsten Teil von *Fluch der Karibik* engagiert. Mit einer gebrochenen Schulter hat er keine Chance, die mutige Seite von *Captain Jack Sparrow* zu geben."

„Und unser vertrockneter Toter?", fragte Alfred.

„Hieß Ross Douglas, war Mitte vierzig, ein Vollprofi und erster Kandidat für die Stunts von *Mr. Willis* in *Stirb Langsam 6*."

Alfred schüttelte den Kopf. „Das ergibt alles keinen Sinn. Zufälle gibt es nicht, alles steht im Drehbuch – im Film wie im Leben."
„Was du nicht sagst. Das würde ja bedeuten, dass irgendwer hinter all diesen Merkwürdigkeiten stecken müsste. Ein unbekannter Drahtzieher, der auch vor arrangierten Unfällen nicht zurückschreckt. Bei aller Liebe, wir brennen zwar alle für das Filmbusiness, aber wir sind Kollegen. Glaub mir, ich kenne jeden Einzelnen, so etwas würden wir einander niemals antun."
„So habe ich das auch gar nicht gemeint", versuchte Alfred sie zu beschwichtigen. „Das von gestern Abend kannst du sowieso nicht erklären, so etwas habe ich bisher nur im Film gesehen. Das Ganze ist eher unheimlich, mysteriös, macht mir Angst und macht mich neugierig zugleich."
„Ein gutes Drehbuch also?" Mirandas Stimme hatte jetzt wieder diesen tiefen, erotischen Klang. „Ein Plot, der einem die Sinne schärft, der einen geil macht?"
Alfred begann, unruhig in seinem Gartensessel herumzurutschen. „Das trifft genau ins Schwarze", hörte er sich mit fremder Stimme erwidern. Sie musterte ihn lächelnd.
„Dann sollten wir gleich jetzt überprüfen, was im nächsten Kapitel steht. Auf meinem Zimmer", sagte sie. „Es gibt nichts Besseres als Sex nach dem Frühstück.

Für Alfred gab es nichts Besseres als den Schlaf nach dem Sex nach dem Frühstück. Anfänglich komatös tief, dann intensiv träumend, wachte man zu guter Letzt mit hellwachem Verstand auf.
Miranda lag noch nackt neben ihm und atmete ruhig. Sie war im Bett die Frau, die er erwartet hatte. Aktiv, ohne einzuschüchtern, aber leidenschaftlich genug, um sich das zu holen, was sie brauchte. Trotzdem war Alfred heute nicht ganz bei der Sache gewesen. Zu viel ging ihm durch

den Kopf. Die Vereinigung der Stuntleute tagte also ausgerechnet auf Mallorca in jenem Hotel, in dem er in diesem Jahr seinen Sommerurlaub verbrachte. Lauter Filmschaffende, die regelmäßig mit seinen Idolen am gleichen Set arbeiteten. Und dann noch diese merkwürdigen Unfälle oder Zufälle oder wie man das nennen wollte. Ein Junge, der fast an einem Zahnstocher erstickt wäre, eine Verfolgungsjagd und ein Toter, der innerhalb von Sekunden zur Mumie mutiert war. Die ganze Zeit über erwartete Alfred, jeden Moment aus diesem Traum aufzuwachen, das „Cut-und-aus"-Signal des Regisseurs zu hören. Aber das alles war wirklich passiert, und weil es nun einmal – im Film wie im Leben – keine Zufälle gab, rief er sich wieder und wieder die Abläufe ins Gedächtnis. Irgendetwas stimmte nicht an der Geschichte. Etwas war falsch, etwas, das er gesehen oder aufgeschnappt hatte. Jedes Mal, wenn er meinte auf einer Spur zu sein, endete sie in einer Sackgasse. Drei Filmprojekte, drei besetzte Rollen, waren von einem Tag zum anderen wieder frei geworden. „Folge dem Geld und dem Motiv", war häufig das Motto der Detektive aus Hollywood-Filmen der Schwarzen Serie gewesen. –Und: „Folge dem Rock und der Frau, die darin steckt". *Bogart* wäre stolz auf ihn gewesen. Alfred war froh, als Mirandas Hände ihn aus der nächsten Spurensackgasse zogen.

„Was hältst du davon, wenn wir duschen gehen, uns fertigmachen und heute Abend noch einmal bei *Señor* Alvarez vorbeischauen?", fragte sie ihn, sich wachräkelnd. „Sein Rioja und die Lammfilets sind es wirklich wert."

Alfred musste nicht lange überlegen. Er wollte mit dieser Frau zusammen sein.

„Ich muss ihm sowieso noch sein Hemd und die Hose wieder zurückgeben. Ich gehe dann kurz auf mein Zimmer. Wir treffen uns wieder im Foyer."

„Wann?"

„Wie spät ist es?" Er suchte nach seinem Mobiltelefon und beantwortete sich kurz darauf die Frage selbst. „Schon nach drei. – Sagen wir um fünf, und ich bestelle ein Taxi für uns für zehn nach fünf." Er zog sich an und küsste Miranda noch einmal zum Abschied auf den Bauch. „Kennst du wirklich alle deine Kolleginnen und Kollegen?", fragte er im Rausgehen.
Sie richtete sich im Bett auf, versuchte gar nicht erst, ihre Brüste zu bedecken. „Fast alle. Natürlich sind da auch immer wieder neue Gesichter."
„Wen kanntest du nicht?", bohrte er weiter.
„Na ja, die *Sandra-Bullock*-Imitation und diesen Latin-Lover-Typ habe ich erst hier kennengelernt. Und die Jungen – den mit dem Zahnstocher im Hals und den anderen, den mit dem Seitenscheitel und den Stummelzähnen. Die beiden habe ich vorher auch noch nicht gesehen."
„Landsleute?"
„Ich denke schon. Meine Kollegin könnte aus Europa kommen, aber sicher weiß ich das nicht. Vielleicht habe ich mir das mit dem Dialekt auch nur eingebildet."
„Ist auch nicht weiter wichtig", sagte Alfred und verließ nachdenklich den Raum.
Um Punkt zehn Minuten nach fünf fuhr das Taxi Richtung Palma los.
Miranda trug einen schwarzen, mittellangen Rock, eine weiße Seidenbluse und die Haare offen. Alfred genoss es sichtlich, Bein an Bein mit ihr auf der Rückbank zu sitzen und ihr Parfüm einzuatmen. Er freute sich auf den gemeinsamen Abend, die darauffolgende Nacht und die nächsten Tage zusammen mit ihr. Der Himmel war wolkenlos, wenn es heute auch tagsüber nicht so heiß wie sonst gewesen war.
Schon von Weitem sahen sie die Lichter der Bodega. Er hatte befürchtet, dass das Restaurant von *Señor* Alvarez

wegen der noch nicht abgeschlossenen Untersuchungen der Polizei bis auf Weiteres geschlossen bliebe. Miranda hatte das mit einem kurzen Telefonat geklärt. Der Parkplatz war heute fast leer, die Tische aber wenigstens knapp zur Hälfte mit Gästen besetzt. Der Kellner begrüßte sie ähnlich aufmerksam wie am Vorabend, nur lag der Tisch, den er ihnen anbot, heute auf der entgegengesetzten Seite – weit weg vom Fluss. Alfred war das nur recht. Er wollte das Essen genießen, den Wein, die Nacht, die Frau. Er war gespannt, was dieses Drehbuch noch für ihn bereithalten würde. Sie hatten gerade den Wein und die Vorspeise bestellt, als Miranda sich zu ihm vorbeugte und zu flüstern begann: „Da scheinen andere auf die gleiche Idee gekommen zu sein."

Alfred musste gar nicht lange suchen, um zu verstehen, was oder wen Miranda gemeint hatte. Anders als sie schienen die beiden Männer und der Junge mit einem Leihwagen gekommen zu sein. Alfred hatte das Auto beim Einparken beobachtet, sich dann aber wieder der Weinkarte gewidmet. Jetzt hatten sich Mirandas Kollegen keine zehn Schritte von ihnen entfernt an einem Tisch niedergelassen. Alfred erkannte auf Anhieb den Latin Lover, den Mann von der Brücke und den dunkelhaarigen kleinen Jungen mit dem Seitenscheitel.

„Die ignoriere ich jetzt völlig", sagte Alfred brummend. „Ich will den Abend genießen, will alles über dich und deinen Job erfahren. Ich platze vor Neugier. Du musst mir alles erzählen: mit wem du schon gedreht hast, wessen Double du warst, wen du magst und wen du hasst."

Miranda Stewart zog sich die Sonnenbrille von der Nase und *Al* bewunderte in dem Moment ihre wachen Augen und dieses nicht mehr ganz junge Gesicht.

„Deine Antworten sollst du haben – nur später, wenn wir wieder allein sind. Meine drei Kollegen scheinen sich wohl an ihrem Tisch einsam zu fühlen", sagte sie mit gedämpfter Stimme. „Sie kommen rüber."

„Guten Abend. – Dürfen wir uns zu Ihnen setzen?" Die Stimme des dunkelhaarigen Mannes war mindestens dreißig Kilo zu leicht für diesen Körper und hätte viel besser zu dem kleinen Jungen gepasst. Weil der Tisch groß genug war und sie beide nicht unhöflich sein wollten, stimmten sie natürlich zu.

„Das wird ein wundervoller Abend", schwärmte der Latin Lover und räkelte sich in Kamerapose auf seinem Stuhl.

„Ich glaube, ich habe mich noch nicht einmal vorgestellt", sprach er nur Miranda an. „Ich heiße Francis und bin das erste Mal auf einer Tagung der Stuntmen Association. Sozusagen neu im Geschäft", fügte er hinzu. „Taylor hier meinte, es wäre doch eine prächtige Idee, wenn wir uns heute noch einmal die Kulisse vom Vortag anschauen würden. Immerhin ist hier etwas absolut Merkwürdiges passiert, und ich habe ein Faible für solche unheimlichen Plätze."

„Weiß man nun, was genau passiert ist?", fragte der dunkelhaarige Mann, der anscheinend Taylor hieß, in die Runde.

„Eigentlich müssten Sie uns das am ehesten sagen können", schaltete sich Alfred ein. „Sie standen doch gestern auf der Brücke. Hat die Polizei Sie denn nicht verhört?"

Vielleicht bildete Alfred sich das nur ein – aber für einen kurzen Moment schien ein Nerv im Gesicht des Angesprochenen zu zucken.

„Natürlich hat sie das. Die *Guardia Civil* kam heute Morgen sogar extra ins Hotel. – Aber ich konnte genauso wenig dazu sagen wie Sir Nolan."

„Das ist der grauhaarige Mann, der gestern auch auf der Brücke stand", erklärte Miranda. „Er ist nicht wirklich ein Engländer, aber jeder nennt ihn so, weil er häufig für Historienfilme gebucht wird."

„Und Sie haben beide nichts Ungewöhnliches gesehen?" Alfreds Stimme klang viel skeptischer, als er das geplant hatte.

„Immerhin ist das alles unmittelbar vor Ihren Augen passiert. Das Boot ist direkt unter Ihnen durchgefahren. Sie haben sich doch sogar von einer Brückenseite zur anderen bewegt."

„Ich dachte mir, dass Sie das gesehen haben", sagte Taylor emotionslos. „*Sie* hatten den Logenplatz. Aber glauben Sie mir, es gibt Dinge, die passieren im Dunkeln. Oft in unmittelbarer Nähe. Schreckliche Dinge, für die es keine Erklärung gibt."

„Du drehst zu viele Gruselfilme, mein Lieber. Zu viel Kunstblut ist nicht gut für den Verstand", rief Miranda kopfschüttelnd.

„Damit ist es jetzt erst mal vorbei. Nächste Woche beginnt der Dreh zu *Stirb Langsam 6*, Riesen-Projekt – und die Gage ist entsprechend."

„Mensch Taylor, dann weiß ich wenigstens, wer heute die Rechnung übernimmt", bemerkte der Latin Lover augenzwinkernd, als der Kellner jetzt den Wein und die Vorspeisen servierte.

Das Gespräch während des Essens drehte sich logischerweise nur um das Thema Film. Den unappetitlichen Vorfall vom Vortag erwähnte niemand mehr. Erst als die Teller wieder abgeräumt waren, fing ausgerechnet Miranda erneut davon an.

„Wie verkraftet Sally das eigentlich? Immerhin waren die beiden ja wohl fest zusammen."

„Mal mehr, mal weniger zusammen, meinst du wohl", korrigierte sie Taylor. „Jedenfalls liegt sie noch im Krankenhaus. Ist nicht ansprechbar. Sie haben sie wohl ruhiggestellt."

Kein Wunder bei so einem Abgang, dachte Alfred und erinnerte sich an das mumienartige Gesicht und die in sich zusammengesackte Leiche des Mannes, der auf ihrem Schoß gestorben war. Sie war sicher die Einzige, die genau sagen könnte, was da in der Dunkelheit unter dem Brückenbogen passiert war. Instinktiv wusste er aber, dass sie nichts sagen würde, nichts sagen konnte.

„Und wie geht es unserem Kinderwagenhelden und dem kleinen Jungen, der fast erstickt wäre? Ist mit seinen Eltern da. Alles Stuntleute, die ganze Familie. Wie heißt er nur?", grübelte Taylor zwischen zwei Schlucken Wein.

„Jonathan. Er heißt Jonathan", meldete sich jetzt der kleine Junge mit dem Seitenscheitel zu Wort. Es war das erste Mal an diesem Abend, dass er außer einem kurzen „Hallo" und seiner Bestellung für den Kellner überhaupt etwas gesagt hatte. Alfred überraschte die Tiefe seiner Stimme: Sie war genauso unpassend wie die glockenhelle Stimme des Latin Lovers.

„Er ist wohl dein Freund?", fragte Miranda in mütterlichem Tonfall.

Ein breites Grinsen legte die stummelschwänzigen Zähne des kleinen Jungen frei. „Eigentlich kannte ich ihn gar nicht, aber wir sind uns schon ein paar Mal auf Castings begegnet."

Nur langsam verschwand dieses unangenehme Lächeln wieder aus seinem Gesicht. Jetzt schaltete sich Taylor ein. „Der Vater des Jungen hat mir gestern erzählt, wie ärgerlich dieser Erstickungsanfall für Jonathans Karriere sei. Sie haben wohl einen Luftröhrenschnitt machen müssen, und das bedeutet, dass er mindestens noch sechs Wochen – wenn nicht noch länger – ausfällt. Dabei soll der Dreh zu *The Sixth Sense 2* schon nächste Woche beginnen."

„Das ist vielleicht deine Chance", sprach Miranda den neben ihr sitzenden Jungen an.

Augenblicklich kehrte das Grinsen in dessen Gesicht zurück.

„Mein Agent hat vorhin angerufen. Ich muss nächste Woche in Philadelphia sein. Dann geht es los."

Alfred fiel es schwer, diesen Jungen zu mögen oder sich für ihn zu freuen. Wie gut, dass ich keine eigenen Kinder habe, schoss es ihm durch den Kopf. Das Risiko, solch ein unheimliches Kind zu bekommen und es dann auch noch mögen zu müssen, war viel zu groß. Einen *Damien* im Film konnte man ertragen – aber im wirklichen Leben?

Er wollte sich gerade noch einmal Wein einschenken, als *Señor* Alvarez an ihrem Tisch auftauchte. Der Mann schien seit gestern Abend um fünf Jahre gealtert zu sein.

„Ich bin so froh, dass Sie noch einmal zu uns gekommen sind, nach allem, was geschehen ist", begrüßte er sie mit dünner Stimme. „Die Gäste werden ausbleiben. Die Mallorquiner sind abergläubisch. Ein Mord wäre schon schlimm genug gewesen, aber diese grauenvolle Geschichte wird in ihren Köpfen herumspuken."

„Alles wird gut, *Señor* Alvarez", versuchte Miranda den Mann zu trösten. „Die Mallorquiner werden sich vielleicht heute fürchten, aber sich schon morgen nach Ihrem Essen sehnen und wer weiß, ob nicht der nächste Reiseführer, der diese Sache aufgreift, Ihnen neue Kunden bringt."

„Oder die alten endgültig verjagt. Leider denkt nicht jeder so wie Sie", sagte der alte Spanier seufzend.

„Können wir irgendetwas für Sie tun? – Sie wissen, für einen Freund tun wir fast alles." Miranda schien jetzt in ihrem Element zu sein. „Haben Sie in Ihrem Restaurant immer noch dieses große Lederbuch liegen, in dem sich Ihre berühmten Gäste verewigt haben?"

Señor Alvarez griff Mirandas Gedanken sofort auf.

„*Si*. – Sie müssen sofort mitkommen und Ihre Gedanken und die Wünsche ans *Restaurante* aufschreiben. Ihr seid berühmt, seid Leute vom Film, seid *Americanos*. Nicht nur eure Landsleute werden das lesen. Auch die Presseleute", sagte er mit neuem Enthusiasmus. „Kommen Sie bitte mit. Ich besorge uns einen guten Sherry, während Sie sich verewigen."

„Willst du mich nicht begleiten?", fragte Miranda Alfred, als sie und ihre beiden Kollegen jetzt aufstanden.

„Ich bleibe hier sitzen und genieße solange meinen Wein", winkte er kurzerhand ab. „Ich bin nicht berühmt."

„Das bin ich auch nicht", rief ihm Miranda lachend über die Schulter zu. „Aber ich unterschreibe mit den Namen aller Schauspielerinnen, die ich schon einmal gedoubelt habe. Warte auf mich – wir sind bald zurück."

Das kann ich kaum abwarten, dachte Alfred. Er wollte endlich wieder mit Miranda allein sein, freute sich aufs Hotel und auf die gemeinsame Nacht mit ihr. Der kleine Junge mit dem Seitenscheitel saß währenddessen regungslos auf seinem Stuhl und starrte ihn an.

„Du hast wohl auch keine Lust auf Autogramme?", versuchte Alfred die unangenehm werdende Stille zu unterbrechen.

„Ich habe Wichtigeres zu tun", sagte der Junge, ohne eine Miene dabei zu verziehen.

„Wichtigeres?"

„Ja. Ich muss mich um Sie kümmern." Mit einem Mal klang die Stimme des Jungen nicht nur dunkel und tief, sie klang auch bedrohlich. Alfred war irritiert.

„Was meinst du damit?"

„Sie waren doch immer dabei, wenn es passiert ist."

Alfred spürte zum ersten Mal die Kälte, die der Wind allabendlich vom Meer über die Insel trug. In seinem Hals begann es zu kratzen und zu brennen.

„Es gibt da ein paar Sachen, die mich von anderen Kindern unterscheiden. Eine haben Sie bereits kennengelernt. Ich weiß, dass Sie mich dabei beobachtet haben, damals im Restaurant und gestern Abend."

Da war es wieder, dieses unangenehme Lächeln, waren wieder diese winzigen, viel zu weit auseinanderstehenden Zähne. „Es funktioniert nur, wenn ich meine Wünsche flüstere, sie immer wiederhole."

Plötzlich wusste Alfred, was der Junge mit dem Seitenscheitel meinte. Irgendwie hatte er es schon die ganze Zeit über gewusst. Es waren dieses Murmeln und dieser Gesichtsausdruck gewesen, die dahinter versteckte, stille Freude. Gestern Abend erst hatte er es hier gehört und morgens im Hotel beim Frühstück und den Abend zuvor, als der kleine Jonathan beinahe erstickt wäre. Alfred fühlte sich nicht wohl in seiner Haut. Er begann zu schwitzen und der Kragen wurde ihm zu eng.

„Sie fragen sich bestimmt, was ich da mache, aber das kann ich Ihnen nicht sagen. Es passiert einfach – ist schon immer passiert." Der Junge zuckte mit den Schultern. „Schon in der Grundschule. Ich habe mir einfach gewünscht, dass meine Lehrerin im Biologie-Unterricht von dieser ausgestopften Wildkatze gebissen wird. Habe es mir immer wieder gewünscht, es wie ein endloses Gebet vor mich hingemurmelt. Und dann ist es passiert. Miss Cooper war nicht nett zu mir. Dass sie dann an einer Blutvergiftung gestorben ist, habe ich aber nicht gewollt. Diese Wünsche kamen erst später."

Schweißtropfen bildeten sich auf Alfreds Stirn. Entweder war dieser kleine Junge völlig durchgeknallt oder er hatte einfach zu viel Fantasie. Wie dem auch sei, er fühlte sich unwohl in seiner Nähe. Alfred griff nach der Wasserkaraffe auf dem Tisch und schüttete sich das Glas voll. Während der Junge weiterredete, wunderte sich *Al* über das Gewicht der Karaffe.

„Meine Mutter hat immer gesagt, dass man seinen Freunden helfen müsse. Ich habe nicht viele Freunde. Luke ist mein Freund und Taylor. Sie haben sie kennengelernt. Sie sind auch Stuntmen. Luke wird das Double von *Jack Sparrow* und Taylor macht jetzt die Stunts von *Mr. Willis*. Eigentlich sind sie meine einzigen Freunde, und denen hilft man doch."
Selbst das Wasserglas schien Alfred unnatürlich schwer zu sein. Während die Stimme des Jungen noch tiefer und dunkler klang, war da noch ein anderes Geräusch. Ein endloses Raunen wie dunkler melodischer Gesang. Er würde später trinken – das Glas war einfach zu schwer.
„Das mit Jonathan tut mir echt leid. Er ist nur ein Jahr älter als ich. Aber ich konnte ihm diese Rolle in der Fortsetzung von *The Sixth Sense* nicht lassen. Das verstehen Sie doch." Die Worte drangen parallel zu den melodischen Tönen an *Als* Ohr.
„Das ist mein Film. Ich will *Cole* sein. Doch das Casting-Team hatte sich für Jonathan als Double entschieden. Es tut mir leid für ihn und für die anderen beiden – und auch für Sie."
Die Dunkelheit hatte sich rasend schnell breitgemacht. Das Kratzen und Brennen in Alfreds Hals war unerträglich geworden. Selbst das Atmen bereitete ihm jetzt Schmerzen. Vielleicht eine allergische Reaktion, dachte er. Als würde sich alles in ihm verkrampfen, umklammerte er jetzt mit seinen Händen die Stuhllehnen.
„Ich habe Sie beobachtet, habe bemerkt, dass Sie alles gesehen haben. Sie könnten sich mit Miranda darüber unterhalten oder mit anderen. Auch wenn man Ihnen nicht glauben würde. Aber die Leute vom Film sind abergläubisch – viel abergläubischer, als man sich das vorstellen kann. Die meisten würden ohne ihre Glücksbringer keinen einzigen Stunt machen. Ich brauche so etwas nicht."

Alfred spürte, wie sich plötzlich seine verkrampften Muskeln wieder zu lösen schienen. Schlagartig war die Anspannung vorbei. Jetzt war da nur noch Kälte. Nur zwischen seinen Beinen und an seinem Hintern wurde es warm. Alles um ihn herum war dunkel und ruhig. Die Stimme des Jungen mit dem Seitenscheitel vermischte sich mit diesem melodiösen Murmeln.
„Es tut mir leid, aber es ist besser so. Wissen Sie eigentlich, worum es in *The Sixth Sense* überhaupt geht? Im ersten Teil, meine ich."
Alfred wollte etwas sagen, aber da hörte er andere Stimmen vom Restaurant herüberwehen. Mirandas glockenhelles Lachen klang so lebendig wie immer. Endlich würden sie Richtung Hotelzimmer aufbrechen. *9 1/2 Wochen* in einer einzigen Nacht, sie würden wie *Kim Basinger* und *Mickey Rourke* sein. Warum starrte Miranda ihn jetzt bloß so fassungslos an? Warum lachte sie nicht mehr? Und warum schlug sie jetzt ihre Hand vor den Mund?
Alfred hörte ihre Stimme, ohne den Sinn der gesprochenen Worte zu verstehen, hörte Miranda und ihre Begleiter durcheinanderreden. Dafür verstand er die Worte des kleinen Jungen umso besser.
„Es geht um einen Mann und um einen kleinen Jungen, der *Cole* heißt – in *The Sixth Sense,* meine ich."
Warum rüttelte und schüttelte Miranda jetzt so an ihm herum?
Warum tasteten ihre Hände nach der Innenseite seines Handgelenks – und warum, zum Teufel, spürte er das alles nicht mehr?
„Der Mann ist tot, aber der Junge kann trotzdem noch mit ihm sprechen. Er kann auch sonst mit Toten sprechen – das ist nämlich seine Gabe."
Alfred blickte emotionslos in das kleine, mondrunde Gesicht des dunkelhaarigen Jungen, der ihm wie eine

große Puppe gegenübersaß. „Das ist auch meine Gabe", flüsterten jetzt diese blutroten Lippen. „Deshalb muss ich auch unbedingt an das Set der Fortsetzung. Das ist mein Film. Ich kann Menschen nämlich nicht nur tot machen, sondern auch mit den Toten reden. Aber das haben Sie sicher längst selbst bemerkt."

TROPENFIEBER 1928

Was für ein Wahnsinn!
Es war Nacht – stille, schwarze, tiefe Nacht. Da lag ich nun in einem schweißnassen Bett, zwei Millionen Kilometer von zu Hause entfernt, lag mit offenen Augen in der Dunkelheit und fragte mich, wie es nur zu alldem hatte kommen können.

Irgendwann war dieses verteufelte Reklameheft auf meinem Schreibtisch gelandet. Auf Anhieb hatten mich die Fotografien darin fasziniert – Bilder von Ozeanriesen, von vollen Cocktailgläsern, leeren Stränden und windschiefen Palmen. Bronzefarbene Frauen mit Opium-Lippen posierten darauf ebenso wie kleinwüchsige Eingeborene, die wie exotische Puppen auf ihren Einbäumen saßen.

DER AMAZONAS – DAS GRÜNFEUCHTE ABENTEUER

Irgendwie schienen der Text und die Bilder zwei schlafende Tiger in mir geweckt zu haben, das Fernweh und die Abenteuerlust. Zuerst war da also diese Reklame gewesen – und nach ein paar schlaflosen Nächten und ebenso vielen Gesprächen mit dem Chefredakteur packte ich meinen Überseekoffer, fuhr nach Bremerhaven und kaufte mir ein Billet für die Schiffspassage ins Unbekannte.

Als Reporter der *Berlin Gazette* war es normal, dass sich mein Leben vor ständig wechselnden Kulissen abspielte. Statt meines Namens stand mein Motto „Büroluft tötet Kreativität" in einen Messingrahmen gepackt auf meinem Redaktionsschreibtisch. Direkt daneben eine Fotografie von Josephine Baker im Bananenröckchen. Viel nackte

Haut für ein staubiges Büro. Außer neuen Tonfilmen und ein paar Attentaten hatte es dieses Jahr kaum richtige Schlagzeilen gegeben. Zumindest keine für die jungen und lebenshungrigen Leser, für die das Leben nach dem Ende des Kaiserreichs gar nicht grell, bunt und laut genug sein konnte. Wie hieß der neueste Tanz? Wo spielten sie die heißeste Musik? Wo trugen die Damen die kürzesten Röcke? Das waren die Schlagzeilen, die meine Generation interessierten – und ich lieferte die Antworten.

Wie viele Wochen war das her? Jetzt jedenfalls schwieg der Journalist in mir. In diesem Zimmer, auf einer klebrigen, mit Bananenblättern gepolsterten Matratze, lag ein völlig anderer Mensch. Anstatt sinnlos dem letzten Trend hinterherzujagen, versuchte ich nun, mich auf das Wesentliche zu konzentrieren.
Doch was war überhaupt noch wichtig? Wenn nur dieser verdammte Prospekt nicht gewesen wäre!

DIE WELT IST EINE SCHEIBE –
ENTDECKEN SIE DIE ANDERE SEITE!
In dieser einzigartigen, surrealistischen Landschaft verschmelzen Illusion und Realität nahtlos miteinander.
WO PIRANHAS KAIMANE FRESSEN
UNBERÜHRTE NATUR ERLEBEN –
ABENTEUER AMAZONAS!

Bis zu meiner Abreise war ich als einer von vier Nachwuchsreportern im Berliner Großstadtdschungel unterwegs gewesen. Ich hatte Dutzende Artikel für Seite sieben bis zehn der *Gazette* geschrieben (etliche mehr für den Papierkorb), hatte eine in derselben Redaktion beschäftigte Sekretärin geheiratet und seit gut einem Jahr ein Verhältnis mit einer Nachtclub-Garderobiere. Alles an mir und um mich herum war mittelmäßig. Überdurchschnittlich waren nur meine Abenteuerlust, die Leere in meinem Herzen und meine Eifersucht. Letztere war mir mittlerweile so vertraut geworden wie der morgendliche Kater und mein Sodbrennen. Kein Wunder – bei einer Frau wie Carlotta. Selbst der halbtote, stets nach kaltem Zigarrenrauch riechende Dr. Chefredakteur war ihretwegen wieder jung geworden. Wenigstens bewegte er sich flotter, wenn es darum ging, die Jalousien in seinem Büro herunterzulassen, wenn er Carlotta etwas in den Stenoblock diktieren wollte. Ich hatte die beiden einmal dabei überrascht, wie er, entspannt die Hände hinter dem Kopf an seinem Schreibtisch sitzend, die Zimmerdecke anhimmelte, während sie unter der Schreibtischplatte kniete – mit einem atemberaubenden Hintern in einem viel zu engen Rock. Wie merkwürdig. Wenn ich jetzt – in dieser Sekunde – daran dachte, wie fad und abgestanden mein Leben auch trotz der wechselnden Berliner Kulissen war, dann tat ich es ohne jeden Zorn. Als wäre ich völlig unbeteiligt, durchlebte ich in Gedanken Szenen meines Lebens noch einmal – verliebte mich wieder in die falschen Frauen, verlor mich zwischen ihren Beinen, in Cognacgläsern, Nachtclub-Gelächter und Zigarettenqualm.

Das fahlgelbe Licht einer einzigen Petroleumlampe mir gegenüber reichte nicht aus, um die bleischwere Dunkelheit um mich herum zu zerreißen. Ein Licht, das verhüllte, das veränderte, das blindes Blech in monströse Leinwände verwandelte. Bizarre Schatten, eine schwebende Stuhlsilhouette und die Umrisse eines dreieinhalbbeinigen Tisches zeichneten sich auf den feucht glänzenden Leinwandwänden ab.

ÜBERNACHTEN SIE EINMAL NICHT IN EINEM GRANDHOTEL:
Wir haben nur die besonderen Quartiere für Sie reserviert.

So also sahen diese für Fernwehkranke und Abenteurer reservierten Übernachtungsmöglichkeiten aus: verlassene Missionsstationen, hastig errichtete Hängematten-Camps und nun ein hurenloses Bordell am Rande einer aufgegebenen Goldwäscher-Siedlung. Genauer gesagt: eine südlich vom Rio Negro liegende, nutzlos gewordene Ansammlung vor sich hin modernder Bretterbuden.

Warum hatte ich mich nur auf diesen Wahnsinn eingelassen? Die Antwort war einfach: Weil es meine Idee gewesen war, über Abenteuerreisen in die entlegensten Winkel dieses Planeten zu berichten – meine Chance, spannende Reportagen für eine rasch wachsende Anzahl Menschen zu schreiben: die Touristen. Anders als Emigranten oder Geschäftsleute reisen sie allein zu ihrem Vergnügen.
Auch der Chefredakteur war für meine Idee sofort Feuer und Flamme gewesen. „Weltwirtschaftskrise hin oder her – mit einer solchen Serie würde man mindestens zwei Fliegen mit einer Hand fangen, wenn sie richtig aufgemacht ist." Was genau er damit meinte, sollte ich erst viel später verstehen.

INDIVIDUALISTEN BUCHEN ABENTEUER:
Das Ihre beginnt in Manaus, der Kautschukmetropole. In von Einheimischen geruderten Einbäumen befahren Sie den Amazonas – den Mutterschoß, wie ihn die Eingeborenen nennen – stromabwärts.
Der wie ein Haifisch grinsende Mann hinter dem Schreibtisch des Chefredakteurs hatte mir gleich einen Scheck ausgefüllt und sich genüsslich eine Zigarre angesteckt.

Und so kam es, dass ich eines Donnerstags an Bord der *Columbus* von Bremerhaven aus über New York Richtung Südamerika gestartet war. In meiner Tasche ein Dutzend Notizbücher, unzählige Bleistifte, ein Bündel Dollarscheine, mein Reisepass und die Zusage, dass Fortsetzungen der Reportagen jederzeit möglich seien.
Nachdem ich die ersten eineinhalb Tage an Bord des Ozeanriesen wegen meiner Seekrankheit komplett in der Kabine verbracht hatte, stand ab Samstag wieder der Reporter an der Reling des Promenadendecks. Das Leben an Bord folgte seinen eigenen Regeln, kannte nur Erste-Klasse-Passagiere und arme Schlucker mit durchgelaufenen Schuhen und Zweite- oder Dritte-Klasse-Innendeck-Kabinen.
Mich beeindruckten weder die schicken Uniformen der Matrosen noch die lässigen Leinenanzüge der wohlhabenden Passagiere oder die geschlitzten Röcke ihrer Bubikopf-Frauen.
Faszinierend waren nur das Meer, der Himmel, Sonne, Wind und Sterne. Tagsüber blaue Einsamkeit – windraues Streicheln auf der Haut und Salzgeschmack in der Kehle – und nachts das alles überspannende, unendliche Schwarz mit Sternen, die wie Strasspailletten auf dunklem Samt glitzerten.
Oft setzte ich mich gleich nach dem Frühstück, meinen *Döblin* lesend, auf eine der an Deck stehenden Holzbänke. Auf der Flucht vor Gesprächen verkroch ich mich dabei manchmal auf jene Decksbereiche, die nur wenige Passagiere besuchten.
Schnell merkte ich, dass das Schiffsheck mit dem Getöse der Turbinen und dem Gurgeln der beiden Schiffsschrauben von anderen gemieden wurde. Wohltuende Monotonie ließ mich jedes Zeitgefühl und jede Erinnerung vergessen. Erst ein Zwischenfall riss mich aus meiner Lethargie.

Ich hatte mir an diesem Abend nur eine Kleinigkeit zu essen in meine Kabine bringen lassen, zwei Gläser Wein getrunken und war anschließend wieder Richtung Heck aufgebrochen. Trotz der paar hundert Glühbirnen, die jeden Bereich des Schiffdecks ausleuchteten, lag meine Mahagoni-Bank im Halbdunkel der Promenade. Ich war längst selbst zum Schatten geworden, als ich meinte, irgendwo aus einem der fest vertäuten Rettungsboote über mir Geräusche zu hören. Dem Raunen und Flüstern folgten zwei Körper, die fast lautlos nacheinander aus demselben Rettungsboot herauskletterten. Gestalten, die sich aus dem Schutz der Abdeckplane schälten und im Mondlicht sichtbar wurden.

Ich hatte die Luft angehalten, um nicht entdeckt zu werden, und verfolgte fasziniert, was keine drei Meter entfernt geschah. Die beiden Gestalten standen sich jetzt gegenüber, während ihr Tuscheln immer lauter und unbeherrschter wurde. Wie Hafenarbeiter begannen sie zu streiten. Sehen konnte ich nur Hände und einen Teil der Gesichter. Irgendwann begannen diese Hände sich zu stoßen und wurden zu Fäusten, die mal dumpf, mal klatschend ihre Ziele fanden. Ich blieb flach atmend, wo ich war, und kam mir wie ein Voyeur in einem Nudistenclub vor.

Erst als ich eine silberne Klinge wie eine zweite, kleinere Mondsichel am Himmel aufblitzen sah, schnellte ich vor. Mein fester, trockener Fausthieb sollte eigentlich auf dem Kinn des Messerschwingers landen, traf stattdessen aber seinen Kehlkopf. Das Röcheln klang nach nahem Tod und das auf den Boden fallende Messer nach Notwehr. Bevor ich reagieren konnte, schwankte der Körper Richtung Reling. Arme ruderten durch die Luft, bevor Beine vom Metallgitter gestoppt wurden. Dann kippte der Mann vornüber, nur um im gleichen Moment beinahe geräuschlos im nassen, blauschwarzen Nichts zu verschwinden.

Ohne zu zögern, warf die andere Schattengestalt rasch das Messer und die im Sturz zu Boden gefallene Mütze hinterher. Im fahlen Mondlicht sah man das antrocknende Blut im Gesicht des Mannes, das wie ein Schnauzbart Nase und Mund miteinander zu verbinden schien. Mir war nicht nach reden, also nickte ich ihm nur kurz zu und wollte schnell Richtung Kabine verschwinden. Während der Wind Musik vom Tanzsaal herüberwehte, hielt mich eine Hand am Ärmel fest. Die Gestalt in ihrem viel zu großen Pullover, mit der schwarzen Wollmütze und dem zerschundenen Gesicht sah schon im Dunkeln erbärmlich aus. Was macht man mit einem blinden Passagier, dem man gerade das Leben gerettet hat, der stinkend und zitternd vor einem steht und vor lauter Angst den Mund nicht aufbekommt?

Meine Kabine hatte ein Waschbecken, ein Bett, einen Sessel und eine Flasche Absinth.

Niemand begegnete uns unterwegs. Nachdem ich die Tür hinter uns zugeworfen hatte, führte mich mein erster Weg zum offenen Bullauge und der davor stehenden Flasche mit dem grünen Dämon darin. Der blinde Passagier war direkt Richtung Waschbecken verschwunden. Ich stand vor dem Fenster und atmete die salzige Nachtluft wie Medizin gegen Übelkeit, die dieses Mal aber nicht von den Wellen kam, ein. Die war schlagartig verschwunden, als meine Begleitung jetzt wieder vor mir stand. Unter dem abgewaschenen Blut und Schmutz kam ein rundes Gesicht mit vollen Lippen zum Vorschein – unter der Rollmütze kinnlanges, dunkles Haar.

Anstatt etwas zu sagen, zog sich die Frau mit einer schlangenartigen Bewegung den Pullover über den Kopf und ließ gleichzeitig die Hose an ihren Beinen hinabgleiten. Das gelbe Licht der Nachttischlampe schien über ihren zierlichen Körper zu streicheln. Ein dunkles Dreieck zwischen ihren Beinen sah wie der Kopf einer schlafenden Katze aus, die sich in ihren Schoß geschmiegt zu haben schien. Als ich sie küsste, schmeckte ihr Mund nach rostigen Nägeln und ihr Körper nach getrocknetem Schweiß. Aber das störte nicht – erregte mich bloß noch mehr. So prall ihre Brüste waren, so leer war ihr Blick. Wir taumelten Richtung Bett, ließen uns fallen und fielen gleichzeitig übereinander her. Sie hieß Claire, kam aus Rostock, hatte als Tänzerin im Varieté gearbeitet und wollte zusammen mit ihrem Freund nach New York. Sie war nur eine von den zigtausend Frauen, die das schwammtrockene Berlin des Jahres 1928 wie Tropfen in sich aufsog, nur um sie bei nächstbester Gelegenheit wieder auszuwringen.

Zusammen mit ihrem Freund, einem im selben Nachtclub arbeitenden Saxophonspieler, hatte sie sich vor zwei Tagen an Bord der *Columbus* geschlichen. Der Durst hatte sie aus ihrem Versteck getrieben und wegen des famosen Plans, in Erste-Klasse-Kabinen einzubrechen, waren sie aufeinander losgegangen. – Das heißt, weil sie ihn davon abhalten wollte. Da kam dann ich ins Spiel. Jetzt hatte die Frau Hunger und Durst – und ich eine Karaffe Wasser, Bananen und Lust.

Während sie am nächsten Morgen das Waschbecken benutzte, verließ ich die Kabine Richtung Badezimmer. Unterwegs traf ich den Steward und bestellte bei ihm schon einmal ein üppiges Frühstück.

Der Gang zum Zweite-Klasse-Waschraum war großzügig mit dunklem Teakholz vertäfelt, nur unterbrochen von den Kabinentüren der ersten Klasse, die massiv genug waren, um alle Geräusche im Inneren zu schlucken.

Der Waschraum lag am Ende des Flurs. Ein Bad mit einer Emaille-Wanne in der Mitte neben einem zweiten Raum mit Porzellan-Toilette und Waschbecken. Trotz unverschlossener Tür war das Badezimmer nicht leer. Ein Mann,

Typ Gigolo, stand mit nacktem Oberkörper vor dem Spiegel und untersuchte darin seine Schulter. Die tiefen Risse und Kratzer, die über seinen halben Rücken liefen, schienen von Fingernägeln zu stammen und die Bissspuren in seinen Oberarmen von kräftigen Zähnen. Der Mann warf sich rasch seinen Bademantel über, als er mich bemerkte, murmelte ein paar unverständliche Worte und war auch schon Richtung Kabinengang verschwunden.
Während ich mich wusch, brummten die Reste des grünen Dämons in meinem Schädel. Auch wenn es seit Jahren verboten war, Absinth zu verkaufen, gab es in Berlin für alles eine richtige Adresse. Thujone hin oder her – nichts betäubte meine Gespenster besser als die flüssige *Fée Verte*, nichts kratzte die Reste meiner Kreativität gnadenloser aus mir heraus. Zu spüren bekam das Claire bei meiner Rückkehr. Sie hatte zwischenzeitlich dem Steward die Kabinentür geöffnet und sich über Brötchen und Kaffee hergemacht. Genauso, wie ich mich jetzt über sie hermachte: ausgehungert, als wären diese viel zu warmen Lippen die letzten, die ich jemals fühlen, sehen, riechen, schmecken und öffnen würde. Als Tänzerin war ihr Körper durchtrainiert, war sie biegsamer und gelenkiger als die meisten anderen Frauen, die ich im Laufe der Jahre kennengelernt hatte.
Unsere Spiele schienen ihr Spaß zu machen – warum sonst hätte sie sich danach wie ein Baby im Bett räkeln sollen. Selbst nachdem wir erschöpft und müde nebeneinander lagen, streichelten ihre Finger noch lange über meine Haut.
Natürlich hatte Claire weder einen Pass noch etwas Vernünftiges anzuziehen. Der Ausweis und ihr letztes Geld (nicht einmal genug für eine Dritte-Klasse-Kabine über den Heizkesseln) waren noch im Rettungsboot versteckt – also mussten wir improvisieren. Wir waren den dritten

Tag auf See, als ich daher in der Wäscherei der *Columbus* die Geschichte von den vertauschten Koffern erfand. Da es keine andere Möglichkeit an Bord gab, um Garderobe zu kaufen, spekulierte ich auf gewaschene und nicht abgeholte Kleidungsstücke früherer Passagiere. Mit einem sauberen, knielangen Kleid, einer Pelzkragenjacke, Seidenstrümpfen, einem Glockenhut und frischgewaschener Unterwäsche machte ich mich auf den Rückweg zu meiner Kabine.

Das Leben an Bord fand die meiste Zeit zwischen den Promenadendecks, Speisesälen und Konzertsalons statt. Zu den Kabinen ging man nur, um zu schlafen – allein oder miteinander. Meistens spielte sich das alles hinter verschlossenen Türen ab. Nur eine Kabinentür auf dem Flur meines Außendecks stand dieses Mal zwei Hände breit offen.

Puccini-Klänge drangen aus dem Zimmer. Tosca saß auf einer Kommode, den grauhaarigen Kopf mit geschlossenen Augen zur Decke gereckt. Aus dem hochgeschobenen Rock lugten zwei dünne Beine heraus, die den Mann dazwischen wie die Fangarme eines Tintenfischs zu packen schienen. Ihre knochigen, alten Finger strichen wie scharfkantige, chirurgische Instrumente über den Rücken des um Jahrzehnte jüngeren Mannes. Von ihm sah ich nur sein schwarzes Haar und eine dünne Blutspur, die an seinem linken Arm herunterlief. Das Gesicht steckte irgendwo zwischen Hals und Busen der welken Frau fest. Armer Gigolo, schoss es mir durch den Kopf. Es gab sicher bessere Methoden, Geld zu verdienen – aber auch schlechtere. Claire schlief, als ich meine Kabine betrat. Ich schüttete den Rest des Dämons in mein Glas, gab zwei fingerbreit Wasser dazu, setzte mich in den Sessel und schloss die Augen. Die Luft roch nach Frau und Anis. Irgendwann stand ich auf, schlug die Bettdecke zurück und sah zu, wie sie aufwachte. Claire war zwanzig, aber sie rieb sich die Müdigkeit wie ein Kind aus den Augen. Was ihre Hände und ihre Körperöffnungen anschließend mit mir machten, hatte aber nun gar nichts Kindliches mehr an sich. Um nicht doch noch als blinder Passagier entdeckt zu werden, verabredeten wir, dass sie die Kabine bis zur Ankunft in einigen Tagen nicht verlassen würde. Wir ließen uns das Essen servieren, sie erleichterte und wusch sich im Waschbecken und schlich sich nur nachts zum Toilettenraum. Zum Glück hatte sie die Fausthiebe des Saxophonspielers gut weggesteckt. Die Nase schien nicht gebrochen zu sein und die Blutergüsse verloren sich mehr und mehr unter ihrer Haut in schüchternen Regenbogenfarben. So vergingen die Tage und Nächte.

Schließlich war der vorletzte Tag an Bord der *Columbus* angebrochen. Am nächsten Morgen sollte das Schiff in New York anlegen. Also war es höchste Zeit, Claires Pass aus dem Rettungsboot zu holen, denn ohne Pass gab es keine Zukunft für sie. Die neue Welt verlangte ihre Eintrittskarte. Der Steward hatte gerade das Tablett wieder abserviert, als ich losmarschierte. Auch diesmal war die Tür der *Puccini*-Dame nur angelehnt, aber außer *Gianni Schicchi* hörte man keine anderen Geräusche.

Der Himmel war wie die Kulisse für ein Feuerwerk funkelnder Sterne und abstürzender Kometen. Genauso wie ich es erwartet hatte, lag das Schiffsheck verlassen da. Das Geräusch aufgewirbelten Wassers konkurrierte mit den Jazz-Versuchen des Salon-Orchesters. Das Rettungsboot zu erklettern war viel mühsamer als erwartet. Ich war eben kein Akrobat, für den Seile bloß eine andere Form von Leitern sind. Aber irgendwie schaffte ich es, fand, wonach ich suchte und war zufrieden mit mir und der Welt.

Das änderte sich schlagartig, als ich geräuschlos meine Kabinentür öffnete. Der Steward, ein bulliger Kerl Typ

Kriegsveteran, drückte seine Hüfte an der Wand neben dem Bullauge zwischen Claires Beine.

Während seine linke Hand ihren Hals wie ein Schraubstock umspannte, nestelte die rechte an seiner Hose herum. Claire hing zwischen der Wand und dem Körper wie eine kraftlose Puppe und japste nach Luft. Bevor der Steward sein Fleisch in ihren Schoß schieben konnte, traf ihn ein fürchterlicher Schlag im Genick. Ich hatte nach dem Erstbesten gegriffen, was ich finden konnte. Der Bronzepanther, der – ganz Art Déco – sprungbereit auf dem kleinen Schreibtisch gestanden hatte, ließ das Genick des Mannes zersplittern. Claire war nackt, würgte und keuchte – aber hatte noch genug Energie, um auf den am Boden liegenden Mann zu spucken. Mein verzerrtes, fratzengesichtiges Spiegelbild schien mich durch das Bullaugenfenster auszulachen. Der Steward musste gewartet haben, bis ich die Kabine verlassen hatte, und war dann zurückgekommen, um sein Schweigegeld von einem blinden Passagier einzufordern. Dumm war er also nicht gewesen – nur gierig und deshalb jetzt mausetot. Claire wollte, dass wir die Leiche wie die des Saxophonspielers entsorgten, aber dieses Risiko war mir zu groß. Sollten sie ihn doch finden – morgen, unter dem Bett, wenn wir das Schiff schon lange verlassen hatten.

Ich wollte mir den Kopf kalt abduschen, als ich auf dem Weg zum Badezimmer an der nur angelehnten Tür der gegenüberliegenden Kabine vorbeiging. Kein *Puccini* war zu hören, kein Geräusch, kein schweres Atmen oder Stöhnen lag in der Luft. Kurz entschlossen schob ich die Tür ein Stück weiter auf und spähte ins Innere. Niemand war da. Rasch ging ich zurück, packte mir den toten Steward über die Schulter und deponierte ihn unter dem Bett der grauhaarigen Dame.

Das kalte Wasser, das ich mir anschließend im Badezimmer über den Nacken laufen ließ, machte mir augenblicklich Kopfschmerzen.

In dieser Nacht küsste mich Claire noch leidenschaftlicher als sonst. Die Angst vor dem nächsten Tag ließ sie auch später dicht an mich herankriechen, bis unsere Körper wie zusammengewachsen dalagen.

Weil mein Verlagshaus nur diese Einzelkabine für mich gebucht hatte, verabredeten wir für die Ankunft in New York, getrennt von Bord zu gehen. Ich gab ihr einen meiner Koffer, damit sie nicht mehr Aufsehen als nötig erregen würde, dazu ihren Pass, meine Hoteladresse am Hafen und einen letzten Kuss.

Mein Schiff nach Salvador de Bahia, die *Cozumel*, legte erst am übernächsten Tag ab. Ich übernachtete allein in dem Hotel am Pier der großen Hoffnung, dessen grelle Leuchtreklame mich nicht schlafen ließ. Claire war wohl irgendwo anders untergekrochen, also war das Bett zu kalt und zu weich und der Whisky zu warm und zu rau. Unrasiert trank ich am nächsten Morgen meinen lauwarmen Kaffee, schrieb ein paar Seiten an meiner Reportage und trat mir den Rest des Tages auf den Straßen New Yorks die Füße platt. Die Gegend um das Hotel war schäbig. Graue Häuserfassaden, die an Berliner Hinterhöfe erinnerten. Selbst die Huren passten sich hier dem Straßenbild an. Erst vier Blocks später begannen die Gebäude eleganter zu wirken. Stahl und Glas werteten die Häuser auf wie Zigarettenspitzen und kecke Hüte die Prostituierten. So schleppten sich die Stunden durch den Tag wie ich mich durch New York. Während sich die Heilsarmee auf dem Rückweg zum Hotel um meinen Seelenfrieden kümmerte, halfen mir Mr. Whisky und seine dunkelhäutige Assistentin Mrs. Namenlos durch die Nacht. Als ich die

Hoteltür beim Verlassen am nächsten Tag hinter mir zuzog, lag sie noch immer schlafend unter meiner Bettdecke.

Die *Cozumel* war ein Frachtdampfer der US StarLine, der auch Passagiere im regelmäßigen Liniendienst nach Südamerika transportierte. Nach weiteren endlosen Tagen an Bord legten wir endlich irgendwann in Bahia an.

Erst am nächsten Morgen flog ich mit einer Junkers F13, einem Routenerkundungs- und Postflieger der Syndicato Condor Limitada, schließlich nach Manaus. Zerschlagen und müde begann ich in einem öden Hotel die nächsten Seiten meines Tagebuchs zu füllen.

Mittlerweile lag das Notizbuch im Seitenfach meiner Reisetasche – geduldig darauf wartend, getippt, verschickt und gelesen zu werden.

Aber wen interessierte das noch?

Mein salznasses, khakifarbenes Unterhemd klebte nun wie eine zweite Haut auf meinem Körper. Die dünne Baumwolljacke darüber hatte ich längst ausgezogen. Wenn es doch in dieser Baracke nur nicht so schwül wäre, so unerträglich schwül!

Wir waren zu neunt in Manaus gestartet: acht Touristen unterschiedlicher Nationalität und ein offizieller Reiseleiter, der die zusammengewürfelte Truppe in ihren vier Booten mit jeweils zwei Indios an Bord begleitete.

Klein und stämmig sah er aus, wie ein zu fett gewordener Pferde-Jockey. Dennoch war er durchtrainiert wie ein Rugbyspieler und gelenkig wie ein Seilakrobat. Tag für Tag stieg er mehrmals während der Fahrt von einem Boot zum anderen. Seine kurzen, bis zu den Zehen behaarten Beine glichen das beim Aneinanderschlagen der Boote entstehende Rucken mit spielerischer Leichtigkeit aus.

Meine Beine hatten weit weniger Gewicht zu tragen. Trotzdem waren sie seit ein paar Stunden bleischwer und taub.

Wie merkwürdig! Da saß – nein, da kroch gerade eine handtellergroße Spinne behäbig und ohne jede Furcht über meinen Fuß, und ich spürte es nicht einmal.
Ganz bestimmt war daran dieses verdammte Fieber schuld.

„Sometime erwischt *the fever todo mundo* auf Reise."
In einer erstaunlicherweise gut zu verstehenden Symbiose aus Englisch, Portugiesisch und Deutsch hatte der Reiseleiter auch für den Blutgeschmack in meinem Mund und diese alles beiseite fegende Übelkeit die richtige Erklärung: *„Tropical* – Tro-pen-fie-ber, *lógico! Felizmente, I* haben *the right medicina on board. Chinin – no problema. – Do you* müssen *pouco paciência* haben ... "

Geduld?! Meine *paciência* endete, als ich den Reiseleiter den dritten Abend hintereinander aus den Zelten der weiblichen Reiseteilnehmer kommen sah. Ein ungewaschener Macho, der es irgendwie schaffte, mit seinem klebrigen Charme jeder Dame das Höschen auszuziehen. Selbst der in Tropenuniform gekleideten, tagsüber unnahbar wirkenden Engländerin mit den winzigen Brüsten und dem flachen Hintern entlockte er an diesem Abend spitzes Stöhnen in ihrem trockenen Zelt. Irgendwie war dieser Orgasmus auch so etwas wie sein Todesurteil. Am nächsten Tag sprang er wieder leichtfüßig von Boot zu Boot. Es war nicht weiter schwer, sich im entscheidenden Moment kurz umzudrehen, als würde man etwas aus dem Amazonaswasser herausfischen wollen, und scheinbar zufällig dabei das Nachbarboot anzustoßen. Der Einbaum war dadurch höchstens dreißig Zentimeter vom Parallelkurs abgekommen. Genug aber, um den Mann ins Wasser fallen zu lassen. Eigentlich für einen sportlichen Schwimmer kein Problem – es sei denn, Kaimane und Piranhas

verfolgten die Boote in der Hoffnung auf einen saftigen Leckerbissen.

Nur, was hatte ich davon?
Trotz des richtigen Medikamentes hatte ich mich in derselben Nacht stundenlang hin und her gewälzt. Pausenlos quälten mich Schmerzen vom Nacken bis zu den Zehen, bis sie ganz plötzlich verschwunden waren. Als seien meine überspannten Nerven explodiert und mit dem Gefühl, meine verbrannte Haut müsse sich erst von diesem Crescendo erholen, spürte ich seitdem überhaupt nichts mehr. Zurück blieben ein unversehrtes Gehirn und ein klarer Verstand. Wenn da nur nicht diese unerträglich laut tickende Uhr gewesen wäre! An eine fest verschlossene Handschelle erinnernd war sie an meinen Arm gekettet. Ein Geschenk meiner Frau. Vielleicht erinnerte mich gerade deshalb das Geräusch des unaufhaltsam über ein mondsilbernes Ziffernblatt wandernden Sekundenzeigers an Carlottas helle Stimme. Ja, dieser phosphoreszierende, die Dunkelheit zerschneidende Zeiger lachte mich aus, verspottete mich.
Wenn ich mich nur bewegen könnte! Ein paar Zentimeter würden schon genügen, um das ins Fleisch schneidende Metallarmband zu lösen und diese teuflische Uhr in die Ecke zu werfen.
Wenn es doch nur nicht so heiß, nur dieses gottverfluchte Fieber nicht wäre!

Auf dem mitten im Zimmer stehenden, unterschenkelamputierten Tisch flackerte das unruhig werdende Licht der leer gebrannten Petroleumlampe. Bald würde es völlig dunkel sein. Dann würde die Nacht auch diesen Raum überfluten. Und ich könnte es nicht verhindern, könnte es nie mehr verhindern.

Was für ein Wahnsinn!

Warum hatte ich mich nur darauf eingelassen?

Jedes Mal begannen und endeten meine Gedanken an ein und demselben Punkt: Wie ein Opiumsüchtiger hatte ich damals, vor tausend Jahren, dieses verwöhnte, untreue Idealbild einer Frau geheiratet. Eine Frau, die durchs Leben tanzte, sich die Knie puderte und Männer wie ihre Hüte wechselte. Sie war der wahre Grund für mein Desaster – der Finger am ersten umgestoßenen Dominostein.

Alle wartenden, hungrigen Krankheitserreger in mir waren nur die Folge ihrer Nörgeleien. Hier in der grünfeuchten Hölle hatte sich irgendetwas in meinem Körper eingenistet – und irgendwo musste es Parallelen zwischen Carlotta und diesem Tropenfieber geben. Bestimmt war dieses Etwas unter dem Mikroskop auch nackt, langhaarig und ähnlich anziehend wie sie. Übermächtig wuchs in mir der Wunsch, sie noch einmal zu berühren, zu küssen, zu lieben, sie anzustecken.

So lag ich in der Dämmerung, in der weit aufgestoßenen Tür einer alles verschlingenden Tropennacht. Ein vor Stunden gestorbener, mittlerweile verwesender Körper auf ruheloser Wanderschaft.

EPILOG

Meine erste Kriminal-Kurzgeschichte wurde Mitte der 1980er Jahre in Alfred Hitchcock's Krimi-Stunde veröffentlicht – einer Reihe, die damals der Bastei/Lübbe Verlag herausgeben hat.

Seither ist es meine Passion neben Romanen auch immer wieder kurze Geschichten zu schreiben. Im Vordergrund steht dabei die außergewöhnliche Idee. Würde man mich fragen, wie ich eine gute Kurzgeschichte am treffendsten beschreiben könnte, würde ich sie eine „Momentaufnahme aus Worten" nennen. Das funktioniert bei Kriminalgeschichten ganz besonders gut. Vielleicht komme ich deshalb nicht von diesem Genre los – will es auch gar nicht. Gibt es eine bessere Methode elegant und unblutig seine dunklen Gedanken auszuleben, als diese auf dem Papier liegen zu lassen? Außerdem ist jede Kurzgeschichte eine neue Herausforderung.

Meiner Ansicht nach ist es einfacher einen Roman zu schreiben. Einer langen Erzählung verzeiht man viel eher inhaltliche Turbulenzen. Eine Kurzgeschichte hat vom ersten bis zum letzten Wort an zu funktionieren – und das ohne Wenn und Aber. Die Charakterisierung der Protagonisten, der Handlungsablauf und zu guter Letzt das überraschende Finale stehen für den Erfolg oder Misserfolg einer Story.

Unsere Kurzgeschichten-Sammlung: „Das zwischen Männern und Frauen", beinhaltet neue und ältere Erzählungen, die unter dieser Überschrift erstmals zusammen veröffentlicht werden.

Sollten die Leserinnen und Leser Gefallen an diesem Konzept finden, will der Verlag jedes Jahr einen weiteren Band auflegen. Mit mörderischen Grüßen
Lars Winter

MÖRDERISCH
Unsere Kriminalromane

WELLENWUT

Autor: Lars Winter | **Illustrator:** Wolfgang Keller

Der Rhein von seiner mörderischen Seite. Ein alter Schulfreund, heute der Besitzer einer Reederei, bittet Ulf Norden um Hilfe. Merkwürdige Dinge sind auf den letzten Fahrten der Commedia dell'arte, einem Hotelschiff der besonderen Art, passiert. Kurzentschlossen nehmen Norden und Pfarrer Klinger die Einladung an, zehn Tage auf dem schwimmenden Luxusliner zu verbringen.
Komfortable Kabinen und der luxuriöse Wellnessbereich sorgen für die Erholung, Feinschmecker-Restaurants und Piano-Bars für die niveauvolle Unterhaltung der Reisenden. Die Stimmung an Bord ist ausgelassen, bis eine Tote im Whirlpool gefunden wird – ertrunken, weil eine schwere Hantel ihren Kopf unter Wasser gedrückt hat. Der Kapitän ist Optimist und glaubt an einen Unfall. Aber spätestens der zweite Todesfall lässt keine Zweifel mehr zu. Was als unbeschwerte Urlaubsreise von Amsterdam nach Basel geplant war, wird mehr und mehr zum Alptraum für alle Beteiligten.

324 Seiten, Buchformat: 21 x 13 cm
Hardcover mit Schutzumschlag
und Lesebändchen

€ 16,90 (D) | ISBN: 978-3-946186-46-5 (ab Winter 2017)

HONIGWEIN UND SENSENWEIB

Autor: Lars Winter
Illustrator: Wolfgang Keller

Ein mittelalterlicher Markt, eine Gruppe Menschen die ihr altes Leben hinter sich gelassen haben, für die das hier, jetzt und heute vor 500 Jahren spielt. Lehrer, die als Silberschmiede arbeiten, eine Ärztin, die als Kräuterweib Tinkturen und Salben anbietet, eine Bankkauffrau die Gewänder näht und ein Musiker, der die E-Gitarre gegen eine Laute eingetauscht hat.
Ulf Norden fühlt sich magisch angezogen von diesen Menschen und dem bunten Treiben, dass von Stadt zu Stadt und Markt zu Markt zieht. Für ein Wochenende möchten er und Pfarrer Klinger in dieses Leben eintauchen.
Aber das Dunkle schert sich nicht um Pläne und Kulissen. Ein Mord reißt alle Gewandeten und Besucher unsanft aus ihren Tagträumen. Selbst der Tod scheint sich an die Gegebenheiten eines mittelalterlichen Spiels zu halten. Derb geht es her und Norden und Pfarrer Klinger stecken von Anfang an mittendrin.
Der dritte Teil der Kriminalroman-Reihe um den Künstler im Polizeidienst, Ulf Norden, und den weltlichen Pfarrer Klinger.

304 Seiten, Buchformat:
21 cm × 13 cm
Hardcover mit Schutzumschlag

€ 14,90 (D)
ISBN: 978-3-946186-45-8
Auch als eBook erhältlich

SEPTEMBERSPIELE

Autor: Lars Winter
Illustrator: Wolfgang Keller

Sanfte Hügel, üppiges Grün und verschlafene Ortschaften: Die Gegend zwischen Hunsrück und Pfälzer Wald ähnelt einer Postkartenkulisse. Schlagartig wird diese Idylle durch den Tod eines jungen Mädchens zerstört.Wer hat die toten Pferde am Glanufer auf dem Gewissen? Wer ist die geheimnisvolle Frau, die abends in den Weinbergen sitzt und Cello spielt?
Und wer bringt den Tod in Deutschlands Provence? In ihrem zweiten Fall suchen der Künstler Ulf Norden und Pfarrer Klinger den Wolf in Menschengestalt, einen Wolf, der sich zwischen die Schafe geschlichen hat.
Der zweite Teil der Kriminalroman-Reihe um den Künstler im Polizeidienst, Ulf Norden, und den weltlichen Pfarrer Klinger.

256 Seiten,
Buchformat: 21 cm × 13 cm,
Hardcover mit Schutzumschlag
€ 14,90 (D)
ISBN: 978-3-946186-42-7
Auch als eBook erhältlich

MONDBLOND

Autor: Lars Winter
Illustrator: Wolfgang Keller und Ralf Schlüter

Nur wenige Stunden nach der Beerdigung des Architekten Arthur Norden findet man in der Trauerhalle die Leiche einer jungen Frau. Wer war die geheimnisvolle Schöne mit dem mondblonden Haar, die keiner der Gäste zu kennen scheint? Wenige Tage später wird auf dem Pfarrhausgelände die Gemeindesekretärin ermordet. Zusammen mit dem außergewöhnlich weltlichen Pfarrer Klinger macht sich Ulf Norden, Künstler und Dozent an einer LKA-Akademie, auf die Suche nach den Zusammenhängen und dem dunklen Geheimnis, das beide Fälle miteinander verbindet. Eine Spur führt die beiden nach Sizilien und einem düsteren Familiengeheimnis. Die Sünden der Väter holen sie ein – und weitere auf den ersten Blick abstrakt und sinnlos erscheinende Morde können nicht verhindert werden. Erst spät erkennen sie die Wahrheit hinter der Wahrheit ...
Der erste Teil der Kriminalroman-Reihe um den Künstler im Polizeidienst, Ulf Norden, und den weltlichen Pfarrer Klinger.

352 Seiten, 12 Illustrationen,
Buchformat: 21 cm × 13 cm
Hardcover mit Schutzumschlag
€ 14,90 (D)
ISBN: 978-3-946186-43-4
Auch als eBook erhältlich

DER AUTOR:
1958 in Kassel geboren, kam über Henry Slezar, Cornell Woolrich und Agatha Christie früh mit Kriminalgeschichten in Berührung. Er schreibt und veröffentlicht unter dem Pseudonym Lars Winter Kriminalromane, Kurzgeschichten, Kinder- & Jugendbücher und betextet deutschsprachige Rock- und Popmusik. Er hat in den wilden Siebzigern Lyrik geschrieben, erotische Kurzgeschichten verfasst und versucht mit allen Sinnen ein Thema zu erfassen. Er ist verheiratet, hat drei Kinder und wohnt in einer alten Villa in Deutschlands Provence.
autorlarswinter@gmail.com

DER ILLUSTRATOR:
Wolfgang Keller wurde 1965 in Pirmasens geboren. Nach einem Kommunikationsdesign-Studium in Freiburg mit dem Schwerpunkt Illustration war er als Grafikdesigner für einen Stuttgarter Verlag tätig – danach als freier Illustrator und Designer in Freiburg. Seit 1999 illustriert und veröffentlicht er als Künstler und Autor grafische Erzählungen. Für Wolfgang Keller steht das Erzählen mit Bild und Wort im Zentrum seines künstlerischen Schaffens.
art@w-keller-design.de
www.wk-art-tales.blogspot.com